ЮЛИЯ ЛАТЫНИНА

ЮЛИЯ ЛАТЫНИНА
ИНСАЙДЕР

Москва
ЭКСМО
2007

УДК 82-3
ББК 84(2Рос-Рус)6-4
    Л 27

Оформление художника А. *Коротича*

Латынина Ю.
Л 27   Инсайдер: Роман / Юлия Латынина. — М.: Эксмо,
2007. — 448 с.

ISBN 978-5-699-20885-2

Если ваша империя из центра мира превратилась в камешек на краю необъятной Галактики, если ваши чиновники готовы продать как можно больше родины за как можно меньше денег, если люди со звезд уверены, что во всем виноваты ваша алчность и глупость, а ваши сектанты уверены, что люди со звезд — это бесы, вылезшие из-под земли, если в стране не осталось никого, кроме нищих, взяточников и фанатиков, — смогут ли коррумпированный чиновник и отчаянный террорист добиться того, чего не добились благонамеренные реформаторы?

УДК 82-3
ББК 84(2Рос-Рус)6-4

ЧИНОВНИК

Глава первая,

*в которой Киссур Белый Кречет попадает в аварию,
а министр финансов рассуждает о причинах прорухи
в государственной казне*

Стены гостиной были затянуты голубым шелком, а углы аккуратно заложены шестигранными изразцами, что превращало комнату в благоприятствующий жизненному успеху восьмиугольник и сглаживало все углы в судьбе ее владельца. На шелке были вышиты картины — цветущие лотосы с листьями, опущенными от жары, распускающиеся сливы, белоснежная утка в заводи и весеннее солнце. Светильник, похожий на прозрачный перевернутый гриб, свисал почти до самого пола, и по ободу его шли золотые медальоны с изображениями различных зверей.

Возле светильника стоял маленький столик с запотевшим кувшином и рядом — кресло. В кресле сидел человек лет тридцати с небольшим, в шелковых штанах и куртке, перехваченной поясом из крупных серебряных блях. У него было очень красивое, но жестокое лицо со светло-карими, навыкате, глазами и взлетающими вверх уголками бровей, и перстни тонкой старинной работы странно выглядели на его хищных пальцах с нестрижеными ногтями. Белокурые волосы его были скручены в пучок и заткнуты черепаховым гребнем. В левом углу на толстой золотой ножке стоял трехмерный трансвизор.

Человек время от времени переливал содержимое кувшина в пятигранную чашечку, закрывал чашечку лакированной крышкой с продетой сквозь крышку соломинкой и вставлял соломинку в рот. И глядел в трансвизор.

По левую руку от человека, в рамке из собольего меха, висел небольшой рисунок с изображением больного воробья в снегу — очень красивый рисунок. Под рисунком стояла подпись самого императора. Это был личный подарок императора хозяину кабинета. Тут же висели два золотых кольца для цветов, увитых орхидеями и клематисом. Поверх трансвизора торчало заячье ухо спутниковой антенны, и за антенной стоял посеребренный горшок, где цвело бледно-розовыми цветами растение с изысканным названием «нахмуренные бровки красавицы».

Картинка в трансвизоре решительно отличалась от изображений на шелковых свитках, украшающих комнату. Трансвизор не рисовал ни больных воробьев, ни цветущих слив. По трансвизору шла пресс-конференция. Говорил важный, породистый иномирец с поросячьими глазами, привычно щурящимися от фотовспышек. Перед иномирцем топорщился целый табунок микрофонов. Иномирец добросовестно пытался заглянуть в комнату через экран и, вероятно, чувствовал себя чужим в окружении цветущих слив и золотых колец для цветов.

Человека на экране что-то тоненько спросили, и он благосклонно ответил:

— Ни в коей мере не вмешиваясь в дела суверенного народа и не оказывая никакого давления на правительство, Федерация Девятнадцати приветствовала бы решение императора о проведении первых в истории вашей страны парламентских выборов как свидетельство еще одного шага вашего народа на пути интеграции в галактическое сообщество.

Человек, сидящий в кресле, вылил в чашку остатки из серебряного кувшина. Затем он несильно размахнулся и влепил кувшином прямо в лоб улыбающемуся господину на экране. Тот перестал улыбаться и потух. Экран крякнул и разлетелся на мелкие кусочки. «Нахмуренные бровки» с шумом обрушились вниз, и в комнате отвратительно завоняло жженой пластмассовой требухой. Расписные двери раздвинулись, и в комнату вкатился пожилой дворецкий в голубом кафтанчике.

— Убери это, — сказал, не повышая голоса, человек в кресле. Дворецкий всплеснул руками:

— Ах, господин Киссур, ведь это уже третий за неделю!

Киссур выскочил из кресла, хлопнул дверью — и был таков.

В комнате дворецкий сунул руку в пустой кувшин, поскребся, облизал... Господин даже не был пьян, ну, почти что не пьян, — в кувшине было слабенькое пальмовое вино, щедро разведенное абрикосовым отваром. Киссур мог напиться, напиться выше глаз, до страшной драки и разрубленных тушек собак, а то и людей, — но только на веселой пирушке с дюжиной приятелей. Один Киссур не пил никогда.

Киссур меж тем сбежал вниз по лестнице и выскочил во внутренний двор. Была уже ночь. Пахло мятой из загородных садов, бензином и лошадьми. Вокруг дворика с трех сторон поднималась городская усадьба с плоской крышей и острой, изящной, как лист осоки, башенкой при левом крыле, изукрашенной резьбой в виде виноградных листьев. Раньше такие башенки строили высокопоставленные вельможи, дабы те трогали пальчиками небо и служили лестницей, по которой к их владельцу нисходила удача. Про такие башенки раньше говорили, что выше их — только шпили государева дворца и звезды. Теперь этого сказать было никак нельзя, потому что чуть подальше на черном небе вырисовывался строительный кран, собранный из стальных спичек, — и стало быть, небо пальчиком трогал именно он. Киссур в бешенстве пнул кулаком вверх и полетел, топоча, по дорожке, освещенной лунами и фонарями.

На заднем дворе, перед воротами, увитыми бронзовым виноградом, стоял слуга в синей курточке и любовно мыл длинный глянцевитый автомобиль, словно заплетал лошади хвост. Черные бока машины блестели в лунном свете, и сбоку сверкали серебряные жабры воздухозаборников для водородного двигателя.

Киссур вышиб шланг из руки раба и прыгнул за руль. Колеса взвизгнули, — раб едва успел отскочить. Стражник в будочке у ворот в ужасе ударил по кнопке на пульте, ворота задрались вверх, и машина вылетела на пустынное и мокрое ночное шоссе. «Когда-нибудь он не успеет поднять ворота, — подумал Киссур, — и я сломаю себе шею о свою собственную стену».

Машина, урча, жрала водород; удивительное дело: лошадь ест тогда, когда отдыхает, а эта черная железяка ест тогда, когда едет, а когда отдыхает, она ничего не ест. Да! Семь лет назад, когда тоска, бывало, съедала душу, Киссур брал черного, с широкой спиной и высокими ногами коня и скакал до рассвета в императорском саду, в балках, заросших травами и кустами, — где теперь императорский сад? Загнали, продали, как девку на рынке, под какую-то стеклянную дылду, стыдно говорить, — ведь то самое место, где стоял кран из стальных спичек, не кто иной, как сам Киссур продал какой-то ихней корпорации...

Шоссе внезапно кончилось у вздувшейся речки: Киссур едва не кувыркнулся в воду с обрывка понтонного моста. А все-таки эта штука скачет быстрее коня, хотя и воняет железом. Раньше железом пахло только оружие, а теперь у каждого чиновника в доме стоит этот бочонок и воняет железом, и страшно подумать, сколько родины чиновник продал за этот бочонок...

Киссур развернулся и медленно поехал обратно. Шагов через сто от шоссе уходила налево залитая бетоном дорога. В луже, собравшейся у поворота, плавали ошметки луны. «Что за дорога?» — заинтересовался Киссур и свернул.

Через десять минут дорога кончилась. Свет фар выхватил из темноты высокий бетонный забор с козырьком из колючей проволоки и сторожа, одиноко маявшегося на вышке. Слева темнело неогороженное поле, и по этому полю бил желтый луч прожектора. Киссур вышел из машины и пошел по полю, к экскаватору, возвышающемуся, как заводной крот, над недоеденным холмом. Поле все было продавлено траками и колесами, в глиняных колеях блестела вода. Экскаватор был огромный, выше тополя, — одна из тех чудовищных машин с гусеницами в пол человеческого роста, которые заглатывают глину и привезенные издалека добавки, тут же все переваривают и извергают из нутра уже готовые строительные блоки.

Киссур вскарабкался по крутой лесенке на экскаватор. Карабкаться было долго, лесенки изламывались, шли горизонтально, превращались в узкие проходы между стальными кожухами механизмов и наконец закончились у крошечной кабины. Кабина была заперта, сквозь стекло на Киссура глядели россыпи синих огоньков на дремлющих пультах.

В этот миг луна опять высунулась из облаков, — далеко внизу мелькнула Пьяная Река, и над ней — цветная башенка моста Семи Облаков. Киссур вдруг узнал это поле, — здесь, у Семи Облаков, восемь лет назад он догнал мятежника Ханалая, когда тот уже собирался войти в столицу, — догнал и с пятьюстами всадниками утопил в реке тысячи четыре бунтовщиков... У предводителя отряда на шее было гранатовое ожерелье; Киссур очень хорошо помнил, как одной рукой срубил ему голову, а другой сунул за пазуху ожерелье.

Киссур повернулся и стал спускаться вниз по скользкой, пахнущей мазутом и химией лесенке. Его машина тихо урчала и жаловалась из-за незакрытой дверцы. Охранник в своем гнезде нерешительно топтался: что такое? Начальство ли приехало ночью на таком шикарном бочонке поглядеть на стройку? А на грабителя не похоже... И взять хоть тот же экскаватор, это ж с ума сойти, какая машина дорогая: ростом в три этажа, что твой кипарис, сама ходит, сама в землю тычется, сама за собой плиты складывает... Говорят, стоит такая машина втрое больше, чем вся деревня, в которой охранник родился и вырос, и даже дороже императорского жезла, разукрашенного каменьями и золотом. Ну, это уж брешут, наверное: императорский жезл — средоточие мира и опора власти; стукнет император своим жезлом — и от стука этого цветы расцветают, а птицы начинают вить гнезда, — как его можно с какой-то железякой равнять? Нельзя его с железякой равнять, вот и злятся люди с неба, хихикают над жезлом: мол, враки все это, и весна не оттого наступает, что император жезлом об пол в Зале Ста Полей бьет, а оттого, что планета Вея как-то по-другому свой бок к солнцу поворачивает. А может, и не брешут люди с неба. Может, и вправду их экскаватор против императорского жезла посильней будет...

— Эй, — сказал Киссур, — что тут строят?

— Не могу знать-с, — ответил испуганно охранник. — Говорят, мусорный завод.

— Кто строит?

Охранник озадаченно молчал.

— Я, господин, знал, только имя такое трудное...

— Иномирцы?

— Они.

Прожектор с вышки бил Киссуру в глаза, бесстыдно затмевая луну. Киссур покачался на каблуках, кинул сторожу монетку, сел в автомобиль и уехал.

Ему было совершенно все равно, куда ехать, но колеса сами вывезли его к Яшмовым Холмам, самому дорогому пригороду столицы. За тротуарами, выложенными синим сукном, потянулись расписные стены, за стенами замелькали деревья и репчатые башенки флигелей, на перекрестках замигали светофоры, освещая призрачным светом статуи богов и дорожные знаки.

Киссур проехал по улице с односторонним движением в сторону, обратную дозволенной, свернул на запретный знак и, не находя нужным снижать скорость, помчался через ночные перекрестки. Два раза он благополучно проехал на красный свет, а на третий раз ему не повезло: из-за беленого забора вывернулся серый и невероятно длинный, похожий на ласку автомобиль. Представительский «дакири», последняя модель, производство республики Гера.

Киссур крутанул руль до отказа еще раньше, чем тугодумные биоэлектронные потроха автомобиля учуяли опасность. Тормоза обеих машин нехорошо запели в ночи. Серый «дакири» нырнул влево. Все бы обошлось, если б не мокрый асфальт: серый завертелся волчком и носом влетел Киссуру в правый бок.

Раздался отчаянный скрежет металла, словно под старым клинком рассыпались завитки кольчуги.

Потом все стихло.

Владелец «дакири» выскочил из машины, бросился к другому автомобилю, дернул дверцу и сунул голову внутрь. Это был высокий, чуть ниже самого Киссура, и молодой еще мужчина. У него были темные волосы и темные взбешенные глаза, и он был одет в безупречно выглаженный костюм с белой рубашечкой и плоской удавкой галстука, как и полагается человеку, сидящему за рулем машины, сопоставимой по цене с подержанным шаттлом.

Вероятно, водитель ожидал найти в машине труп или что-то раненое: лицо его изумленно вытянулось, когда он обнаружил, что виновник аварии сидит и вытаскивает из кармана бумажник. Тут Киссур взглянул в зеркальце заднего вида, сдвинувшееся от удара, и заметил, что волосы его, закрученные в пучок, растрепались и гребень выскочил из пучка, как кнопка из предохранителя. Киссур вынул гребень и стал расчесывать волосы.

Лицо темноволосого исказилось, словно в трансвизоре со сбитой настройкой: он поволок Киссура наружу и нехорошо зашипел на языке людей со звезд:

— Ах ты, вейская обезьяна! Сначала слезь с дерева, а потом садись за руль!

Улыбка медленно сползла с лица Киссура. Он оставил в покое гребень, перехватил обеими руками запястья иномирца, тянувшего его из машины, вылез сам и, несильно размахнувшись, поддал иномирцу коленом в солнечное сплетение. Тот обмяк и сказал «ой». Громко захрустела красная черепица, прикрывавшая канавку на обочине, и иномирец, задрав ноги, провалился сквозь черепицу вниз. Киссур усмехнулся, оправил рубашку и взялся за дверцу машины.

В следующую секунду что-то мелькнуло над его головой и отразилось в длинном оксидтитановом ребре автомобиля. Киссур мгновенно обернулся: Великий Вей! Чужак выдрался из черепичной канавки и летел на Киссура, приплясывая как гусь. Киссур, ошарашенный, успел уклониться от первого удара, но второй едва не своротил ему челюсть. Киссура шваркнуло в угол между зеркальцем заднего вида и дверцей. Зеркальце хрустнуло, и Киссур заметил правую ногу иномирца в двух пальцах от своего уха. За эту ногу Киссур уцепился и повернул: но вместо того чтобы улететь лицом в асфальт, умелый чужак молодецки завопил, как-то чудно перекинулся в воздухе и въехал свободной ногой Киссуру в брюхо. Киссур даже потерял на мгновение сознание, а открыв глаза, обнаружил, что уже валяется на дороге, как стручок от съеденного боба, а иномирец опять собирается бить его ногой. Киссур перекатился на бок: иномирец промазал, а Киссур, напротив, очень ловко выбросил ногу и попал иномирцу прямо в то место, где у чужака рос его кукурузный початок, — тот завопил уже не так весело. Киссур подпрыгнул спиной, вскочил на ноги и ударил противника по морде раз и другой — тот обмяк. Киссур пихнул его для надежности пяткой в пах, приподнял и шваркнул о ветровое стекло серенького «дакири». Слоеное стекло затрещало и пошло ломаться, иномирец свесил голову и потерял сознание.

Киссур стоял, тяжело дыша, моргая полубезумными глазами. Во время драки Киссур был приучен терять над собой всякий контроль: предки его в такие минуты превращались в волков и медведей, и, будь у Киссура за спиной меч, он непременно бы зарубил негодяя. Но меч теперь носить было бы глупо, а этих — с пулями, со светом, с газом, — словом, с дыркой посередине, как у бабы, Киссур не жаловал. И хотя в багажнике машины у Киссура лежал веерный трехкилограммовый лазер и еще какая-то шибко модная штучка, Киссур и сам не знал, зачем их возил. Так, все его друзья возили, и он возил.

Киссур стоял, бессмысленно мотая головой и понемногу возвращаясь в мир. Иномирец лежал на капоте собственного автомобиля, как раздавленная лягушка, белая его рубашка и темная прядь волос были безнадежно перепачканы клюквенным соком. Светофор над перекрестком мигнул и переменил свет: фигурка бога-хранителя перекрестков засверкала зеленым. Киссур окончательно пришел в себя. Он пошевелил губами и вытащил из кармана бумажник. Киссур не уважал чиповых карточек. Он выгреб из бумажника все, что там было, — тысяч двадцать, а может, пятьдесят, по его смутным воспоминаниям, — свернул деньги трубочкой и сунул их чужаку в разбитые зубы. Ему не хотелось, чтобы про него говорили, что он бьет людей даром.

Потом сел в машину — и уехал.

✕✕✕

Машина медленно катилась вперед. Киссура слегка мутило, из носу капала кровь. Скверно будет возвращаться домой в таком виде.

Киссур миновал еще несколько особняков и остановился перед красивыми бронзовыми воротами. На воротах сплетались в танце лошади и павлины, синяя эмаль на хвостах лошадей искрилась в свете фар. Это были такие красивые ворота, что казалось, будто они ведут с земли на небо. За воротами, в ночи, сладко пах сад, и из темной массы деревьев торчали репчатые башенки флигелей и боги, грустящие на плоских кровлях крытой дороги. Сбоку, на воротах, блестела табличка слоновой кости: «Шаваш Ахди. Министр финансов». Под табличкой стояла маленькая фигурка бога — покровителя ворот. В руке у бога была корзинка с рыбой. Под фигуркой бога-покровителя стояла мраморная чашка, и в ней, демонстрируя скромность хозяина и напоминая о тростниковых хижинах древних чиновников, горел кусок высушенного коровьего навоза, пропитанного жиром.

Почему-то ворота были закрыты: министр финансов не кормил сегодня ни чиновников, ни нищих.

Киссур усмехнулся.

Обладатель особняка мог бы написать на табличке множество разных званий: Хранитель Благочестия, Парча Истины, Цветник Заоблачной Мудрости, Луг Государственной Добродетели и прочая, и прочая, — которые он довольно регулярно получал от императора и которые полагается писать на надвратных табличках наряду с именем и должностью. Но обладатель особняка часто принимал людей со звезд и, видимо, понимал, что Парча Истины и Цветник Мудрости — это звания, которые не очень-то вдохновляют чужеземцев.

Киссур помигал фарами: вдруг ворота, безо всякого окрика, разошлись в стороны, и Киссур въехал внутрь.

Двор был ярко освещен. В фонтанах снизу вверх били струи воды и света, и было видно, как над струями прыгают разноцветные шарики. Ряды колонн и розовых кустов вели к открытым парадным покоям. Вершины колонн из резного нефрита, отделанного серебром, уходили к луне. Хозяин, сбегая с мраморных ступеней, уже спешил по широкой дорожке. Слуга с поклоном отворил дверцу, и Киссур вылез из машины.

Министр финансов был мужчина лет на пять старше Киссура, в самом еще расцвете мужской красоты и стати. У него было чувственное и лукавое лицо с влажными красными губами и чуть намечающимся двойным подбородком, вьющиеся волосы цвета спелой соломы и поразительные глаза: большие и печальные, словно из чистого золота. Такой цвет глаз бывал только у коренных жителей империи, — в Чахаре и Кассандане сохранилось всего несколько сел, где у каждого крестьянина были такие глаза.

Несмотря на позднее время, министр был одет скорее по-чужеземному: длинные штаны и серый свитер безо всякой вышивки. Искусный его покрой скрывал легкую полноту чиновника, и министр выглядел безупречно, если бы не один маленький недостаток, особенно заметный в присутствии Киссура. Чиновник был ниже белокурого варвара ровно на добрую голову, и даже изящные туфли с трехсантиметровыми каблуками не спасали положения.

Господин Шаваш замер, увидев, кто вышел из машины, но сразу же оправился, раскрыл руки и обнял Киссура.

— Здравствуй, — проговорил он.

— Вот, — сказал Киссур, — ехал мимо и решил заглянуть. Прости, что не спросился... Не люблю я этих — фью-фью... — Киссур просвистел популярную в этом сезоне мелодию и для пущей наглядности щелкнул пальцами по запястью, на котором красовался дорогой платиновый комм. — Ты не занят?

Господин Шаваш покосился на помятую дверцу, оглядел Киссура с ног до головы.

— Дай-ка мне твое водительское удостоверение, — сказал чиновник.

Киссур выгнул брови, вытащил бумажник и протянул удостоверение. Шаваш помахал удостоверением, подумал, разорвал его на части и бросил в подсвеченный фонтан. Любопытные рыбки поспешили к бумажке.

— Кого сбил?

— Никого я не сбил, — ответил Киссур, — о столб ударился.

Это была, конечно, недолгая ложь. Если иномирец мертв, Шаваш узнает все завтра утром, а если иномирец жив, то, пожалуй что, и сегодня ночью. Но Киссур приехал к Шавашу не затем, чтоб замять скандал. Слава богу, еще не наступили те времена, когда всякий чужеземец при галстуке может безнаказанно подать жалобу на личного друга государя.

— У столба-то, — заметил Шаваш, — пудовые кулаки.

— Ты кого-нибудь ждешь? — спросил Киссур. — Я не вовремя?

Шаваш чуть заметно смутился.

— Ты всегда вовремя.

Шаваш отдал приказание — Киссур прошел в гостевые покои. Слуга, семеня, поспешил за ним с корзинкой с чистым бельем. Шаваш сказал вдогонку:

— Больше ты не сядешь за руль. А то когда-нибудь убьешься.

— Ничего, — отозвался Киссур, — кого боги любят, тот умирает молодым.

✕✕✕

Через двадцать минут слуги, кланяясь, провели Киссура по крытой дороге в Павильон Белых Заводей.

В усадьбе господина Шаваша было два павильона для приема гостей: Павильон Белых Заводей и Стеклянный Павильон. Павильон Белых Заводей был отделан в старинном духе, ноги утопали в белых коврах, под потолком качались цветочные шары, золотые курильницы струили благовонный дым, на стенах висели подбитые мехом шелковые свитки, а углы (скверная вещь угол, от нее идет все плохое в доме) — были надежно скрыты от глаз поднимающимися до самого потолка комнатными вьюнами. Стеклянный Павильон проектировал какой-то иномирец, и там были только хром да стекло.

Подданных императора Шаваш обычно принимал в Павильоне Белых Заводей, а иномирцев — в Стеклянном Павильоне. Утверждали, что у этих двух мест есть волшебное свойство: когда господин Шаваш принимал своих соотечественников в Павильоне Белых Заводей, он вел одни речи, а когда он принимал иномирцев в Стеклянном Павильоне, речи его были совсем другие. Например, если его спрашивали о причинах бедности империи в Павильоне Белых Заводей, то он жаловался на жадность людей со звезд, которые только и норовят, что купить побольше Страны Великого Света за кадушку маринованного лука, а если его спрашивали о том же самом в Стеклянном Павильоне, то он жаловался на леность и корыстолюбие вейских чиновников. И так как все эти речи произносил один и тот же человек, то, согласитесь, без волшебных свойств самих помещений тут дело не обошлось.

Слуги внесли на подносах жареного гуся и корзины с отборными фруктами, уставили стол овощными и мясными закусками. Последней принесли дыню, плававшую в серебряном ушате. Шаваш, надевший уже вместо чужеземного свитера черную бархатную куртку с золотым узором из переплетающихся трав, с почетом усадил Киссура на место гостя и отбил горлышко глиняному кувшину с вином. Киссур поймал отбитое горлышко и взглянул на печать.

— Хорошее вино, — сказал Киссур, — если эту печать не подделали.

— В моем доме подделок не бывает, — отозвался Шаваш, — его сделали в Иниссе, в пятый год правления государя Варназда.

— Его сделали, когда империя еще была империей. Его сделали тогда, когда я еще не был министром, а был разбойником в горах Харайна и когда моя жена была твоей невестой.

Шаваш чуть усмехнулся и разлил вино в чашки.

— Я бы, — проговорил Киссур, — выпил того вина, которое было розлито при государе Иршахчане. Когда в империи не было ни торговцев, ни взяточников и когда всякие варвары с гор или с небес не тыкали нашему народу в глаза своими мечами или своей наукой.

— Боюсь, — отозвался Шаваш, — что вина такой давности не осталось, а если и осталось, то давно превратилось в уксус.

Друзья сплели руки и выпили вино.

После этого Шаваш принялся за закуску из молодых ростков бамбука и речного кальмара, политого пряным инисским соусом. Киссур, прищурившись, катал в руках свою чашку и глядел на человека напротив.

Даже среди вейских чиновников, которых никак нельзя было заподозрить в избытке добропорядочности, Шаваш заслужил репутацию отъявленного корыстолюбца. Брали слуги Шаваша, брали его подчиненные, брала его жена (кстати, сестра жены Киссура), брали землями и акциями, лицензиями и деньгами, опционами и породистыми конями, новейшими финансовыми инструментами и старинными картинами, брали от окраинных миров и серединных, брали от Федерации Девятнадцати и от Геры, — впрочем, диктатор Геры сам не брал и другим давал мало. Один чиновник расспрашивал, что такое супермаркет, ему объяснили, что это место, где можно купить все. «Да это же дом господина Шаваша!» — изумился чиновник. Киссур сам как-то, после особо возмутительной сделки, взял Шаваша за грудки на приеме у государя и осведомился, почем фунт родины. «Я родину люблю и продаю ее дорого», — осклабился Шаваш. Господин Шаваш говаривал: если человек говорит, что он не любит деньги, значит, деньги его не любят.

За семь лет, прошедших с того, как иномирцы пришли в империю, в стране сменились четыре правительства, и каждое из правительств отменяло всех сановников предыдущего. Шаваш был единственный из высших чиновников, который состоял при всех них и при всех уцелел, — и первый, кого он предал, чтобы уцелеть, был его учитель и господин Нан, сделавший его из маленького воришки большим начальником. Из-за такого политического долгожительства в руках Шаваша, несмотря на его незначительное происхождение и молодые еще лета, стянулись все нити влияния и управления страной.

Шаваш мог помочь всему и всему мог помешать, и даже самым лопоухим из иномирцев, прилетавших на Вею с целью инвестировать в строительство какого-нибудь курорта на лоне первозданной природы или в разработку уранового рудника, каковая разработка рано или поздно с первозданной природой покончит, — было известно, что прежде всего надо идти на смотрины к министру финансов и инвестировать сначала в Шаваша, а уж потом в рудник.

Киссур как раз покончил с половиной гуся, когда в комнату проскользнул, кланяясь, слуга, и вручил Шавашу листок. «На перекрестке Весенних Огней — следы столкновения двух автомобилей, проломана черепичная кровля канавки, на асфальте — кровь и осколки фары, идентичной разбитой задней фаре Киссура. Чешуйки серой краски, приставшие к багажнику автомобиля Киссура, также совпадают с чешуйками краски на месте столкновения». Это был ответ на те приказы, которые Шаваш двадцать минут назад отдал секретарю.

Шаваш согнул листок и положил его в оплетенный золотом рукав, за подкладкой которого, по старому обычаю, скрывался кармашек для денег и бумаг.

— А что, — спросил Киссур, — строят на поле Семи Облаков?

Чиновник подумал. Круглое его лицо осталось совершенно неподвижным, но в золотых глазах что-то мелькнуло, словно вспышка на экране локатора. Мелькнуло и пропало.

— Мусорный завод, — сказал он.

— Кто? Опять ихняя корпорация?

— Компания называется «Аялини». Владельца зовут Камински. А в чем дело?

— Ничего, просто мимо ехал. Стало интересно.

— И что же, построили они завод?

— Нет, — сказал Киссур, — завод они еще не построили. Они построили большую дорогу к мусорному заводу.

Шаваш, полулежа на диване, нянчил в руках лакированную чашку с вином. Белые дымки от стоящих вдоль стен курильниц сплетались под подсвеченным неоном потолком. Киссур обсосал гусиную грудку, запил ее новой чашкой вина и сказал:

— Мусорный завод! Предки выметали сор из дому только в

полнолуние, звали при этом заклинателей, чтобы сор не подобрал колдун и не навел порчу! Представляешь, что бы творилось в домах иномирцев, если бы они выбрасывали свой сор раз в месяц! Все их обертки и банки поднялись бы выше потолка, хотя потолки у них очень высокие! Разве народ, который производит столько мусора, может называться цивилизованным? Как этот народ смеет учить нас производить, чтобы выбрасывать?!

Шаваш на эту тираду никак не отреагировал. Киссур допил вино, и глаза его сделались еще отчаянней.

— Зачем, — сказал Киссур, — столице мусорный завод?

— Вероятно, — предположил Шаваш, — чтобы перерабатывать мусор.

— Вздор, — возразил Киссур, — иномирцы не нуждаются в заводах, чтобы перерабатывать мусор. Они делают мусор, чтобы иметь предлог построить мусорные заводы. Почему бы не попросить государя наложить запрет на такую стройку? Почти в центре столицы!

Шаваш безразлично следил за сплетениями дымов на подсвеченном потолке. Через раскрытые окна в павильон лилась ночная свежесть, и возле пруда кричали цикады.

— Не бойся, — сказал вдруг Шаваш, — Камински не построит своего завода.

— Отчего это?

— Как ты сам заметил, это земля едва не в центре столицы. Статус земли пересмотрят, промышленное строительство запретят, комиссия по деловой и промышленной земле подаст жалобу, государь ее подпишет, и завод отменят.

— Но там уже есть фундамент.

— За фундамент господин Камински получит компенсацию — два миллиона.

— А потом?

— Потом господин Камински построит в новой деловой зоне вместо мусорного завода — деловой центр.

— Я, наверное, очень глуп, — проговорил Киссур, — но я не понимаю, в чем дело.

— Земли империи, продаваемые в частные руки иностранных инвесторов, — терпеливо объяснил Шаваш, — делятся на четыре категории: поля, жилые земли, земли деловые и промышленные. Земля в промышленной зоне стоит в двенадцать раз дешевле, чем в деловой. Если бы господин Камински с самого начала покупал землю под бизнес-центр, это обошлось бы ему слишком дорого.

— А фундамент?

Шаваш поставил лакированную чашку на стол и развел руками:

— Я, конечно, не инженер, и на стройку лишних людей не пускают, но, если бы я был инженер и меня бы пустили на стройку, я бы, вероятно, заметил, что фундамент и система подземных коммуникаций отвечают требованиям, предъявляемым к деловому центру, и не отвечают требованиям, предъявляемым к заводу по переработке вторсырья.

Лицо Киссура окаменело.

— Так, — сказал он, — и за это Камински еще получит два миллиона компенсации.

— Компенсацию, — отозвался Шаваш, — получит не Камински. Компенсацию получит чиновник, который утвердит жалобу и переведет землю из одной категории в другую.

— Погоди, но ведь такая сделка должна идти через ваше министерство!

— В данном случае она прошла не через министерство. Она прошла через ведомство господина Ханиды.

— Понятно. И ты не можешь простить Ханиде, что деньги достались ему, а не тебе.

— Мне бы они не помешали.

Киссур встал и начал расхаживать по павильону. Его босые ноги утопали в белом ковре, и когда белокурый варвар оборачивался, Шаваш видел в расстегнутом вороте его рубашки вытатуированного чуть ниже шеи кречета. Кадык Киссура недовольно дергался, и кречет на татуировке словно клевал противника.

— Взаимная выгода, — заговорил Шаваш, — основа сотрудничества. Камински экономит четыреста миллионов, Ханида получает два миллиона. Вейские чиновники стоят дешево.

— А если все сорвется? Если государь уволит Ханиду раньше, чем тот перепишет землю?

— Но ведь Камински дал Ханиде совсем немного, не более семисот тысяч. Остальное Ханида получит лишь по успешном завершении дела, и не от иномирца, а от государства. Это не Ханида выдумал, это очень известный способ.

— А какие еще есть способы? — быстро спросил Киссур.

Чиновник развел руками, улыбаясь, как фарфоровая кошка. Ему явно не хотелось рассказывать Киссуру о том, какие есть способы продавать собственную страну, хотя по части этих способов он был куда проворней Ханиды.

— Киссур, ты давно не видел мою коллекцию часов? Пойдем, я тебе покажу.

И, неторопливо поднявшись, Шаваш направился к шкафу времен Пятой династии, стоявшему тут же, в павильоне, — в шкафу этом на сверкающих малахитовых полках покоилась коллекция вейских карманных часов, которую собирал Шаваш.

Коллекция действительно похорошела. К ней прибавились крошечные песочные часы в оплетенном золотыми узелками стаканчике и три штуки тех механических карманных часов, которые начали появляться в империи как раз накануне катастрофы и которые всегда были роскошью, а значит, и искусством, с прихотливой росписью и украшениями, с перламутровыми стрелками в виде фигурки бога вечности, и ничего общего не имели с той плоской дрянью, которую теперь носили на запястьях даже женщины. Были там и еще новички: крошечные часы, вделанные в крышку нефритовой коробочки для румян, — стекла у них не было, вместо стекла была витая филигранная решетка, за которой, как в клеточке, томилась единственная часовая стрелка; овальные, усыпанные жемчугом часики с двумя циферблатами (один циферблат для минутной стрелки, другой — для часовой) и длинная цепочка из яшмовых подвесок, на каких высокопоставленные чиновники носят личные печати. Снизу была печать, а сверху посыпанные драгоценной мелочью часы.

Киссур схватил вдруг Шаваша за левую руку — на ней сидел стандартный, хотя и очень дорогой комм с экраном-циферблатом, и четырнадцать часов вейского времени — от Часа Петуха до Часа Черного Бужвы — были отмечены на нем цифрами Земли. Киссур так и не смог привыкнуть, чтобы вместо имени часа была цифра. Это все равно как если бы цифра была вместо имени человека.

— Да, — глухо сказал Шаваш. — Наше время оборвалось. И пусти мне руку, а то ты ее опять сломаешь.

Киссур, усмехаясь, выпустил руку чиновника, повернулся к полке и взял оттуда часики-луковицу с хрустальной крышкой вместо стекла. На лице Шаваша мелькнуло беспокойство: Шаваш любил эту луковицу больше, чем любую из наложниц, и Киссур это знал. Киссур сжал луковицу в кулаке и помахал ею перед носом Шаваша. Кулак у Киссура был размером с маленькую дыню, и луковица исчезла в нем совершенно.

— Так что, — спросил Киссур, — какие еще есть способы? Сколько твоих месячных жалований стоила эта луковица?

Шаваш вдруг выгнулся, как кошка, у которой забирают котят.

— А ну положи на место, — зашипел он.

И неизвестно, что бы ответил Киссур, но в этот миг у входа в зал стукнула медная тарелочка, и вошедший слуга объявил:

— Господин Бемиш умоляет извинить его за опоздание.

— Проси! — отчаянно вскрикнул Шаваш.

Киссур, дернув ртом, положил луковицу на место и на несколько мгновений задержался, разглядывая знаки в руках бога вечности, изогнувшегося вокруг циферблата.

Странное дело! В свое время моду на часы ввела эта сволочь, министр Нан, который оказался потом вдобавок варваром со звезд, — и вместе с модой на часы он притащил идею одинакового хода времени. Идею эту империя, по сути, не принимала до сих пор, упорно разделяя светлую часть суток на двенадцать часов, а ночь — время, в которое полагается спать и беседовать с богами, — упорно именуя страшным Часом Бужвы, и только из суеверия иногда подразделяя этот тринадцатый час на две половинки: Белого Бужвы и Черного Бужвы. Киссур терпеть не мог этой моды, — как это — чтоб стрелка указывала человеку, как господин рабу, — а теперь вот сердце его болезненно сжалось при виде *вейских* знаков и *вейского* механизма.

Когда Киссур обернулся, чиновник уже церемонно кланялся человеку, стоявшему у порога.

— Прошу, — сказал Шаваш, — будьте знакомы: Теренс Бемиш, президент компании АДО, господин Киссур, личный друг императора...

Иномирец и Киссур взглянули друг на друга.

Киссур вылупил глаза: это был тот самый темноволосый чужак, с которым он подрался часа два назад. Великий Вей! Киссур-то думал, что иномирец помер, — а тот даже рубашечку где-то сменил!

— Мы уже знакомы, — ровным голосом сообщил иномирец и прибавил: — Господин Киссур, я как раз хотел передать вам письмо, — и, шагнув к Киссуру, вложил в его руку белый конверт. Киссур почувствовал под пластиком горстку смятых банкнот.

Киссур расхохотался и хлопнул Бемиша по плечу. Иномирец несколько мгновений кусал губы, видимо раздумывая, не навешать ли этому типу по роже, но Киссур хохотал так весело, что чужак не выдержал и присоединился к нему.

Шаваш настороженно захлопал ресницами. Чиновнику надо было решить множество проблем, и прежде всего: в каком павильоне их принимать и на каком языке говорить? Это был очень важный вопрос, ибо душа Шаваша обладала таким свойством, что разговор на другом языке заставлял его рассуждать как бы о другом мире, и когда его спрашивали о причинах нищеты в империи на языке иномирцев, он порицал, и очень резко, непомерные государственные расходы и бюджетный дефицит, на котором наживалась половина банков страны, а когда его спрашивали о том же по-вейски, он порицал алчность людей со звезд, которые скупают страну, можно сказать, за кувшин с пахтой. Поэтому Шаваш избегал говорить на языке людей со звезд в присутствии вейца и по-вейски в присутствии человека со звезд. У него от этого путались мысли.

Шаваш осторожно скосил глаза и поглядел в увитое золотыми шнурами окно. Там, далеко за розовыми кустами и расчесанным песком дорожек, виднелись разноцветные струи фонтанов и краешек парадной лестницы, — и возле этой лестницы стоял белый длинный лимузин. А ведь иномирец прилетел вчера и заказал в агентстве машину — представительский серый «дакири». Шаваш любил, когда ему докладывали детали.

— Что же, господа, — сказал Шаваш, так и не решив касательно павильона, — ночь дивная, зачем сидеть в восьми стенах, может быть, пройдем в сад?

— Прошу извинить меня, — поклонился Киссур, — я должен идти.

— Отчего же... — начал Шаваш.

— Право, — сказал Киссур, — я вам только помешаю. Двое уважаемых людей собрались обсуждать важное дело, а я что? Перекати-поле. Ведь не о такой же мелочи, как мусорный завод, пойдет у вас речь, а?

И, решительно повернувшись, сбежал по мраморным ступеням павильона, отороченного тонкими перилами с павлинами и единорогами из витой серебряной проволоки.

▪ Глава вторая, ▪

в которой рассказывается о печальной истории
Ассалахского космодрома, а бывший первый министр
империи находит себе нового друга

На следующее утро Теренс Сэмуэл Бемиш сидел в номере на двадцать четвертом этаже сверкающей гостиницы из пластобетона и стекла, вознесенной в самом центре Верхнего Города, и с досадой разглядывал себя в зеркало. В зеркале отражался тридцатидвухлетний темно-русый субъект, с каменным подбородком, высокими точеными скулами и глазами холодными и жесткими, как ствол веерника. Это было лицо, внушающее уважение, если бы не синяк в форме пиона да длинная царапина на левой скуле, — разрез получился таким глубоким, что края, обработанные термогелем, не сомкнулись до сих пор.

Синяк и царапина превращали отражение в зеркале из лица бизнесмена в физиономию киллера, и это раздражало. Теренса Бемиша часто называли киллером, но только для метафоры. Против метафоры Бемиш не возражал: по правде говоря, она ему нравилась.

Стукнули в дверь: в номер вошел Стивен С. Уэлси, сотрудник одного из крупнейших инвестиционных банков Федерации Девятнадцати и его товарищ в этой глупой поездке.

— Ого, — сказал Уэлси, глядя с интересом на пионовый синяк, — это что, местная мафия?

— Так. Один тип помял мне фары.

— А дальше? — с нескрываемым интересом спросил Уэлси, знавший, что в шестнадцать лет будущий корпоративный налетчик Теренс Бемиш вышел в полуфинал юниорского чемпионата Федерации по кикбоксингу.

— Признаться, — сказал Бемиш, — я повел себя как последняя скотина. Эти братья по разуму содрали с меня за аренду втрое больше, чем эта жестянка стоит. Я схватил парня за грудки и назвал его вейской обезьяной или вроде того. И получил по уху.

— Слава богу, что у вас хватило ума не драться дальше.

— Напротив, — горько сказал Бемиш, — я дал сдачи.

Брови Уэлси изумленно выгнулись.

— В целом, — пояснил Бемиш, — он уехал, а я остался сидеть задом в осколках своего же лобового стекла.

— А министр финансов?

— Я был у министра финансов, — переоделся и поехал.

— И?

— Очень умный человек, — сказал Бемиш, внимательно разглядывая синяк, — и очень образованный. Он прекрасно знает, что такое эмиссия, андеррайтер, кумулятивная привилегированная акция и т.д. Согласитесь, что в стране, где большинство населения уверено, что, когда корабль иномирцев подлетает к небу, иномирцы стучатся в небо и бог открывает им медную дверцу, — это большое достижение. Очень умный человек, который усвоил лучшее в двух культурах — империи и Федерации.

— Что это значит?

— Что он может разорить тебя, не моргнув глазом, как менеджер какого-нибудь фонда-стервятника, и что он собственноручно может отрезать у тебя голову, как истый вейский чиновник. А впрочем, очаровательный человек.

Бемиш пожал плечами, откупорил стоявшую на столе баночку со светло-серой мазью и начал смазывать синяк. Мазь продавалась под торговой маркой «дейрдр», сводила синяки за два дня и имела объем продаж в два миллиарда денаров в год. В Галактике ее можно было купить в любом супермаркете; здесь за ней пришлось посылать в посольство.

— И что же очаровательный человек сказал вам по поводу вашего желания купить Ассалах?

— Что согласиться на наш вариант — значит продать родину за банку сметаны.

— И что же? Можем собирать чемоданы и уезжать?

— Не совсем. Господин Шаваш намекнул, что он готов продать родину за банку сметаны, если банка будет большая.

Уэлси хмыкнул.

— О чем я мечтаю, — сказал он, — что когда-нибудь Комиссия по ценным бумагам и рынкам капитала позволит завести в балансе графу: «на взятки чиновникам развивающихся рынков» — и что деньги из этой графы будут списаны с налогов.... Сколько он просит?

— До конкретных цифр дело не дошло.

Бемиш помолчал и продолжил:

— Акции компании фантастически недооценены. И потом, деньгами я ему не дам. Пусть берет ордера акций: хотя бы будет заинтересован в том, чтоб компания действительно встала на ноги.

— Но вам что-то не нравится?

— Шаваш не является президентом компании.

— Здравствуйте, — изумился Уэлси, — как это не является? На всех бланках написано: Шаваш Ахди, управляющий государственной компании...

— Это плохой перевод, Стивен. Компания не «государственная», а «государева». Чувствуете разницу? Я тут читаю учебник: на вейском нет двух разных слов для обозначения «государя» и «государства», это просто два залога одного и того же существительного, — у них есть залоги существительных, такой вот язык. Поэтому там, где нам переводят «государственный управляющий», на самом деле написано «государев управляющий», а где нам переводят «государство назначает», написано «назначает государь». Государь лично назначает и сменяет управляющего своей компании, государь лично утверждает финансовые проектировки. А если государь не утвердит план эмиссии? Плакала наша сметана...

Бемиш покончил с мазью и подхватил со стула пиджак. Вдевая в него левую руку, он поморщился и сжал зубы.

— Гм, — сказал Уэлси, — судя по тому, что я слышал о здешнем государе, он не то чтобы проводит время над проспектами эмиссий денационализируемых компаний. Говорят, у него семьсот наложниц...

— Да, но это не гарантирует, что какой-нибудь чиновник, который терпеть не может Шаваша, не пойдет к государю и не разъяснит ему про банку сметаны.

— Некто Ричард Джайлс, который живет этажом ниже и хочет участвовать в конкурсе от имени компании «Венко», сказал, что без взятки Шавашу мы не добудем даже бумаг на предварительный осмотр космодрома, — задумчиво добавил Уэлси.

Бемиш разозлился:

— Что такое эта «Венко»? Никогда ничего не слыхал о такой компании.

В этот миг раздался стук в дверь.

— Войдите, — крикнул Уэлси.

На пороге образовался мальчишка с карточкой на мельхиоровом подносике. Мальчишка, по местному обычаю, встал перед чужеземцем на тощую коленку. Бемиш взял карточку. Мальчишка сказал:

— Господин хотел бы позавтракать с вами. Господин ожидает внизу, в холле.

— Сейчас буду, — сказал Бемиш.

Мальчишка, пятясь, вышел. Бемиш, косясь в зеркало, стал завязывать галстук. Уэлси взял карточку.

— Киссур, — прочитал он. — Ого! Это тот государев любимчик, который спер у Ванвейлена штурмовик и устроил бойню над столицей, а потом на Земле спутался с анархистами и ЛСД? Где ты связался с этим наркоманом?

Бемиш обозрел в зеркале свой синяк. Несмотря на мазь, тот сиял, как посадочные огни в ночи.

— Наркоманы, — сказал Бемиш, — так не дерутся.

✕✕✕

Теренс Бемиш спустился во внутренний дворик через пять минут.

Киссур, высокий, широкоплечий и улыбающийся, сидел на капоте машины. Его светлые волосы были завязаны в хвост, оплетенный крупной черной сеткой. На нем были мягкие серые штаны, перехваченные широким поясом из серебряных блях в форме сцепившихся ртами акул, и серая же куртка. В разрезе куртки было видно толстое ожерелье из оправленных в золото нефритовых пластин — ни дать ни взять воротник. Наряд, по современной моде, не очень бросался в глаза, если не считать ожерелья и перстней на пальцах. Бемиш невольно поморщился и потрогал скулу в том месте, где перстень Киссура содрал ему кожу.

— Привет, — сказал Киссур, — надо же, президент компании! В жизни не видел президентов компаний, которые так дерутся! Или ты какой-то особенный?

Бемиш молча смотрел на давешнего обидчика; и если бы Теренс Бемиш был не финансистом, а, к примеру, колдуном, то после такого взгляда люди превращались бы в мышей. Но так как Теренс Бемиш был именно финансистом, Киссур ни во что не превратился и даже не спал ростом, а, наоборот, весело расхохотался, хлопнул его по плечу и сказал:

— Ты видел столицу?

— Нет.

— А что ты видел?

— Голограммы в холле гостиницы, — сказал Бемиш. — И там же предупреждение: не есть на базаре жареных речных кальмарчиков, если эти кальмарчики с Левой Реки, куда теперь впадает кожевенный комбинат.

— Понятно, — сказал Киссур, — тогда поехали.

Они выехали из гостиницы по синему лакированному мосту, запруженному торговыми столами и народом. Киссур остановился на мосту около лавки, где продавались венки, купил три штуки, — два он надел на шею себе и Бемишу, а третий, немного погодя, оставил в храме Небесных Лебедей.

После этого Киссур повез Бемиша по городу.

Город, еще не виденный Бемишем, был прекрасен и безобразен одновременно. Луковки храмов и расписные ворота управ сменялись удивительными пятиэтажными лачугами, выстроенными из материала, который Бемиш не решился бы употребить даже на картонный ящик; горшечники на плавучем рынке продавали чудные кувшины, расписанные цветами и травами, и пустые радужные бутылки из-под газировки. По каналу весело плыли дынные корки и пестрые фантики, остатки всего, что произросло на Вее и что приехало с небес, всего, для чего нашлось место в ненасытном чреве Небесного Города и для чего не нашлось места в слабых кишках его канализации.

Они посмотрели на базаре ярмарочных кукол, которые, кстати, давали представление на сюжет нового популярного телесериала, знаменуя тем самым сближение культур, покормили священных мышей и побывали в храме Исии-ратуфы, где каменные боги, одетые в длинные кафтаны и высокие замшевые сапоги, кивали просителю головами, если тот бросал в щелку в стене специально купленный жетончик.

Киссур показал иномирцу чудные городские часы, сделанные в самом начале царствования государыни Касии. Возле часов имелось двадцать три тысячи фигурок, по тысяче на каждую провинцию, и все они изображали чиновников, крестьян и ремесленников, и все они вертелись перед циферблатом, на котором была изображена гора синего цвета. Бемиш спросил,

31

почему гора синяя, и Киссур ответил, что это та самая гора, которая стоит на небе и имеет четыре цвета: синий, красный, желтый и оранжевый. Синей своей стороной она обращена к Земле, в силу чего небо и имеет синий цвет. А оранжевым своим цветом она обращена к богам, в силу чего небо над тем местом, где живут боги, оранжевое.

Это была довольно обычная культурная программа, если не считать того, что президента скромной компании, зарегистрированной в штате Бразилиа, Терра, Федерация Девятнадцати, сопровождал один из самых богатых людей империи.

Напоследок Киссур остановился у храма на одной из окраин. Причина, по которой Киссур это сделал, заключалась, видимо, в том, что к храму вела лестница в две тысячи ступенек. Киссур побежал по лестнице вверх, и Бемиш приложил все усилия, чтобы не отстать. Он запыхался, и сердце его бешено колотилось в грудную клетку, но иномирец и любимец императора бок о́ бок выскочили наверх колоннады, взглянули друг другу в глаза и рассмеялись. Вместе они составляли странную пару: высокий белокурый варвар с нефритовым ожерельем на шее и подтянутый чужестранец в пиджаке и галстуке.

— Как свиньи на скачках, — задыхаясь от смеха, сказал Киссур. — Теренс, ты видел свиные скачки?

— Нет.

— Обязательно сходим. Я на прошлой неделе просадил двадцать тысяч из-за этого ублюдка Красноносого!

Внутри храма было темно и прохладно. Среди зеленых с золотом колонн сидел бронзовый бог в парчовом кафтане и замшевых сапогах, а в соседнем зале сидела его жена. Киссур сказал, что вейцы не очень хорошо думают о неженатых богах, потому что бог должен быть хорошим семьянином и примерным отцом, а то что же ему требовать с людей?

Бемиш слушал странную тишину в храме и разглядывал лицо бога-семьянина.

— А где ты, кстати, научился драться?

— У отца, — сказал Бемиш. — Он был известным спортсменом. Да и я чуть не стал им.

Даже в полутьме храма было видно, как презрительно вздернулись брови бывшего первого министра империи.

— Спортсменом... — протянул он. — Стыдное это дело — драться на потеху черни. Почему ты не стал воином?

Теренс Бемиш изумился. Признаться, ему никогда в голову не приходило идти в армию, даже во сне не мерещилось.

— Армия, — сказал Бемиш, — это для людей второго сорта.

Бывший премьер усмехнулся.

— Да, — проговорил он, — для вас все, из чего не добывают богатство, дело второго сорта. А вы больше не делаете деньги из войны. Вы делаете деньги из денег.

— Я не это имел в виду, — возразил Бемиш. — Я хочу быть самим собой, а не устройством для нажимания на курок. Армия — это несвобода.

— Вздор, — сказал Киссур. — Война — это единственная форма свободы. Между воином и богом никого нет.

— Может быть, — согласился Бемиш, — только наша армия вот уже сто тринадцать лет не воевала.

Они вышли из зала, прошли через сад из камней и цветов и попали в другое крыло храма: оттуда поднимался запах вкусной пищи, и сквозь витую решетку Бемиш заметил автомобили и флайер с дипломатическими номерами. Бемиш подумал, что храм сдает этот дом в аренду, но Киссур сказал, что тут всегда был домик для еды.

Они спустились во дворик. Во дворике неутешно журчал фонтан, и под желтыми колышащимися навесами за столиками сидели люди. Киссур усадил Бемиша за стол и, поймав проходившего мимо официанта, вынул у него из корзинки два кувшина с вином и продиктовал заказ.

— Значит, — сказал Киссур, разливая по глиняным кружкам пряное пальмовое вино, — воевать ты никогда не воевал. А грабил?

Бемиш даже поперхнулся от такого предположения, высказанного, впрочем, совершенно уважительным тоном.

— Я финансист, — сухо сказал Теренс Бемиш. — Возможно, принадлежащая мне компания будет заинтересована кое-что здесь купить.

— И много у тебя денег?

— Для того чтобы купить компанию, не обязательно иметь деньги. Достаточно иметь репутацию человека, который за год менеджмента может повысить ценность акций компании втрое, и финансовую фирму, готовую собрать для тебя деньги.

— Ага. А у тебя она есть?

— Да. Ее представляет мой спутник, Уэлси. Это инвестиционный банк «Леннфельд и Тревис».

По правде говоря, главным в банке было слово Рональда Тревиса, еще пятнадцать лет назад пришедшего в банк простым брокером (банк тогда назывался «Леннфельд, Савитри и Симс»), и Теренс не без опаски произнес имя Тревиса. Но на Киссура оно никакого впечатления не произвело, и он лишь равнодушно спросил:

— А разве иностранные банки сюда пускают?

— «Леннфельд и Тревис» не обслуживает депозитных счетов. Он занимается инвестициями, — сказал Бемиш с некоторой обидой за пятый по величине инвестиционный банк Галактики.

И тут Киссур потряс Бемиша. Бывший первый министр Империи Великого Света поглядел на Бемиша и спросил:

— А что, банки занимаются еще чем-то, кроме ростовщичества?

Бемиш помолчал. Потом осторожно справился:

— Киссур, вы знаете, что такое акция?

— Гм, — сказал бывший министр, — это когда дают в долг? Бемиш едва не поперхнулся.

— А что, нет?

— Когда дают в долг и выпускают при этом ценные бумаги, это называется облигацией.

— Ну вот я и говорю: это разве не одно и то же?

— Нет, — сказал Бемиш, — когда компания выпускает акции, то тот, кто покупает акцию, становится совладельцем компании и получает право голоса на собрании акционеров и дивиденды, размер которых зависит от того, как у компании идут дела. А когда компания выпускает облигации, это значит, что она просто занимает деньги в долг и тот, кто покупает облигации, будет иметь гарантированные выплаты вплоть до срока погашения займа, если компания, конечно, не разорится.

— Ой как интересно, — сказал Киссур и, прищелкнув пальцами, закричал: — Хозяин! Где медузы?

Бемиш, который никогда не едал маринованных медуз и не испытывал большого к ним любопытства, искренне пожелал, чтобы медуз не оказалось. Но медузы, похожие на кучку разбитого плексигласа и обильно политые красным соусом, прибыли, и Киссур продолжал:

— И на какую же компанию вы нацелились?

— Компанию, которая получила концессию на строительство Ассалахского космодрома. Шестьдесят пять процентов капитала компании принадлежит государю, и поэтому по вашим законам ее возглавляет назначенный государем человек — министр финансов Шаваш.

Киссур, который смутно слыхал, что Шаваш возглавляет еще дюжину таких же компаний, включая одну, владевшую вторым по величине запасов (но сто восемнадцатым по рентабельности) урановым рудником Галактики, молча кивнул.

— И ты ее непременно купишь? — спросил Киссур.

— Это зависит от многих причин.

— А именно?

— Состояния, в котором находится стройка сейчас, состояния мирового рынка капитала к моменту выпуска эмиссии, размера эмиссии и формы ценных бумаг, шансов на размещение эмиссии, — понимаете, «Леннфельд и Тревис» может гарантировать эмиссию и получить прибыль от продажи ценных бумаг, а может случиться так, что цена после эмиссии упадет и весь убыток осядет на его же балансе. От формы ценных бумаг, наконец, — будут это акции, облигации, смешанные формы...

— Лучше облигации, — сказал Киссур.

— Почему?

— Ты же сам сказал, что, если кто-то покупает акции, он

покупает и компанию. А если кто-то через твои акции купит наш космодром? Лезут сюда, понимаете...

Бемиш слегка поперхнулся, но это можно было отнести на счет непривычного вкуса медузы.

— Расскажи мне об этой компании, — потребовал Киссур.

— Компания «Ассалах» была организована четыре года назад с целью строительства и промышленной эксплуатации космодрома общей посадочной площадью свыше двух тысяч гектаров, с возможностью последующего расширения. Под стройку были отчуждены полторы тысячи гектаров общинных земель. Компания выпустила шестьсот сорок миллионов акций, номиналом в сто ваших ишевиков каждая. Шестьдесят пять процентов этих акций были оставлены за государством, еще пять — отданы менеджменту. Около семи процентов пошло на уплату общинникам. Люди общины вместо денег за отчужденные земли получили долю участия в будущей стройке. Пятнадцать процентов акций было размещено через внебиржевой рынок. Стройка шла очень быстро, акции котировались достаточно высоко, цена их на вторичном рынке ценных бумаг достигла трехсот ишевиков, или восемнадцати галактических денаров. Потом разразился скандал, связанный с воровством тогдашнего руководителя компании, выяснилось, что построено втрое меньше планировавшегося, рынок рухнул, дирекцию арестовали чуть не в полном составе, рабочие разбежались и растащили все, что не украли директора, стройка закрылась сама собой и не открылась. Главой компании был назначен Шаваш, хотя я должен сказать, что он и раньше присутствовал в совете директоров.

— Все понятно, — сказал Киссур. — Если Шаваш и раньше был в совете директоров, значит, это он поругался со своими коллегами и посадил их.

— Не знаю, — сказал Бемиш, — такие вещи, знаете ли, не пишут в проспектах эмиссий. Шаваш попытался организовать международную эмиссию и обратился в «Меррилл Робертс Дарнем». Дело было уже на мази, но потом инвесторы отказались подписываться на размещение.

— Почему?

— Потому что, — не без злорадства пояснил Бемиш, — в этот месяц в Чахаре случилось восстание, или то, что правительство сочло таковым, и некто Киссур во главе своих танков проехал, в частности, через производственные площади совместного предприятия по производству безалкогольных напитков, припечатав по дороге гусеницами одного из менеджеров по имени Роджер Чжу. И от этой поездки с ветерком ценные бумаги шести ваших предприятий, прошедшие международный листинг, упали и набили себе шишку, а о новых выпусках даже разговаривать никто не хотел. Или вы об этом не знаете?

Киссур задумчиво покрутил головой.

— Что-то в этом роде мне говорили, — сказал он. — Только ничего плохого я не вижу в том, что ваши акулы не стали есть нашего карася.

— Ваш карась не поумнеет, пока его не съедят.

Киссур поднял голову и задумчиво уставился на Бемиша. Челюсти его энергично двигались, управляясь с медузой так, словно это была не медуза, а по меньшей мере баранья кость.

— Неплохо сказано, финансист, — заметил Киссур, — по крайней мере, откровенно. А твоя компания — тоже строительная?

— Более или менее.

— Чего строит?

— Она выпускает автоматизированные двери для вагонов монорельсовой подземки.

Киссур задумался. Видно было, что он соображает, какое отношение имеют автоматизированные двери к Ассалахскому космодрому, и сообразить это было ему трудно.

— Она у тебя от отца? — спросил Киссур.

— Нет. Я ее купил год назад.

— Зачем?

— Чтобы использовать как инструмент для приобретения более крупной компании.

Это было еще более откровенное, и даже скандальное, заявление, чем про карася, но оно скорее заставило бы поморщиться чиновников из Комиссии по ценным бумагам, а Киссур никак на него не отреагировал.

Киссур налил Бемишу пальмового вина, и они оба выпили кружечку и вторую.

— Так чем же ты особенный, а, президент? — вдруг спросил Киссур.

Бемиш помолчал. Он был не прочь заиметь в союзниках этого человека. Он видел, что тот довольно плохо относится ко всему, что связано с иномирцами и их деньгами, и он не мог предсказать реакции Киссура на его слова.

— Большинство президентов компаний, — проговорил Бемиш, — карабкаются по корпоративной лестнице, играют в гольф с себе равными и заставляют компанию оплачивать космические перелеты своих кошек. Меня не пустят играть с ними в гольф. Таких, как я, называют корпоративными налетчиками. Мы нарушаем правила игры. Мы покупаем компании и вышвыриваем неэффективный менеджмент. Мы покупаем компании на деньги других людей, а потом расплачиваемся с заимодавцами тем, что распродаем половину покупки.

Кареглазый красавец с резко вылепленными скулами и увязанными в пучок белокурыми волосами молча потягивал вино. Тот факт, что Комиссия по ценным бумагам и рынкам капитала в настоящий момент в очередной раз обсуждала правомочность действий корпоративных налетчиков и что имя Теренса Бемиша часто упоминалось не в самом лестном ключе на тамошних слушаниях, его явно не интересовал. А может, сказанное иномирцем только поднимало его статус — хотя бы до статуса грабителя, например.

— Значит, — сказал Киссур, — Ассалахский космодром. Это в Чахаре, на границе со столичной областью... Отличный виноград растет в Ассалахе... А что, одной дырки в небо в Чахаре недостаточно?

— Нет, — сказал Бемиш, — одной дырки в небо оказалось маловато, к тому же дырка была временная и выстроена на болоте. В сезон дождей столица Чахара недоступна, словно тростниковая деревня в наводнение. Посадочные плиты цветут сырой плесенью, а корабли болтаются в космосе и предъявляют такие счета за неустойку, что на эти деньги, наверное, уже можно было построить десять космодромов или один дворец.

— Какой ужас! — изумился Киссур.

— Вы этого не знали?

— Я не лавочник, — оскорбился бывший первый министр империи, — чтобы знать такое. Каждый, кто интересуется такими вещами, начинает рано или поздно давать взятки или делать деньги.

Помолчал и прибавил:

— Так ты был у Шаваша по поводу этой... дырки в небе? Сколько он у тебя попросил?

Бемиш хищно улыбнулся:

— Я не привык чего-то давать руководству поглощаемых мной компаний, — не считая пинка под зад. Ассалах выставлен на инвестиционный конкурс. Я выиграю этот конкурс — и все.

Карие глаза Киссура вонзились в сидевшего перед ним иномирца. «Что-то тут не то, — подумал Киссур. — Или этот человек боится признаться во взятке, или Шаваш задумал с ним лисью штуку. Кто-то из них обманывает меня, и кому-то из них я намажу глаза луком».

✕✕✕

Бемиш уехал в неизвестном направлении.

Стивен Уэлси побрился, принял душ, позавтракал, приготовил необходимые бумаги и отправился к чиновнику по имени Ишмик, который был связан с государственным архивом, в каковом архиве хранилась, согласно законам империи, финансовая отчетность Ассалахской компании за прошлые годы.

У ворот, покрытых серебряными завитками и золотыми перьями, сидели на корточках и лущили земляные орешки два стражника.

— Это дом господина Ишмика? — спросил Уэлси, затормозив и высунувшись из машины.

— Ага, — сказал один из стражников.

Уэлси вылез из машины и ступил было на белую песчаную дорожку.

— А где подарки? — сказал стражник.

— Какие подарки? — изумился Уэлси.

— Подарки, чтобы мы доложили о вас господину Ишмику.

Уэлси залез обратно в машину, развернулся и уехал. Прошло минут пять. Стражники все так же сидели, луща земляные орешки и задумчиво глядя на пустую дорогу.

— «О-кио» двести пятьдесят четвертый, — сказал один из стражников, — последняя модель.

— Какое невежество, — сказал другой. — Разве можно являться в дом высокопоставленного чиновника без подарков? Этот человек совсем несведущ в обычаях!

Следующий визит Уэлси нанес в земледельческую управу. Ему надо было выяснить точный статус крестьянских и государственных земель, отчужденных под летную площадь Ассалаха. Изученный им еще дома проспект эмиссии говорил о долгосрочной аренде с правом выкупа, и Уэлси должен был установить, произведен выкуп или нет. Пухлый чиновник долго мял в руках бумаги, даже пытался делать вид, что читает на языке чужаков, только документ держал вверх ногами.

— Почему бумага без подписи? — вдруг возгласил он, возвращая Уэлси лист.

— Но это же страница номер один! — сказал Уэлси. — Подпись есть на второй странице.

Чиновник нахохлился:

— А если первая страница — подложная?

— Вы что, прикажете мне лететь за подписью обратно на Землю? — раздраженно осведомился финансист. — Может, еще и билет оплатите?

Чиновник увидел, что это человек совсем невежественный, и постарался от него избавиться.

В третьей управе Уэлси едва успел войти в кабинет, где ему навстречу поднялся молодой, с пронзительно-умными глазами чиновник, как дверь растворилась вновь, и в комнату шмыгнул курьер из консульства Церрины с большой корзинкой в руках.

Чиновник отчаянно взглянул на Уэлси, тот пробормотал: «Я подожду в коридоре» — и вышел. Через мгновение Уэлси услышал:

— Примите от меня этот пустяк и взгляните на меня оком милости.

Уэлси покачал головой и покинул управу.

><><><

Из кабачка Киссур потащил Бемиша к себе домой. Городская усадьба Киссура занимала добрых шесть гектаров земли недалеко от обиталища Шаваша. Над стенами черного камня посверкивали глазки телекамер, у главного входа теснились нищие в ожидании еды.

Усадьба состояла из главного дома и флигелей, вздымающих луковки крыш из ухоженной зелени сада; у мраморных колонн, обрамлявших ведущую к главному дому дорогу, десяток белокурых высокорослых парней наблюдали за дракой двух бойцовых кабанчиков. При каждом парне был веерник, способный разнести на молекулы не только кабанчика, но и полусадьбы. Ношение оружия частными лицами было в империи строго-настрого запрещено.

Как выяснилось, Киссур привел Бемиша в дом обедать, а времяпровождение в кабачке считалось за закуску. Бемишу икнулось. Киссур предупредил своего гостя, чтобы тот не ходил на женскую половину, и пошел громогласно распоряжаться насчет фазанов.

Иномирец остался в одном из гостиных залов, с окнами, выходящими в сад, и стенами, затянутыми старинными шелками. Поверх ткани была развешана целая коллекция оружия: секира, выложенная перламутром и золотом; простой боевой топор; мечи; у одной стрелы был кончик в крови.

Когда Киссур вернулся, Бемиш держал в руках тяжелое, с синей шишкой на конце, копье. Киссур успел переодеться в домашнюю куртку, и за ним маячил белокурый соплеменник.

— Теренс, — сказал Киссур, — это мой названый брат Ханадар.

Бемиш поклонился Ханадару, а Ханадар поклонился Бемишу. Ханадар был жилист и крепок, с еле заметной военной хромотой и глазами сытого волка; лет ему было около пятидесяти.

— А по какому принципу составлена эта коллекция? — спросил Бемиш.

— Это оружие, из которого меня не убили, — ответил Киссур. Он подошел и перенял копье из рук иномирца.

— В двух дневных переходах от Ассалаха начинаются горы, — сказал Ханадар, — и Киссура отрезали в этих горных лесах с тысячью людей, а у Харана — так звали того негодяя — было тысяч пятнадцать. Но пока Харан переминался на равнине, Киссур велел подрубить все деревья вдоль дороги так, что они еле держались. И когда они углубились в лес, все деревья посыпались им на макушку, а мы зарезали тех, кто остался в живых. Впрочем, это было не такое уж легкое дело, и мне попортили шкуру, а Киссура чуть не убило вот этим копьем.

Ханадар замолчал.

— Теперь им глупо кого-то убивать, правда? — спросил Киссур. — Веерник куда надежней.

Киссур размахнулся и бросил копье. Оно пролетело в раскрытое окно и воткнулось в расписной столб беседки, стоявшей метрах в пятидесяти от главного входа. Стражники у входа бросили кабанчиков и побежали к копью.

Копье пробило столб насквозь. Толщина столба была сантиметров тридцать.

✕✕✕

Наевшись, Киссур потащил нового друга через реку, туда, где в лучах полуденного солнца сверкал и плавился Нижний Город — тысячелетнее обиталище ремесленников, лавочников и воров, застроенное кривыми непроезжими улочками и перегороженное воротами, за которыми жители кварталов совместно оборонялись от бандитов, а иногда и от чиновников. С ними отправились Ханадар и еще двое охранников.

У реки оглушительно гомонил рынок: пахло жареной рыбой и свежей кровью, бабка с лицом, похожим на кусок высохшего имбиря, быстро и ловко общипывала петуха, и, проходя мимо разгружающегося воза с капустой, Бемиш нечаянно заметил под капустой небольшой ракетомет.

Чуть подальше народ теснился вокруг передвижного помоста, на котором разворачивалось представление.

— Пойдем, — вдруг затеребил Киссур иномирца, — это тебе обязательно надо увидеть.

Бемиш и Киссур пропихнулись поближе.

Почтенный старик в красном развевающемся платье с необыкновенным проворством изготовил две человеческие фигурки — одну из глины, а другую из витой железной проволоки, положил их на помост и накрыл видавшей виды тряпкой. Провел руками, снял тряпку — на месте фигурок вскочили двое юношей. Юноши стали отплясывать перед народом, и вскоре между ними и стариком завязался оживленный разговор.

— И о чем эта пьеса? — спросил Бемиш.

— Это представление на тему старой легенды, — объяснил Киссур. — Видишь ли, когда бог делал мир, он сделал двух людей: одного из глины, а другого из железа. Каждый из них знал столько же, сколько боги, но глиняный человек был простодушный и прямой, а железный — завистливый и хитрый. Однажды боги спохватились и подумали: «Люди ходят среди нас и, наверное, знают все, что мы знаем! Как бы это не навлекло на нас беду!»

Они позвали к себе железного человека и спросили: «Много ли ты знаешь?» И так как железный человек был хитер и скрытен, он на всякий случай ответил, что умен не более карася, который у него в корзинке. Боги прогнали его и позвали к себе глиняного человека и спросили, много ли он знает. «Все», — ответил простодушный глиняный человек. Боги подумали и вынули из него половину знания.

Теперь, когда Киссур разъяснил ему суть происходящего, Бемиш начал соображать, что происходит на сцене. Очень скоро ему стало ясно, что из человека, который наврал богам и знал столько же, сколько они, ничего хорошего не вышло. Человек этот строил всяческие каверзы, воровал звезды с неба, пристроил железного коня пахать за себя землю и попался на том, что, приняв образ бога, совокупился с его женой.

После этого бог в красных одеждах погнался за железным человеком с пучком розог, железный завизжал и кувыркнулся в раскрытый люк. Публика хохотала. Представление кончилось, и бог в красных одеждах стал обходить народ с тарелочкой.

Бемишу это народное творчество понравилось куда больше, чем утреннее представление на сюжет телесериала.

— Я правильно понял, что железный человек умер? — уточнил Бемиш.

— Нет. Он провалился под землю и там родил детей и внуков. С той поры железные люди живут под землей и несут ответственность за всякие надземные несчастья. Это они подбивают духов гор на землетрясения и военачальников — на мятежи. Согласно легенде, в конце времен железные люди вылезут на землю во плоти, то есть в железе, отберут у людей землю, а у богов — жертвы и вообще будут вытворять всякие безобразия.

— А второй акт будет? — спросил Бемиш. Ему хотелось посмотреть, как железные люди подбивают военачальников на мятежи.

— Всенепременно, — усмехнулся Киссур.

В этот момент бог с подносиком, на котором бренчали медяки, остановился перед ними, и Киссур, широко улыбаясь, положил на поднос две большие розовые бумажки с изображением журавля, а Ханадар прибавил еще одну. «Хвастуны», — подумал раздраженно Бемиш. Ему не хотелось отставать от своих спутников, и он полез в бумажник. Крупных вейских денег там не оказалось, но в паспорте Бемиша лежали, на случай неприятностей, пять тысяч денаров, — иномирца предупреждали, что банкоматы в здешних местах водятся нечасто. Бемиш вынул две сотенных и положил на поднос.

Бог в рваном халатике взял серые, с радужной водяной каймой, денары Федерации, помахал ими в воздухе, весело объявил что-то толпе — и разорвал на части. Бемиш тупо решил, что это фокус.

— Что он сказал? — спросил он Киссура.

— Что он не берет денег железных людей, — ответил Киссур.

Толпа как-то нехорошо и быстро расступилась, и спутники потащили Бемиша прочь: вслед иномирцу полетело несколько насмешек и гнилой помидор.

Через минуту они уже переходили сверкающую реку по лаковому пешеходному мосту, заставленному лавками. Бемишу было не очень приятно: у него в голове не укладывалось, почему человек, заработавший на представлении двадцать медяков, разорвал сумму в сто раз бо́льшую. Сам бы Бемиш никогда так не сделал.

— Он кто, этот фокусник, сумасшедший? — спросил Бемиш.

— Они этими представлениями завлекают людей, — сказал Киссур.

— Они — это кто?

— Ну, как сказать. По-вашему — оппозиция, а по-нашему — секта.

— Между оппозицией и сектой большая разница, — раздраженно сказал Бемиш. «Зачем я уехал на эту планету, — пронеслось в голове, — ну кто сказал, что парни из Федеральной Комиссии смогут что-то доказать в этой истории с акциями «Соколов, Соколов и Танака»? Купил и купил...»

— Разница, — согласился Киссур, — изрядная. Оппозиция — это то, что заседает в парламенте, а секта — это то, что висит на виселице.

— Да ты не беспокойся об этих деньгах, — сказал Ханадар. — Они мастера глаза отводить, он их наверняка ничуть не разорвал, а сейчас покупает на них водку местному отребью, потому что отребье хорошо верит представлениям, но еще лучше верит, когда его поят водкой.

А Киссур помолчал и добавил:

— Есть вещи, которые вы, иномирцы, не поймете на Вее. Вы не сможете никогда понять, почему этот старик называет ваш автомобиль мороком и почему при взгляде на ваши космические корабли вас называют железными бесами. Вы сможете учесть, сколько в наших горах меди, а как вы учтете этого старика?

— Мы его прекрасно учитываем, — сухо возразил Бемиш.

— Каким образом?

— В цене акций. В цене ваших акций, Киссур, которые стоят дешевле туалетной бумаги. Этот старик называется страновой риск.

$$\times \diamondsuit \times$$

Когда вечером злой и взъерошенный Уэлси вернулся в гостиницу, портье передал ему записку от Бемиша. Бемиш извещал, чтобы его не ждали вечером, потому что он улетел на рыбалку в Голубые Горы.

Бемиш отсутствовал всю неделю, а Уэлси обивал пороги государственных управ. Сделать элементарную вещь — получить доступ к вонючим развалинам космодрома или подписать бумаги, разрешающие ввезти на эту чертову планету необходимое для их оценки оборудование, — оказалось совершенно невозможно. Стивен заполнял и перезаполнял, он платил писцам и платил чиновникам.

В управе на улице Белых Облаков он сказал:

— Я буду вам очень благодарен, если вы подпишете эту бумагу.

— Хотелось бы узнать размеры вашей благодарности, — немедленно откликнулся чиновник.

В управе на улице Плодородных Долин его попросили заполнить все бумаги по-вейски. Уэлси нашел писца и все сделал. Чиновник просмотрел бумаги и сказал:

— Это запрещено: принимать от иномирцев бумаги, написанные не их собственной рукой.

— Слушайте, будьте милосердны! — сказал Уэлси.

— Милосердие — признак благородства, — важно согласился чиновник.

В управе на улице Осенних Листьев Уэлси грохнул по столу кулаком и завопил:

— А в тюрьму вы не опасаетесь угодить?

— В мире нашем, — возразил чиновник, — опасения сменяются покоем и покой — опасениями и один государь пребывает в безмятежном благополучии.

И попросил у Уэлси взятку в десять тысяч.

За шесть дней Уэлси позеленел. Контора Рональда Тревиса была не только пятым по величине, но и первым по скандальности инвестиционным банком Федерации Девятнадцати. Уэлси не был невинной институткой: он знал, как давать на избирательные кампании, и знал, как объясняться по этому поводу в прокуратуре. Но он воистину не слыхал, чтобы чиновник Федерации, если сказать ему: «Я вам буду благодарен», — немедленно полюбопытствовал бы о размерах благодарности.

На седьмой день Уэлси заехал в компанию «Далко», представлявшую на Вее услуги транссвязи, и заказал разговор с Рональдом Тревисом — человеком, которого одни называли некоронованным королем финансов Федерации Девятнадцати, а другие — некоронованным бандитом.

Уэлси пришлось провести в переговорной целый час. Обычный стационарный комм передавал слова Уэлси на орбиту, а для трансляции их через гипер требовался физический носитель: капсулу, выпущенную с одного узла транссвязи, ловили на другом, и время зависания между фразами обычно составляло две-три минуты. В данном случае оно составляло семь минут, и дело было, как подозревал Уэлси, вовсе не в отдаленном положении планеты Вея, а в монопольном положении компании «Далко», принадлежавшей непосредственно троюродному брату государя.

— Как дела? — Рональд Тревис сидел в своем офисе из стекла и керамобетона, вознесенном на триста метров над многоуровневыми улицами Сиднея.

— Никак, — сказал Уэлси, — за неделю я не подписал ни одной бумаги. Я семь раз приходил в центральный офис компании — там секретари не знают ничего, а кроме секретарей никого нет.

— А Теренс?

— Теренс Бемиш удит рыбу в Голубых Горах, — мстительно сказал Уэлси.

— Сколько они хотят взяток и кто?

— Не знаю, — сказал Уэлси. — Здесь есть человек по имени Шаваш, министр финансов и местный Талейран, а по мнению некоторых — надежда просвещаемого народа. У меня такое впечатление, что эта самая надежда народа получила от компании под названием «Венко» огромную взятку, с тем чтобы ни один из серьезных конкурентов «Венко» просто не смог принять участия в конкурсе.

— Ты считаешь, что неприятности устраивает лично господин Шаваш?

— Да.

Уэлси не намеревался ограничиться одним «да», а хотел вывалить еще целую кучу слов, тем более что ответа все равно бы пришлось ждать семь минут, но сразу после «да» экран пошел синими полосами и потух, и сколько ни пытался Уэлси колдовать над ним, он не выжал из него ничего, кроме извинений насчет технических причин.

Уэлси возвращался в гостиницу по вечерним улицам, когда сзади послышался вой сирены. Полицейская машина прижала его к обочине. Стражник в желтой куртке — национальной полицейской одежде — и с оружием в руках выпрыгнул из машины и рванул с мясом дверь Уэлсиевой «эколожки» с водородным баком, похожим на распухший огурец.

— Документы!

— Да как вы... — начал иномирец, протягивая права.

Но стражник даже не обратил внимания на целлулоидный прямоугольник. Он перегнулся через Уэлси, схватил желтый чемоданчик, лежавший на соседнем сиденье, и поволок его из машины.

— Как вы смеете! — заверещал Уэлси.

Стражник отпихнул хама со звезд.

— Молчать! По личному приказанию господина министра!

Полицейская машина взвизгнула плохими покрышками и уехала.

Уэлси сидел в своем огурце на колесах совершенно ошеломленный. Это была уже не мелкая взятка. Это... Объяснение было только одно: связь с Землей прервалась не случайно. За ним, по поручению Шаваша, следили. Разговор подслушали.

Для Стивена Уэлси это означало катастрофу.

Как уже сказано, он не был невинным мальчиком, и за эти несколько дней некоторое количество денег перешло из его рук в руки служащих империи. Если кое-где он не мог заполучить самой тривиальной информации, то кое-где, напротив, он заполучил информацию абсолютно конфиденциальную, — и часть этого конфиденциала обреталась в его портфеле. Эта информация вряд ли повредила бы чиновникам империи, но, о господи, что она могла сделать с «Леннфельд и Тревис»!

С момента блистательного возвышения Рональда Тревиса «Леннфельд и Тревис» входил в число самых высокодоходных, но не в число самых высокоморальных банков Галактики. Финансовый истеблишмент использовал любой повод, чтобы окоротить «этих бандитов»: управляющие компаний, гибнущих под срежиссированными «Эл-Ти» враждебными захватами, жаловались на подслушивающие устройства и прямой подкуп сотрудников, двое из внутреннего круга клиентов Тревиса сидели в тюрьме: один — за инсайдерскую торговлю, другой — за скверную историю с парковкой акций.

Собственно, Теренсу Бемишу, молодому и перспективному выскочке, поддерживаемому Тревисом, в Комиссии по ценным бумагам дали понять, что его присутствие на цивилизованных рынках капитала несколько нежелательно, и именно поэтому Бемиш явился на Вею. Уж тут-то, в этой стране денационализируемого капитала, была масса плохо управляемых компаний и никаких биржевых правил.

И вот теперь органы Федерации имели все шансы шваркнуть мордой об стол и Теренса Бемиша, и Рональда Тревиса, и Уэлси, и все это благодаря головотяпству самого Уэлси! Будущее представлялось молодому банкиру в самом черном свете. Тревис вышвыривал за порог и за меньшие грехи, а финансиста, которого вышвырнул даже Тревис, могли в лучшем случае принять кассиром в супермаркет.

Уэлси медленно доехал до ближайшей судебной управы,

отпихнул испуганного стражника и прошел в кабинет к начальнику.

— Меня зовут Стивен Уэлси, — сказал он, — я представитель инвестиционного банка «Леннфельд и Тревис» и прилетел из Сиднея для помощи клиенту, участвующему в инвестиционном конкурсе. Только что меня остановил полицейский автомобиль под номером 34-29-57, стражники забрали документы и скрылись. Вероятно, это недоразумение. Я надеюсь, что бумаги будут возвращены мне в течение трех часов, в противном случае оставляю за собой полную свободу действий.

Молодой полицейский чиновник испуганно сощурился на иномирца, побежал в соседнюю комнату и зашарил по клавиатуре.

— Номер 34-29-57? — наконец сказал он. — Это ошибка. В полиции нет машины под таким номером. Собственно говоря, машины под таким номером нет вообще.

⋊⋉⋊⋉

Уэлси вернулся в гостиницу через три часа в самом мерзком настроении. Если он нуждался в каких-то окончательных доказательствах, что в этом государстве нет никакого закона, то он их получил. Он промыл губу, разбитую об острый кулак полицейского или лжеполицейского, раскрыл чемодан и стал швырять в него, как попало, вещи. Он позвонил в космопорт, узнал, что ближайший рейс на Землю через одиннадцать часов, и заказал билет.

Через пятнадцать минут чемодан был упакован. Уэлси посмотрел на часы: до посадки оставалось еще десять с половиной часов. Космопорт находился в трех часах лету. Уэлси пожал плечами, подошел к занавешенному окну, откинул занавес и стал глядеть вниз. Слава богу, утром он покинет эту планету! Страна негодяев! Взяточников! Бездельников! О господи, зачем он дал тому лупоглазому, из восьмой управы, пять тысяч? Теперь, если Шаваш арестует Уэлси, он велит тому сказать, что взятка была в сто тысяч и что чиновник обещался... Ох!

Площадь перед гостиницей была ярко освещена. Напротив, внизу, стоял изящный восьмиколонный храм. Перед храмом были разбиты цветники, и спрятанные среди цветов прожекторы били прямо в храм, освещая снизу мраморные колонны и репчатые завитки крыш, рассыпаясь в далеком фонтане посреди храмового дворика, соперничая с крупными спелыми звездами. «Какая красота», — вдруг подумал Уэлси.

В этот миг в дальнем конце площади появилась машина. Она проехалась по кромке цветника, раздавила один из прожекторов, вильнула по полосе встречного движения и остановилась у стеклянной подковы подъезда, внизу. Останавливаясь, она въехала в стоявший впереди лимузин, но несильно, сантиметров на десять. Уэлси вылупил глаза.

Дверца машины открылась, и из нее высадился Бемиш. Два швейцара побежали к нему из подъезда. Бемиш шагнул сначала вправо, а потом влево. Засим он поднял голову и, качаясь, стал созерцать освещенный вход. Вздохнул и — сел на тротуар. Даже с двадцать четвертого этажа было видно, что Бемиш пьян в стельку.

Уэлси пожал плечами и пошел вниз.

Когда он высадился из лифта, навстречу ему два швейцара уже почтительно вели под руки Бемиша. Бемиш упирался и уверял, что он совершенно трезв. Он порывался петь и приглашал обоих швейцаров на рыбалку в Голубые Горы. Швейцары молча и сосредоточенно тащили его по ковровой дорожке. Возможно, они плохо понимали человека со звезд. Возможно, они привыкли к таким сценам.

Уэлси почувствовал, что краснеет. Бемиш на его глазах ронял в грязь высокое звание пришельца со звезд и светоча цивилизации. Уэлси шагнул навстречу, схватил Бемиша за галстук и поволок его, со швейцарами, в лифт. Бемиш пучил глаза и разевал рот, как певица, у которой отключили фонограмму.

Когда в номере Уэлси швырнул Бемиша на диван, тот пьяно помотал пальцем и сказал:

— Сюрприз.

И заснул. Свинья. Пьяная свинья.

Уэлси содрал с него штаны и пиджак, повесил на стул и пошел вон. Пиджак был слишком тяжел — стул опрокинулся, и пиджак грохнулся на пол. Уэлси вернулся и поднял пиджак, чтобы повесить его обратно. Внутренний карман пиджака был набит скомканными бумагами. Уэлси вытащил бумаги и развернул их. Это были те самые прошения и доверенности, которые три часа назад отобрала у него полиция в желтых куртках. Уэлси перелистал их и убедился, что на всех бумагах стоят подписи нужных чиновников. Более того: там стояли даже личные печати, что было уже совсем невероятно.

Уэлси спустился на лифте вниз. Он осмотрел машину Бемиша и нашел в багажнике отобранный у него давеча желтый чемоданчик. Кроме чемоданчика, в багажнике почему-то лежал жареный баран. Во рту баран держал толстое золотое кольцо. Под бараном имелось серебряное блюдо.

Уэлси поднялся наверх и положил обретенные бумаги в обретенный же чемоданчик. Он позвонил в космопорт и отменил бронь. Он позвал мальчишку-швейцара, и они втащили наверх барана, кольцо и блюдо.

Остаток ночи Уэлси провел у окна в своем номере, глядя на розовый восьмиколонный храм, задумчиво жуя кусок жареной бараньей ноги и запивая баранину отвратительно теплой газированной водой.

✕✕✕

Самое замечательное во всем происшедшем было то, что Бемиш тоже не мог вспомнить, как, собственно, случились подписи. Он отлично помнил храм в двухстах километрах от столицы, куда они поехали с Киссуром в первый день, и поместье Ханадара Сушеного Финика недалеко от храма. В поместье развлекались: сначала оружием, потом едой, а потом девочками. Ханадар и Киссур на спор сшибали друг у друга персик на голове сначала из лука, а потом из пистолета. Фокус состоял в том, чтобы попасть в косточку. Стрелять из лука Бемиш решительно отказался, и, чтобы подтвердить свое мужское достоинство, ему пришлось выдержать страшную драку с жилистым и сильным, как паровой пресс, Ханадаром.

Ханадар Сушеный Финик был человек в своем роде замечательный — это был один из самых храбрых командиров Киссура и один из самых лучших поэтов империи.

Во время гражданской войны награбил он огромные деньги, которые, впрочем, быстро прокутил, после чего стал искать, откуда бы взять новых. Решено было заняться пиратством, и Ханадар отбил у контрабандистов космическую шлюпку. Шлюпка была приспособлена скорее для бегства, чем для атак, но Ханадар рассудил, что трусливые собаки со звезд не будут особенно разбирать, если от них потребуют очистить карманы. К несчастью, с фотонным реактором Ханадар управлялся хуже, чем с харранским мечом, и дело кончилось тем, что после второго рейда новоявленная пиратская посудина прорыла в земле канаву глубиной три метра и к дальнейшим полетам оказалась непригодной.

А помогать Вее было тогда страшно модно, и Ханадару за исполненные дикой прелести песни чуть не дали Нобелевскую премию по литературе. И вот информационные агентства распространяют в один день два сообщения: одно о том, что кандидатура вейского поэта Ханадара обсуждается на Нобелевку, а другое о том, что некто по имени Ханадар разыскивается за ограбление трансгалактического лайнера «Меконг». Так Ханадару не дали премии первый раз.

После этого Ханадар стал наместником Хабарты и щедро раздавал народу деньги, а предпринимателям — налоговые льготы. Деньги были казенные и скоро кончились, а так как льгот было много, то деньги не возобновились. Хаданар попросил денег у местного полиметаллического комбината, хозяином которого был иномирец. Иномирец дал ему раз и другой, а потом обиделся, после чего любящий наместника народ громил цеха комбината.

А в это время опять подошел срок Нобелевки, и вот информационные агентства распространяют в один день два сообщения: одно — что вейский поэт Ханадар рассматривается как кандидат на Нобелевскую премию по литературе, и другое — что наместник Ханадар, возбудив толпу, учинил компании GalaMet убыток на три миллиарда денаров. И вот Ханадару не дали премии во второй раз.

После этого государь удалил Ханадара из наместников за самоуправство, и тот мирно зажил в подаренном ему поместье близ реки Шечен, что в Иниссе. И надо же было случиться такому, чтобы глава торгового представительства планеты Гера купил себе усадьбу в этом же районе.

И вот проходит еще один год — и торгпред Геры подает на Ханадара в суд за то, что тот буянил на его земле и сжег принадлежащую ему свиноферму. И Ханадар приходит в суд и просит судью подать ему ножичек для резки бумаги. Судья подает ему этот ножичек, и Ханадар в присутствии заседателей бросается с ножичком на торгпреда. И торгпред убегает со двора, где происходит суд, и больше на возвращается. И так как речь идет о частном обвинении, то за отсутствием обвинителя судья прекращает дело, а Ханадар, таким образом, экономит на взятке.

А в это время опять подходит срок Нобелевки, и информационные агентства распространяют сразу две новости: одна — что знаменитый вейский поэт Ханадар рассматривается в качестве кандидатуры на Нобелевку, и другая — что Ханадар мало что не зарезал в суде предъявившего ему иск представителя цивилизованной нации.

Так-то Ханадар и остался без своей Нобелевки, но это старая история, а мы возвращаемся к Теренсу Бемишу.

На следующий день Ханадар, Киссур, Бемиш и еще двое слуг улетели в Голубые Горы. Били острогой больших белых рыб и дрались друг с другом на кулачках. Было много солнца и веселья. Возле малинового шатра с серебряными колышками блестел стрекозиными крыльями флайер, к вечеру рабы привели из долины трех лошадей. Так продолжалось четыре дня.

Ханадар спросил Бемиша, что привело его в Страну Великого Света, и Бемиш объяснил ему то же, что и Киссуру. Ханадар Сушеный Финик сказал, что чужеземец утонет в бумагах, и Киссур сказал, что делу надо помочь.

Через три дня вернулись в загородный дворец Киссура: там уже толклись первые приглашенные. Киссур познакомил Бемиша с главой казначейства, и с министром полиции, и еще со многими уважаемыми людьми. Шаваш тоже был там. Глава казначейства сказал Бемишу, что его, главы казначейства, друг видел друга Бемиша, Уэлси, и что это человек величайшей честности и справедливый. Министр полиции сказал господину Бемишу, что отныне все счастие его жизни будет состоять в том, чтобы делать так, как скажет господин Бемиш. Министр внешней торговли пригласил Бемиша в свой особняк и сказал, что он постелет под колеса его автомобиля инисский ковер.

Бемиш не помнил, как конкретно зашла речь о подписях. К этому времени верхушка государства была пьяна, а иномирец еще пьяней. Министр полиции позвал секретаря и велел немедленно отыскать человека по имени Уэлси, взять у него бумаги и привезти их сюда. Секретарь, наверное, был тоже пьян и вдобавок имел при себе девицу, которая лизала ему ухо. Через час бумаги были в руках Бемиша.

Дальше Бемиш помнил совсем плохо. Помнил, как с потолка сыпались розы, как какая-то девица прыгала через золотое кольцо, увитое горящей бумагой, как купались с девицами в большом пруду, как одну из девиц он с кем-то не поделил — убей бог: как можно было не поделить девицу, когда их было на каждого по две штуки? А потом он обиделся на Уэлси. Это он помнил очень хорошо, как он обиделся на Уэлси. Пуританин! Свинья! Грубо отдал секретарю документы, а сам приехать отказался.

Бемиш решил, что съездит в гостиницу и привезет Уэлси. Его, кажется, не пускали. Но Бемиш их перехитрил: продрался сквозь виноградник, сел в машину и поехал за банкиром. Да, документы у него уже были с собой, он даже точно знал, что они подписаны.

Но кто добывал подписи? Убей бог, не упомнить! Кажется,

Киссур и добывал: он был трезвее других и хоть и пил, но не пьянел. Или... Нет, не Киссур, а Шаваш: Шаваш, мягко улыбаясь, подсовывал казначею лист, а Киссур в это время с диким мяуканьем рубил на спор мечом какую-то тряпку.

✕✕✕

Бемиш плескался под душем, когда в дверь постучали. Уэлси открыл: за дверью стояла большая корзина, а из-за нее выглядывал посыльный в желтом кафтанчике.

— Подарки от господина Шаинны для господина Бемиша, — возгласил он, сгрузил корзину и был таков.

Уэлси понес корзину в номер, но не успел водрузить ее на стол, как опять послышался стук. Уэлси открыл: новый посыльный был в синем кафтанчике и имел при себе не корзину, а увитый лентами короб.

— Пусть господин Бемиш примет эти пустяки от господина Раника и в душе его откроется дверца в рай, — сказал посыльный.

Уэлси поставил короб на кровать и заметил, что из корзины что-то течет. Он поспешил к корзине. В этот момент Бемиш, мокрый и грустный с похмелья, выглянул из душа. Запищал комм, и тут же постучали в дверь.

— Войдите, — сказал Бемиш и включил связь.

— Господин Бемиш, — раздался мягкий, ласковый голос, — это говорит Шаваш, министр финансов. Я был бы счастлив, если бы вы смогли навестить меня в два часа пополудни.

— Разумеется, — сказал Бемиш.

Дверь растворилась.

— Познакомьтесь, Уэлси, — проговорил Бемиш, — это Киссур. А это Уэлси. Как я вам уже говорил, он представляет инвестиционный банк «Леннфельд и Тревис».

Киссур и Уэлси поглядели друг на друга. Киссур увидел тощего молодого иномирца, с лицом круглым и белым, как таблетка от головной боли. Уэлси увидел кареглазого нахала, лет тридцати с небольшим, с круглым пучком волос на голове и с настоящей золотой цепью на шее, спускавшейся до самого ремня узких застиранных джинсов. В раскрытом вороте рубашки виднелась татуировка: какая-то хищная птица, пересеченная розовым шрамом. Уэлси потом уже узнал, что птица эта была кречет и что такая татуировка — старый обычай варваров-аломов. Если военачальнику отрубят в битве голову, да еще и разденут, как иначе опознать тело?

Киссур посмотрел на Уэлси и сказал:

— Слушай, Теренс, ты хочешь купить космодром, а эта белуга что тут делает?

— Я же объяснял, — проговорил Бемиш. — У меня нет денег. Банк соберет для меня деньги.

— Даст в долг?

— Выступит андеррайтером облигаций.

Киссур призадумался, а потом спросил:

— А какой процент требуют с тебя эти ростовщики?

— Облигации будут шестнадцатипроцентные.

— Почему так дорого? — возмутился Киссур.

— Потому что они ничем не обеспечены, — подал голос Уэлси. — Если компания разорится, ей нечего будет продавать, чтобы заплатить кредиторам.

— А ты молчи, гнида, — обернулся Киссур, — тебя не спрашивают. По законам государя Иршахчана ростовщиков варили в масле, а Золотой Государь запрещал брать больше чем три процента!

— А какая при Золотом Государе была инфляция? — полюбопытствовал Уэлси.

— Не знаю я, что это за штука инфляция, — объявил Киссур, — а только знаю, что первого же чиновника, который захотел бы ее устроить, Золотой Государь повесил бы так высоко, что другим сразу бы неповадно стало.

Молодой банкир потрясенно молчал.

— Ну что, поехали? — сказал Киссур Бемишу.

— А Стивен?

— Я, пожалуй, пойду поспию, — нервно проговорил Уэлси,

которому не хотелось углубляться с Киссуром в дальнейшую дискуссию о рынках капитала.

Через мгновение Киссур и Бемиш были уже внизу, разминувшись по пути с новой корзиной подарков.

Они сели в машину, и Киссур сунул Бемишу в руки бриллиантовое ожерелье. Бемиш обомлел:

— Ты что?!

— Мы, — сказал Киссур, — едем к господину Шаинне. Человек сделал тебе любезность — надо же его отблагодарить.

— Но... — начал Бемиш.

Через полчаса приехали в усадьбу Шаинны и отдали ему ожерелье.

Усадьба Шаинны располагалась совсем неподалеку от стены государева дворца. Стена была огромная и толстая, на вершине ее стояли деревянные посеребренные гуси и, наклонив голову, с неодобрением смотрели вниз. Раскрытые ворота посреди стены дышали прохладой, как колодец, и все пространство перед ними было забито разноцветными автомобилями.

— Ворота Варваров, — сказал Киссур.

— А?

— В древности у дворца было четверо ворот на каждую сторону света. Ворота Торжественного Выхода Императора, Ворота Чиновников, Ворота Простолюдинов и Ворота Варваров. Через Ворота Варваров во дворец входили глупые вожди в набедренных повязках, незнакомые с грамотой. Когда мне было десять лет, меня тоже привели во дворец через Ворота Варваров, и все мои товарищи дразнили меня и смеялись над этим.

Киссур помолчал.

— Сейчас через Ворота Варваров во дворец ходят иномирцы.

Машина их медленно ползла мимо пестрой толпы автомобилей.

— А как нынешний государь? Что он ощутил, когда война окончилась благодаря нашему вмешательству? — спросил Бемиш.

— Ничтожный подданный не смеет судить о мыслях государя, — ответил Киссур.

Бемиш даже подпрыгнул:

— А ты?

— Я был очень впечатлен, — помедлив, ответил Киссур.

Бемиш не сдержал улыбки, вспомнив, как в первый же день своего знакомства с людьми со звезд Киссур обругал их стервятниками, угнал штурмовик и учинил побоище в лагере мятежников, чем, собственно, и закончил гражданскую войну.

— Чем? Нашим оружием?

— Нет, ваше оружие меня не очень-то поразило. Я подумал, что пройдет шесть месяцев и государь купит себе такое же, ну, постарше и подешевле. А потом я увидел домики, в которых живут ваши простолюдины, и повозки, в которых они ездят, и подумал, что вряд ли государь купит нашему народу такие же домики и машины и через шесть месяцев, и через шестьдесят.

— И тебя ничто не шокировало? — спросил Бемиш. — Массовая культура, реклама эта дурацкая... Многие говорят, что у Федерации Девятнадцати слишком много имущества и слишком мало бытия. Ставят в пример Вею.

— Если кто недоволен, — пусть приезжают. Я их пошлю в мои инисские рудники и устрою им... много бытия.

Усмехнулся и добавил:

— А сейчас, Теренс, до свиданья. Мне надо во дворец, да и тебе пора к Шавашу.

✕✕✕

Точно в назначенное время Бемиш показался у министра финансов.

Шаваш принял иномирца в Стеклянном Павильоне. Он был в строгом коричневом костюме с безупречной манишкой, и, когда он вышел из-за стола, чтобы пожать Бемишу руку, на иномирца приятно пахнуло свежим дезодорантом. Вежливый слуга разлил в фарфоровые чашечки чай и скрылся за автоматически схлопнувшимися дверями.

— Я чрезвычайно вам благодарен, — сказал Бемиш, — что вы вчера подписали все эти документы и согласились мне помочь...

Шаваш мягко улыбнулся:

— Помилуйте, при дворе только и разговоров, что о вашем

необыкновенном успехе. Разве может такой ничтожный человек, как я, оказать вам какую-либо помощь?

Бемиш опустил глаза. Они сидели за стеклянным столом, формой напоминавшим каплю, и одним мановением руки поверхность стола превращалась в экран или платформу для «трехмерки». Впрочем, сейчас на столе стояли только фарфоровые чашечки с чуть красноватым, приятно пахнущим чаем; Теренсу казалось, что он вернулся домой.

— А вы с Киссуром старые друзья?

— Мы встретились впервые перед самым концом гражданской войны.

— Где?

— В поединке, — спокойно сказал Шаваш. — Киссур кинулся на меня с мечом, а я выстрелил в него из револьвера.

Бемиш подумал и изумился:

— Как из револьвера? Ведь Федерация тогда еще не...

— Долгая история, — махнул рукой Шаваш, — а револьвер был самодельный...

— И что дальше?

— Я почти промахнулся, а товарищи Киссура набросились на меня и стали меня учить, как надо драться в поединках. Потом привязали к веревке и протащили через весь город. Сломали позвоночник, ребра... Вскоре явились иномирцы и умудрились меня вылечить. С тех пор я немного хромаю. Да вот и рука...

Тут Бемиш заметил, что Шаваш держит чашку левой рукой, а ладошка правой как-то ссохлась и пальцы чуть скрючены.

— А из-за чего вы дрались?

— Из-за женщины. Госпожа Идари, жена Киссура, была моей невестой до того, как Киссур стал первым министром, а я — пылью у дороги. Киссур арестовал человека, которому я был обязан карьерой, и получил его должность и мою невесту.

Шаваш вдруг проследил взгляд Бемиша и убрал под стол правую руку, но стол был прозрачный — Бемиш видел, как задрожали скрюченные пальцы.

— А сейчас мы женаты на сестрах. Моя главная жена — младшая сестра госпожи Идари.

«Зачем он мне все это рассказывает?» — ужаснулся Бемиш.

Шаваш допил свою чашечку и, поколебавшись, внезапно сказал:

— Господин Бемиш! Считаю дружеским долгом предупредить вас. Киссур — любимец государя. Помешать он может легко, помочь — редко. Многие ненавидят Киссура за то, что он Киссур. За то, что Киссур презирает взяточников и предпринимателей, а сам живет подарками государя. За то, что Киссур и по сей день считает, что нет выгоды позорней торгового барыша. За то, что он бесплатно кормит народ, а сектанты и еретики называют его новым воплощением государя Иршахчана. Господин Инада обещал подстелить под колеса вашего автомобиля инисский ковер, когда друг Киссура приедет к нему в усадьбу... Господин Инада постелит под ваши колеса инисский ковер, а под инисский ковер он положит пластиковую мину. Чиновники будут подписывать вам документы, а за спиной делать вам гадости. Киссур расхвалит вас государю, — это значит, что государю докажут, что Киссур ошибается. Мой вам совет: держитесь от него подальше.

Бемиш закусил губу.

— Господин Шаваш, — сказал он, — я позволю вам напомнить, что, если моя компания окажется заинтересованной в покупке Ассалаха, мы можем просто его купить на открытом аукционе. И я гарантирую, что я дам цену бóльшую, чем «Венко», и что меня и тем более Рональда Тревиса не удастся выкинуть с аукциона якобы из-за несоблюдения норм. Что же касается разрешения на изучение финансовой документации, то я уверен, что, если бы не Киссур, я добывал бы его еще два года, и после взгляда на эту документацию я, кажется, понимаю почему. Кстати, мой вам совет: когда подделываете отчетность, обращайте внимание на второстепенные показатели. Так, знаете ли, не бывает, чтобы темпы строительства возросли на триста процентов, а энергопотребление осталось на прежнем уровне.

Чиновник помолчал, потом прикрыл глаза.

— Да, конечно. До свиданья, господин Бемиш. Желаю удачи.

✕✕✕

Едва машина Бемиша выехала из ворот усадьбы и свернула направо, как мимо него, в миллиметре, скользнул белый и длинный, как осетр, лимузин. Из окна высунулся Киссур и помахал рукой. Водитель волей-неволей шарахнулся к обочине. Они вылезли из машин и обнялись.

— Поехали кататься, — потребовал Киссур.

Бемиш велел водителю быть завтра с утра и сел рядом с Киссуром.

— Тут поблизости есть отменный кабачок, — сказал Киссур, — заедем.

Кабачок был низенький и сырой, посередине восьмиугольного дворика плескался фонтан. У фонтана стоял плоский пляшущий бог с мужским членом непомерных размеров и с четырьмя грудями. Бог был в общем-то голый, если не считать огромного рекламного листа, обклеившего его с четырех сторон. Реклама призывала покупать «трехмерки» фирмы «Коруна».

Расторопный хозяин подлетел к Киссуру и поставил перед посетителями отличного зажаренного гуся, политого лимонным соком и с золотистой корочкой, и кувшин пальмового вина. Киссур заметил, что Бемиш таращится на бога, и спросил хозяина:

— Тебе сколько заплатили за рекламу?

— Две.

— Вот тебе четыре, иди и соскобли мерзость.

Бемиш опустил глаза. После вчерашней попойки он чувствовал себя скверно: глаза бы не смотрели на этого гуся! И потом, что делать? Бемиш понимал, что под чиновниками, ненавидящими Киссура, Шаваш имел в виду прежде всего себя, — затем и рассказал ему про невесту и про сухую руку... Сказать Киссуру, что свояк его ненавидит? Но они друзья. Подумают: приехал иномирец, порыбачил с Киссуром и тут же затеял ссорить его со свояком. Не сказать? А вдруг Киссур думает, что Шаваш — его друг и рано или поздно попадется в ловушку?

Хотя вряд ли Киссур такая простая душа. Бемиш помнил, как даже сквозь пьяный угар на пирушке его поразила одна из песен Ханадара про битву с народом аколь. Король тамошнего племени направил своего брата и других высокопоставленных военачальников к Киссуру с просьбой не нападать на племя. Киссур сказал: «Так и быть» — и одарил послов сверх всякой меры, принятой в подобных случаях. Те, конечно, не могли отказаться от подарков, не поссорившись с могущественным полководцем империи. Вот они вернулись к королю, а Киссур послал им письма и сделал так, чтобы эти письма были перехвачены королем. В письмах Киссур напоминал, что обещался не трогать их землю в обмен на голову их короля, и спрашивал, когда они выполнят свою часть уговора. А богатые подарки были представлены взяткой за короля. Король, натурально, приказал зарезать и брата и военачальников, обезглавив тем самым войско и возбудив недовольство племени. А уж после этого Киссур разбил его за два дня.

И хотя все сходились в том, что по части подобных проделок Киссур далеко уступал покойнику Арфарре, — на несмышленую овечку этот парень не тянул.

А белокурый великан тем временем разлил вино в чашки, накрыл их лаковыми крышками, сквозь которые было продето по соломинке, и протянул чашку Бемишу.

— Ты за рулем, — напомнил Бемиш.

Киссур невозмутимо взялся за соломинку и, как показалось Бемишу, в минуту выдул все вино. Во всяком случае он тут же открыл чашку и стал наливать еще.

— Что ты такой грустный? — спросил Киссур. — Шаваш стребовал с тебя слишком большую взятку?

— Нет. Я просто никогда не бывал в такой ситуации. Я не знаю, как себя вести.

— Ты ведешь себя отлично, — рассмеялся Киссур, — ты уже наказал Шаваша на шесть миллионов.

— Что? — изумился Бемиш.

— А ты не знал? Компания «Венко» дала Шавашу шесть миллионов, чтобы космодром достался именно ей. А теперь Шаваш, как честный человек, должен будет эти деньги возвратить.

— Этого не может быть, — сказал Бемиш, — конкурс решает больше взятки.

— Откуда ты знаешь, что все зависит от конкурса?

— Я прилетел сюда, — сухо сказал Бемиш, — только потому, что конкурс на покупку Ассалаха организован в рамках программы, которая называется АСЕАТ. Это государственная программа Федерации Девятнадцати, действующая на развивающихся рынках. По правде говоря, все эти федеральные консультанты — бездельники и болваны, и если бы ваши власти устроили конкурс между своими, они бы закрыли на это глаза. Но если на конкурс придет нормальная компания, которая хочет заплатить много денег, а ее не пустят, то будет скандал. Все эти консультанты не допустят скандала. Иначе они потеряют работу. Не думаю, что Шаваш на него пойдет. Я встречался еще в Сиднее с представителями других компаний, и они без труда получили разрешение на участие в конкурсе.

— А ты?

Бемиш чуть смутился:

— Пока нет, но это не страшно. Это просто маленькие чиновники хотели маленьких подарков.

— Дело не в подарках, — сказал Киссур. — Может, на конкурсе и победит тот, кто больше заплатит; вот только «Венко» заплатила Шавашу шесть миллионов, чтобы ни одна компания, способная по-настоящему составить ей конкуренцию, не смогла участвовать в конкурсе. Шаваш очень боится этого вашего Тревиса. Тревожится, что Тревис сожрет его с потрохами.

«Глупости, — подумал Бемиш. — Откуда это «Венко», маленькая и не очень известная компания, могла наскрести такую взятку? И зачем? Местная мифология плюс бульварная пресса».

— Я уверен, — сказал Бемиш, — что все не так, как ты говоришь.

Киссур расхохотался и замахал руками:

— Так! Так! Шаваш уже начал кушать эти шесть миллионов, и вдруг — бац! Компания достается тебе!

И Киссур захохотал, явно довольный неудачей Шаваша.

— Погоди, — возмутился Бемиш, — во-первых, она мне еще не досталась. Во-вторых...

Бемиш хотел сказать, что, во-вторых, ему не очень-то хотелось бы ссориться с Шавашем...

— Но ты выиграешь конкурс!

— Если моя цена будет наилучшей.

Тут Киссур полез в карман и вытащил вдруг, к изумлению Бемиша, небольшую белую коробочку.

— Это что такое? — спросил Бемиш.

— Плазменная мина, — ответил Киссур, несколько даже обидевшись, что иномирец не видал вблизи столь обыденного изобретения собственной цивилизации.

— Что?! Зачем?

— Как зачем? Мы положим ее под дверь представителю «Венко», и, если он после этого не уберется с планеты, мы положим эту штуку ему под подушку!

Бемиш оторопел на несколько секунд, а потом сухо сказал:

— Я не буду этого делать.

— Почему? Боишься, что заметут?

— Слушай, Киссур, — спросил иномирец, — а правда, что во время вашей войны ты дрался в поединке, перед строем, с вражескими командирами?

— Ну.

— А почему, сражаясь в поединке, ты не приказывал оруженосцу пристрелить противника из лука?

— Ты что за чушь несешь? — изумился Киссур. — У меня бы все войско от такой подлости разбежалось.

— Значит, дело было только в войске?

Киссур потупился. Дело было, конечно, не только в войске.

Бемиш вздохнул:

— Знаешь, Киссур, мы росли в разных мирах, и, если бы я был полководцем, я не стал бы драться в поединке перед строем. Но когда я участвую в инвестиционном конкурсе, я не стану подкладывать конкуренту мину. Есть приличия, которые нарушать нельзя.

— Мне всегда казалось, — сказал Киссур, — что, когда дело идет о деньгах, нет никаких приличий.

— У вас, может, и нет, — сказал Бемиш. — А у нас есть.

Киссур сунул мину обратно в карман, непринужденно, словно пачку сигарет.

▪ Глава третья, ▪

в которой Киссур обличает перед императором
чужестранного взяточника, а Теренс Бемиш получает
в подарок роскошную усадьбу

Утром следующего дня Киссур отчаянно заскучал. Он позвонил было Бемишу, но Бемиш где-то носился задрав хвост. Можно было его разыскать, но зачем? Человек ходит по кабинетам — это шлюху можно пользовать вдвоем, а взятку чиновнику надо давать с глазу на глаз, зачем Бемишу такой свидетель, как Киссур?

Киссур побил ни с того ни с сего слугу — ну, собственно, не побил, а так, толкнул, только слуга налетел на бронзовую вазу и сильно вазой ушибся, позавтракал гусем и пирожками с маринованной печенкой и пошел в кабак, а оттуда — к гадалкам. Но проклятые гадалки все знали рожу государева любимца, и ничего интересного Киссур не услышал.

В конце концов Киссур вернулся домой, разделся и нырнул в огромный, выложенный нитевидным чахарским мрамором пруд, окруженный цветущими деревьями и с алтарем в Западной Беседке, нависшей над водой.

Киссур лениво плавал в пруду, когда за резной решеткой вдалеке прошуршала машина. Хлопнула дверца, загалдели охранники, — но потом, видимо, они решили, что вреда от посетителя не будет, — и Киссур услышал шаги на садовой дорожке.

Киссур нырнул. Когда он вынырнул, на мраморной кромке пруда стояли начищенные до блеска кожаные туфли. Выше начинались превосходно сшитые серые брюки.

— О'кей, сколько вы хотите?

Киссур поднял голову — перед ним стоял незнакомый иномирец, с лицом круглым и красным, как сигнал светофора. Глаза иномирца были безумны и подбородок воинственно выставлен вперед.

— Сколько вам нужно? — повторил иномирец.

Киссур неторопливо вылез из воды и встряхнулся, как собака. Капли воды с его белокурых волос забрызгали дорогой костюм чужака. Тот был заметно шокирован: по старой аломской привычке Киссур купался голым и не подумал прикрыться лежащим тут же полотенцем, явно демонстрируя свое презрение к гостю.

— Кто вы такой, — спросил Киссур, — и что с вами стряслось?

— Вы прекрасно знаете, кто я такой!

Киссур, уперев ноги в мраморную кромку пруда, шевелил босыми пальцами. Красноватое солнце плясало в мокрых волосах Киссура и в каплях воды, застывших между ложбинок мощных мускулов. По бедру от колена шел страшный рубленый шрам, и другой шрам, из переплетенных розовых рубцов, тянулся от левой груди к горлу. Остальные раны были помельче.

— О'кей. Меня зовут Камински. Пять месяцев назад я купил землю в зоне, которую мне обещали классифицировать как промышленную. Я стал строить мусорный завод. Теперь, благодаря вашей жалобе государю, ее классифицировали как деловую. Если я хочу и дальше владеть землей, мне надо заплатить разницу в цене — двести миллионов. Если я не хочу платить разницы, я могу забирать свои первые деньги обратно, а землю продадут наново!

— Так при чем здесь я?

— Ханида потребовал миллион и еще триста тысяч, сколько нужно вам?

— Я не торгую родиной.

Камински расхохотался. Его полное лицо затряслось: с ним, видимо, начиналась истерика. Он ткнул в Киссура толстый палец:

— Все вейские чиновники продаются. Они продаются по

демпинговым ценам. Я никогда не видел людей, которые хотят продать так много родины за так мало денег.

Киссур побледнел, и глаза его слегка сузились.

— Такие слова, — сказал Киссур, — не земля у моста Семи Облаков. За такие слова ты заплатишь полную цену.

Камински расхохотался и вдруг вытащил черный, крокодильей кожи бумажник.

— Разумеется, — сказал он, — заплачу. По сколько за слово? Десять тысяч хватит? Только не говорите, пожалуйста, никому, а то, если скажете, что я плачу деньгами за каждый плевок, ко мне выстроится очередь желающих плевка....

Одной рукой Киссур сгреб иномирца за широкий галстук, а другой заломил ему руку и дернул на себя. Иномирец перекувырнулся в воздухе, описал дугу и с оглушительным шумом свалился в прудик. Киссур обернулся полотенцем и направился к дому, видимо не интересуясь, утонет его докучный собеседник или нет.

✕✕✕

Всю ночь Бемиш провел за изучением отчетности компании (которая, несомненно, была липовой), а все утро — мотаясь по управам.

В три часа Бемиш поехал в «Томура секьюритиз». Брокерская контора, одна из лучших в империи, занимала очень небольшое место в очень престижном районе. Она располагалась в западном крыле дворцового павильона бывшего Сырного Ведомства. Все эти ведомства были расформированы после отмены двойного, дублирующего государственный, дворцового аппарата. Бывшие павильоны дворцовых чиновников были отданы иномирцам, и маленький домик, набитый суперсовременной техникой, встретил Бемиша чудным запахом цветов и мордочкой серебристой лисицы, высунувшейся из-за куста рододендронов.

Брокер, к которому он пришел побеседовать, был толстый молодой человек с глазами, прыгающими весело, как цифры в окошке счетчика банкнот, и золотистой нежной кожей. Звали его Мухаммад Краснов.

Краснов увел Бемиша в переговорную, закрыл окно в сад, включил кондиционер, и они стали говорить об Ассалахе. Слухи о приближающемся инвестиционном конкурсе немного повысили цену акций Ассалаха. Однако желающих продать акции было мало. Ассалахские акции можно было по-прежнему считать неликвидными: спрэд между ценой предложения и спроса достигал двадцати процентов.

Бемишу чрезвычайно понравилась тонкая аура преуспеяния, разлитая по всему небольшому офису, отличные автомашины сотрудников и хорошенькие секретарши с длинными ножками.

Перед прилетом на Вею Теренс Бемиш изрядно изучил состояние и перспективы различных вейских компаний; он остановил свой выбор на Ассалахе и загодя приобрел довольно значительный пакет акций; большую часть — через Краснова. Акции были на предъявителя, но держателю пакетов акций свыше пяти процентов полагалось этот факт регистрировать. Сейчас Бемиш владел шестью процентами Ассалаха, однако афишировать этот факт не собирался.

Бемиш и Краснов поговорили о финансовых делах, а затем молодой брокер ударился в воспоминания о баснословной дешевизне вейских ценных бумаг. Бумаги и в самом деле стоили брокерам гроши, и это уже не могло повториться. По крайней мере, если к власти не придут «знающие путь».

— Это такая маржа была, — рассказывал Краснов, — представляете, за плетушку рисовой водки продавали акции! Знаете, сколько мне стоили двадцать семь тысяч акций осрийской никелевой концессии? Бочку рисовой водки для всей деревни и еще шоколадку «Херши»! Знаете, за сколько я их продал? За четыреста тысяч денаров!

Бемиш усмехнулся:

— А за сколько вы покупали у крестьян ассалахские акции?

Брокер помолчал, размышляя. Потом он сделал нечто неожиданное. Он начал раздеваться. Он снял с себя пиджак и плоский бордовый галстук, стянул модную в этом сезоне рубашку с вертикальным воротничком и повернулся спиной к Бемишу. Бемиш ахнул. Спина Краснова, от позвонков и до копчика, была покрыта бледными, но заметными еще розовыми рубцами.

Краснов надел рубашку и спокойно пояснил:

— Когда я явился в Ассалах, меня встретил уездный начальник. «Брокер?» — «Брокер». — «За акциями?» — «За акциями». — «Пойдемте в управу, там я вам отвешу товар». Мы пошли в управу, он меня посадил на ночь в яму с навозом, а утром велел выпороть солеными розгами и сказал: «Чтобы больше тебя я в Ассалахе не видел».

— Господи!

— Кстати, он любезно разъяснил мне свою позицию. Заявил, что народ — это дитя, которое продает акции за плетушку водки, и что чиновники должны беспокоиться о его благосостоянии. И что пока он жив, ноги иностранных шакалов не будет в Ассалахе. Не то чтобы я не мог оценить его любезность. Меня, знаете ли, никогда не били солеными розгами.

— А судиться за розги вы не стали? — изумился Бемиш.

Но Краснов так поглядел на него, что Бемишу стало ясно, что он сморозил глупость.

Вернувшись в гостиницу, Бемиш почувствовал, что он проголодался, и забрел в обеденный зал. Цивилизованными в ресторане были только цены, обозначенные в денарах Федерации. Бемиш наугад ткнул в два-три названия. Вскорости официант принес ему целую плошку дымящегося супа с пельменями, несколько тарелочек с закусками и нечто, что запоздало напомнило Бемишу любимый местным населением бифштекс из собачатины.

Бемиш едва покончил с закусками, когда на стул рядом кто-то присел. Бемиш поднял глаза: перед ним сидел человек среднего роста, со строгими, прозрачными, как бензин, глазками и с фигурой, о которой местные крестьяне обычно говорят: «какой-то совсем неумелый бог его лепил». Только лицо его при ближайшем рассмотрении несколько противоречило общему аляповатому виду и было жестким, словно скрученным из кусков проволоки.

— Добрый день, господин Бемиш, — сказал человек. — Меня зовут Ричард Джайлс. Я представляю здесь компанию «Венко»: мы, знаете ли, участвуем в инвестиционном конкурсе на Ассалахский космодром.

— Какое совпадение, — сказал Бемиш, — и я в нем участвую.

— Но вы не пользуетесь расположением президента компании, господина Шаваша.

— Это еще не повод для огорчения.

— Я вам советую уехать с этой планеты, пока вас не выкинули с нее, господин Бемиш.

— А я вам советую убраться из-за этого столика, пока я вас не искупал в моем супе.

— Поверьте мне, господин Бемиш. Враждебный захват компании — это штучки для цивилизованного государства. А если вы попытаетесь здесь купить компанию, президент которой этого не хочет... Вы знаете, что у этого президента есть своя личная тюрьма?

— Я знаю, — сказал Бемиш, — что этот президент в любой момент может быть смещен государем, в случае, если кто-то, стоящий близко к государю, докажет, что этот человек действует вопреки выгоде компании. Вы слыхали, что случилось из-за Киссура с Йозефом Камински? Я ясно выражаюсь?

— Вполне. Значит, за вами Киссур, а за мной — Шаваш. Кто по кому проедет катком?

Тут официант принес Бемишу десерт и, вытянув голову, справился у его собеседника, угодно ли тому сделать заказ.

— Нет, — сказал Джайлс, — я пошел. А вы, господин Бемиш, если бы вы хорошо разбирались в здешней кухне, вряд ли бы заказали бифштекс из морской свинки.

✕✕✕

Остаток дня Киссур провел в кабаках с Ханадаром Сушеным Фиником и парой близких приятелей. Он проиграл в кости около двенадцати тысяч и почти не пил, хотя кое-кому поцарапал рожу. Вечером Киссур сел в машину и поехал к Шавашу.

Шаваш сидел в Облачной Беседке, и у него был гость-иномирец.

Видимо, иномирец был достаточно близкий, потому что, во-первых, Шаваш принимал его в беседке, предназначенной для вейцев, а во-вторых, в беседке находились две очень красивые девицы. Девицы были скорее раздеты, чем одеты, и одна сидела на коленях иномирца, а другая, жадно дыша, лизала этот самый предмет, выставивший налитую головку из расстегнутых брюк Шаваша. Шаваш лежал, откинувшись, на ковре, и его кафтан и исподняя рубаха, вышитая лотосами и лианами, валялись неподалеку. Стол был уставлен закусками и фруктами, свидетельствуя, что два собеседника уже покончили с делом и приступили к отдыху.

Иномирец при виде Киссура вскочил с ковра, и елозившая по нему девица откатилась в сторону.

— Ричард Джайлс, — сказал Шаваш, — представитель компании «Венко».

Киссур молча плюхнулся на ковер.

— Я, пожалуй, пойду, — сказал иномирец, с некоторым сожалением косясь на девицу.

— Иди-иди, — сказал Киссур, — эти девки у «Транс-Гала» стоят по пять ишевиков пара, не жадничай.

Иномирец вышел. Шаваш, полузакрыв глаза, потянул на себя девицу, и та села на него верхом. Шаваш тяжело и жадно дышал.

— Опрокинься на спину, — сказал он девице.

Та послушно исполнила требуемое.

Киссур подождал, пока Шаваш кончил.

— Принеси-ка мне кувшинчик инисского, — сказал Киссур, обращаясь к девицам, — да идите вдвоем.

Девицы покинули беседку. Шаваш лежал на ковре, шаря рукой в поисках рубахи.

— Чтой-то все забегали по поводу этого космодрома, — сказал Киссур, — и все к тебе.

— Я — президент компании.

— А кто был прежний президент?

— Человек по имени Рашшар.

— Погоди, так он же твоим секретарем был. Это ты, значит, его сначала посадил в президентское кресло, а потом в тюрьму?

— Воровать не надо, — отозвался с ковра Шаваш. — Вагонами причем.

— Да брось ты. Он тебе с каждого вагона половину отдавал, а ты рассердился, что не три четверти. Угробите вы страну, сволочи.

Шаваш наконец застегнул рубашку и штаны, приподнялся и налил себе чашку вина.

— Киссур, одна твоя прогулка на танке по заводу с минералкой обошлась стране гораздо дороже, чем все, что я украл и украду.

— Дался вам этот заводишко, — возмутился Киссур, — вот и Теренс то же давеча талдычил.

Шаваш молча цедил через соломинку вино.

— Ничего. Бемиш купит твою компанию и заставит вас всех побегать.

— Вряд ли он купит компанию, — сказал Шаваш. — Господин Бемиш часто покупает компании, но я не слышал, чтобы он хоть одну купил.

— Что ты хочешь сказать?

— Господин Бемиш очень неплохой финансист, но он сделал себе состояние на том, что покупал акции компании, якобы угрожая ей захватом, а потом продавал их компании гораздо выше курса. Это называется гринмейл. Сначала он имел дело с совсем маленькими компаниями, потом с компаниями покрупнее, а потом его попросили убраться из цивилизованных стран. Не то чтобы он нарушил какие-то законы, но ему и его хозяину дали понять, что ему следует для разнообразия подышать каким-то другим воздухом.

— Его хозяину?

— Хозяину из «Леннфельд и Тревис», Рональду Тревису. Откуда он, спрашивается, брал деньги для шантажа компании? Деньги собирал для него Тревис, а Бемиш — это просто дубинка, которой Тревис устраивал свои дела. Видели рядом с ним джентльмена по имени Уэлси? Вот это и есть Тревис — кусочек Тревиса.

Киссур, полузакрыв глаза, играл с бархатистым ворсом ковра. Стены беседки были увиты свежими розами и украшены бесценными картинами времен Пятой династии, но Киссур знал, что среди этих картин не было ни одной с подписью императора. Свиток, подаренный и подписанный императором, стоил больше, чем титул и звание, и господин Шаваш предлагал полмиллиона молочному брату государя, Ишиму, чтобы тот склонил государя Варназда на подарок. Но Ишиму пришлось вернуть эти деньги: государь почему-то не любил Шаваша.

— «Леннфельд и Тревис» — это славная фирма, — продолжал Шаваш. — Они находят людей, которые, чтобы нажить денар, крону и доллар, готовы вылезти из своей кожи и содрать чужую, и они натравливают этих маленьких людей на большие компании. Это гангстеры, а не финансисты. У нас их бы расстреляли из веерника. А так им сделали замечание, и они решили распространиться в места, где очень мало строгого финансового законодательства и очень много недооцененного имущества.

Шаваш помолчал и прибавил:

— Этот поганец купил семь процентов Ассалаха через подставных лиц, и он покупал их маленькими порциями на протяжении многих месяцев, чтобы не потревожить рынок.

Тут девицы вернулись с вином, и одна из них села Киссуру в ноги, а другая подползла к Шавашу и стала трогать его руками под рубашкой, и Шаваш засмеялся и поставил бокал на стол, а потом вновь откинулся на спину.

✕✕✕

На следующий день министр финансов Шаваш стоял перед первым министром империи, старым господином Яником.

Господин Яник стал первым министром года полтора назад, после смерти своего предшественника, некоего Арфарры. Все единодушно считали Яника ничтожеством и временной кандидатурой — чем бы, мол, дырку ни заткнуть, лишь бы не текло. Однако ничтожество просидело на своем посту куда дольше, чем многие из тех, кто считал его явлением временным.

Яник и Шаваш принадлежали к разным поколениям и, что еще важнее, были уроженцами разных провинций, и Шаваш не раз довольно громко выражал свое мнение о Янике, а Яник не раз довольно громко на примере Шаваша сожалел о тех временах, когда проворовавшихся чиновников вешали на всех четырех дворцовых воротах — по четвертинке на каждые.

— Ознакомьтесь, — сказал Яник, протягивая Шавашу белую пластиковую папку.

Шаваш развернул папку и углубился в чтение.

Это был проект строительства гигантского алюминиевого комплекса на востоке империи, в Тас'Салиме, богатом бокситами, но бедном энергией. Проект предусматривал создание глиноземного завода, завода по первичной переработке алюминия, двух электростанций — термоядерной и магнитогидродинамической и еще какого-то заводика по изготовлению композитных сплавов для гравитационных двигателей.

Общая стоимость первой очереди стройки оценивалась в двести миллионов галактических денаров. Компания, понятное дело, была государственной.

Шаваш перевернул последнюю страницу и увидел то, что искал, — президентом компании предполагали назначить Чанакку — внучатого племянника первого министра, человека довольно пустого и развратного, провалившего уже по крайней мере три поручения, и вдобавок фанатичного националиста, что было особенно неприятно космополиту Шавашу, с его безупречным знанием Стандарта и изысканными костюмами, пошитыми не ближе чем за три тысячи световых лет от Веи.

— Вот, — сказал первый министр, — безусловно важное дело. Пора кончать плестись в хвосте развитых миров. Ни у кого нет такого комплекса!

Шаваш подумал про себя, что такие комплексы есть и на Транаре, и в Дакии. Но что верно, то верно: ни у кого не было такого комплекса в государственной собственности.

— Через два года, — сказал первый министр, — мы будем диктовать погоду на рынке космических двигателей! В течение недели ваше министерство должно изыскать семьдесят миллионов денаров на первоочередные расходы!

— Мы не можем это сделать, — спокойно сказал Шаваш.

— Почему?

— Денег нет. Чиновникам в Чахаре второй год жалованье не платят.

Яник с неодобрением смотрел на министра финансов. Шаваш был слишком молод. Яник еще помнил те времена, когда слова «денег нет» просто не имели смысла в Вейской империи. Если денег не было, можно было их напечатать. На цену товаров это никак не влияло, потому что цена товара определялась не количеством денег в обращении, а Указом о стоимости товаров, услуг и проступков.

— Господин Шаваш, — спросил Яник, — каково ваше ежемесячное жалованье?

— Триста ишевиков, ваша светлость, — ответил чиновник.

— Это правда, что ваша последняя игрушка, частная космическая яхта класса «Изумруд», стоила пятьдесят миллионов ишевиков?

— Это был подарок друзей, — улыбнулся чиновник.

— Господин Шаваш, — сказал Яник, — Тас'Салим — важнейшая стройка для нашего государства. Мы обязаны найти на нее деньги. Или мы займемся вашей яхтой. Вы меня поняли?

— Вполне.

✕✕✕✕

Шаваш вернулся в свой роскошный кабинет искренне расстроенный. Он цыкнул на секретаря, швырнул модный пиджак на спинку, бросился в кресло и некоторое время сидел неподвижно. Те, кто поверхностно знал чиновника, были бы уверены, что он раздосадован неприкрытой угрозой, прозвучавшей из уст первого министра: красавица яхта явно кое-кому не давала покоя. Но, как ни странно, видимо, Шаваш был обеспокоен совсем другим. Во всяком случае, в абсолютной тиши кабинета, снабженного дюжиной противоподслушивающих устройств, он позволил себе сжать голову обеими руками и тихо пробормотать:

— Что они делают! Нет, суки, они понимают, что делают, или нет?

После чего включил интерком и распорядился:

— Дарен! Найди мне Стефана Сигела, и побыстрее.

Стефан Сигел был представитель Объединенного банка Нарена и Лиссы, двадцатого по величине в этом секторе Галактики, и пожаловал на Вею неделю назад в надежде на сотрудничество.

Стефан Сигел объявился в кабинете министра финансов через два часа.

— Господин Сигел, — сказал Шаваш безо всяких преамбул, — правительство нашей империи хотело бы срочно занять у вашего банка семьдесят миллионов галактических денаров сроком на шесть месяцев под девятнадцать процентов годовых. Вы согласны?

Господин Сигел сглотнул. Девятнадцать процентов годовых — это был очень жирный кусок. Облигации Федерации приносили семь процентов годовых. Облигации Геры — семь с половиной процентов. И хотя финансы Империи Великого Света находились, понятное дело, в куда худшем положении, нежели финансы Геры, его банк нашел бы шестнадцать процентов вполне приемлемой цифрой.

— Да, — сказал Стефан Сигел.

— Прекрасно, — ответил чиновник, — кредитное соглашение будет подписано через час после того, как полпроцента от займа будет переведено вот на этот счет.

И с этими словами Шаваш протянул господину Сигелу листочек с названием банка и номером счета.

Спустя несколько дней, за час до заседания правительства, министр финансов Шаваш положил на стол первого министра Яника кредитный договор с Объединеным банком Нарена и Лиссы.

— Вот ваши семьдесят миллионов, — сказал он. — Полагаю, что нет смысла включать их в доходы бюджета. Они проходят по внебюджетному фонду содействия развития промышленности.

Повернулся и вышел из кабинета.

«Все-таки удивительно расторопный человек, — растроганно подумал первый министр. — Как это он успел так быстро устроить деньги?»

Конечно, первый министр смутно понимал, что существует некая связь между способностью Шаваша быстро доставать галактические кредиты и покупками вещиц вроде частной космической яхты. Но первому министру было приятно думать, что любые деньги, которые Шаваш заработал на этой сделке, бледнеют по сравнению с тем барышом, который получит его внучатый племянник, закупая для своей компании галактическое оборудование у подставных фирм по вдвое завышенной цене.

✕✕✕

В тот день, когда в столице был столь счастливо решен вопрос о финансировании Тас'салимского алюминиевого комплекса, Бемиш, Уэлси и третий человек, по имени Мак-Кормик, поехали в Ассалах. Мак-Кормик был в банке консультантом по промышленному строительству и прилетел на Вею накануне.

На полдороге они чуть не утонули в огромной рытвине: дорога исчезала куда-то под землю, а метрах в семи возникала опять. Обитавший неподалеку старик созвал народ, и народ перетащил вездеход на волокуше, стребовав за это такие гроши, что у Бемиша даже исчезли подозрения, что рытвину он устроил сам, чтобы взимать плату за перевоз. Впоследствии Бемиш узнал, что в этом месте сходились два уезда и начальники никак не могли договориться, кому заделывать промоину.

На развалинах Бемиш затосковал так, как никогда в жизни, от невиданной порчи природы и стройматериалов. Черные ворота на летное поле торчали на фоне синего неба, одинокие, как триумфальная арка, и были украшены разнообразными воззваниями к богам и бесам. В стартовых шахтах цвели желтые и круглые, как глаз совы, озерца. Гигантская эстакада развалилась, столбы и перекрытия обросли зеленью и цветами, по полотну, предназначенному для многотонных грузовиков, сновали муравьи.

Ровно половину будущего поля покрывал ровный и необыкновенно колючий кустарник с синенькими цветочками и полуторасантиметровыми шипами, и это придавало космопорту вид леса, окружающего замок спящей красавицы. Увы, при появлении Бемиша колючки не пропали.

Административное крыло пассажирского терминала обрывалось на уровне первого этажа, шахта лифта упиралась прямо в небо. О том, чтобы в нем кто-то когда-то обитал, и речи быть не могло, однако Бемиш хорошо помнил имевшуюся в отчетности компании графу об офисных расходах как раз по высившемуся перед ним зданию. Что-то жуткое было в этом месте, переставшем быть частью природы и так и не ставшем частью промышленного мира.

Солнце уже спешило к полудню, когда Бемиш и Мак-Кормик вышли из здания к молодой бамбуковой рощице, шумящей на фоне сверкающего нержавейкой ангара. Тут Бемиш увидел, что они не одни: сзади за бамбуковой рощей стоял на растопыренных лапках флайер, и ветер от его сопел спутал нежную салатовую травку, облепившую посадочную площадку.

Бемиш спустился к флайеру. Под его брюшком, расстелив салфетку, кушал бутерброд с ветчиной человек в вытертых джинсах. Бемиш осклабился, узнав Джайлса из «Венко». Рядом, похлопывая по холке рыжую лошадь в белых чулочках, стоял другой человек — Киссур.

— Добрый день, — сказал Бемиш, подходя. — Вы вместе прилетели?

— Нет, — сказал Киссур, — я на коне.

И показал на опушку, где крутились еще два всадника: Ханадар Сушеный Финик и кто-то из слуг.

— От столицы на коне? — изумился Уэлси.

— У меня друзья неподалеку, — сказал Киссур.

Киссур приложил руку к белокурым волосам и принялся

оглядывать окрестности. Было видно, что стальные развалины и трава поверх бетона нравятся ему не больше, чем Бемишу.

— А кто мне объяснит, — спросил Бемиш, — почему здесь хотя бы не косят траву? Я когда ехал мимо, заметил — в селе дом сидит на доме, каждый кусочек вспахан, вдоль шоссе и то стоят бабы и складывают стожки, — а здесь такая зелень, и ее никто не косит.

— Это нечистое место, — ответил подъехавший Ханадар.

— Здесь, говорят, много ведьм, — подтвердил Киссур. — Знаете ли вы, как рождается ведьма?

Никто из иномирцев не был специалистом по зарождению ведьм, и Киссур объяснил:

— Иногда на перекрестке дорог строят храм или даже обычный дом, а потом мир меняет хозяев, и о храме забывают, или владелец дома переезжает бог знает куда. Дом плачет, старится, крыша обрастает травой, и столбы у ворот покрываются шапкой мха. Вода начинает вырезать на столбе узоры и черты, ворона вьет на нем свое гнездо. Вечером местные жители, пробираясь мимо столба, пугаются, думают — это кто-то караулит во тьме. Страх этот прирастает к столбу, наполняет его черты, проникает в его душу. Из страха и ветра зарождается душа столба, начинает смотреть на луну, гулять, когда дождь и слякоть, — так появляется столбовая ведьма.

Киссур ткнул в хромированные колонны, обрамлявшие вход в терминал, и прибавил:

— Эти столбы наверняка бродят по ночам. Вот крестьяне и боятся.

Уэлси фыркнул, а Джайлс испытующе поглядел на варваров и уточнил:

— Если вы верите, что эти столбы бродят по ночам, почему вы их не боитесь?

Киссур на мгновение коснулся кобуры, из которой торчала рубчатая рукоять с зеленым глазком, встряхнул белокурыми волосами и ответил:

— Я не крестьянин, чтобы бояться ведьм или начальников.

Или чужеземцев, которые лезут на нашу землю и обижают моих друзей.

Джайлс чуть заметно дернул ртом, а Ханадар почесал у лошади за ухом и добавил, пристально глядя на представителя «Венко»:

— Чужеземец, который лезет на нашу землю поперек нас, сам может превратиться в ведьму. Как ты думаешь, Киссур, если бросить его в эту дырку, которую они называют стартовой шахтой, он станет ведьмой или просто сгниет?

Джайлс слегка побледнел и оглянулся на флайер.

— Нам, пожалуй, пора, — заявил Джайлс. — Господин Бемиш, если хотите, я могу подбросить вас до столицы.

— Теренс остается со мной, — сказал Киссур. — Теренс, ты умеешь ездить верхом?

Он кивнул одному из своих спутников, и тот спешился. Лошадь подвели поближе, и Теренс уставился в крупный коричневый глаз. Лошадь жевала мундштук, и ее бока то поднимались, то опадали. Лошадь смотрела на Бемиша, и Бемиш смотрел на лошадь.

— Вот это хвост, — сказал Киссур, — а вот это голова, а посередине водительское сиденье. Чего ты стоишь? Садись.

— Мне не нравится, — ответил Бемиш, — что эта штука шевелится раньше, чем я включил зажигание.

Киссур и слуги его довольно захохотали.

✕✕✕

Однако Бемишу все-таки пришлось влезть на коня и пробираться по безумному лесу, в котором росли релейные мачты, обвитые лианами. Бемиш устал и отбил себе задницу и в конце концов чуть не утоп в лужайке, оказавшейся на поверку болотцем внутри пусковой шахты.

Наверное, конь и в самом деле был неплохим средством передвижения в этом запустенье, но проклятая скотина, мигом почуявшая неопытность седока, то щипала листву, то подкидывала задом, и в конце концов дело кончилось тем, что на крутом склоне, сплошь заросшем кустами, колючая ветка хлестнула

Теренса по лицу, лошадь шарахнулась, и Бемиш слетел в прелую траву, пребольно ударившись о скрывавшуюся под ней железяку.

После этого Киссур заявил, что эдакой ездой он угробит коня, и дальше они пошли пешком. Мелкий куст вокруг сменялся бетоном и железом, Бемиш потерял счет направлению и времени, и ему казалось, что их водит по лесу столбовая ведьма, разбуженная нахальной похвальбой варваров.

Они вышли к гигантской опоре монорельса, вздымавшейся из поросшей камышом низины. К бетонной платформе наверху вели полуобрушившиеся ступени. Киссур свил себе венок из кувшинок и, хохоча, побежал вверх.

Бемиш придирчиво изучил ступени на предмет муравейника, смахнул с них какой-то сор и скорее рухнул, чем сел. От него пахло тиной и потом, и штаны его были по ягодицы в грязи.

— Киссур, — позвал Бемиш, — у меня к тебе просьба.

Бывший первый министр империи остановился. Он глядел на Бемиша сверху вниз, с высоты в семь метров, и лепестки кувшинок на его белокурой голове были как древняя корона аломских владык. Киссур ударил ногой по бетонной кладке, и кусок ее с шумом и грохотом упал на землю. Киссур подпрыгнул вверх и захохотал и снова с силой ударил каблуком о ступеньку. Бемиш еще не видел человека, который бы так наслаждался жизнью и так равнодушно относился бы к смерти.

— Да?

— Космодром выстроен на крестьянской земле, хотя вокруг полно государственной. Но его выстроили на земле общины, а в возмещение семьям раздали акции. Я бы мог их купить.

— За сколько?

Бемиш заколебался. Он бы с удовольствием купил их за кувшин рисовой водки, но следы плетей на плечах Краснова стояли у него перед глазами.

— Эти акции неликвидны, Киссур. Они стоят не больше десяти розовых каждая. Это я готов заплатить.

— А когда ты построишь космодром, каждая будет стоить десять тысяч? На эту сумму ты надуешь крестьян?

— Они не будут стоить десять тысяч, если я не построю космодрома.

Киссур внезапно ухнул и спрыгнул с разрушенной платформы. Он пролетел вниз не меньше пяти метров, и Бемиш с ужасом представил себе, что было б, если бы он напоролся внизу на железяку или крюк. Но мягкие сапожки Киссура с чавканьем ушли в черную жижу, обдав Бемиша изрядной порцией грязи, Киссур расхохотался и сел рядом с Бемишем. Они молча смотрели, как клонится к закату солнце. Где-то вверху, между бетонных плит, заливался соловей.

— А Шаваш сказал, что ты и не собираешься ничего строить, — вдруг промолвил Киссур.

Бемиш удивился.

— Шаваш сказал, — продолжал Киссур, — что ты делаешь деньги на том, что покупаешь акции и потом шантажируешь руководство компании, пока они не покупают эти акции обратно втридорога, и что у тебя репутация такого человека — гринмейлера. Это правда?

— Да, — сказал Бемиш.

— Значит, ты собираешься покупать Ассалах?

— Собираюсь.

— А почему ты не покупал других компаний, раньше?

— Я хотел их купить. Просто по мере драки цена за акцию возрастала настолько, что для умного человека купить их было просто глупо. Как тебе, может быть, сказал Шаваш, две из компаний, чей менеджмент от меня откупился, разорились.

— Из-за тебя.

— Вольно ж им было назначать несуразную цену.

— И с Ассалахом случится то же самое, да? Цена тебе покажется слишком высокой, ты продашь акции, а компания разорится?

— Не думаю. Видишь ли, в Ассалах было вгрохано неимоверно много денег, и, несмотря на весь окружающий нас вид, — Бемиш указал широким жестом на стрелу монорельса и далекий остов полукруглого терминала, похожий на выеденную арбузную корку, — несмотря на все это, здесь заложены все фундаменты и проведены все коммуникации. Если постараться, он может начать принимать первые корабли буквально через шесть месяцев. Я думаю, что стройка была заброшена только потому, чтобы опустить цену и продать ее нужным людям за копейки. Кроме того, все слыхали, что вкладывать деньги в такой рынок, как ваш, — опасно, но не все понимают, что космодромы да еще системы космической связи — это единственно надежная часть вашей экономики. Это та штука, от которой вы не откажетесь при любом правительстве, и она в наименьшей степени зависит от местных властей, потому что основные ее доходы прилетают с неба. Ассалах сейчас стоит столько, сколько две закусочных в центре Торонто, но на самом деле он безумно недооценен. Поэтому цена акций может подняться в десятки раз, и все равно он останется неплохим приобретением.

Карие глаза Киссура глядели куда-то мимо Бемиша, и его гладкое, спокойное лицо казалось высеченным из слоновой кости.

— А сейчас ты покупаешь акции Ассалаха?

— Да.

— Сколько их у тебя?

— Фондовый Комитет Империи требует регистрировать любую покупку акций компании, превышающую пять процентов. У меня их больше, но я прошу, чтобы это осталось между нами. Я их не регистрировал.

— Как это возможно?

— Номинальными держателями моих пакетов выступают разные компании.

Киссур помолчал и спросил:

— А зачем тебе акции сейчас, если все равно будет тендер?

— Меня не до конца устраивают условия тендера. Они так хитро сформулированы, что позволяют, например, государству искусственно завысить цену уже после объявления победителя.

— А если победителем выйдешь не ты и Шаваш продаст компанию другим людям, — то ты продашь эти акции с многократной прибылью?

— Я куплю Ассалах.

Киссур помолчал. Птицы вспархивали из травы, далеко-далеко в поле мычала затерявшаяся корова, и над головами иномирца и бывшего первого министра империи катилось круглое, как тыква, солнце.

— А что сделали те приказчики, которых ты разорил?

— Какие приказчики?

— Ну, эти, — Киссур щелкнул сильными длинными пальцами с въевшейся под ногти грязью, — президенты компаний.

— Ничего. Они же цивилизованные люди.

— Так вот запомни, Теренс. Я буду тебе помогать. Но если ты сделаешь, как сказал Шаваш, я зарою тебя у ворот на летное поле, и когда ты превратишься в ведьму, я буду приходить каждую ночь и отрывать тебе голову.

Киссур молча поднялся и пошел к бетонной опоре, а потом вдруг снова заухал и захохотал и начал перепрыгивать со ступени на ступеньку, пока не поднялся на самую вершину и не побежал по блестящему рогу монорельса, уходящего к солнцу.

✕✕✕

Ричард Джайлс, представитель компании «Венко», нашел министра финансов Шаваша при исполнении церемонии. Маленький пухлощекий чиновник шествовал вокруг нового здания банка «Адако», неся в руках золотой тазик, в котором плавала на щепочке зажженная свечка, а за ним, в одинаковых шелковых одеждах, следовало десятка два детей с такими же свечками в руках.

Вокруг набежало множество любопытных.

Шаваш зашел в здание, выплеснул воду на мраморный пол и с подобающими случаю словами вручил тазик президенту нового банка — племяннику его близкого друга.

Когда через пять минут церемония закончилась, Шаваш удалился в кабинет председателя правления. Джайлс последовал за ним. Шаваш скинул с себя просторный шелковый паллий, под которым оказался безупречный белый костюм. Костюм удачно скрывал слегка расплывшуюся талию, и от тщательно выбритого подбородка Шаваша пахло туалетной водой и какими-то местными благовониями. Каким-то образом, несмотря на легкую полноту, Шаваш не терял ни изящества, ни быстроты в движениях, и его желтовато-золотистые глаза смотрели на мир с искренней радостью и даже простодушием.

— А, это вы, Дик? — сказал он. — Добро пожаловать, чтото я не видел вас в начале церемонии.

— Я летал в Ассалах, — сухо ответил Джайлс, — Бемиш тоже был там. Вместе с Киссуром. И Киссур мне угрожал.

— Ну, если Киссур вам угрожал, — улыбнулся Шаваш, — вы можете написать заявление в Министерство Порядка и Справедливости. Оно будет рассмотрено в надлежащем порядке.

Сухопарый иномирец внимательно посмотрел на своего собеседника, пытаясь понять, как следует расценивать эти слова: как оскорбление или просто как дружескую шутку.

— Мы с вами договорились, что Теренс Бемиш не будет участвовать в конкурсе.

— Не всегда может человек исполнить то, о чем он договаривался, — объяснил Шаваш, — особенно если другое предложение более выгодно.

Тонкий рот Джайлса скривился в насмешке:

— Черт возьми, если мы платим по денару за акцию, мы не можем позволить, чтобы кто-нибудь еще подавал заявки!

— Сожалею, вам придется поднять цену. Теренс Бемиш предлагает семь денаров за акцию — поднимите цену, и все.

— Я не затем платил вам, Шаваш, чтобы платить еще и за акции! Выгоните Бемиша!

— Сожалею, — сказал Шаваш и улыбнулся радушней прежнего, — но вы же сами видите, что Теренс Бемиш — протеже Киссура. Если выставить его за порог, Киссур нажалуется государю. Один и семь — это слишком большая разница. Вы хотите такого же скандала, как с Камински?

Разъяренный Джайлс молча хлопнул дверью. В коридоре его ждал товарищ.

— Ну что?

— Чертов взяточник, — прошипел разъяренный иномирец. — «Протеже Киссура», как же! Ты знаешь, кто просил у чиновников подпись на документах в ту ночь, когда все были пьяны? Киссур? Черта с два, Киссур лежал с девкой, подписи просил Шаваш! Он теперь будет погонять нас этим Бемишем, пока мы не заплатим хотя бы по пять денаров за акцию!

✕✕✕

К вечеру Теренс и Киссур выбрались с космодрома через дыру в стене и зашагали в сумерках по красивой, утоптанной в пыль дороге, вившейся мимо тщательно возделанных огородов и рисовых чек.

Бемиш устал хуже собаки и тихо бесился: что, в конце концов, хочет доказать ему Киссур? Что он лучше Бемиша приспособлен для марш-броска? Велика важность для человека, воевавшего в стране, в которой вся бронетехника была мощностью в одну лошадиную силу! Бемиша так и подмывало выложить все это Киссуру. Но он вместо этого молчал и плелся за бывшим министром, как хвост за собакой.

Километров через пять дорога пошла вверх; рисовые чеки сменились садами, и за поворотом Бемиш увидел высокий просмоленный забор загородной усадьбы и встающие над ним беленые холмики крыш.

За усадьбой снова потянулись поля, а потом — саманные домики с играющими в пыли ребятишками; а еще через десять минут Бемиш увидел зеленый флаг у распахнутых ворот деревенской харчевни и опрятную молодуху, управляющуюся с земляной печью на заднем дворе.

Оба путника были по уши в грязи и имели настолько сомнительный вид, что хозяин даже не шевельнулся, увидев их на пороге, и только когда Киссур сел за стол и гаркнул как следует, вразвалку подошел к посетителям. Киссур осмотрел гусей, которых предложил хозяин, велел одного зажарить и заказал к гусю грибную подливу, закуски и вино.

Вскоре гусь появился перед путниками в жареном виде, и

его нельзя было узнать: такая аппетитная на нем была корочка и с таким веселым шипеньем стекал с него жир в дымящееся блюдо с рисом. Путники принялись за еду, и, хотя Бемиш очень проголодался, он скоро заметил, что ему не угнаться за Киссуром.

Посетителей в харчевне было немного; самая большая компания, человек шесть, сидела у окна, и на столе перед ними не было ни мясного, ни пьяного.

— Сектанты, наверное, — ткнул в них Киссур, — говорят, в здешних краях их немало.

Впрочем, сектанты Киссура особенно не интересовали, — куда больше он прислушивался к разговору двух бедно одетых крестьян, которые, втянув голову в плечи, поспешно выбирали из своих тарелок рис. Минут через пять Киссур подошел к ним и поманил за свой стол, угостил гусем и принялся расспрашивать. Бемиш смотрел на крестьян во все глаза. Они были босоногие и худые, и их куртки казались разноцветными от поставленных на них заплат. У старшего борода была разделена на две части и заплетена в косичку. У младшего не было штанов, а была длинная рубаха с застежкой между ног.

— О чем они говорят? — спросил Бемиш.

— Это крестьяне из соседней деревни, — сказал Киссур, — а идут они к управляющему той самой усадьбой, которая сидит на холме. Два года назад у них захворал отец, и они заняли у управляющего деньги сначала на лечение, а потом на достойные похороны. Вышло так, что за эти два года проценты сравнились с долгом, и, как только это случилось, управляющий послал своих слуг в деревню и забрал в уплату долга их сестру. Парни поехали к родственникам, чтобы занять деньги, но так ничего и не добились и вот теперь идут к управляющему.

Киссур замолчал.

— А акции, — поинтересовался Бемиш, — вы спрашивали про акции?

— Они не знают, что такое акции, — ответил Киссур. — Если это те красивые бумаги с красным кантом, которые им выдали вместо земли, то они подарили их управляющему на именины.

— Но они даже сейчас стоят десять ишевиков штука! — вскричал Бемиш, совершенно забыв про плетушку водки.

Крестьяне с беспокойством вертели головами, прислушиваясь к речи оборванцев в богатой, но грязной одежде: оба явно говорили на воровском жаргоне, ничего не понять! Киссур полез за пазуху, вытащил оттуда пачку денег, отсчитал двести ишевиков и отдал старшему парню.

— Держи, — сказал, — это тебе на выкуп сестры.

Крестьянин выпучил глаза на незнакомца, а потом упал на колени и стал целовать перед Киссуром землю, пока Киссур не поднялся резким движением и не закричал:

— Хозяин, счет!

— Куда мы теперь? — спросил Бемиш, когда они покинули харчевню.

Киссур отогнул полу грязной куртки, убедился, что ствол под курткой на месте, и сказал:

— Обратно в поместье.

Звезды уже раскатились по небу, как горох, высыпавшийся из подола нерадивой хозяйки, когда Бемиш, усталый как собака, доплелся вслед за Киссуром на вершину холма, увенчанную просмоленным забором с белыми луковками крыш. Они долго стучались в ворота, пока те наконец не поползли вбок, и в перекрещенном свете фонарей Бемиш увидел перед собой двух охранников в зеленых куртках и с плоскорылыми длинными веерниками.

— Объясняйся, — пихнул Бемиша в бок Киссур.

— Я... наша.... переночевать, — начал Бемиш.

Один из охранников поднял повыше фонарь, сообразил, что имеет дело с иностранцами, которые по-человечески понимают меньше собаки, и впустил их в усадьбу без особых разговоров.

✕✕✕

Теперь надо сказать, что управляющий поместьем, в которое они пришли, был очень дурной человек. Он беспощадно обирал крестьян, торговал девушками, скупал краденое и содержал целую шайку, которая вымогала у людей деньги. С местным начальством он был в прекрасных отношениях. При всем этом он напускал на себя благородный вид. Обирая крестьян, он всегда старался свалить ответственность на безжалостные распоряжения хозяина усадьбы. Так как крестьяне в этой местности были очень глупы, им и в голову не приходило пожаловаться владельцу усадьбы, который жил в столице и не подозревал о творящихся безобразиях. Таким нехитрым способом управляющий добивался, что крестьяне считали его своим заступником.

Итак, Киссур и Бемиш разместились в копне сена на скотном дворе, а крестьяне, которые встретились им в харчевне, в это время ждали у дверей приемного зала. В конце концов управляющий спустился к ним.

— Мне-то вас очень жалко, — заявил он, — но я уже переслал вашу сестру господину в столицу, так что и разговора никакого нет, чтобы потребовать ее обратно. Если она понравится господину, то вам повезло: может, он и согласится не требовать с вас остаток долга.

— Но нам удалось раздобыть деньги! — радостно сказал крестьянин и протянул ассигнации.

Но кто же мог знать, что вчера управляющий повздорил с одним из своих слуг и убил его ударом палки по голове. После этого он запихнул тело в багажник, вывез его из усадьбы и бросил в кусты неподалеку от заброшенной стройки. Утром он сказал, что отправил слугу за покупками в столицу. Впоследствии он надеялся заявить о бегстве слуги, но сейчас, при виде денег, у него возник великолепный план. Он просмотрел еще раз ассигнации и вдруг вытащил из них одну, достоинством в двадцать ишевиков, на которой имелась сделанная чернилами банковская пометка «200».

— Хватайте их! — закричал он слугам. — Эти двадцать ишевиков я отдал моему слуге Анаю, которого вчера послал в район! Анай должен был вернуться сегодня утром, наверняка они его ограбили и убили. Иначе откуда у них взялись деньги?

Слуги схватили растерявшихся крестьян.

— Где вы взяли эти деньги? — напустился на них управляющий.

— Ваша милость, — взмолился старший, — деньги дали нам двое бродяг, которые сейчас спят на сеновале, — один белокурый, а другой темненький! Откуда мы знали, что они кого-то ограбили?

Управляющий велел слугам посмотреть, и в скором времени ему донесли, что действительно на сеновале спит темноволосый бродяга, а другой зарылся в сено. Одежда темноволосого была богатой, но грязной, что же до второго, то от него из сена торчали только поношенные сапоги наилучшей столичной выделки. Управляющий обрадовался. «Рыба, можно сказать, сама плывет в руки, — решил он. — Арестую этих бродяг и обвиню их в убийстве!» Но потом он передумал. «Еще неизвестно, откуда эти бродяги взялись! — сообразил управляющий. — Только бандиты носят при себе такие деньги и такие сапоги, и они, конечно, не обрадуются, если я обвиню члена известной шайки в убийстве и грабеже! После этого мне придет конец! И наоборот, бандиты оценят мою скромность, если я не стану впутывать их в это дело».

И напустился на крестьян:

— Что за вздор! Откуда у бродяг такие деньги? Вы на все идете, чтобы обвинить случайных попутчиков!

И приказал принести плети и розги.

✕✕✕

Киссур вовсе не спал в это время на сеновале. Ему очень хотелось посмотреть на результаты своего благодеяния. Чтобы не привлекать внимания, он снял с себя сапоги, воткнул их в сено, так что их можно было принять за ноги спящего в стогу человека, неслышно взобрался на крышу сеновала и перепрыгнул оттуда на главный дом. Там он снял с себя пояс с крюком, зацепил крюк за выступ на крыше и спустился по крюку на карниз, огибающий дом. По этому карнизу он дошел до приемной залы. Свесившись вниз, он слышал, как крестьян обвинили в убийстве и как те, не выдержав пытки, в этом убийстве признались.

Через некоторое время арестованных увели, управляющий запер деньги в небольшой железный сейф, стоявший в углу, и все разошлись. Выждав полчаса, Киссур осторожно отколупнул ножом деревянную раму и влез внутрь.

✕✕✕

Бемиш проснулся в середине ночи: Киссура рядом не было. «И где его нелегкая носит?» — рассердился Бемиш. Светила луна, и крыши флигелей и хозяйственных построек четко вырисовывались на фоне ночного неба. И в эту секунду Бемиш увидел силуэт человека, крадущегося по коньку главного дома с узлом под мышкой. Его белокурые волосы, стянутые в пучок на затылке, блестели в свете луны, как свежевымытый рис. Бемиш вздрогнул и протер глаза. Человек перепрыгнул на крышу гаража и скрылся внутри. «Держи вора!» — вдруг раздался крик, и в доме что-то сверкнуло. Бемиш подпрыгнул.

В гараже бухнуло, ворота его распахнулись, и из них, сопя, вылетел грузовичок.

— Прыгай! — заорал Киссур.

Бемиш взлетел на подножку грузовичка, рванул дверцу и повалился на сиденье. Грузовичок заметался по двору, вышиб ворота и припустил вниз по склону. Разбуженные слуги кинулись вслед, но так как каждый боялся, что грабители начнут стрелять и, пожалуй, попортят дворне шкуру, — они ограничились громкими воплями и суетой с фонарями.

Управляющий молча созерцал разоренный сейф. «Гнусные люди эти грабители, — подумал он. — Я проявил великодушие, не стал притягивать их к ответу за убийство, а они вместо благодарности учинили такое!»

✕✕✕

Когда грузовик отъехал от усадьбы километра на три и стало ясно, что погони за ним нет, Киссур свернул к обочине, остановился и спросил:

— Теренс, ты никого на стройке не убивал?

Иномирец только руками всплеснул от такого вопроса.

— Вот и я думаю, что не убивал, — согласился Киссур. — Тогда откуда же управляющий опознал эту бумажку?

И Киссур стал рассказывать все, что произошло между управляющим и крестьянами.

— Я думаю, — сказал, поразмыслив, Бемиш, — все дело в том, что управляющий уже отослал эту девицу своему господину и не решается требовать ее обратно. Вот он и затеял эту свару с деньгами, а слуга, наверное, куда-то сбежал или вернется через неделю.

— Хорошо ты думаешь, — сказал Киссур, — вот и крестьяне, верно, думают то же. Держи.

И, перегнувшись, Киссур подцепил откуда-то сзади здоровенный мешок из рогожи. Теренс раздернул горловину мешка и посмотрел внутрь. Мешок был набит вперемешку пачками денег и закладными, но первое, что бросилось Теренсу в глаза, — это плотные белые листы с красным окаймлением и всевозможными гербовыми печатями, аккуратно сложенные в пачки по несколько сот штук и перевязанные веревочкой, — сертификаты акций Ассалахской компании.

— О боже мой, — простонал Бемиш, — это что такое?

— Твои акции. Помнишь, крестьяне сказали, что управляющий требовал их в качестве подарка?

— Зачем?!

— Ты же сам просил!

— Киссур! Во-первых, я могу покупать задешево и продавать задорого, но я еще ни разу не приобретал ценных бумаг с помощью бандитской фомки, во-вторых, ни один банк не предоставит мне финансирования ровно через пять минут после того, как эта история станет известной, и, в-третьих, эта история непременно станет известной, так как управляющий пожалуется на то, что один из бандитов, его ограбивших, был иностранцем, а вокруг не так много иностранцев...

— Твоя правда, — сказал Киссур, — надо сделать так, чтобы он не пожаловался.

Бемиш махнул рукой и замолчал.

Через час они доехали до разрушенной эстакады, где Бемиш и его спутники утром бросили машину: машина была на месте. Киссур высадился из грузовичка, кинул тяжеленный мешок на заднее сиденье и вынул из багажника чистую одежду.

— Переодевайся.

Киссур повел машину, а Бемиш нахохлился, утих и думал, глядя на Киссура: «Не человек, а ходячий скандал!» Доехали до затхлого городка и остановились перед красными лаковыми воротами: Бемиш сообразил, что это уездная управа. Наверное, это была та самая управа, где Краснова выпороли за попытку приобрести акции.

— Что, хочешь ограбить еще начальника управы?

Киссур, не отвечая, стучал в ворота. Начальник управы, узнав о приезде императорского любимца, оделся и вышел навстречу. Начальник был короток ростом, светловолос и кругл животом. Толстый мясистый нос свисал с его лица, как сарделька.

— Нам бы переночевать, — сказал Киссур.

Начальник управы бросился распоряжаться.

✕✕✕

Когда утром Бемиш и Киссур сошли вниз, в доме царила суматоха. Уездный начальник, кланяясь, доложил:

— Господин Киссур! Недалеко отсюда есть ваша усадьба, управляющим в ней скромный человек по имени Ханни. Вчера ночью двое бродяг ограбили дом, украли из сейфа четыреста тысяч ишевиков! Один белокурый, а другой темноволосый! Эти же двое, по-видимому, убили его слугу и забрали у мертвого деньги: труп сегодня нашли в речных кустах!

Бемиш понял кое-что из того, что сказал чиновник, и похолодел.

Поехали к управляющему: по пути к ним присоединился десяток дружинников Киссура, вызванных им из столицы ночью. Во дворе усадьбы стояли два свежевкопанных столба, и возле них теснилась изрядная толпа народа.

Управляющий усадьбой сидел у столбов, на специально

устроенном возвышении, и перед ним на коленях стояли двое крестьян. Рубахи с них были содраны, и рубцы от плетей на их спинах сочились кровью. Тот крестьянин, который постарше, был в одних штанах, а тот, на ком раньше была одна только рубаха с застежкой между ног, был и вовсе голый.

Стражники подхватили крестьян под мышки и стали привязывать их к столбам, а управляющий напустился на них:

— Дело ясное! Эти двое сговорились с разбойниками, ограбили и убили моего слугу! В дальнейшем вы намеревались все вчетвером ограбить усадьбу, но, так как вас арестовали, бродяги принялись за дело вдвоем! Отвечайте: где вы их подцепили? А я-то пытался за вас заступаться перед господином, передал ему вашу сестру, чтобы он был снисходителен!

Старший крестьянин молчал и только плакал, а тот, что помладше, визжал, что он не виновен.

— Сорок плетей им! — распорядился управляющий.

Тут толпа зашевелилась, и из нее выбрался Киссур. Он был в чистой рубахе и синих штанах, и его белокурые волосы были стянуты в пучок и перевязаны широкой лентой с изображением белого кречета; в руках Киссура был пистолет, но и без всякого пистолета Киссур возвышался над управляющим на добрую голову. За могучими плечами Киссура висел холщовый мешок.

— Эй, Ханни! Это какую такую девицу ты мне передал? — спросил Киссур.

Управляющий глянул на Киссура и как будто стал вполовину роста. Он сбежал с помоста и бухнулся хозяину в ноги.

— Сколько, ты говоришь, у меня украли? — продолжал Киссур.

— Четыреста тысяч ишевиков, — сказал управляющий, — это была вся выручка за продажу масла и леса. Так получилось, господин Киссур, что я счел нужным продать тот лес, что слева от Гремячьего Лога, а деньги за сделку я положил в сейф, стоящий в спальне.

— А украли ли из сейфа что-нибудь другое, кроме денег? — спросил Киссур.

— Никак нет, господин Киссур, — сказал управляющий, — больше ничего там не было.

Тут Киссур снял мешок с плеча и вытряхнул все, что в нем было, прямо на деревянный помост, сооруженный рядом с позорными столбами: а красных с белым сертификатов там уже не было.

— Я, Ханни, — сказал Киссур, — когда давал тебе это поместье, сказал: «Не притесняй людей, бери с человека десятую долю». Вчера я шел мимо с моим другом и решил посмотреть, как ты выполняешь мое указание; и, когда ты арестовал людей, которым я дал деньги, и вдобавок сказал им, что это я обесчестил их сестру, которой я в глаза не видал, мне показалось, что ты выполняешь мое указание как последняя свинья: что ты пьешь мозг и кровь народа. И я решил заглянуть в твой сейф, и, во-первых, я унес из него не четыреста тысяч, а шесть с половиной тысяч ишевиков, а во-вторых, я унес из него долговые акты, на которых стоит моя подпись: и это поддельная подпись. И я понял, что лазил в этот сейф не зря, потому что вряд ли бы ты показал мне эти поддельные акты!

Управляющий ничего не мог говорить, а только гукал и ползал у ног Киссура.

— Признавайся, — рявкнул Киссур, — сколько девок ты продал в публичные дома, а вину валил на меня?

— Да человек двадцать, — раздалось из толпы.

Тут Киссур налетел на управляющего и раздавил ему нос и многое другое, а потом велел взять его и повесить на столбе. Сначала Киссур приказал повесить его за шею, но потом, по просьбе Бемиша, смягчился и приказал повесить его за ноги, а уездный начальник бегал рядом и очень усердно помогал охранникам.

Двоих крестьян отвязали от столбов; старший ничего не говорил и только плакал, а младший выглядел изумленным, как будто вернулся с того света.

К полудню в усадьбу стеклись сотни крестьян.

— Вот оно, оказывается, в чем было дело! — говорили крестьяне. — Проклятый управляющий и нас обманывал, и хозяина водил за нос! Спасибо, хозяин приехал и разобрался!

Киссур сел на возвышении у позорного столба, на котором висел управляющий, и стал возвращать крестьянам закладные, а уездный начальник сидел у его ног и ставил печать на том, что подписал Киссур.

✕✕✕

Теренс Бемиш стоял рядом с Киссуром часа три, а потом, когда ему это наскучило, он тихонько протиснулся сквозь толпу и отправился посмотреть на усадьбу: прошлым вечером он не видел ничего, кроме хозяйственного двора.

Усадьба была загляденье: флигели утопали в зелени и цветах, по зеркальной глади пруда плавали разноцветные мячики; за цветущими рододендронами и азалиями отыскались искусственный водопад и резная беседка; в господском доме, кроме затянутых шелком стен, имелись также в наличии климат-контроль, поликристаллические экраны и невиданное количество порнографических чипов.

Когда Бемиш спустился в главный двор, крестьян там уже не было. Они стояли за воротами, перегороженными редкой цепочкой охранников, шепчась и вытягивая шеи, а во дворе двое белокурых варваров загоняли управляющего в багажник машины. Управляющий повизгивал, но лез.

— Ну, как я поступил? — спросил Бемиша Киссур.

Он напомнил Бемишу хозяина бойцового петуха, выигравшего сражение.

— Если бы справедливое устройство общества, — сказал Бемиш, — зависело от количества людей, которых загоняют в багажник, то ваша империя была бы самым справедливым местом во Вселенной. Однако все обстоит противоположным образом.

Киссур нахмурился.

— Дело не в том, — пояснил Бемиш, — чтобы загонять бесчестных чиновников в багажник. Дело в том, чтобы поставить чиновников в такое положение, чтобы они не могли обижать народ.

— А как тебе нравится эта усадьба?

— Чудное место, — усмехнулся Бемиш, — здесь можно построить рай или, по крайней мере, дивную птицеферму.

Белокурый бандит расхохотался и хлопнул его по плечу.

— Тогда она твоя!

Бемиш изумился:

— Я не могу принять такой подарок.

— Почему? Ты сам заявил, что дело не в том, чтобы набить морду плохому хозяину, а в том, чтобы найти такого, который не станет красть. Рассуждать ты горазд, а как до дела — в кусты.

— Но я даже языка не знаю!

Но Киссур и слушать ничего не хотел.

— К тому же тебе надо где-то жить, — заявил он, — ты обязательно заполучишь эту компанию себе в карман, вот увидишь! Я выпрошу ее для тебя у государя.

Тут бывший премьер-министр вытянул голову, сунул в рот два пальца и залихватски свистнул.

— Эй, Ханадар! — закричал он. — Как он лезет! Ноги-то, ноги пусть подберет! Или отрежь их к бесовой матери!

✕✕✕

Бемиш проснулся поздно утром. Солнце билось в раскрытое окно, плясало на яшмовой морде божка, оскалившегося над дверью, на серебряном старинном светильнике, оканчивавшемся белым пузырем световой трубки. Бемиш с трудом вспоминал вчерашнее: «Была драка... Потом все пили... Боже! Он подарил мне усадьбу!»

Бемиш подскочил в постели: на столе лежал листок с дарственной. Та была оформлена еще вчера, перед пирушкой. После пирушки все собрались уезжать, и так как Теренс был немного пьян, он тоже полез в машину.

— Ты уверен, что хочешь с нами? — спросил с кривой улыбкой Киссур.

Тут Теренс оглянулся и заметил, что у ворот урчит та самая машина, в багажник которой погрузили бывшего управляющего, и что рядом с этой машиной стоит Ханадар Сушеный Финик и зачем-то пробует на прочность бампер.

Бемиш побледнел и сказал:

— Лучше я пойду спать.

Через час Бемиш задумчиво пил в гостиной чай. По пятому каналу шли местные новости. Главной новостью был неопознанный труп, найденный сегодня утром близ Ассалаха. Труп был разорван на две половинки, и местные крестьяне были уверены, что тут постаралась ведьма. Уездный начальник был бледен и говорил, что ума не приложит, как мог образоваться этот труп.

— Но мы обязательно проведем расследование, установим имя убитого и найдем убийц! — сказал уездный начальник, глядя в камеру.

Бемиш выслушал новость дважды: один раз в эфире и другой раз в записи, — подумал, почесал лоб и связался по комму с господином Шавашем.

— Господин Шаваш, — сказал иномирец, — мне тут Киссур подарил усадьбу. Вы не могли бы рекомендовать для нее честного управляющего?

Министр финансов с некоторой иронией в голосе заверил его, что он почтет за счастье отыскать для господина Бемиша все, что угодно: бессмертного феникса, трехголового дракона и даже честного управляющего.

xxx

На другом конце линии связи Шаваш размышлял несколько секунд, а потом позвал секретаря и отдал необходимые приказания.

Вскоре в его кабинет вошел молодой человек с круглым лицом и приятными, но грустными глазами василькового цвета. Кожа молодого человека было необычайно бледной, цвета сырого теста. Иномирец или иной несведущий человек решил бы, что обладатель такой кожи нездоров или долго не выходил из дому, а веец немедленно бы заподозрил, что тот сидел в тюрьме.

Итак, молодой человек по имени Адини приблизился на три шага к столу чиновника и замер, ожидая приказаний.

— Киссур, — сказал Шаваш, — подарил иномирцу по имени Теренс Бемиш усадьбу близ Ассалаха, и иномирец ищет управляющего. Я хочу подарить ему тебя.

— Да, господин, — почтительно сказал Адини.

— Ты будешь наблюдать за ним и докладывать мне обо всех его встречах и планах.

Маленький чиновник в кремовом костюме и с аккуратными, унизанными перстнями пальцами достал из папки лист бумаги казенного вида, со множеством подписей и печатей.

— Как только Бемиш улетит с планеты, — сказал, как всегда улыбаясь, Шаваш, — эта бумага будет уничтожена. Таким образом, в твоих интересах сделать так, чтобы Бемиш улетел с планеты. Ты меня понял?

— Да, господин.

— Теренс Бемиш умный человек, и он вряд ли ожидает, что я упущу возможность прислать к нему шпиона.

— Зачем же он просит вас об управляющем?

— Он надеется переманить моего шпиона на свою сторону. Когда он сделает тебе достаточно добрых дел, ты можешь сделать вид, что так оно и произошло. Ты признаешься, что я послал тебя следить за ним. Но помни, что Бемиш может дать тебе денег, однако только я избавлю тебя от этой бумаги. И помни, что, если бы у Бемиша была эта бумага, он бы не играл с тобой в доброго человека. Он будет добр к тебе только потому, что у него нет другого оружия.

✕✕✕

Бемиш в задумчивости сидел в резной беседке, размышляя о бренности мира и фьючерсах на уран, когда в воздухе послышался характерный шелест. Бемиш вышел из беседки: далеко за кустами стоял белый флайер, над крыльями его еще бились последние сполохи «радуги». Через мгновение «радуга» потухла, крыша флайера раскрылась, как коробочка мака, и из машины вылезли двое: красивый, гибкий парень лет двадцати, в белых брюках и куртке, отороченной, по местному обычаю, бахромой на плечах и рукавах, и другой, скорее тощий, чем стройный, в клетчатой рубашке с оборванными рукавами и с красным цветком в волосах, по моде нынешних бунтарей.

— Можешь жить здесь хоть два месяца, — громко сказал на Стандарте тот, кто в куртке с бахромой, видимо, не опасаясь, что кто-то может его понять, — никто и рта не раскроет. За здешним управляющим водятся кое-какие грешки, и он не скажет о тебе даже брату.

— И много этих грехов?

— Не больше, чем у президента любого поганого банка.

Тут парень в куртке с бахромой оглянулся и заметил, что к ним по дорожке идет человек в чистой иноземной одежде, с финиковыми глазами и темными, коротко подстриженными по моде со звезд волосами.

— Ты кто такой? — позвал парень.

— Меня зовут Теренс Бемиш, и я хозяин этой усадьбы.

— Что за вздор! Это усадьба моего брата! А управляющим здесь Ханни!

— Вы, верно, не смотрели утренние новости. Там много говорят о вашем Ханни.

Парень в куртке с бахромой тревожно завертел головой, а Бемиш сказал:

— Я буду счастлив помочь вам. Не думаю, что Киссур обрадовался бы, узнав, что я прогнал его брата с гостями.

Бемиш велел слугам накрыть стол на террасе, и скоро его неожиданные гости поглощали обильный завтрак. Брата Киссура звали Ашидан, и, присмотревшись, Бемиш понял, что ему все-таки не двадцать, а лет двадцать пять. Белокурый Ашидан казался чуть уменьшенной копией Киссура: он был как-то мельче в плечах и изящней, и тонкие его руки с длинными худыми пальцами все время копошились по столу, как куры копошатся по корму. У него было очень чистое, с высокими бровями и пухлыми губами лицо, и глаза его были не карие, как у Киссура, а светло-серые, как зола в очаге. Спутник Ашидана не представился никак, а тут же забился на самый конец стола и смотрел оттуда так, как будто его в этот конец загнали плеткой.

— А чем вы занимаетесь? — спросил Ашидан, с аппетитом уплетая кукурузные с сыром лепешки.

— Я финансист.

— Со странной публикой общается мой брат, — заметил Ашидан.

— А вы чем занимаетесь? — поинтересовался Бемиш у нового гостя.

— Не ваше дерьмовое дело.

— Позвольте, — поинтересовался Бемиш, — мы ведь с вами познакомились две минуты назад. Я ничего о вас не знаю. Что вы знаете обо мне, чтобы называть меня дерьмом?

— А вы каким классом прилетели сюда, на эту планету?

— Первым.

— Ну вот. Разве человек, у которого хватает денег на то, чтобы летать первым классом, может быть не дерьмом?

— Вы анархист? — поинтересовался Бемиш. — Коммунист?

— Сочувствующий.

— Чему и кому? Эсиноле? Марксу? Ли Дану?

— Сочувствующий народу, который люди вроде вас засрали деньгами.

— А почему вы сочувствуете ему на Вее?

— Мне интересна эта планета, — сказал незнакомец с цветком в волосах. — Она еще не погрязла в материальном достатке.

— Да, — согласился Бемиш, — не погрязла. Но я надеюсь это дело поправить.

— А?

— Сделать так, чтобы она погрязла в достатке, — уточнил Бемиш.

— Вздор! Вам нет дела ни до чего, кроме собственной прибыли!

Бемиш неторопливо допивал терпкий красный напиток, который ему подали вместо кофе. Последний раз он слышал эти слова от бывшего президента «АДО», вышвырнутого им из удобного, но обременительного для фирмы кресла.

— Полегче на поворотах, — насмешливо сказал своему спутнику Ашидан, — а то он сейчас позовет стражу.

— Я бы непременно позвал стражу, — сказал Бемиш, — если бы вы на моих глазах собирали бомбу. Но поскольку вы только языком молотите — на кой черт я буду кого-то звать?

— А брату скажете?

Бемиш внимательно смотрел на Ашидана. Утренние кадры все не шли у него из головы. Только сейчас он сообразил, что принял дом из рук убийцы и что в доме этом жил человек, убитый сегодня ночью. Почему-то Бемиш почувствовал себя соучастником преступления. Бемиш снял с руки комм и протянул юноше.

— Скажите ему сами, — предложил Бемиш.

Ашидан поднялся и вышел в сад. В этот миг на террасу прибежали слуги, извещавшие о приезде уездного начальника.

Он привез с собой дары: три блюда жареного мяса с чесноком, молочного поросенка, салаты в плоских корзиночках, а также блюдо сдобного печенья в форме грецких орехов и круглый сладкий пирог с начинкой из айвы, украшенный фамилией Бемиша, написанной, впрочем, с ошибкой.

Бемиш провел гостя в садовую беседку. Начальник поклонился ему пирогом и сказал:

— Большая честь, господин Бемиш, что вы теперь будете, в некотором роде, проживать среди нас. Я счастлив выразить вам свою благодарность. Благодаря вашей помощи и отваге Киссура было раскрыто преступление, редкое по гнусности и масштабам.

— Не думаю, чтобы вы о нем не знали, — сказал Бемиш.

— Вай, как вы можете так говорить! Я был просто потрясен, раздавлен, как лягушка телегой!

Бемиш пожал плечами. Постучавшийся слуга появился в двери с дымящимся чайником и сластями в плетеных корзиночках.

Некоторое время хозяин и гость поили друг друга чаем, старательно избегая разговора об утренней находке, а потом уездный поинтересовался:

— Говорят, вы теперь будете начальником над нашей стройкой?

— Об этом еще рано говорить, — сказал Бемиш.

И тут Бемишу показалось, что уездный начальник хитро и нагло ему подморгнул.

— Ну, право, — сказал уездный, — теперь-то в этом сомневаться не стоит. Поверьте, я и многие вокруг будут просто счастливы сделать все, что они могут, для вас. Друг Киссура — наш друг.

— Это вы выпороли Краснова? — спросил Бемиш.

— А?

— Трейдера, который приезжал в Ассалах за акциями. Вы сказали, что не позволите иностранцам грабить народ?

Уездный начальник понимающе кивнул. Лицо его стало важным и доброжелательным, и похожий на сардельку нос слегка задрался вверх.

— Увы, — сказал он, — народ как ребенок, а чиновники вынуждены его охранять. Как я могу допустить, чтобы они продавали бесценное достояние за гроши?

— За гроши нельзя, а даром можно? В счет уплаты вами же выдуманных налогов?

— Вай! — вскричал уездный чиновник. — Как вы можете такое говорить!

Его полное лицо покраснело, на широко раскрытых глазах показались слезы.

— У вас есть акции компании? Вы заплатили за них хоть грош?

Глаза чиновника глядели честно и прямо.

— Отныне, — сказал начальник уезда, — весь смысл моей жизни в услужении вам! Что вы хотите? Я все исполню.

— Ваши акции Ассалаха, — сказал Бемиш. — По той же цене, по которой вам продавали их крестьяне. То есть даром.

— Но у меня их нет, — изумился уездный начальник.

Иномирец пристально поглядел на него и улыбнулся. Уездный начальник улыбнулся в ответ. Так они улыбались, один и другой, и улыбка уездного постепенно становилась все напряженней. Бемиш позвонил в колокольчик, и явившийся слуга с поклоном поставил перед ним чашку чая.

— Надо же, — сказал Бемиш, — вот и покойный управляющий тоже сначала говорила, что у него акций нет. Кстати, вы все-таки не выяснили, кто же его убил?

Уездный начальник поперхнулся и стал белым как полотно. Теренс Бемиш встал.

— Не задерживаю вас, — сказал иномирец.

Губы чиновника затряслись.

— Я... я почту за честь подарить вам все, что имею, — сказал он.

✕✕✕

Когда Бемиш сошел в сад, Ашидан стоял на краю бассейна, в котором плескался его приятель, и занимался тем, что кидал тонкие, хорошо зачищенные стрелы в пузатый горшок.

— Ну что, поговорили вы с этим выродком? — спросил Ашидан. — Сколько он вам дал, чтобы против него не возбуждали дела?

— Прекратите хамить, Ашидан.

— Этот начальник уезда — большой чудак, — продолжал юноша, — единственный из местных чиновников, который каждый день сидит в своем кабинете. И знаете, что он там делает?

— Ну?

— Он запирается там со своим молоденьким секретарем, потому что жена его происходит из гораздо лучшего рода, нежели он сам, и не позволяет этаких дел дома.

■ Глава четвертая, ■
*в которой Киссур рассказывает инвестиционным
банкирам о способах дрессировки разбойничьего коня,
а Теренс Бемиш знакомится с очередными
претендентами на акции Ассалаха*

На следующий же день по приезде в столицу Бемиш оказался на приеме, который префект города устраивал в своей загородной усадьбе по случаю дня цветения слив или еще какой-то схожей божественности.

Прием был шикарный. Был весь свет.

Чиновники говорили об инфляции и необходимости сохранять устои. Люди со звезд говорили об инфляции и необходимости сохранять устои.

В уголке иностранные предприниматели делились более конкретными впечатлениями от местного делового климата.

— И вот этот настоятель приходит ко мне и предлагает освятить банк во избежание несчастья и просит за обряд двести тысяч денаров. Я отказываюсь, и ночью в офисе начинается пожар. А на следующий день эта тварь опять приходит ко мне, соболезнует и снова просит двести тысяч. А когда я пожаловался полиции, мне посоветовали не рыпаться и заплатить, потому что настоятель связан с шайкой Рогача.

— Кстати, о банках: вы знаете, что единственные, кто получал в этом месяце бюджетные назначения, были те, кто имел расчетные счета в банках, контролируемых Шавашем? Говорят, что самому Шавашу был откат в десять процентов.

Бемиша представили послу Федерации Девятнадцати, пожилому подтянутому дипломату по фамилии Северин, и посол немедленно, отведя Бемиша в угол, принялся рассказывать ему достоверные случаи из жизни местных чиновников.

Послов было около дюжины. Бемиш вдруг с удивлением подумал, что еще пятнадцать... какое пятнадцать — десять лет назад послов было бы гораздо меньше. Одна за другой колонии Земли расставались с Федерацией Девятнадцати, иные мирно, иные с битьем посуды.

Когда Бемиша подвели к послу Геры, тот разговаривал с двумя людьми, лица которых показались Бемишу отдаленно знакомыми.

— Господин Александр Симонов, — представил посол одного.

— Господин Джонатан Аль-Масри, — второго.

Бемиш не моргнул глазом.

Господина Александра Симонова разыскивала полиция половины Галактики. В течение двадцати лет господин Симонов был одним из самых крупных и уважаемых бизнесменов. Сын космодромного техника, он к тридцати годам сколотил состояние в пять миллиардов денаров и пользовался неограниченным доверием банков, дававших ссуды под приобретенные им с целью строительства земельные участки. К сожалению, в последние несколько лет дела г-на Симонова пошли все хуже и хуже, и он создал целую сеть компаний, приобретавших друг у друга вышеописанные участки, которые затем и использовались как обеспечение для банковских ссуд. В конце пятого акта Симонов сбежал. Когда разочарованные банки наложили арест на земельные участки и недостроенные небоскребы, выяснилось, что их истинная стоимость не совсем соответствует цене, за которую их покупали друг у друга родственные компании, и не покрывает и двадцатой части набранных Симоновым кредитов.

Что касается г-на Аль-Масри, то он тоже был финансовой легендой и менеджером преуспевающего фонда, который вкладывал сбережения граждан в надежные государственные ценные бумаги. Так уж получилось, что доходы, которые обещал Аль-Масри, на три процента превышали возможную прибыль от операций с государственным займом, и поэтому г-н Аль-Масри, суля на словах полную надежность, помещал средства своих вкладчиков в куда более доходные и куда менее надежные финансовые инструменты. Вкладчики, прельщенные высоким доходом, стремились к нему толпами, и он имел в фонде деньги скромных пенсионерок и посудомоек, которые никогда бы не имел, если бы состав активов его фонда был известен широкой публике. Аль-Масри, с его фантастическим финансовым чутьем, не раз срывал гигантские куши, покупая за пять процентов от номинала облигации обанкротившейся компании, которые потом приносили почти девяносто процентов от номинала, и отлично жил на маржу между тем, что выплачивал вкладчикам, и что получал сам.

Погубили его не финансовые, а политические неурядицы: новый налоговый закон на Агее, где находилась штаб-квартира его фонда, да пара пронырливых аудиторов. Имущество Аль-Масри было арестовано, жена его развелась с ним со скандалом, оставив себе десяток вилл, непредусмотрительно переведенных Аль-Масри на ее имя, фонд мгновенно обанкротился, а сам Аль-Масри сбежал на Геру, откуда не переставал доказывать, что всю жизнь честно исполнял обязательства перед своими инвесторами и платил им ровно столько, сколько обещал.

Кстати, федеральная комиссия по ценным бумагам этого не отрицала.

Она просто утверждала, что если бы истинная степень рискованности инвестиций Аль-Масри была известна, то он должен был бы платить вкладчикам вдвое больше.

— А, господин Бемиш, — сказал Аль-Масри, дружески улыбаясь. — Я слыхал, что вы тоже участвуете в конкурсе на Ассалах?

«Тоже? — Бемиш поморщился. — Вот это да! Неужели Шаваш допустит к участию в конкурсе человека, объявленного в галактический розыск?»

У подсвеченного бассейна, где плавали золотые рыбки, стоял маленький человек в придворном платье — Шаваш. Его волосы были расчесаны волосок к волоску, и на безупречно наманикюренных пальцах сияло несколько крупных перстней.

— Благодарю вас за управляющего, — сказал Бемиш. — Какое ему полагается жалование?

— Никакое, — он ваш раб.

Бемиш поперхнулся.

— Я думал, в империи нет рабства.

— Называйте это как угодно, — благожелательно улыбнулся Шаваш, и его глаза сверкнули теплым золотистым цветом. — Этот человек задолжал мне двести тысяч ишевиков, дал расписку, что обязуется отработать эту сумму так, как мне это будет угодно, а расписку эту я переведу на вас и пришлю вам завтра с курьером.

Бемиш помолчал.

— Кстати говоря, — внезапно спросил Шаваш, — вам, говорят, перевели всю отчетность по Ассалаху. Какое ваше мнение?

— В каком смысле?

— В прямом. Вы ознакомились с подробнейшей документацией, вы — финансист. Что вы скажете?

Бемиш заколебался.

— Я скажу, что понял, как делают деньги на Вее. Их делают не на частных доходах, а на государственных расходах. С Ассалаха кормились двумя способами. Во-первых, через раздутые контракты, во-вторых, через списанное оборудование. Например, все работы по землеустройству выполняла фирма «Аларкон». Учредителем ее, физическим лицом, был президент Ассалахской компании. Ему принадлежала доля в двадцать процентов. Есть геологическое заключение, которое гласит, что Ассалах расположен на прекрасном базальтовом основании, сверху — лес. И есть семь миллионов ишевиков, которые были заплачены «Аларкону» за работы по осушению болот, которых в Ассалахе в помине не было. Есть строительная техника, которую за бюджетные деньги купили втридорога. И эту же технику продали через две недели «Аларкону», написав, что она амортизирована на девяносто семь процентов! Да неужели за десять рабочих дней можно было выработать ресурс у шагающего экскаватора? Бьюсь об заклад, что он вообще на складе стоял и еще новенький был! Любая операция — это был финансовый насос, который перекачивал государственные деньги из компании, которой управлял менеджер, в компанию, где он был собственником.

Шаваш слушал иномирца, прикрыв глаза.

— Вы сказали, что бывшему президенту принадлежали двадцать процентов «Аларкона». А кому принадлежали остальные восемьдесят?

— Полагаю, что вам.

Возле двух собеседников остановился почтительный официант, и Шаваш снял с серебряного подноса хрустальный бокал на тонкой ножке.

— Но я не все понял, — продолжал Бемиш. — Что такое «ишевиковые векселя»?

Шаваш развел руками, и лучи света заметались между бокалом и бриллиантами на перстнях.

— Вынужденная мера, — сказал он, — видите ли, у нас есть Центральный Банк, который эмитирует деньги, как и полагается

Центральному Банку, и размер этой эмиссии довольно строго контролируется международными финансовыми институтами. А есть Министерство финансов, которое вынуждено оплачивать государственные расходы. И очень часто бывает так, что у министерства нет денег, чтобы оплачивать эти расходы, а напечатать эти деньги нельзя.

— И что же вы делаете?

— Министерство финансов в таком случае оплачивает расходы с помощью векселей, которые подлежат погашению через три или шесть месяцев.

— Иными словами, господин Шаваш, вы просто обошли международные запреты. И ваше министерство тоже печатает деньги, только называет их по-другому.

— Не совсем, — равнодушно уточнил министр. — Деньги стоят ровно столько, сколько они стоят. А когда вы получаете «ишевиковые векселя», то вы несете их в банк, чтобы обменять на деньги. И банк может заплатить вам тридцать процентов от номинала, а может — сто. В зависимости от степени дружбы между вами, мной и банком.

— Полагаю, — справился Бемиш, — нет смысла спрашивать, являетесь ли вы сторонником сокращения неэффективных промышленных субсидий?

— Теоретически являюсь, — устало сказал Шаваш, — вы мало читаете местную прессу. Я горячий сторонник уменьшения бюджетного дефицита. Тот же Ассалах съел два миллиарда ишевиков, а работы там нет и на сто миллионов...

В голосе чиновника не было ни издевки, ни цинизма. Бемиш молчал, не зная, какой колкостью возразить человеку, который выпускал псевдоденьги в качестве министра финансов, получал их на счета Ассалаха в качестве президента компании и перегонял их, уже в виде настоящих денег, на свой собственный счет.

Именно в этот момент Бемиш понял очень простую вещь: Киссур может подарить ему усадьбу, Киссур может выбить для него Ассалах, но — только маленький чиновник с золотыми глазами властен над жизнью и смертью денег в этой стране.

— А что это за человек приехал с Ашиданом в усадьбу? — спросил вдруг Шаваш. — Вы его узнали?

— Нет, — очнулся Бемиш.

Шаваш молча снял с запястья плоский платиновый комм, нашел необходимую закладку и передал комм Бемишу. На маленьком экранчике красовался давешний спутник Ашидана. Бемиш перелистнул экранчик; следующая страница гласила: «Главный подозреваемый во взрыве в Менжельском торгово-биржевом центре бежал в неизвестном направлении».

Бемиш ткнул пальцем в продолжение и пробежал глазами текст. Взрыв был действительно небольшой: треснули две-три двери да вышибло мозги компьютеру. Взрыв был небольшой потому, что сработало лишь одно из взрывных устройств — маленькая безоболочная бомбочка, по сути, игравшая роль детонатора. Рядом стоял чемодан со взрывчаткой, но он чудом не взорвался. Если бы это произошло, взрыв бы повлек за собой десятки, а то и сотни жертв.

— Они уехали из усадьбы, — сообщил Бемиш, возвращая чиновнику комм, — в тот же день.

— У Ашидана скверные знакомые, — сказал Шаваш, — впрочем, это — знакомый Киссура.

— Простите за любопытство, господин Шаваш, вы удивительно осведомлены обо всем. Даже о том, что происходит в усадьбе в двухстах километрах от столицы. Вы министр финансов или министр полиции?

— Я просто богатый человек, — сказал маленький чиновник, — а богатый человек — это не тот, кто может позволить себе иметь собственную усадьбу и собственный космический корабль. Это тот, кто может позволить себе иметь собственную тюрьму.

— Собственную тюрьму? Вы, надеюсь, шутите?

Шаваш улыбнулся.

— Вам показать? Могу организовать экскурсию.

— В один конец?

— Никогда не шутите тюрьмой, господин Бемиш, — спокойно и холодно сказал чиновник империи.

Они помолчали, и вдруг Бемиш сказал:

— Сколько «Венко» готова заплатить за акции? Я заплачу больше.

— Больше или меньше вы платите за акции, Теренс, — какое это имеет значение? — усмехнулся Шаваш. — Представьте себе, что вы платите за акции больше, а заявка ваша оформлена неправильно.

— Сколько стоит правильная заявка? — сказал Бемиш.

В неровном свете фонарей за окном было видно, как маленький чиновник удивленно выгнул брови. Они были удивительно красивой формы, подобной ласточкину крылу, и сообщали улыбке Шаваша особенное радушие.

— Помилуйте, — промолвил Шаваш.

— Слушайте, — тихо и внятно сказал Бемиш, — мне назвали фантастическую цифру, которую дала вам «Венко». Я не хочу знать, правда это или нет. Я и не собираюсь предлагать подобных денег. Но если я куплю компанию, а вы купите ордера акций, то через три года ваши акции будут стоить в восемнадцать раз больше любых посулов «Венко».

Шаваш только усмехнулся.

— Вы прекрасно знаете, что такое «Венко», Шаваш. И вы знаете, что она разорит Ассалах, и знаете, почему она это сделает.

Шаваш очень хорошо владел собой, но Бемиш увидел мгновенно мелькнувшее в его золотистых глазах удивление, если не ужас.

Тут в зал вошел посол Геры с еще одним человеком, и Бемиш, поклонившись, вышел на балкон.

На балконе у столика в углу сидел Джайлс. Лицо его было похоже на длинный топорик. Перед ним стоял стакан пальмовой водки, разбавленной соком плода «овечьи ушки», и под стаканом имелся раскрытый журнал, который Джайлс, видимо, читал.

— Добрый день, господин Бемиш! Говорят, вам уже принадлежит половина Ассалаха, да еще с хорошенькой усадьбой?

Джайлс был пьян. Он, видимо, горевал, что половина Ассалаха принадлежит не ему.

— Я не просил этого подарка, — сказал Бемиш, — и вообще я оказался в идиотской ситуации.

— Тем более что вы совсем не собираетесь покупать компанию, а?

Бемишу захотелось выплеснуть в лицо Джайлсу водку.

— Познакомьтесь с нашим исполнительным директором, — лениво сказал Джайлс. — Мохаммед Шагир.

Бемиш обернулся: за его спиной, улыбаясь и радушно протягивая руку, стоял толстенький, низенький человек с необычайно живыми глазками и бородавкой на вздернутом носу.

— Очень приятно, — тряся руку Бемиша, проговорил Шагир.

По виду его действительно казалось, что он счастлив познакомиться с Теренсом Бемишем и, ежели бы такого не существовало на свете, тут же умер бы от огорчения.

Тут площадка в саду под балконом осветилась, раздались мелодичные звуки флейт и лютен-раковинок, и внизу началось какое-то представление — четыре не очень чопорно одетые красавицы танцевали сложный танец с мечами. Трибуну в саду окружило довольно много народа, и, когда представление окончилось, один из гостей, видимо пьяный, полез на подмостки целоваться к плясуньям.

— Это что за фрукт? — полюбопытствовал Бемиш.

— Посол Аданы, — ответил Шагир. — Какова страна, таков и посол.

— В каком смысле — посол? — удивился подошедший к ним Шаваш. — Разве Адана больше не входит в Федерацию?

— Нет, — ответил Джайлс.

— Адану осваивала компания SD Warheim, — меланхолично пояснил Шагир, — они развернули рекламную кампанию и набрали туда десятки тысяч безработных. Оплатили им билет в один конец. Прошло полдесятка лет, и безработные сообразили, что работы на Адане полно, а пособий по безработице, соответственно, у них больше нет. И вот они закричали, что все произошедшее является формой скрытого рабства, и потребовали, чтобы компания отвезла их обратно на Землю. А когда Warheim предложила им заработать на обратный путь самим, они обозвали это империализмом Федерации и объявили себя независимыми. Хотя, как я слыхал, их нынешний президент заставляет их работать куда больше, чем Warheim, причем не на свободе, а в концлагерях.

— Господин Бемиш это знает, — прервал своего коллегу Джайлс, — он в самом начале беспорядков купил акции UniFer и продал их с троекратной прибылью после того, как новый диктатор Аданы передал UniFer все месторождения Warheim.

Несколько человек из числа вейских чиновников неслышно приблизились к разговаривающим иномирцам. Краем глаза Бемиш заметил среди них Джонатана Аль-Масри с улыбающимся послом Геры.

— Господин Бемиш, — сухо продолжал Джайлс, — также оказал значительную помощь Анджею Герсту. Мне кажется, ваше громкое заявление о создании фонда для портфельных инвестиций в экономику Геры заставило всех финансистов повернуть головы в ее сторону.

— И что же тут плохого? — раздраженно осведомился Бемиш.

— Герст — диктатор.

— И в чем это выражается?

— Пока это выражается в том, — сказал Джайлс, — что он переманивает к себе крупных ученых, выдает гигантские займы своим компаниям на разработку новейших технологий: суммы, которые наше правительство вынуждено тратить на социальное обеспечение. А банки Геры считаются самыми надежными в Галактике — впрочем, не столько благодаря устойчивости финансовой системы, сколько благодаря жестким законам, вплоть до неограниченной личной ответственности менеджеров.

— А кого там бьют по зубам?

— Никого.

— И в чем тут диктатура?

— А, — сказал Джайлс, — по-вашему, диктатура — это когда выбивают зубы и говорят глупости... Это только слабая диктатура выбивает зубы, она неопасна, она сгинет сама, она обречена, потому что, когда человеку выбивают зубы, он начинает хуже работать, а чем хуже он работает, тем больше зубов приходится выбивать.

— Я правильно понял, — осведомился Бемиш, — что всякий режим, где не выбивают зубы, — это сильная диктатура? По-моему, вам просто завидно, что Гера живет лучше вашей собственной... эээ...

— Джакарты, — сказал Джайлс. — Я из Джакарты. Но вас я понимаю. Вы думаете о Гере лучше, чем о своей собственной стране, так как фондовый индекс Геры растет быстрее.

И поднялся.

— Это глупый спор, — сказал он, — я был на Гере, и я бы мог привести вам сотню доказательств, что ее хозяин в тысячу раз опаснее всех параноиков... А вот над чем вы подумайте: армия Геры по совокупным боевым характеристикам приближается к армии Земли и всех остальных членов Федерации Девятнадцати, вместе взятых, и каждый раз, когда в Совете Федерации заходит вопрос об увеличении ассигнований на оборону, люди со счетами в устойчивых банках Геры начинают вопить, что нельзя тратить деньги на войну, а надо тратить деньги на помощь бедным.

✕✕✕

Киссур появился на приеме уже за полночь, и, судя по его виду, он провел вечер в кабаке. На нем были серые штаны и желтая рубаха, схваченная у запястий широкими серебряными кольцами. Другое такое же серебряное кольцо охватывало пучок его белокурых волос, и, если присмотреться, можно было заметить на кольце стилизованных кречетов, сплетенных клювами и лапками. Киссур слегка шатался, и подол его рубахи был вымазан чьей-то юшкой. Они столкнулись с Бемишем на садовой дорожке близ грота, в который Бемишу надобно было по известным причинам сходить в одиночестве.

Хлопнув Бемиша по плечу, Киссур заявил:

— Никак не ожидал встретить тебя в этой компании обезьян! Ну как, торговец, еще не раздумал покупать Ассалах?

— Я куплю Ассалах, — сказал Бемиш, — во что бы то ни стало. Хотя бы затем, чтобы его не купил Джайлс.

— А какая разница, купит ее Джайлс или ты?

Бемиш помолчал. Киссур был явно пьян, да и у Теренса мир уже пошатывался перед глазами.

— Разница? Я, пожалуй, объясню тебе, Киссур, что делает Джайлс. Джайлс представляет интересы никому не известной компании. Он говорит, что за «Венко» скрывается одинокий частный инвестор, который готов вложить в это дело десять миллиардов. Это чушь. Таких частных инвесторов просто не бывает.

— А зачем он это делает?

— Это надувательство. Тот, кто стоит за Джайлсом, получает Ассалах и выпускает купленные им акции на рынок. Вашей планете остро не хватает космической инфраструктуры, она, как правило, является собственностью государства, вложения в частный космодром фантастически выгодны. Акции взлетают в цене, «Венко» срывает куш и выходит из игры. Шаваш остается при миллионах, «Венко» — при сотнях миллионов, подданные империи и вкладчики Федерации — при разбитом корыте. Я потратил эту неделю на то, чтобы навести справки о «Венко». Это фантом. Это жульническая компания, которая занималась двумя-тремя проектами на планетах, о которых никто не слышал, — и все эти планеты исключены из Федерации. А планета, не входящая в Федерацию Девятнадцати, с финансовой точки зрения, Киссур, — это планета, на которой отчетность акционерных обществ не обязана соответствовать стандартам Федеральной комиссии по ценным бумагам. У них отработанная схема действий — они дают взятку чиновнику, выпускают акции, всячески рекламируют свои «связи с руководством», впаривают эти акции глупцам через сомнительную контору, акции растут, компания снимает навар, потом — бац! Понятно?

— Понятно, — сказал Киссур, и кольца на его запястьях звякнули металлом о металл. — Понятно, что у наших компаний веселые перспективы: они могут выбирать между гринмейлером с подмоченной репутацией и компаниями вроде «Венко».

Киссур скоро уехал, нагрузив в промежутке послу Федерации и публично пообещав какому-то чиновнику спустить на него собак, «если ты, сволочь, выказывая пренебрежение государю, еще раз позволишь себе парковать свой нажитый взятками «роллс-ройс» близ Орехового Павильона».

Впрочем, он успел пригласить Бемиша на послезавтра на обед в харчевню «Рыжая Собака».

✕✕✕

На следующий день Бемиш вернулся в город и первым делом отправился в «Томура секьюритиз». Клумба с летними гиацинтами, перед самым входом в контору, была продавлена шинами какого-то крупнотелого джипа, и люди сновали сквозь распахнутые двери офисов, как муравьи в разоренном муравейнике.

— Что тут у вас? — поинтересовался Бемиш у вышедшего ему навстречу Краснова.

— Нас навещала налоговая полиция, — сказал Краснов.

— А чего вы нарушили?

— Вы лучше скажите, чего мы не нарушили! Чего можно не нарушить в стране, где инструкции пишутся не затем, чтобы платить налоги государству, а затем, чтобы платить отступное мытарям!

— А вы разве не приручили налоговиков?

— Мы? Да помилуйте, Бемиш, мы им каждый месяц... Они сами извинялись — мол, мы не хотим, но нам велели...

— А кто конкретно подписал ордер?

— Человек по имени Даниша. Между прочим, ставленник Шаваша.

— Это из-за Ассалаха?

Брокер пожал плечами.

— Вы статью видели?

— Какую статью?

Краснов достал из ящика стола и показал Бемишу довольно потрепанную и — удивительное дело — напечатанную на бумаге газету. Газета была местная, и Бемиш опознал в ней только фотографию Шаваша да еще кое-как определил название — «Синее солнце». Шаваш был снят по пояс, в потрясающем виде, с какой-то девицей, единственным одеянием которой был кокетливо завязанный на шее бантик.

— О чем тут?

— Об инвестиционном конкурсе по Ассалахской компании, на котором коррумпированный и развратный чиновник Шаваш сговорился с иностранной акулой Бемишем загнать ему Ассалах за столько, сколько стоит гнилая дыня.

Бемиш захватил с собой номер газеты и через полчаса въехал в ворота усадьбы Киссура. Слуга, ни слова не говоря, проводил его в гостиную, откуда слышались оживленные голоса. Бемиш вошел. Голоса замолкли. Навстречу ему поднялась очень красивая, лет тридцати, женщина, с черными, как ягоды ежевики, глазами и черной косой, уложенной поверх головы. На диване растерянно вжался в подушки Шаваш. Шаваш с досадой шваркнул на стол бывший у него в руках карманный компьютер и сказал:

— Познакомьтесь: Теренс Бемиш — хозяйка дома.

Бемиш понял, что перед ним госпожа Идари, жена Киссура, и неловко поклонился. Женщина засмеялась. Смех ее был как серебряный колокольчик.

— А где Киссур? — глупо спросил Бемиш.

— Киссура нет, — ответил чиновник, — он прилетает завтра.

Бемиш вдруг почувствовал, что неудержимо краснеет.

— Я... я тогда пойду... я не знал...

— Ни в коем случае, — любезно сказала Идари, — уйду я. Женщине не подобает слишком долго оставаться с мужчиной, которого не представлял ей муж.

Поклонилась и ушла — только мелькнула в проеме двери черная коса, уложенная вокруг головы. Бемиш глядел ей вслед и жалобно моргал. Потом он повернулся к чиновнику.

— Садитесь, — махнул рукой Шаваш, — садитесь и ешьте. Каждый раз, когда этот нахал слуга видит меня со своей госпожой, он готов хоть разносчика в комнату привести...

Сравнение с разносчиком не особенно польстило Бемишу.

Шаваш взял его за руку и провел на веранду, где у самого края золоченых перил расположился круглый столик, накрытый на двух человек. Пухленькая служанка уже стояла рядом с серебряным кувшином-рукомойником. Бемиш вымыл руки и вытер их насухо вышитым полотенцем, и, когда он обернулся, слуги уже водружали на стол плоское кожаное блюдо с ароматной горой мелко нарезанного и дымящегося мяса.

Маленький чиновник, откинувшись на подушки, наблюдал за иномирцем.

— Это что у вас такое, — спросил Шаваш, — из кармана торчит?

— Статья в «Синем солнце».

— А-а... — протянул Шаваш, — эти сумасшедшие... Где вы, кстати, ее взяли?

— Мой брокер показал. На него наехала налоговая полиция. Некто по имени Даниша.

Бемиш достаточно привык к Шавашу, чтобы ожидать от него и сейчас какой-нибудь наглой гадости. Он просто живо себе представлял, как Шаваш улыбается и говорит: «Что делать, Теренс, что делать! Иномирцы на Вее так распускаются, просто страшно! Эти люди держали по три баланса и не платили налогов за год. Как бы они не лишились лицензии».

Но Бемиш не ожидал того, что произошло.

Брови Шаваша изумленно взлетели вверх.

— Что вы говорите, — сказал маленький чиновник, — поистине, пошли дурака по воду, он тебе к дому речку пророет!

И мигом выцепил из кармана комм.

— Даниша, — через несколько мгновений заговорил Шаваш, — это что там за история с «Томура секьюритиз»?

Комм зашелестел по-вейски.

— Я тебе покажу три баланса! — заорал Шаваш. — Я тебе покажу лишить лицензии! Ты мне лично принесешь тот штраф, который они заплатили. И то, что заплатил тебе Джайлс! Через час принесешь или через два часа уедешь в Иниссу сырным инспектором!

Шаваш с досадой бросил комм на стол так, что тот проехался по гладкой инкрустированной поверхности и свалился на пол, ослепительно сверкнув бриллиантами, такими большими, что они напоминали маленькие снежные горки вокруг ледяного катка дисплея. Вышколенный слуга подбежал и с поклоном положил дорогую игрушку на стол.

— Не убедительно, — сказал Бемиш.

— Я тут ни при чем, — фыркнул Шаваш, — я свел Данишу с этим подонком Джайлсом.

— И статья в «Синем солнце» не ваша.

— Помилуйте! — протянул Шаваш. — Возмутительная пачкотня. Я бы подал на них в суд, да лень мараться.

— Ну почему же, эта статья для вас очень кстати. Теперь вы можете ссылаться на нее, чтобы сказать: «Если я продам компанию Бемишу, то я потеряю свою репутацию».

Шаваш пожал плечами.

— Мне вас даже лень слушать, Теренс. «Синее солнце» — газета сектантов. Они дважды устраивали на меня покушения.

— Каких сектантов?

— Да вы их видели, когда гуляли с Киссуром. Помните представление о железных людях?

Бемиш чуть вздрогнул. Мало того, что Шаваш знал, кто и когда приезжал в усадьбу Киссура в Ассалахе, он знал даже, где и как гуляли иномирец и бывший первый министр! Да что же он — за каждым шагом следит, что ли?

— А откуда эта история о железных людях?

— Да была такая старая книга, — улыбнулся министр финансов, — с историей про железного всезнайку. В конце книги содержалось пророчество, что перед самым концом мира будут наблюдаться мор, град, несправедливые чиновники, а также железные люди, которые вылезут из-под земли. Надо сказать, что каждый раз, когда в империи начинались восстания, повстанцев как раз отождествляли с этими железными людьми. Но, как вы понимаете, стоило повстанцам захватить власть, как все тут же убеждались, что это вовсе не железные люди. Что же касается иномирцев — то вы ведь власти не захватываете и противников не вешаете. Как тут не назвать вас железными людьми?

— Которые вылезли из-под земли?

— Вылезают из-под земли, едят мозг детей и уносят под землю, в свои зачарованные чертоги, наивных крестьян и чиновников, где показывают им наваждения о полетах в космос и иных планетах.

— И многие этому верят?

— О, очень многие, — сказал Шаваш, — крестьяне, чиновники, ремесленники; вон я своего секретаря Аххара уволил за это дело прямо после моего турне по Америке...

Тут только Бемиш понял, что Шаваш его разыгрывает.

— Ну, — сказал он, улыбаясь, — вряд ли ваш секретарь, слетав на Землю, продолжал считать, что мы вылезли из ада.

— Друг мой, — сказал Шаваш, — просто Аххар понимал это как иносказание и как мудрость предков, владевших тайным знанием и предупредивших нас об опасности. Ведь когда речь идет о науке, либо ты понимаешь, как устроен ядерный реактор, либо нет. А когда речь идет о легенде, то она может соединить между собой самые разные слои и умы. Простой крестьянин воспринимает такое пророчество буквально, а человек образованный толкует его как метафору.

— А как, — спросил Бемиш, — понимают это пророчество сами проповедники?

— О, в беседах с властями они уверяют, что это метафора! Что они, дураки, что ли, признаваться, что им известна истинная подноготная железных людей?

— П-потрясающе, — пробормотал Бемиш, — вы что, не можете разъяснить своим сумасшедшим, как обстоят дела на самом деле?

— Разъяснить — нельзя. Повесить — можно. Но я думаю, что, если мы начнем вешать людей за то, что они считают иномирцев бесами, вы, бесы, поднимете жуткий хай.

Бемиш опустил голову.

— Но вы не огорчайтесь. Эти люди обладают особым даром ссориться не только с правительством, но и друг с другом.

Возьмите, например, автомобиль. Одна секта будет считать, что никакого автомобиля вообще нет, что это дьявольское наваждение и что на самом деле вы вовсе не едете в автомобиле, а передвигаетесь бесовской силой. А другая считает, что автомобиль есть и что это очень хорошая вещь, которую послали на землю предки, а железные бесы перехватили по дороге посылку и незаконно ею пользуются.

Шаваш взял газету, помахал ею перед носом Бемиша и сказал:

— Я вам все это объясняю, Теренс, чтобы вы поняли, что мне очень сложно опубликовать заказную статью в «Синем солнце», да еще такую, где меня величают, — Шаваш, чуть прищурившись, стал переводить текст, — «поганым навозным жуком», «тараканом с золотым мешком вместо сердца» и «пеной нечестия»...

Шаваш помолчал и неожиданно докончил:

— И знаете, что я из этой статьи заключаю?

Бемиш не мог не скосить глаза. Паскудная статейка, как уже было сказано, была предварена фотографией Шаваша голышом, и Бемиш на мгновенье представил, что бы он чувствовал, если бы он сам появился на страницах газеты в столь скромном виде.

— Что мне надо немного похудеть. Просто позорный снимок, вы не находите?

✕✕✕

Бемиш уже покидал усадьбу, когда смуглый слуга, кланяясь, доложил ему:

— Госпожа ожидает вас в беседке Цветения Слив.

Бемиш прошел в сад. Черноволосая стройная женщина, которая покинула комнату перед обедом, прогуливалась по белой садовой дорожке, испещренной косыми лунными тенями, и кружева, которыми были отделаны рукава ее платья, походили на лучи, свернувшиеся вокруг запястья.

Бемиш смущенно поклонился и сказал:

— Поверьте, мне очень неприятно, что вы не обедали вместе с нами.

— Мужчины и женщины не едят вместе, — возразила Идари. — Вы — тот самый иномирец, который скупает Ассалах через «Томура секьюритиз»?

— Вы удивительно осведомлены, — несколько ошарашенно пробормотал Бемиш, понимая, что муж Идари вряд ли подозревает о существовании «Томура секьюритиз» вообще.

— О, если женщины едят отдельно от мужчин, — улыбнулась Идари, — это еще не значит, что они ни о чем не знают. Вы женаты?

— Я развелся.

— Ваша жена любила вас?

— Она любила мой банковский счет.

Идари гибким, кошачьим движением села на скамейку, и Бемиш услышал, как, поколебленный ее юбкой, зашелестел куст гортензий. Идари жестом показала Бемишу, чтоб он сел рядом.

— Я ценю все, что вы сделали для моего мужа, — сказала Идари.

— Я ничего не сделал для него, — возразил иномирец, — а он много сделал для меня.

— Вы первый человек со звезд, с которым он подружился. И как странно, что таким человеком оказался человек из круга Рональда Тревиса.

И опять Бемиш решительно удивился осведомленности Идари.

— Я думал, у него есть друзья-иномирцы.

— Да. Люди, которые бросают бомбы в супермаркеты и употребляют наркотики, чтобы освободиться от влияния продажной цивилизации.

Идари и Бемиш сидели очень близко. Была уже ночь, но две луны сияли ярко-ярко, как прожектора, и Бемишу был хорошо виден профиль Идари: изящная головка, оплетенная черной косой, и сверкающие в лунном свете заколки с крошечными хрустальными цветами.

— Мой муж имеет очень большое влияние на императора, — продолжала Идари, — а вы можете иметь большое влияние на моего мужа. Это было бы очень плохо для моей страны, если бы вместо вас Киссур дружил с теми, с кем он свел знакомство на Земле несколько лет назад.

Идари помолчала.

— Что вы знаете о нашей истории?

Бемиш покраснел. Его невежество в том, что касалось истории Веи, было почти абсолютным. С ним могло равняться разве что его невежество в том, что касалось истории Земли. Если его что-то и интересовало на этой планете — так это размер бюджетного дефицита или ставка рефинансирования Центрального Банка. От истории ставка рефинансирования решительно не зависела.

— Вам известно такое имя — Арфарра?

Бемиш замялся.

— Он был первым министром...

— Он был дважды первым министром. Один раз — еще до иномирцев. Другой раз — после. После того как на Вее появились люди со звезд, император назначил первым министром человека по имени Нан. Потом его убрали. Не без помощи моего мужа.

Бемиш смутно вспоминал скандал пятилетней давности — потому что скандал этот был земной, а не вейский. Там было что-то про Киссура — бывшего первого министра империи, ошивавшегося на Земле. Или на Ланне? Наркоманы и террористы. Угнанная машина, пьянка, избитый полицейский, арест по подозрению в соучастии в теракте, старательно раздуваемый кем-то скандал: Киссур то ли сбежал из тюрьмы, то ли был отпущен под подписку, но из допросов его соучастников выяснилось, что в трагедии с угоном боевого самолета виноват именно Нан. Кажется, это заявление сыграло свою роль в отставке министра-иномирца...

— Потом был другой премьер и программа государственных инвестиций. Очень высокие налоги и очень высокие расходы бюджета. В стране не осталось других официальных денег, кроме тех, которые были в казне. Или в банках, чьими акционерами были крупнейшие чиновники. А рабочим запретили увольняться с предприятий и свидетельствовать против хозяев.

Идари усмехнулась и добавила:

— В это время Шаваш был одним из самых горячих сторонников государственных инвестиций. Ему надо было оправдаться от дружбы с Наном, и он сочинял правительству все программы, по которым деньги уходили в песок. Там, где клали тонну асфальта, писали, что положено три тонны, там, где использовали литр краски, писали, что ушло пять литров. А по поводу законов, превращавших рабочих в рабов, он написал докладную записку, в которой говорилось, что вейский путь отличается от галактического тем, что хозяин не использует работников, как наемный скот, а пожизненно отечески о них заботится. Это должно было кончиться гибелью страны, но это кончилось восстанием и уходом правительства. Потом был Арфарра. Он урезал государственные расходы и отменил законы о рабочих. А мой муж подавил восстания в тех провинциях, где наместники загрустили о старых временах.

Бемиш почти не слышал того, что говорила женщина. Скрещенные полосы света от двух полногрудых лун сверкали на мраморной дорожке сада, из-под кружева на тонких запястьях Идари высовывали серебряные головки многокрылые змеи-браслеты, и профиль ее, с гордо поднятой головой и высокой лебяжьей шеей, был словно вырезан из лунной дымки.

— Спустя некоторое время Арфарра сказал одному человеку, Ванвейлену, у которого раньше очень много денег было вложено в империю: «Мы сейчас распродаем государственные стройки, почему бы вам не купить Ассалах?» — «Я не буду этого делать, — ответил Ванвейлен, — это самая омерзительная из кормушек Шаваша». — «Экономика империи улучшилась за год, — сказал Арфарра, — а вы использовали этот год, чтобы законсервировать ваши концессии, или продать их моему правительству, или избавиться от акций через подставные компании. Почему?» Ванвейлен подумал и сказал: «Я вложил в Вею много денег и понес большие убытки. Я поставил на кон — и проиграл. Вы упустили время. Народ потерял доверие к чиновникам, иномирцам и государю. Вы старик и больны, — что будет, когда вы умрете?» — «Я шесть лет как умираю, — рассердился Арфарра, — вы купите Ассалах или нет?» — «Нет». На этом они расстались. На следующий день Арфарра умер.

Бемиш теперь слушал затаив дыхание.

— Мой муж боготворил Арфарру, — продолжала Идари, — и мне стоило большого труда умолить его не мстить Ванвейлену иначе как на Вее. Но тому все-таки пришлось улететь, потому что на Вее его бы ничто не спасло, и он потерял гораздо больше денег, чем рассчитывал. Я рассказываю это к тому, чтоб вы поняли, господин Бемиш, что на Вее выгода и смерть ходят гораздо ближе, чем на Земле. Особенно если вы покупаете Ассалах и дружите с моим мужем.

Бемиш вернулся в гостиницу поздно ночью. Где-то далеко в городе брехали собаки, над белым храмом висели звезды, и в соседнем квартале женский голос что-то жалобно пел под флейту.

Засыпая, Бемиш думал о женщине с черными глазами и черной косой, уложенной вокруг головы, и о двух людях, которых она свела с ума, — Киссуре и Шаваше. Еще он думал о человеке по имени Клайд Ванвейлен, о котором он, в отличие от других персонажей рассказанной Идари истории, знал очень много. Ибо Ванвейлен был миллиардером и человеком, за каждым шагом которого финансовое сообщество следило затаив дыхание. В отличие от Идари, Бемиш знал, что спустя полгода после описанных событий Ванвейлен едва не погиб: у его семиметрового лимузина на воздушной подушке отказали тормоза, машина пробила ограждение и нырнула в воду с двадцатиметрового моста, шофер утоп, охранник разбил голову о приборную доску, а Ванвейлен чудом из реки выплыл. История эта, благодаря связям Ванвейлена, в газеты не попала. И теперь Бемиш не был уверен, что Киссур сдержал свое обещание не мстить иначе как на Вее.

✕✕✕

Харчевня «Рыжая Собака» располагалась в довольно-таки нефешенебельной части города. Вход в нее был обрамлен богами в форме змей, обвивающих два бронзовых дверных столба, под дощатым потолком качались латунные с блестками лампы, и деревянные стены были украшены двумя дюжинами подписей и крестов. Подписи собирались в течение двух десятков лет и принадлежали самым известным ворам нынешнего царствования, которые умели писать. Кресты тоже принадлежали самым известным ворам, которые писать не умели.

По крайней мере двое из этой почтенной компании сидели в углу, обсуждая свои какие-то малопристойные дела, и при появлении Киссура подошли к нему поклониться.

Киссур познакомил с ними Бемиша. Первый из воров, мрачный золотозубый красавец лет сорока, извлек из кармана визитку, на которой именовался президентом какой-то экспортной компании, и заверил Бемиша, что, если господину понадобится, он будет в полном его распоряжении.

Засим оба вора, сопровождаемые телохранителями, отбыли в неизвестном направлении. Киссур мрачно заметил, что они едут на встречу с конкурентами и что если их сейчас задержать, то одной перестрелкой в городе будет меньше.

— Так задержите, — посоветовал Бемиш.

— А зачем? Пусть пауки едят друг друга.

Киссур и Бемиш только приступили к молочному поросенку, нежно-белой горой выступающему из моря ароматной подливки, когда Киссур вдруг поднял голову: перед ним стоял Камински. Коммерсант имел несколько унылый вид. Под глазом у него было огромное синее пятно, словно у шамана, раскрасившегося для гадания, а рука висела в шелковой петельке.

— Я пришел попрощаться, — сказал Камински, — я завтра улетаю на Землю.

Киссур молча смотрел на него.

Камински отодвинул стул и сел.

— Я был не прав, — сказал он, — изо всех вейских чиновников вы — действительно честный. Вам от меня не надобно было ни гроша. Вернувшись, я непременно расскажу друзьям, что вейские чиновники делятся на две категории: нечестные чиновники, которые просят у иномирцев взятки и сводят через них собственные счеты, и один честный чиновник, который искупал меня в бассейне.

— А еще, — сказал Киссур, — вы расскажете, что вы — невинная жертва темных махинаций. Что вы хотели купить землю за двенадцать миллионов, но вам приставили нож к горлу и убедили купить за полтора.

— Нет, — сказал Камински, — им я, как было дело, не расскажу. А вот вам, господин бывший министр, пожалуй что, расскажу, для пополнения вашего экономического образования. Я приезжаю сюда и являюсь к этому Ханиде: «Я хочу строить деловой центр». Ханида — сама вежливость. Он рассыпается в похвалах. Он надеется на дальнейшее сотрудничество. Он почему-то хвалит мое бескорыстие и так им восхищен, что предлагает мне землю не за двенадцать миллионов, а за полтора. Я отказываюсь, потому что чем сомнительней сделка, тем больше проблемы. Что ж! Двенадцать так двенадцать. Господин Ханида просто счастлив. Он говорит, что низкий человек заботится о выгоде, а благородный — о справедливости. Он причисляет меня и себя к благородным людям. Я начинаю работы и вкладываю деньги. Между тем земля еще не куплена, — меня уверяют, что это формальность. В один прекрасный день я прихожу к Ханиде, и он опять заводит речь о полутора миллионах. Я вежливо отказываюсь. Ханида пожимает плечами и внезапно холодеет, как лягушка. Он говорит, что разрывает контракт. Я выхожу из себя: помилуйте, я уже затратил огромные деньги! Ханида в ответ цедит что-то сквозь зубы об эксплуататорах, сосущих печень и кровь империи. Тогда я иду к Шавашу, вашему дорогому другу. Он предлагает мне... достаточно сказать, господин Киссур, что он предлагает мне что-то очень похожее, только хочет от меня вдвое больше Ханиды. И тут я сделал ошибку. Мне надо было повернуться и улететь. Пропади они пропадом, эти расходы! Но мне было жалко денег. Я уже нанюхался вашей вони. Я видел, что Ханида сделает то, что обещает, и подписал контракт. Моя ошибка была в том, что я забыл о Шаваше, который предлагал мне то же, что Ханида. Шаваш был раздосадован тем, что Ханида не поделился краденым. Разумеется, кодекс местных приличий не позволял ему самому выступить в роли доносчика. И вот он, выбрав подходящий миг, рассказывает эту историю вам, и вы поднимаете шум! И этот шум отзывается в душе Шаваша приятным звоном монет. И вот империя в очередной раз остается с носом, а Шаваш — с полной уверенностью, что при следующей сделке Ханида сам отдаст ему половину, только чтоб не мешал!

Белокурый Киссур вынул из-за пазухи чековую книжку и спросил:

— Сколько вы отдали Ханиде?

Камински оторопел, а потом расхохотался:

— Мне не нужно от вас денег!

— Всем людям со звезд нужны только деньги! И поэтому вы обречены на страдание, ибо деньги, не потраченные на друзей и на милостыню, приносят беду.

— А откуда деньги у вас, Киссур, а? Вы не занимаетесь торговлей, не берете взяток, не грабите прохожих! Откуда ж деньги? Вам просто дарит их император, да? А императору это тоже ничего не стоит, — когда в казне не хватает денег, он придумывает новый налог. Человека, который продает и покупает, вы называете преступником, а человека, который собирает для вас налог, вы называете опорой государства! То-то вам не по душе, если государь созовет парламент и вы потеряете право получать от государя подарки!

— Тебе опять хочется искупаться?

Камински опомнился.

— Нет, — сказал он горько, — мне не хочется купаться. Вы чуть не убили меня тогда. А поскольку других аргументов, кроме купания, у вас нет, я лучше помолчу. Но я посоветую всем моим друзьям на Земле и, кстати, Теренсу Бемишу, который сидит с вами, никогда, ни при каких обстоятельствах не иметь бизнеса на Вее, ибо ничем, кроме унижения и срама, это не кончится. И поверьте мне, господин Киссур, — я еще мог бы уладить все. Но я благодарен вам, что потерял эти деньги и снова вспомнил, что у меня есть честь и достоинство.

Повернулся и пошел прочь.

Киссур посмотрел на Бемиша.

— Ну, — спросил Киссур, — он прав?

— Да, — сказал Бемиш.

— А ты уедешь?

— Нет, — покачал головой Бемиш, — я не уеду. А вот тебе стоит уехать отсюда.

— Куда?

— Туда, где ты поймешь, что мир устроен не так, как твой родовой замок.

— Поздно, — отозвался Киссур. — Я подавал в Военную Академию Федерации. Меня не взяли. А больше ни одно место на ваших звездах, червивых, как прошлогодние смоквы, меня не интересует.

⨯⨯⨯

На следующий день Бемиш улетел в Ассалах, куда прибыло несколько членов его команды и два сотрудника «Леннфельд и Тревис». Задача их была проста: к концу недели разработать финансовую оболочку сделки.

Банкиры работали день и ночь. Через два дня в усадьбу прилетел флайер с веселым и несколько пьяным Киссуром и куда более трезвым Шавашем. Высокий, загорелый, широкоплечий Киссур в свободных белых штанах и пестрой рубахе ввалился в гостиную, где бодрствовавшие всю ночь банкиры заканчивали проспект эмиссии.

— И вы тоже не спите! — обрадовался Киссур. — А куда девок подевали? Давайте пить!

И грохнул кувшин с дорогим инисским вином прямо рядом с принтером, выплевывавшим финансовые проектировки. В этот момент обычно флегматичный Уэлси, боявшийся Киссура как огня, проявил истинное величие духа.

— Киссур, — сказал он, — я выпью с вами, но не раньше чем вы поможете мне рассчитать поток наличности компании в случае наложения эмбарго на торговлю с Герой и соответствующего уменьшения грузопотока.

Киссур изумился. Он не умел рассчитывать потоков наличности.

— З-заразы! — пьяно пробормотал он.

Бемиш нашел ему какую-то девку в деревне и вернулся в кабинет, где его ждал Шаваш. Маленький чиновник сидел в кресле у окна, задумчиво обозревая цветущие в саду гортензии. Он был, как всегда, изыскан и аккуратен, и от него пахло весенним ландышем.

— Так какова же ваша цена? — спросил Шаваш.

— Восемь пятьдесят пять за акцию.

— Итого — девяносто четыре миллиона, — проговорил Шаваш. — А дальше?

— Я намерен принять первые корабли через шесть месяцев после начала строительства.

— Разве у вас есть опыт строительства космодромов?

— У меня есть опыт привлечения специалистов и опыт финансовых сделок, господин Шаваш. Эта компания должна начать приносить кэш меньше чем через год, или она опять пойдет с молотка.

— Как вы предполагаете финансировать сделку?

— Из девяноста четырех миллионов около десяти предоставляют банки. Это десятипроцентный долг, обеспеченный имуществом компании. Восемьдесят миллионов финансируются через высокодоходные облигации, выпущенные моей компанией «АДО» и размещаемые «Леннфельд и Тревис» на межгалактическом финансовом рынке. Около четырех миллионов — деньги мои и моих партнеров.

— Значит, из девяноста четырех миллионов вы рискуете лишь четырьмя своими собственными?

— Я рискую чужими деньгами, но своей головой.

Желтые глаза министра финансов улыбались и не мигали.

— Насколько я знаю, так обычно покупают компании с уже существующим потоком наличности, который идет на выплату процентов. А вы — дыру, в которую еще надо вкладывать прорву денег.

— Мы постараемся сконструировать финансовую оболочку сделки так, чтобы почти ничего не платить в этом году. Мы планируем сделать часть облигаций бескупонной, со сроком погашения через два года. Это означает, — пояснил Бемиш, —

что облигация будет продаваться со скидкой по отношению к номиналу, а доход составит разница между продажной ценой облигации и ценой погашения, равной номиналу.

— Вы спутали меня с Киссуром, Теренс, — заметил Шаваш, — я знаю, что такое бескупонные облигации.

Бемиш досадливо крякнул.

— Мы предусматриваем также бумаги, по которым возможна альтернативная выплата — деньгами или же новыми облигациями.

Шаваш помолчал. Из раскрытого окна вдруг раздалось пение рожка: это деревенский пастух заводил в деревню коров. Ухоженные пальцы маленького чиновника перебирали серебристое кружево рукава.

— Это довольно рискованная сделка, господин Бемиш. Я не уверен, что ваши облигации будут стоить на рынке хотя бы семьдесят процентов от номинала. И что же тогда остается от ваших якобы восьми с половиной денаров за акцию?

Бемиш сглотнул. Он знал, что Шаваш более чем прав.

— Бумаги будут стоить денар за денар, — сказал Бемиш, — проспект эмиссии содержит условие, согласно которому через год после выпуска процент по облигациям пересматривается так, чтобы бумаги шли ровно по номиналу.

Шаваш помолчал.

— Несколько необычное решение, — наконец сказал он.

— Это решение позволит мне через год снизить стоимость финансирования сделки на три процента.

— А если цена ваших бумаг, напротив, упадет? Вам придется платить не на пять-шесть процентов меньше, а на пять-шесть процентов больше.

— Цена будет только расти, — сказал Бемиш.

Теренс Бемиш был настолько самоуверен, что не собирался пугать инвесторов пределом пересмотра ставки. Как впоследствии выяснилось, этим самым он подписал ассалахскому проекту смертный приговор.

Но сейчас Шаваш, казалось, был благоприятно впечатлен словами иномирца.

— На Вее найдутся банки, — сказал он, — которые были бы рады участвовать в этой сделке и купить ваши облигации. В больших объемах. Однако сделка крайне рискованная, и ее надо немножечко подсластить. Я полагаю, крупные инвесторы могут иметь возможность купить, помимо облигаций, еще и ордера акций, на три года, — по денару за десять акций. На это дело можно зарезервировать до четверти акций.

Бемиш чуть поднял брови. Предлагаемый Шавашем вариант означал, что покупатель ордера через три года сможет купить акции Ассалаха по их теперешней цене. Бемиш надеялся, что через три года акции Ассалаха будут стоить в сто раз дороже.

— И кто же получит эти ордера? — спросил Бемиш.

— Вейские банки, которые купят облигации.

— Нельзя ли конкретнее?

— Я и мои друзья.

✕✕✕

Через час Уэлси и Шаваш спустились в центральную залу. Бемиш остался наверху, чтобы вымыться и переменить рубашку, — за время разговора с Шавашем он вспотел. Когда он сошел вниз, Киссур сидел в зале и рассказывал двум молодым помощникам Тревиса о том, как дрессировать разбойничьего коня, чтобы тот разбирал дорогу в темноте и не ржал в засаде. Банкиры внимательно слушали. На их молодых и честных лицах был написан неподдельный интерес. Банкиры привыкли проявлять неподдельный интерес к любому клиенту. Можно было подумать, что сидеть в засаде меж скалистых ущелий — их основное жизненное занятие.

— Если тропа каменистая, копыта надо обернуть мягким войлоком, — говорил Киссур.

На звук шагов он обернулся.

— Ты чего такой смурной, Теренс, и почему у вас неубрано?

Киссур с отвращением провел пальцем по столу дорогого розового дерева: один из банкиров, обедая в спешке перед компьютером, уронил на стол пиццу.

— Времени нет, — сказал Бемиш.

— Женщины у тебя нет, — возразил Киссур, — и Идари то же говорит.

Управляющий, неслышно подошедший сбоку, поклонился и быстро встрял:

— Если господину нужна служанка, то у меня есть одна подходящая кандидатура, дочь мелкого чиновника, барышня семнадцати лет, нежная, как лепестки жасмина. Отец ее совершил растрату и в настоящее время находится под следствием. Чтобы собрать деньги на хорошее отношение судей, а также беспокоясь за судьбу дочери, он готов продать ее за пятьдесят тысяч.

Бемиш стрельнул глазами в сторону коллег: разговор велся на вейском, и те его явно не поняли.

— Я подумаю, — сказал Бемиш.

— Тут и думать нечего, — заявил Киссур, — я посмотрю девочку, и если она так хороша, как уверяет этот мошенник, она твоя.

На соседнем столе застрекотал принтер, и из него полезли последние финансовые проектировки.

✕✕✕

На следующую ночь, когда донельзя усталый Бемиш в два часа поднялся в свою спальню, он обнаружил, что он не один. В постели, свернувшись в клубочек, безмятежно спала златокудрая девица лет семнадцати. Бемиш стащил с нее одеяло и убедился, что девица вполне голая: видимо, Адини привел ее вечером и не решился беспокоить хозяина, — а девица ждала-ждала и заснула.

Как только Бемиш приоткрыл одеяло, девушке стало холодно: она проснулась и уставилась на Теренса большими и круглыми, как луна, глазами. У нее были маленькие, неспелые грудки с крошечными сосками, тяжелые бедра и длинные белые ножки. Лобок ее был чисто выбрит. Девица глядела на Теренса безо всякого смущения, словно ее каждый день нагишом разглядывали незнакомые иностранцы.

— Как тебя зовут? — спросил Бемиш, коверкая вейские слова.

— Инис.

— Тебе сколько лет?

— Шестнадцать.

— Ты девушка?

— Конечно, господин. Господин Киссур сам выбрал меня.

Брови Бемиша недовольно дернулись.

— Это как это Киссур тебя выбирал?

— Он отвел меня к госпоже Идари, — сказала Инис, — и госпожа сказала, что вам нужна женщина для тела и дома. Она посмотрела, девственница ли я и хорошо ли готовлю, и была удовлетворена.

При имени Идари ладони Бемиша внезапно вспотели. А девушка улыбнулась и лукаво прибавила:

— Она побоялась оставить меня Киссуру. Она — очень хорошая жена. А у тебя есть жена?

Бемиш, не отвечая, выпустил одеяло, и оно вновь укрыло девушку. Мысль о Мэрион испортила всякое удовольствие. И к тому же — Идари! Он понимал, что, лаская подарок Идари, всегда будет думать только о той, кто его подарила.

— Одевайся. Попроси Адини найти тебе спальню.

— Мы не будем заниматься любовью? — испуганно спросила девушка.

— Нет.

— Зачем же вы меня купили? — обиделась Инис.

— Затем, чтобы тебя не купил кто-нибудь другой. Шестидесятилетний садист в ранге начальника уезда, который занимается в кабинете любовью со своими секретарями.

Девушка огорчилась.

— Если бы ты занимался со мною любовью, — сказала она, видимо решив, что имеет право называть на «ты» человека, который разглядывает ее голой, — ты бы подарил мне новую юбку и сережки, а теперь ты мне ничего не подаришь.

— Какую юбку тебе хочется?

— Я на ярмарке недавно такую видела — длинную, из синего шелка с узором «танцующие цветы», а по подолу три каймы с изображением рыб, зверей и птиц, каждая отделенная от другой полоской из бисера, и подвески у пояса.

Бемиш усмехнулся. «Им всем хочется на юбки, — подумал он о Мэрион. — Благословен мир, в котором они по крайней мере просят об этом открыто».

Он молча, как был в пиджаке и брюках, лег на кровать.

— Раздень меня, — приказал он Инис.

■ Глава пятая, ■

в которой Теренса Бемиша уговаривают отказаться
от участия в конкурсе и в которой Шаваш
напоминает присутствующим, что не знает
финансового термина «диктатура»

На космодром пришло двадцать тонн оборудования (из заказанных восьмидесяти), и иномирцы дневали и ночевали на стройке. Начальник уезда согнал крестьян — взять старые бетонные плиты и замостить дорогу, чтобы новый господин Белой Усадьбы мог ездить на своем железном бочонке от усадьбы и до стройки.

Через неделю Бемиш принялся выяснять, куда делось недостающее оборудование, и выяснилось, что оно до сих пор как лежало на космодроме в Равадане, так и лежит. Пришлось ехать в Равадан.

Проезжая мимо ближайшей деревни, Бемиш заметил у ворот распряженную фуру: крестьяне сбегались к фуре, а из нее выносили доски для передвижного помоста. Бемишу показалось, что сборкой руководил тот самый старик, который изображал на рынке в столице бога и разорвал кредитки, данные Бемишем.

В Радаване инспектор заявил Бемишу, что контейнеры с

оборудованием стали источником гамма-излучения (такое редко, но бывало) и должны пройти дорогостоящую обработку. Бемиш молча сунул инспектору пять тысяч ишевиками, и через полчаса под его руководством ящики грузили в нанятый им грузовик. Контейнеры не излучали ничуть.

Ящики укатили в Ассалах, а Бемиш остался в столице на приеме в честь одного из государевых предков, ровно триста сорок лет тому назад переспавшего в этот день с русалкой.

Женщин на приеме было совсем мало, и сердце Бемиша тихо стукнуло, когда он увидел у подсвеченного бассейна Идари. На ней была пышная черная юбка и кафтанчик синего бархата, расшитый серебром. Две тяжелые косы, оплетавшие ее головку, были заколоты застежкой в форме усыпанной розовым жемчугом бабочки, и ожерелье такого же розового жемчуга обвивалось вокруг ее шеи. Она беседовала с Шавашем и еще одним, незнакомым Бемишу человеком.

— А вот и вы, Теренс, — обернулся Шаваш. — Позвольте представить вас — первый министр империи, господин Яник.

Бемиш, доселе смотревший лишь на Идари, тут же перевел взгляд на первого министра. Это был довольно подтянутый пожилой человек, с чуть сплющенными висками и скорее хитрым, чем умным выражением серых глаз. Одет он был по галактической моде. В лице его Бемиш не увидел ничего замечательного и сразу вспомнил слухи о том, что Яник был фигурой временной, пустым местом, которое подсунули императору, пока его покровители не найдут компромисс; впрочем, пустое место задержалось на своем посту дольше, чем то планировали покровители.

— Господин Бемиш хотел бы купить Ассалахский космодром, — сказал Шаваш.

— А на какие деньги?

— Господин Бемиш планирует собрать необходимую сумму через высокодоходные облигации, размещенные на мировом рынке через известный банк «Леннфельд и Тревис».

И тут сзади раздался голос:

— Хорошо бы господин Бемиш пояснил, откуда он возьмет деньги на проценты, если космодром не приносит в первый год ни гроша.

Бемиш обернулся. К Янику подошло довольно много народу, и говорил Джайлс.

— Компания господина Джайлса, — пояснил Шаваш, — тоже участвует в конкурсе.

— Не беспокойтесь, — сказал Бемиш, — за структуру моей сделки. Я все равно не найму вас в консультанты. А вот что сделаете вы, кроме того, что купите акции по одной цене и разместите их на рынке по другой?

— Это верно, — послышался еще один голос, — у вашей компании не лучшая репутация, господин Джайлс.

— Господин Аль-Масри, — проговорил Шаваш, — еще один участник инвестиционных торгов.

Бемиш и Джайлс обернулись почти мгновенно.

— Уж не вам рассуждать о репутации! — вскричал Джайлс.

— А вам-то кто финансирует сделку? — удивился Бемиш.

Стоявший рядом с Аль-Масри посол Геры чуть наклонил голову и проговорил:

— Господина Аль-Масри поддерживают несколько банков Геры.

— Осторожней, — усмехнулся Джайлс, — этот человек надул инвесторов Галактики на полтора миллиарда.

— На полтора миллиарда их надула Комиссия по ценным бумагам, — возразил Аль-Масри. — Никто не может обвинить меня в том, что я не выплачивал то, что обещал, что мои вложения были неудачны или что я занимался строительством пирамиды.

Джайлс даже посинел.

— Это правда, господин Шаваш, — сказал он, — что человек, который разорил двести тысяч вкладчиков, участвует в конкурсе по Ассалаху?!

— В конкурсе участвуют все, — ответил маленький чиновник.

— В том числе и мошенник, которому дает деньги диктатор!

— Я не знаю такого финансового термина: «диктатура», — ответил Шаваш.

Бемиш возмущенно отошел в сторону и только тут заметил еще одного свидетеля перепалки. Возле маленькой жаровни в углу стоял и улыбался Ханадар Сушеный Финик. Поджарый белокурый варвар с длинными руками и кривыми ногами прирожденного всадника разительно отличался от коренных жителей империи; он был как горная рысь, забравшаяся в загон к овцам.

Бемиш потихоньку подошел к нему и спросил:

— Ну как вам деловой мир?

Ханадар усмехнулся.

— Однажды, лет двадцать назад, — сказал он, — мы возвращались с товарищами из не очень удачного похода. Мы собирались разграбить один городок, но вышло так, что, когда мы пришли, городок был уже разграблен и те, кто его разграбил, прогнали нас прочь. Мы оголодали, так как целыми днями ничего не ели. Даже кони подохли. Наконец мы вышли к побережью и нашли там подходящий городок, а в городке — еду и добычу. Тут мы подобрели друг к другу и стали обниматься, а до этого держались друг от друга шагах в десяти, опасаясь быть съеденными.

— Понятно. И иномирцы напоминают вам вас самих в походе, пока вы не нашли этого городка?

— Ах, Теренс-рей! (Ханадар употребил уважительный аломский постфикс.) Нам-то, чтобы не опасаться быть съеденными, было достаточно трех лепешек на брата, а вот сколько добра надо иномирцу, чтобы не съесть другого иномирца, я покамест еще не понял.

✕✕✕

Чиновники оказывали Бемишу довольно много знаков внимания, и скоро вся усадьба обросла их подарками, которые, впрочем, надлежало отдаривать.

Как-то Шаваш прислал Бемишу в подарок картину. Картина была исполнена в технике «тысяча чешуек», тончайшими линиями на шелке, и изображала девушку, кормящую с ладошки высунувшего голову из воды дракона. Девушка, с черными волосами и черными большими, как маслины, глазами, напомнила Бемишу Идари, и он повесил ее прямо за столом в кабинете. При встрече Шаваш похвалил вкус Бемиша и сказал, что картина времен Пятой династии и что, скорее всего, это отличная копия одного из шедевров Коинны. Бемиш, несколько уязвленный тем, что ему подарили копию, поинтересовался местонахождением оригинала, и Шаваш, засмеявшись, сказал, что оригинал хранится где-то во дворце и обречен на вечное заточение, как жены императора.

— Впрочем, — с усмешкой прибавил Шаваш, — сейчас сокровищами дворца торгуют направо и налево. По-моему, никто не огребает таких денег, как смотрители картин и чаш; ведь во дворце хранится едва ли не треть всего, что было нарисовано и изваяно в ойкумене. Доступ к этим сокровищам запрещен всем, кроме непосредственного чиновника да еще императора, порядка нет никакого, кради — не хочу.

Управляющий усадьбой услышал этот разговор и, изогнувшись, по своему обыкновению, дугой, сказал Бемишу, что один его дальний родственник служит во дворце и очень хотел бы встретиться с иномирцем.

Бемиш встретился. Дальний родственник оказался маленьким красноносым чиновником из Ведомства Картин, Треножников и Чаш. Родственник продемонстрировал Бемишу голограммы поразительно красивых сосудов Пятой династии и нескольких картин, исполненных в технике «утреннего тумана», столь излюбленного при Золотом Государе, а также техники «тысячи чешуек». Девушки с драконом среди них не было. Вернее, была, и даже несколько, это был известный сюжет о морском царевиче, но не Коинны, а каких-то других мастеров.

Чиновник предложил Бемишу купить все, что ему понравится, и цена, которую он запросил за последние уцелевшие шелковые картины Пятой династии, была вдвое меньше той, которую в галереях Бонна запрашивали за любую современную мазню.

Бемиш поблагодарил чиновника и отказался.

✕✕✕

Киссур устроил Бемишу аудиенцию в Зале Ста Полей.

Бемиш оставил машину у стены Небесного Дворца, и его повели через посыпанные песком дорожки и благоухающие аллеи.

В зале, залитой светом и похожей на осыпавшуюся с неба сказку, перешептывались чиновники в придворных платьях. Перед занавесом стояло высокое дерево чистого золота, усыпанное цветами из драгоценных камней.

Через полчаса занавес раздвинулся, и механические цветы с тихим звоном свернули венчики, а на место их выскочили красные сверкающие плоды.

За занавесом, на аметистовом троне, сидел император Варназд. Император был в белой одежде и в белой тонкой маске, на которой резко выделялись подведенные, взлетающие вверх брови. Это было похоже на спектакль, который молча играет один актер. Бемишу показалось, что это был очень печальный спектакль.

Занавес вскоре задвинулся, и чиновники разошлись по своим делам.

Бемиш прошел через благоуханные сады, вышел из ворот дворца. Площадь перед дворцом задыхалась от зноя, двое полуголых мальчишек шарили руками в зловонной уличной канавке.

Водитель, выскочив из машины, поспешно распахнул перед Бемишем дверцу. Бемиш сел, покопался в бардачке и, достав несколько шоколадок, вручил их мальчишкам. Те рвали обертки, вгрызаясь в шоколад гнилыми зубками.

— Эй, — спросил Бемиш мальчишку на своем скверном вейском, — ты знаешь, что такое Земля?

— Конечно. Это такое место на небе, куда мы попадем после смерти, если будем хорошо себя вести и слушаться императора.

Мощный кондиционер в машине быстро прогнал жару. Бемиш сидел, откинувшись на подушки; автомобиль пробирался меж торговых рядов, и Бемиш снова вспоминал невиданную роскошь Залы Ста Полей, золотой потолок и нефритовые колонны. «Очень богатое правительство очень бедного народа», — подумал он.

✕✕✕

Через две недели Бемиш был на пирушке, устроенной молочным братом государя по случаю дня рождения. Была еда, и пьяные глаза, и девицы. Было купание в ночном пруду. Были документы различных видов, подписанные между тарелками с фаршированными финиками и блюдами со всем, что родится в небесах и родится на земле, те самые документы, за которые полагаются неисчислимые взятки; впрочем, взятки, по местным понятиям, все равно полагалось потом выплачивать. Были также песни и стихи. Один чиновник из Министерства финансов, вроде бы его звали Тай, взял что-то вроде лютни и начал играть и петь.

Потом спела песню девица: это была очень лирическая песня. Бемишу сказали, что песню сочинил лет двадцать назад чиновник по имени Андарз. Будучи министром полиции, он подавил восстание в Чахаре, повесив всех, кто не мог заплатить отступное, и отпустив всех, кто отступное заплатил. На обратном пути в столицу он сочинил цикл самых лучших своих стихотворений о временах года. Бемиша бросило в жар и холод, он наклонился к Киссуру и сказал:

— Это великая певица.

Девица кончила песню и села, по приказанию Киссура, Бемишу на колени.

Потом стали играть в рифмы. Бемиш, конечно, слишком плохо понимал по-вейски, чтобы сочинить стихи на заданные рифмы или продолжить строку. Но почему-то ему казалось, что и на родной мове он справился бы не лучше, чем по-вейски.

Привели уличного певца.

Бемиш вспомнил, как, едучи из космопорта, попросил своего переводчика остановить машину. Ему хотелось поглядеть на уличного кукольника, собравшего на обочине некоторую толпу. Переводчик ответил, что это «некультурно». Бемиш спросил, что же культурно, и оказалось, что культурно — это ходить смотреть всей шестидворкой самые дешевые боевики.

Тут, среди высших чиновников, никто не считал, что уличный певец — это некультурно.

Уличный певец спел гостям хвалу, ему накидали в шапку денег и прогнали на кухню. Чиновники стали петь сами.

Ах, если бы они только не пели так хорошо! Тогда все было бы в порядке. Разнузданные оргии коррумпированной бюрократии. Но они так хорошо пели! Бемишу трудно было бы себе представить, чтобы сотрудники государственного департамента собрались к шефу на вечеринку и начали так петь. Или чтобы они подписывали на этой вечеринке такие бумаги.

Или одно было связано с другим? И поэзия вымрет вслед за коррупцией? Господин Андарз отправился в столицу из сожженного им Чахара и по пути сложил самый прекрасный свой цикл стихотворений про лето и осень. Наверное, он был доволен. Наверное, в Чахарском походе он получил много добра.

Через десять лет Киссур и Андарз оказались по разные концы одного меча, и Киссур повесил мятежника Андарза и любил слушать его стихи.

✕✕✕

Через неделю Бемиш устроил ответное угощение в своей усадьбе. Во время ужина Шаваш то и дело посматривал на прислуживавшую гостям Инис. Когда она, обнеся гостей сладостями, проходила мимо Шаваша с пустым подносиком, чиновник вдруг притянул ее к себе и посадил на колени. Инис поспешно вскочила, задев рукавом чашку Шаваша. По счастью, вина в чашке не было.

Ссылаясь на дела, Шаваш распрощался раньше прочих гостей. Бемиш сошел вниз, чтобы проводить его.

Садясь во флайер, Шаваш сказал:

— Инис прелестна, Теренс. Говорят, она помогает вам в делах? Наверно, она так же умна, как и красива?

— Да.

— Никогда не поверю! А впрочем, вот вам пари: я возьму вашу помощницу к себе на две недели, и, если я останусь довольным, я должен вам пятьдесят тысяч.

Бемиш молчал.

— Господин Бемиш!

— Я не могу сделать вам этого одолжения, господин министр.

— Ну тогда уступите хотя бы на ночь. Пусть она потом сама выбирает.

— Слушайте, Шаваш, а вы не предлагали Киссуру уступить вам на ночь Идари?

— Какое тут может быть сравнение, — возмутился Шаваш. — Идари — высокопоставленная дама, а тут что? Дочка мелкого взяточника, вы же купили ее за пятьдест тысяч, вас надули, взяв вдвое против обычной цены...

— Убирайтесь, господин министр, — сказал Бемиш, — пока не ушиблись о мой кулак.

✕✕✕

Вечером, после того как все гости разъехались, Бемиш поднялся в спальню. Инис лежала в постели. Бемиш присел на краешек одеяла, и женщина, приподнявшись, стала расстегивать на нем пиджак и рубашку.

— Этот чиновник, Шаваш, просил меня подарить тебя ему, — сказал Бемиш. — Сначала надеялся, что я сам предложу, а потом не утерпел и попросил всеми четырьмя копытами. Я его чуть не зашиб.

Инис вздрогнула.

— Не отдавай меня Шавашу, — сказала она. — Это скверный человек. У него дома пять жен, и для каждой есть плетка. Ночи он пропадает в веселых переулках, а днем запирается со своими секретарями, — неделю назад один из его секретарей повесился от этого самого, а сказали — от растраты. А как он ведет себя в срамных домах!

Бемиш покраснел. Как Шаваш ведет себя в срамных домах, он знал по личным наблюдениям. И вряд ли сам Бемиш в это время вел себя намного лучше.

✕✕✕

Когда через два дня Бемиш вернулся в усадьбу, комната Инис была пуста. На столе сиротливо белела записка: «Я ненавижу его. Но он сказал, что повесит моего отца».

Через час Бемиш был в Министерстве финансов. Он отшвырнул испуганного секретаря и возник на пороге кабинета Шаваша.

— Вы подонок, — сказал Бемиш, — я все расскажу Киссуру. Я расскажу государю...

— И ста сорока комиссиям и пяти комитетам по защите прав человека, — закивал чиновник. — Я не хочу ставить вас в неудобное положение, Теренс. Уверяю вас, отец Инис заслуживает веревки — вот здесь у меня лежит его дело. Ужасное дело — все те пакости, которые может совершить мелкий, глупый и очень жадный взяточник, пакости, которые кончались гибелью и бесчестием. Верите ли, что он, за взятку, добавлял имена в ордера на арест после конца Чахарского восстания, принял, как целую, дамбу, которая обрушилась через месяц и погубила целую деревню? Уверяю вас — если вы нажалуетесь государю, отца ее казнят непременно...

— Отдай мне мою женщину, — сказал Бемиш.

Чиновник неторопливо поднялся с кресла, обошел стол и очутился совсем рядом с иномирцем. Бемиш увидел близко-близко его внимательные золотистые глаза и длинные, чуть накрашенные ресницы.

— Что ты хочешь от меня? — спросил Бемиш. — Денег? Долю? Мы же договорились!

Шаваш, не отвечая, улыбнулся иномирцу. Шаваш был еще очень красив, разве что самую малость полноват для своего роста, и Бемиш с удивлением заметил в его каштановых волосах несколько седых нитей.

Шаваш медленно поднял руку и вдруг стал расстегивать пиджак Теренса. Бемиш обомлел и закрыл глаза. Жаркие руки скользнули ему под рубашку, и совсем рядом послышался мягкий голос:

— Кто хочет напиться, не ссорится с ручьем, Теренс.

Бемиш не испытывал отвращения. Но он, несомненно, испытывал ужас. Губы Шаваша оказались возле его губ, и прошла, наверное, минута, прежде чем Теренс понял, что они целуются. Потом где-то вдали запищал комм.

Бемиш очнулся.

Пиджак его был расстегнут, а рубашка смешно топорщилась поверх брюк, и в самих брюках тоже что-то топырилось. Маленький чиновник стоял перед ним и смотрел на иномирца смеющимися глазами.

Бемиш, как неживой, поднял руку и вытер ладонью рот.

— Катись отсюда, — сказал Шаваш, — бери свою наложницу и катись. Она мне надоела. Она всю ночь в постели скулила.

Бемиш бочком-бочком попятился к двери, повернулся и полетел наружу.

— Ты хоть застегнись, — издевательски закричал вслед чиновник.

Бемиш, оборвав ручку кабинета, выскочил в предбанник. Что-то свистнуло в воздухе, и к ногам Бемиша, растопырив разноцветные страницы, хлопнулась пластиковая папка. Это была папка с делом отца Инис. Бемиш подхватил ее и побежал дальше.

✕✕✕

Никто не верил, что Киссур подружится с иномирцем. Гринмейлер, выскочка, хапуга, съевший недавно с помощью «Леннфельд и Тревис» небольшую компанию по производству автоматических дверей и использовавший ее только как ступеньку для того, чтобы съесть что-то побольше, один из тех молодых людей, через которых Тревис делал свои деньги, пустое место без Тревиса, — этот человек и на Уолл-стрит имел самую паршивую репутацию. «Самый голодный из негодяев Тревиса», — сказал про него президент компании по производству автоматических дверей, будучи уволен со своего места. И чтобы Киссур, который даже благовоспитанного президента какого-нибудь «Морган Джеймс» считал ростовщиком и висельником, — чтобы Киссур подружился с этим финансовым конокрадом?

Дружба между иномирцем и Киссуром служила предметом довольно беззлобных сплетен: все как-то ожидали, что либо иномирец назовет Киссура бандитом с родословной, либо Киссур попрекнет чужака со звезд страстью к стяжательству. Но когда Киссур подарил Бемишу усадьбу, в пяти главных управах задумались и переглянулись.

Как-то Бемиш был у префекта столичной полиции, подписывал какую-то бумагу с синей полосой. Префект поздравил его с усадьбой, вздохнул и сказал:

— Вы напрасно слишком близко стоите к Киссуру. Знаете, как он начал свою карьеру? Он ограбил, с семью товарищами, правительственный караван. Они убили тридцать шесть стражников, и голову начальника каравана Киссур насадил на шест, хотя этот человек не был ни в чем виноват, кроме как в том, что у него были дети и старуха мать, которых ему надо было содержать. А потом Киссур поссорился с разбойниками, потому что главарь не хотел уступать ему первое место, и зажарил главаря в земляной печи.

— Но теперь-то, — заметил Бемиш, — Киссуру нет нужды грабить караваны.

Префект провел рукой по щеке.

— Вокруг Киссура, увы, десятки людей. Эти люди умеют обращаться с оружием, презирают взяточников и торговцев, считают грабеж единственным достойным способом стяжания. Думаете, страна бедна из-за взяточников и больших налогов? Увы, налогов правительству наши предприниматели не платят, зато платят налог бандитам, которые охраняют их от других бандитов.

— С меня, — сказал Бемиш, — никто не требовал платы за охрану.

— Вот именно, — сказал префект.

Бемиш хотел взять проклятого чиновника за шкирку и спросить, уж не намекает ли тот, что Киссур стоит во главе столичных бандитов. Отблагодарил, однако, за подпись и вышел. А ведь в самом деле: водил, водил его Киссур в одну из самых знаменитых воровских харчевен города и был там принят как свой, — а потом Бемишу рассказали, что если бы он забрел в эту харчевню без спроса, то его не только что убили бы — скормили бы посетителям харчевни в борще, был там такой милый обычай избавляться от трупа.

✕✕✕

На следующий день Бемиш был в Министерстве финансов, у Шаваша. На входе в его кабинет он столкнулся с бледным, расстроенным человеком в стандартной одежде, но с мягкой повадкой вейца.

Шаваш повел его в сад, где щебетали фонтаны и птицы, велел подать столик с закусками. Как-то так незаметно разговор зашел об Идари, жене Киссура. Шаваш сказал, что, если бы не она, Киссур давно сломал бы себе голову.

— Он ее очень любит, — со вздохом сказал Шаваш. — Три месяца назад, в день ее именин, угощал народ, раздал на три миллиона.

Помолчал и прибавил:

— Как вы думаете, откуда у Киссура столько денег, если он не берет взятки и не занимается бизнесом?

— Это дело налоговой полиции, а не мое — знать, откуда у него деньги, — сказал Бемиш. — И государя, который каждый месяц дарит ему то пахотные угодья, то нефтяную скважину.

Шаваш махнул рукой и принялся пить чай. Вдруг, спустя пять минут, внезапно сказал:

— Знаете, кто тот человек, что ушел от меня перед вами?

Президент совета директоров Ламасской страховой компании. Ограбили вчера компанию. Пять миллионов утащили. Денарами.

Бемиш удивился: про ограбление еще ничего не было в газетах.

— Для чего же они держали такую сумму наличными? — полюбопытствовал Бемиш.

— В том-то оно и дело, — вздохнул Шаваш. — Спрашивается, кому и зачем собиралась компания платить такую сумму наличными, да еще в праздничный вечер?

Помолчал.

— Дела этого не будет в газетах. А компанию все-таки ограбили.

— А в полиции это дело будет?

— Да, — сказал Шаваш, — ведь Ведомство Справедливости и Спокойствия, если попросишь, не задает вопросов, для чего компании были нужны эти деньги.

Бемиш допил свой кофе и спросил:

— Слушайте, Шаваш, — вы мне что, хотите сказать, что Киссур грабит по ночам банки или что вы, по крайней мере, приложите все силы, чтобы убедить в этом государя?

— Помилуйте, господин Бемиш, — смутился чиновник, — да с чего вы... И вдруг взъерошил волосы: — Но ведь это безумный человек! Если он идет мимо дома, который горит, — он полезет туда, чтобы вытащить ребеночка, а если он идет мимо дома, который не горит, — так он его подожжет.

Бемиш закусил губу. Маленький чиновник лгал, лгал косвенно и намеренно, но в одном он был прав: к банкирам Киссур питал неистребимое презрение, а грабителя банка, наоборот, одобрил бы. С уст Киссура не сходили слова «долг», «порядок», «преданность государю», но Бемиш отлично знал, что этот поклонник порядка всю жизнь вел себя так, что дал бы сто очков вперед любому анархисту и почитателю бунта ради бунта. Ради денег Киссур не стал бы грабить банк, но с любимца государя сталось бы для развлечения взять эти деньги и утопить их в ближайшем канале.

✕✕✕

А вечером, когда Бемиш заехал в отель, соскучившись по привычной с детства пище и желая отобедать не маринованной медузой и не котлетами из морской свинки, его окликнули. Бемиш оглянулся: у стеклянных дверей стояли двое в костюмах. Один тощий, как черенок от лопаты, другой полный и розовый, с похожим на бородатый мячик лицом. Это были Ричард Джайлс и Мохаммед Шагир, люди из «Венко».

— Откажитесь, — сказал Джайлс.

— Что?

— Откажитесь от этого проекта. У вас все равно ничего не выйдет. Займитесь чем-нибудь другим: да вот, стройте деловой центр вместо Камински.

Бемиш почувствовал, что бледнеет от бешенства. Джайлс, по-видимому, усвоил повадки местных властей.

— Я, — сказал Бемиш, — уже слишком много вложил в это дело, чтобы взять и все бросить.

— Сколько вы вложили? — И Джайлс улыбнулся. — «Венко» оплатит ваши расходы.

— Вот даже как? С каких это пор частные компании оплачивают расходы своих конкурентов? Вы не боитесь разориться?

— Вы не выиграете этот конкурс, — сказал Джайлс.

И тут мягко заговорил Шагир.

— Господин Бемиш, — сказал он, — ну зачем вам эта планета? Взяточники, бандиты, еретики, сектанты, вон и террористы появились. Слыхали, позавчера в Чахаре застрелили иномирца, владельца нескольких заводов. Между прочим, сын чахарского наместника и застрелил, выпускник Сорбонны, анархо-коммунист или как они там. Был с ним еще один паренек, из Федерации. «Развернем, — говорит, — сплошной террор против эксплуататоров с Земли, а потом прополем взяточников и построим на Вее Хрустальный дворец, а перед дворцом поставим два памятника — один Карлу Марксу, другой — государю Иршахчану».

Бемиш некоторое время смотрел на него ошалело. «Эгегей, — мелькнуло в голове, — да уж не тот ли это мальчишка, что приезжал с Ашиданом...»

А Джайлс скосил прозрачный глазок и промолвил:

— Да-да, не бойтесь, что вас пристрелят еретики, местные или импортные?

Бемиш взял тощего бизнесмена за пуговицу и сказал:

— Слушайте, Джайлс, вы видали, как Киссур бросает копье?

— При чем тут копье? — изумился Джайлс.

— Просто Киссур бросает копье и прошибает этим копьем насквозь столб в беседке. И вот теперь мне один человек намекает, чтобы я держался от Киссура подальше, потому что он грабил караваны, а другой намекает, чтобы я держался от Киссура подальше, потому что он грабит банки. И хотя Киссур банков не грабит, — я, знаете ли, уверен: если я передам Киссуру наш разговор, а я это сделаю, и потом меня убьют, то Киссур убьет вас, господин Джайлс, и вас, господин Шагир. И убьет непременно, ведь никто еще не слышал, чтобы Киссур хотел убить человека и не убил.

Джайлс отступил на шаг. Видно было, что слова о копье и столбе ему не очень-то понравились.

✕✕✕

Ричард Джайлс поднялся в свой номер под впечатлением разговора в холле. Присвистывая сквозь зубы, он набрал личный номер Шаваша — никаких секретарей — и через две секунды сказал в комм:

— Этот сукин сын, Бемиш, — вы все-таки намерены допускать его к конкурсу?

— Я вам гарантирую, — ответил Шаваш, — что этот человек абсолютно безопасен. Все пройдет по нашему плану.

— Безопасен? — заорал Джайлс. — Вы знаете, что половина его запросов на Землю касается «Венко?» Вы знаете, что он говорил Киссуру?

— Знаю, — с некоторой иронией сказал Шаваш, — если не ошибаюсь, запись разговора передал вам я.

— А, черт! Да, вы. Все равно. А если Киссур повторит эти слова перед государем? Где мы тогда будем?

— Что вы хотите?

— Примите меры!

— Я не буду принимать никаких мер, — сказал Шаваш, — которые приведут к тому, что ваши газеты смогут написать, что империя — небезопасное место для иностранных инвесторов. А если подобные меры примете вы, то вы не получите от Ассалаха ни клочка, даже размером с дынное семечко. Понятно?

— Куда уж яснее, — буркнул Джайлс.

— У вас нет оснований для беспокойства, — сказал Шаваш.

— Нет? А если он просто купит эту чертову компанию?

— Вам придется предложить за акции несколько большую сумму. Хотя бы по девять и один денара. Согласитесь, я тоже не могу отдать компанию инвестору, который заплатит за нее вдвое меньше. Всему есть пределы.

И комм потух.

— Сукин сын, — сказал Джайлс. — Он просто пользуется этим Бемишем, чтобы выжать из нас побольше. Девять и один! Где я пробью этакие бабки?

— Ничего, — сказал его спутник, — у нас есть другие пути. Заодно и с Шаваша спесь собьем.

— Ты слышал, что он сказал?

— Слышал. Я сказал: совсем другие пути. Кто там этого Бемиша финансирует? Тревис?

✕✕✕

Из отеля Бемиш поехал в город. Он зашел в храм с одетыми богами, в тот самый, который когда-то показывал ему Киссур, и долго стоял, разглядывая бога и его жену, а потом спустился вниз, в харчевню, где у него была встреча с одним молодым человеком.

Молодой человек предложил ему купить двадцать тысяч акций Ассалаха по четырнадцать «розовых».

Они немного поторговались, и Бемиш купил акции по двенадцать с половиной.

Бемиш молча вынул чековую книжку и отодрал листок, на котором уже была написана требуемая сумма. Молодой человек с уважением поглядел на него и сказал:

— Откуда же вы знали, на чем мы сойдемся?

Бемиш усмехнулся. В кармане у него лежали три чековые книжки, все с первыми листками с заранее заполненной суммой, два не понадобившихся листка Бемиш скормит через час мусоросжигателю.

Бемиш поставил под чеком подпись и протянул его юноше.

— Что вы будете есть? — сказал Бемиш.

— Я, пожалуй, пойду.

— Кстати, как эти акции к вам попали?

— Они не мои. Они дядины.

— А как они попали к дяде?

— Он их покупал.

— Почему именно их?

— Он покупал много разных ценных бумаг.

— Почему он решил продать эти?

— Ему срочно нужны деньги. Он сел в тюрьму.

— Отчего?

Юноша указал на корзинку, в которой он, по местным обычаям, принес бумаги.

— Из-за ассалахских акций?

— Следователь на допросе спрашивал его об этих акциях. Он дал понять, что отпустит дядю, если тот передаст акции одному высокопоставленному чиновнику, которому бы хотелось их иметь.

— Шавашу?

— Не следует называть такие имена вслух. Такое уж это дело, господин чужак, что пока слово у вас за зубами — вы хозяин своего слова, а когда слово из-за зубов вылетело, оно ваш хозяин.

— Почему же ваш дядя не отдал акции этому чиновнику?

— Он просто взбеленился, когда это услышал, — возразил

юноша, — он сказал, что лучше он продаст их за деньги, чем отдаст даром. Ведь он купит свободу за десятую часть их цены. У нас судьи стоят гораздо дешевле, чем акции.

Юноша поколебался и добавил:

— К тому же его очень оскорбило, что Шаваш сначала сам подарил ему акции, а теперь потребовал обратно, да еще так грубо.

И тут Бемиш почувствовал легкое беспокойство.

— Подарил? — спросил Бемиш. — Не продал?

— Нет. Подарил.

— А как он провел это по отчетности?

Юноша поглядел на иномирца невинными глазами и сказал:

— Это было на праздник Цветения Слив. В этот праздник у нас принято делать подарки, и Шаваш тогда приказал напечатать небольшую эмиссию и распределил ее среди тех, кому надо было дарить подарки.

У Бемиша отвисла челюсть.

— В каком смысле напечатать? — почти вскрикнул финансист.

— В обыкновенном. Вы же знаете, это у нас водилось издавна. Если в казне не хватало денег, их немножечко печатали, но не обязательно заносили в книги. Вот и Шаваш решил напечатать вроде как подарочную эмиссию, только не отражать это в книгах.

— Подарочную эмиссию?!

— Да, а что?

— Ничего. Просто с таким видом операций по ценным бумагам я еще не встречался. И сколько же акций было выпущено?

— О, не очень много. Самые пустяки. Это же все равно как человек, который в подвале печатает деньги. Если он их напечатает чуть-чуть, это никому не повредит, а если он напечатает их столько же, сколько монетный двор, это станет заметно на ценах.

— Кто знает реальный объем эмиссии?

— Пообещайте не ссылаться на имя моего дяди.

— Я его не знаю, — как я могу на него сослаться?

— Все равно пообещайте.

— Обещаю.

— Я думаю, что ваш уездный начальник, которого недавно уволили с должности, имеет акции этой эмиссии и знает многое.

✕✕✕

Бемиш вернулся в городской дворец Киссура уже поздно ночью. Он теперь почти всегда останавливался там во время своих приездов в столицу. Ему хотелось чаще видеть Идари.

Посреди ночи Бемиша разбудил слуга. Кланяясь, он доложил, что господина ждут у терминала транссвязи. Когда зевающий Бемиш вышел в гостиную, с экрана на него глядел президент «Леннфельд и Тревис».

— У нас есть для тебя хорошее предложение, — сказал Тревис, — компания Union Disk. Они производят лазерные диски. Приезжай. Ее можно купить.

— Я занимаюсь Ассалахом.

— Это бесперспективно. Мы не будем финансировать эту сделку.

У Бемиша было семь минут, чтобы осмыслить размер катастрофы.

— Рональд! Вы дали мне гарантию!

— Мы выплатим неустойку.

— Мне не нужна неустойка, мне нужен Ассалах.

— Прилетай на Землю, — сказал Тревис, — и поговорим о «Юнион Диск».

— Что мне делать с акциями Ассалаха? Я купил семнадцать процентов!!!

— Продать. Это твоя специальность.

— Если вы не будете финансировать эту сделку, я обращусь к другой фирме.

— Ты не обратишься к другой фирме, Теренс, потому что другая фирма не пустит тебя на порог. Ты ничто, Теренс. Ты гринмейлер с двадцатью миллионами в кармане. Тебя сделали мы. Больше ты никому не нужен. Ты финансовый пират. Я тебя жду послезавтра в своем офисе, в пятнадцать тридцать. Если не застрянешь в пробке по дороге, вполне можешь успеть.

И Рональд Тревис исчез с экрана.

✕✕✕

Бемиш вернулся в свою спальню, оделся и сел за письменный стол. Так он сидел довольно долго — пока не услышал скрип двери. Бемиш обернулся: в дверь входили Киссур с Ханадаром Сушеным Фиником. Ханадар выглядел довольно лихо в черных, обшитых кружевами штанах и бархатной варварской куртке. Киссур был в серых штанах и белой куртке, украшенной черной полосой с золотой вышивкой из хризантем и сосновых ветвей; белокурые волосы его были стянуты в пучок.

— Привет, — сказал Киссур, — шикарно, что ты не спишь. А мы вот решили оторваться в кабаке. Пошли с нами?

Бемиш молчал.

— Да что с тобой, Теренс? Ты как муха под дихлофосом!

— Я влип, — сказал Бемиш. — Тревис отказывается финансировать сделку.

— Почему?

— Не знаю. Не знаю, откуда у Шаваша такие связи.

— Понятно. И что же ты собираешься делать?

— Продать акции. У меня нет выхода.

— По цене выше, чем ты покупал?

— Естественно. Я держатель крупного пакета. Я могу сильно нагадить «Венко», если она не купит их за столько, за сколько я захочу. Если я, например, обжалую действия «Венко» в арбитраже Федерации, то она страшно влетит...

— Это и называется гринмейл? — уточнил Киссур.

— Да.

— Значит, Шаваш был прав, — сказал Киссур.

— Да как ты смеешь! — заорал Бемиш, вскакивая, и тут же увидел перед собой искаженное лицо Киссура и побелевшие костяшки на кулаке. От первого удара Бемиш успел уклониться. Второй сбросил его со стула на пол. Бемиш сделал перекат и вскочил на ноги, квадратный носок Киссурова ботинка на сантиметр разминулся с его ухом.

С одним бы Киссуром Бемиш, может, и справился, но в кабинете был еще и Ханадар Сушеный Финик.

— Ты! Дикарь! — заорал Бемиш, прыгая в стойку, но тут Ханадар схватил его за локти. В следующее мгновение колено Киссура въехало Бемишу в пах, Киссур повернулся и, не меняя ноги, врезал Бемишу по уху. Иномирец мешком свалился на пол. Киссур сел на него сверху и принялся душить.

— Я тебе сказал, — зашипел Киссур, сидя верхом на задыхающемся противнике, — что я тебя убью?

Бемиш хрюкал и шипел, порываясь что-то сказать. Ханадар подошел и встал рядом.

— Отпусти его на минуточку, — сказал Ханадар, — пусть признается, что с самого начала хотел нас надуть. Он думает, что это мир, где можно славно посрать.

Киссур, усмехнувшись, ослабил хватку. Бемиш лежал, как червяк на садовой дорожке.

— Дурак, — закашлялся финансист, — я хотел купить Ассалах. Новый страшный тычок сапогом под ребра заставил его умолкнуть.

— Еще раз.

— Я хотел купить Ассалах. Тревис был готов финансировать сделку. Я не знаю, почему он отказался. Его запугали.

Снова удар — на этот раз в пах.

— Врешь! Ничего Тревис не отказался. Вы с ним играли в свою любимую игру! За гусениц нас держали, да?

— Я хотел купить Ассалах. Тревиса запугали.

— Кто?

— Шаваш.

— Да? А почему не «Венко»?

— У «Венко» штаб-квартира в собачьей будке в штате Арканзас. Рылом они не вышли наезжать на Тревиса. Пусть они себе новый комм купят.

— А почему Шаваш тебя боится?

— Шавашу нужен покупатель, который рукой махнет на все его безобразия. Это была не компания: это просто качали государственные деньги в частный карман! А в прошлом году Шаваш, например, просто взял и напечатал секретную дополнительную эмиссию! Я думаю, что даже по вашему законодательству о ценных бумагах, которое весьма своеобразно, это является преступлением.

— Что значит секретная эмиссия?

— Не знаю. За всю мою жизнь мне не приходилось сталкиваться с таким финансовым продуктом, как секретно выпущенная акция. Но вообще-то это значит, что Шаваш переделил компанию в свою пользу: у друзей стало побольше, а у посторонних — поменьше.

— Врет он, — сказал Ханадар, — они бы договорились с Шавашем насчет воровства. Он с самого начала собирался нас надуть.

— Нет!

— Хорошо, — сказал Киссур, — я тебе верю. Но с одним условием: ты продашь компании акции по тому курсу, по которому ты их покупал.

— Нет.

Киссур усмехнулся и снял с подставки один из бывших в комнате мечей. Вынув меч из ножен, он упер его трехгранный кончик в горло Бемиша.

— Да, или я тебя убью.

Бемиш облизнул губы. В том, что Киссур его убьет, он не сомневался. Глупо. Теренс Бемиш, удачливый финансист, полумошенник-полугений, никогда не предполагал, что найдет свой конец в огромной городской усадьбе бывшего министра средневековой империи, в усадьбе, где ни один из слуг не проговорится о его судьбе или где все слуги, напротив, покажут, что Бемиш вышел из ворот усадьбы целым и невредимым... Никто ничего не докажет. Даже Шаваш не стал бы его убивать. Не потому, что был гуманист, а потому, что был человеком рациональным и явно не хотел, чтобы Вею без дополнительных на то причин объявили местом, где иностранных инвесторов находят на свалках с перерезанным горлом... Ведь уж чего дешевле — нанять убийцу? Ан нет, Шаваш Бемиша не убил, вместо этого полез к Тревису, что наверняка было на порядок дороже и трудней...

— Если я не дожму «Венко», — сказал Бемиш, — я разорюсь. И на меня будут показывать пальцем. Я не сделаю того, что ты хочешь.

— Возьми нож, Киссур, и отрежь ему яйца, — сказал Ханадар, — не подобает пачкать благородный меч о стяжателя.

— Этого ты и хотел с самого начала, да?

— Нет. Я хотел купить Ассалах.

— Сколько тебе надо, чтобы купить Ассалах?

— Если хотя бы половина моих потенциальных кредиторов выполнит свои обязательства без Тревиса, — еще сорок миллионов денаров.

— Я найду эти деньги, — сказал Киссур, вбросил меч в ножны — и ушел.

▪ Глава шестая, ▪
в которой компания «Венко» представляется
своим настоящим именем, а господин Шаваш
высказывает несколько неожиданных мыслей
о недостатках демократии

Объявление об инвестиционном конкурсе на приобретение государственного пакета акций Ассалахской компании было напечатано в правительственном «Белом вестнике» накануне дня подачи заявок. В объявлении указывалось, что участники конкурса должны внести залог в шесть процентов первоначальной цены и предоставить твердые гарантии выполнения взятых на себя финансовых обязательств.

Тревис больше не звонил Бемишу — не удостоил. Зато позвонил глава отдела корпоративного финансирования и сказал, чтобы Бемиш не торопился в штаб-квартиру Тревиса, потому что его все равно не примут.

На следующий день Бемиш высадился из шикарного лимузина, подъехавшего к бывшему дворцу первого министра Руша, нынче отданному под Министерство финансов. Там уже столпилась публика, даже из числа местных финансистов, которые, прослышав о возне вокруг Ассалаха, были не прочь рискнуть. Киссур появился в регистрационном зале почти одновременно с Бемишем.

Президент выставляемой на тендер компании, Шаваш, в упор не замечал Бемиша. Он беседовал с каким-то журналистом с Земли. Темой беседы была важность стратегических иностранных инвесторов, которые одни способны заставить компании Веи соответствовать международному уровню аудита и вывести финансы империи на новый рубеж.

Бемиш молча следил, как чиновник регистрирует его заявку и заносит в компьютер все необходимые финансовые причиндалы. А то еще ошибется, сволочь, и Бемиша не допустят «по техническим причинам».

Чиновник окончил регистрацию, заправил в принтер гербовый лист с заявкой и, отпечатав все, что нужно, понес Шавашу на подпись. Шаваш, не отвлекаясь от прогрессивного интервью, все подписал.

Бемиш отошел к небольшому столику, на котором, по вейскому обычаю, были выставлены фрукты и особая чаша, всегда наполненная соком персика, поступавшим по трубочке внутрь чаши и символизировавшим неиссякаемое изобилие. Бемиш налил себе в чашку сока, и тут к нему подошел Джайлс.

— Можно узнать, откуда у вас деньги? — полюбопытствовал Джайлс.

— Мне предоставила кредит инвестиционная компания «Плана».

— Это что за штука?

— Это компания в Горном Варнарайне, — злорадно сообщил Бемиш.

— В Варнарайне? А почему не у черта в заднице? Когда она появилась? Вчера?

Бемиш поглядел на часы.

— Если быть точным, сегодня, три часа назад.

Тем временем Шаваш покончил со своим просвещенным интервью и отвел в сторону Киссура.

— Это ты, — спросил он, — ссудил Бемишу деньги?

— Я что, ростовщик, — возмутился Киссур, — ссужать деньги? Я их ему подарил.

— Мать твоя баршаргова коза! — выругался Шаваш. — Ты их в последний раз видел.

— Посмотрим, — сказал Киссур, — кто выиграет конкурс.

Тут к Шавашу подошел еще один журналист, и министр финансов опять стал рассказывать о том, что только добросовестный иностранный инвестор способен спасти экономику Веи.

К вечеру скучавшие при буфете журналисты могли занести в свои блокнотики, что предложением правительства заинтересовались три компании — сиречь «АДО» Бемиша, «Венко корпорейшн» и «Аль-Масри Ltd», предлагавшие выкупить акции и затем уже из средств компании-покупателя финансировать строительство, да еще пять-шесть довольно крупных инвестиционных банков. Эти сами акций Ассалаха не покупали. Большею частью они предлагали правительству различные варианты конвертируемых облигаций, размещаемых через эти банки среди инвесторов Галактики и подлежащих, по истечении некоторого срока, конвертации в акции самого Ассалаха, сейчас принадлежащие государству. Бемиш был удивлен таким количеством претендентов, но потом услышал, что причиной всему является его скромная особа. На рынке капитала, пронюхав, что Теренс Бемиш намерен купить какую-то хоп-топ лимитед в какой-то на-фиг-ляндии, решили, что дело это стоящее, и приехали, как сборщики меда за птичкой-наводчиком.

✕✕✕

В середине ночи Бемиша разбудил писк комма.

— Теренс? Это Киссур. Инвестиционный конкурс отменен. Через два часа после подачи заявок Шаваш продал семьдесят процентов государственных акций Ассалаха компании «Венко», по пять с половиной денаров за акцию.

— Как продал? — только и смог выдавить из себя Бемиш. Комм снова пискнул и отключился.

✕✕✕

Киссур вошел в спальню Бемиша через пять минут. Он был слегка навеселе и явно еще не ложился спать.

— Одевайся, — сказал Киссур, — мы едем к государю.

— Зачем?

В этот момент комм запищал опять.

— Теренс, это Шаваш. Возьмите назад свою жалобу.

— Какую жалобу?

— Не притворяйтесь. Жалобу к государю о том, что вы зарежете меня как собаку.

— Что?! Какую собаку?! Вы с ума сошли?!

— Теренс, если вы явитесь к государю, вас размажут по стенке. Вас не то что в банк — вас кассиром в супермаркет не пустят, понятно?

— Я не...

Но Шаваш уже отключил связь.

— Это я подписал жалобу за тебя, Теренс, — сказал Киссур.

— И ты написал, что я зарежу Шаваша как собаку? — с ужасом спросил финансист.

— Почему только Шаваша? — возразил Киссур. — Я написал, что «Венко» — мошенники. Что они пьют кровь и пот жителей империи, лишь бы нажить денар, крону и доллар, но и даже этот денар они не наживают иначе чем украв. Я подробно расписал все, что они делают, и я сказал, что если результаты конкурса не отменят, то мы перестреляем их всех, как бешеных собак, их и их взяточников-покровителей.

Бемиш несколько секунд молчал. Он не сомневался, что Киссур написал именно то, что он сказал, и он зримо представлял себе, какой фурор такая бумага произведет в Стокгольмском арбитраже. «Я вспорю вам потроха!» Подпись — Теренс Бемиш.

— Ты понимаешь, что я разорен? — сказал Бемиш. — С такой бумагой они предъявят мне иск на миллиард денаров и выиграют его за одно заседание.

— Вовсе нет! — горячо воскликнул Киссур. — Если эти грязные собаки посмеют подать на тебя в суд, да еще и выиграют дело, то мы зарежем не только этих грязных собак, но и судью, который позволил им выиграть.

Бемиш молча схватился за голову.

✖✖✖

Ровно через час Бемиш, в сопровождении Киссура, проследовал по дорожкам государева сада в небольшой шестикомнатный павильон. Над входом в павильон развевался флаг с надписью: «Зал Справедливости и Сосредоточения». Дверь во внутренний зал сторожили два золотых павлина дивной работы. Государь Варназд сидел в пуховом кресле у окна. На нем было длинное белое платье с широкими рукавами, перехваченными у запястьев жемчужными застежками, и без маски его лицо, тонкое, как исподняя кожура лука, казалось каким-то растерянным и наивным. Вслед за Бемишем в павильон вошел Шаваш, а за Шавашем — первый министр Яник.

Шаваш и Яник были облачены в церемониальное платье со всеми знаками различия. На Янике поверх богатого придворного кафтана была бархатная ферязь с золотым шнурком, стягивающим ее на шее; ферязь была украшена изображением красного огненного дракона с рубинами вместо когтей, и по подолу ее был вышит всякий зверь, обитающий в империи, и всякая птица, в ней летающая. Шаваш был в зеленом парчовом кафтане, затканном облаками и травами, и на поясе его вместо комма висела золотая тушечница.

Красный огненный дракон с вшитыми в когти рубинами неожиданно потряс Бемиша, и он внезапно ощутил то, о чем в жизни не подозревал, — некоторое убожество своего безупречно сшитого кашемирового костюма и темного галстука перед красным драконом с отделанными рубином когтями. Что же касается Киссура, то тот был одет так же, как явился к Бемишу, а именно — в драные кожаные штаны.

— Вы подали жалобу, господин Теренс Бемиш, — сказал государь, — изложите мне, в чем вас обидели.

— Я не подавал этой жалобы, — сказал Бемиш. — Однако у меня вопрос к господину Шавашу: на каком основании был отменен инвестиционный конкурс и на каком основании компания была продана за сумму, на треть меньшую, чем та, что я предложил?

Государь повернулся к министру финансов:

— Я бы хотел услышать ответ на этот вопрос, господин Шаваш.

— Мы не отменяли конкурса, — заявил Шаваш, — а просто провели его в более сжатые сроки. Что же касается заявки господина Бемиша, то мы признали ее недостаточной после того, как инвестиционный банк «Леннфельд и Тревис», который должен был выступить андеррайтером облигаций, и еще несколько крупных коммерческих банков, кредитовавших господина Бемиша, отозвали свои обязательства о предоставлении средств, убедившись в завышенной сумме предложения.

— После отказа одних инвесторов я нашел других! — закричал Бемиш.

— Компания в Горном Варнарайне, ссудившая вам деньги, не имеет кредитной истории и чрезвычайно подозрительна. «SC-трейдинг», обещавший разместить ваши облигации, — это крошечный инвестиционный бутик, не пользующийся авторитетом на рынках капитала. Мы сомневаемся, что размещенные им облигации будут стоить дороже пятидесяти сентов за денар. Таким образом, реально ваша заявка сравнима по цене с заявкой «Венко».

В этот момент в павильоне появился еще один человек — Ричард Джайлс. Его ввели двое слуг в парчовых кафтанах. Джайлс поискал глазами место понезаметней и стал у стены в метре от Бемиша.

— При этом поведение господина Бемиша, — продолжал Шаваш, — не оставляло сомнения, что он не хочет приобретать

Ассалах. Задолго до своего появления на планете он вел скупку ассалахских акций через несколько фирм, не регистрируя, вопреки закону, того факта, что он является реальным владельцем почти семнадцати процентов акций Ассалаха. Единственной целью тут было — оказать давление на будущий менеджмент компании, с тем чтобы те приобрели акции по более высокой цене. Для достижения этого Теренс Бемиш не брезговал ничем. Иностранец, чуждый обычаям и нравам нашей страны, думающий лишь о наживе, он воспользовался своим положением хозяина близлежащей усадьбы, чтобы заставить крестьян подарить ему имевшиеся у них акции. Местного чиновника он принудил отдать ему ценные бумаги, приобретенные в то время, когда акции Ассалаха стоили по сорок ишевиков штука, стращая его смертью, а потом не постеснялся снять его с должности! В связи с нарушением Теренсом Бемишем законодательства о максимальных размерах необъявленного пакета я требую, чтобы компании «Ранико», «Алвисир-инвест» и «ЛЛА» были вычеркнуты из реестра держателей акций Ассалаха безо всякого возмещения их убытков.

Император поднял руку.

— Это серьезные обвинения, господин Бемиш. У вас есть что возразить?

— Возразить? Разумеется! Шаваш тут говорил о тех ценных бумагах, которые были безвозмездно розданы крестьянам в возмещение за строительство космодрома на их земле. Или вы вправду поверите, что Шаваш дожидался меня, чтобы отнять у крестьян эти акции? Да! Я отобрал эти акции у чиновника — потому что намеревался вернуть их крестьянам. Шаваш упрекает меня в нарушении ваших законов о ценных бумагах. Они были бы нарушены, если б «Ранико» имела свыше пяти процентов акций и не зарегистрировала этот факт. В противном случае ни о каких нарушениях и речи идти не может. В отличие от меня, Шаваша можно обвинить во многом, и прежде всего в том, что на праздник Цветения Слив Шаваш, будучи президентом компании, вместо того чтобы дарить друзьям подарки, просто взял и напечатал для них акции. По вашим законам такие действия являются преступлением. Я осмеливаюсь утверждать, что «Венко» была осведомлена о произошедших безобразиях и что именно этим хищением объясняется стремление господина Шаваша продать компанию тому, кто не скажет, что его ограбили.

— Вы можете что-нибудь возразить, господин Шаваш? — спросил император.

— Разумеется, — сказал Шаваш. — Однако мне нужен для этого комм или любое устройство для проигрывания голографических записей.

Искомое нашлось через минуту, — дворцовый служка торжественно внес в залу здоровенный стационарный комм на трех золотых ножках. Шаваш нашарил в кармане чип, сунул его в считывающее устройство и нажал на кнопку.

Между рожками комма в воздухе возникла раскрытая веранда харчевни, окошечко и столик. Бемиш сидел за столом с маленьким человеком, в котором он, напрягшись, узнал дворцового чиновника, предлагавшего ему купить картины из императорских сокровищниц.

Бемиш рассматривал голограммы с картинами из дворцовых сокровищниц, и среди голограмм была картина Коинны. Потом Бемиш ткнул пальцем в девушку с драконом и указал еще на несколько голограмм. Чиновник кивнул.

Потом картинка внезапно стала плоской — видимо, снимали обыкновенным коммом, используя его как видеокамеру. На картинке была группа людей, вносящих в особняк Бемиша несколько ящиков, а затем картинка снова стала трехмерной и показала «девушку с драконом» в рабочем кабинете Бемиша.

— На словах этот человек радеет о нравственности, — сказал Шаваш, — а втайне покупает за тысячу денаров картины, которые стоят миллионы, — картины из запретных покоев, которых не может касаться глаз простого смертного! Его наглость дошла до того, что картину Коинны, являющуюся национальным достоянием народа, картину, которая входит в первую сотню священных предметов дворца, картину, перед которой предки императора совершали бескровные жертвы и которой молились о счастье династии, — эту картину он повесил у себя над столом, — чтобы двое прародителей династии Алома могли смотреть на пончики, которые кушает иномирец, подсчитывая на компьютере стоимость нашей империи! Я не знаю, какие наказания полагаются тем, кто играет на бирже, но дворцовым ворам вырывают кишки по еще никем не отмененному закону! И в этом законе не написано, что для иномирцев следует делать исключение, потому что принят закон был четыреста пятьдесят лет назад, когда империя была центром мира и ни о каких людях со звезд никто и слыхом не слыхивал!

Первый министр Яник даже прищелкнул от восхищения языком, слушая Шаваша. В отличие от иномирцев, он очень хорошо знал, что государь равнодушен к ценным бумагам и урановым рудникам, в которых он не очень понимает, но крайне гневается, когда речь идет о воровстве во дворце; почти все, что растаскивалось, было не только искусством, но и предметом поклонения, и государя больно ранило, что невежественные иномирцы покупают за гроши то, что не имеет цены.

— Эту картину подарил мне ты! — закричал Бемиш.

— Я подарил копию, а вы, столковавшись с ворами, заменили ее оригиналом!

— Ты дерьмо и подонок, — заорал Киссур на Шаваша, — а пленка эта липовая!

— Готов послать пленку на любую экспертизу, — заявил, улыбаясь, Шаваш. — С публикацией мнения экспертов. Вместе с вашей жалобой, Теренс.

Джайлс тихо наклонился к Бемишу и прошептал:

— Ведь вас предупреждали, Теренс, что вас по стенке размажут. Что из вас яичный порошок сделают и пошлют его, как гуманитарную помощь, ящерам Ганаи... Вам понятно, что вас действительно повесят?

— Дайте мне, пожалуйста, вашу жалобу, господин Бемиш, — сказал император.

Бемиш сидел совершенно ошарашенный. Больше всего ему хотелось разреветься. Шаваш, с наглой улыбкой, вынул из рук стражника папку и протянул государю. Государь взял старинное перо, обрызганное золотой пылью, и подписал жалобу. После этого он снял с шеи печать с изображением дракона, ловящего свой хвост, прижал печать к подушечке с благовонной тушью «фениксовая кровь» и оттиснул печать на бумаге. Он протянул лист Бемишу и сказал:

— Примите мои поздравления. Ночного конкурса не было. Я запрещаю кому бы то ни было, под страхом моего неудовольствия, говорить о том, что он состоялся. Я также увольняю господина Шаваша с поста президента Ассалахской компании и назначаю вас на его место.

— Но, государь! — возмущенно закричал Шаваш.

Император обернулся так, что нешитые рукава хлопнули Бемиша по лицу.

— Молчите, господин министр. Я не нуждаюсь в чужеземных экспертах, чтобы они мне сказали, кто из вас негодяй — иномирец или вы! И если вы только посмеете показать эту запись хотя бы лягушке у большой дороги, то лишитесь не только Ассалаха!

Бемиш мертвой рукой принял листок, взглянул на него и с ошеломлением заметил, что приказ помечен вчерашним числом. По документам выходило, что государь сместил Шаваша раньше, чем тот подписал контракт с «Венко».

Шаваш, бледный от злобы, молча поднялся и вышел из павильона. Впрочем, он не забыл дворцового церемониала и пятился задом, пока не оказался у порога залы.

— Попрошу оставить меня, господа, — грустно улыбаясь, сказал император, — вы меня утомили. Киссур, приезжай ко мне утром.

✕✕✕

Бемиш был слишком ошеломлен, чтобы думать правильно. Выйдя из павильона, он добрел до каменного прудика, в котором плескались белобрюхие тюлени, и хлопнулся на цветочную горку, видимо, нарушая все правила этикета. Спрашивается, что же теперь? Теперь Теренс Бемиш, как президент Ассалахской государственной компании, будет продавать эту компанию Теренсу Бемишу, президенту «АДО»? Потому что, черт возьми, Ассалах надо продать «АДО», на рынке должны появиться ценные бумаги межгалактической, а не вейской компании... Что скажет комиссия по деловой этике? А что она скажет, когда ей покажут якобы подписанную Бемишем жалобу?

Чья-то рука легла на его плечо. Рука была тяжелой и сильной, и, скосив глаза, Теренс увидел крепкие пальцы с въевшейся грязью под нестрижеными ногтями и, чуть выше, широкие плечи и каменный подбородок Киссура. Карие глаза бывшего первого министра блестели, как две гильзы, и собранные в пучок волосы топорщились над головой взъерошенным хохолком.

— Сразу видно, — сказал Киссур, — что ты дерьма не нюхал. Про меня вот говорили, что у меня рыбья чешуя на боках и уши срослись за затылком, — а тут, подумаешь, какая-то поддельная запись.

— Он готов был отправить запись на любую экспертизу, — сказал Бемиш. — Он не блефовал. Ты понимаешь, что это значит? Откуда у него технические средства изготовить такую липу, которая выдержит любую экспертизу? Ты понимаешь, что эти средства не на один раз, что они не для меня покупались, что они покупались под тебя, под Яника, под других ваших чиновников...

— Ладно, — сказал Киссур, — это дело надо заесть. Поехали в кабак.

И они поехали в кабак.

✕✕✕

Когда они вышли из кабака, было еще довольно темно, — на выцветшем, как старая акварель, и таком чужом для Бемиша небе сияли крупные гроздья созвездий, и у тротуара, прислонившись к длинной каплеобразной машине, скучал невысокий человек в белой шелковой куртке, вышитой узором из трав, птиц и бабочек. Куртка была перетянута широким поясом из нефритовых пластинок, укрепленных в золотых лапках.

— Я довезу господина Бемиша, — сказал человек в белой

куртке. Он приподнял голову, и Бемиш узнал маленького чиновника.

Они молча сели на заднее сиденье. Машина тронулась. Шаваш покопался в кармане и передал Бемишу два толстых чипа в одинаковой пластиковой оплетке.

— Это что? — сказал Бемиш.

— Первый — документация по компании. В основном вы ее видели, господин новый президент. Второй — оригинал записи, можете кинуть ее сегодня в жаровню.

Министр финансов невозмутимо улыбался.

— А вы уверены, что это именно документация, — поинтересовался Бемиш, — а не дистанционный пульт от бомбы, бесценная реликвия Времен Второй династии или сведения о партии наркотиков, за причастность к торговле которыми я буду арестован через два часа?

Маленький чиновник промолчал.

— Черт возьми, — сказал Бемиш, — да если бы ваш император встал с другой ноги, меня бы и вправду могли повесить. Я должен вас ненавидеть за ваши фокусы.

— А я — вас.

— Меня?

— Вас всех. Иномирцев.

— Почему? Что мы вам сделали?

— Что? Вы знаете, что такое быть чиновником империи, которая владеет всем миром, и вдруг эта империя — просто камешек в небе, засранный и нищий к тому же...

Маленький чиновник сидел к нему вполоборота, и Бемиш вдруг заметил, как нехорошо сузились его охряные глаза. Шаваш уже не был молод и слишком много предавался излишествам. Кожа вокруг его глаз топорщилась мелкими складками, и капризно провисший подбородок свидетельствовал о привычке к ночной и разгульной жизни.

— Мы, по крайней мере, оставили вас свободными, — заметил Бемиш, — а вот вам понравилось бы, господин Шаваш, если б вас завоевала такая же империя и вы бы стали рабом, растирающим хозяину спину?

— Вот именно. Вы оставили нас свободными. Если бы меня сделали рабом и я бы растирал спину хозяину, через два года я был бы управляющим у хозяина, а еще через два — вольноотпущенником и министром. Но вы оставили нас свободными, и я могу стать хоть первым министром Веи, но, согласитесь, даже если я эмигрирую, — каковы мои шансы стать одним из депутатов Сейма Федерации?

Бемиш разинул рот. Такого взгляда на независимость отечества он еще не встречал. Дальше ехали молча.

✕✕✕

А в усадьбе Киссура, куда они приехали через десять минут, Бемиша ждал новый сюрприз. У глухих ворот, под развевающимся пятиухим флагом с Белым Кречетом, стояла чья-то машина, и когда Бемиш взошел в гостевой флигель, он обнаружил на веранде человека в кремовом костюме с бесцветным лицом: Ричарда Джайлса. Тот сидел, сложив пальцы домиком, в удобном гостевом кресле, отороченном перьями и бахромой. Перед ним, на плетеном столе, лежала белая пластиковая папка.

— Доброе утро, — сказал Джайлс, — не помешал?

— Помешали.

— У меня-то вообще-то деловое предложение, — сказал Джайлс — я пришел, чтобы предожить вам сотрудничество.

— В самом деле?

— А почему бы нет? Мы имеем за собой несколько очень удачно реализованных проектов...

— Вы рехнулись, — сказал Бемиш, — три лопнувших мыльных пузыря в странах, вышибленных из Федерации...

— Ну-ну, — перебил Джайлс — Ника и Садун давно приняты в Федерацию, на Лахере неделю назад начались перемены к лучшему...

— Но когда вы там были, их в составе Федерации не было.

— Вот именно, — сказал Джайлс, — когда мы туда приходили, ими правили довольно сумасшедшие правительства. По-

171

этому я и говорю: «удачно реализованные проекты», несмотря на очевидный их финансовый крах.

— Кто вы такой?

Джайлс молча вынул из внутреннего кармана пластиковую карточку и протянул ее Бемишу. Это было удостоверение старшего сотрудника Федерального агентства безопасности.

— С ума сойти, — сказал Бемиш, — а я и не знал, что наши шпионы огребают миллиарды на липовых акциях. А потом они еще взимают с нас налоги на развитие демократии!

— Да, — согласился Джайлс, — мы обычно предлагаем нашим партнерам в правительстве пугающей нас страны небезупречные финансовые проекты. И после того как эти чиновники положили в карман несколько десятков миллионов, выясняется, что, если они хотят иметь следующие миллионы, они должны протолкнуть определенные политические решения.

— И чем же вас пугает эта страна?

— Империя Великого Света? О, эта страна нас не пугает. Эта страна, господин Бемиш, в настоящее время попала на задворки Галактики и пребудет там лет двести... Какие бы политические приключения здесь ни произошли, они не причинят неприятностей никому, кроме самих вейцев. Нас пугает Гера.

— Гера?

— Ну да. Вея расположена на полпути между Герой и планетами Федерации. Это стратегически важный участок Галактики — идеальный плацдарм для оборонительных сил; и если дело дойдет до войны между Герой и Федерацией, то лучше...

— ...чтобы эти бои состоялись над коррумпированной планетой на задворках Галактики, — докончил Бемиш.

Теренс Бемиш задумчиво облокотился на перила, не переставая краем глаза следить за своим собеседником. Над Небесным Городом уже зачинался рассвет: отражение красного огромного солнца колыхалось в искусственном озерце между цветущих лотосов и стрел белосвечника, рассыпалось тысячью бликов в резьбе повисшей над озерцом беседки; где-то за кустами орал петух, и двое белокурых, обнаженных по пояс варваров из числа охранников Киссура, обмотав руки ремнями, лупились друг с другом на лужайке.

— И как вы собираетесь превратить финансовую спекуляцию в военную базу? — спросил Бемиш.

Разведчик покровительственно улыбнулся.

— Элементарно. Мы покупаем компанию, мы выполняем некоторую часть работ, мы ведем это строительство за колючей проволокой, мы не предоставляем финансовых отчетов, и мы организуем утечку информации о том, что причина колючей проволоки — полное отсутствие какого-нибудь строительства. Рыночная капитализация компании падает, Министерство обороны скупает бумаги и объявляет, что имеет военную базу за осьмушку цены.

Белокурых охранников на лужайке было уже не двое, а пятеро. Они бросили драться и теперь отжимались, а старший смены ходил над ними, чего-то покрикивая. Их потные молодые тела блестели в лучах восходящего солнца.

— Вы это серьезно?

— Помилуйте! На этой планете можно строить деловой центр, называя его мусорным заводом, и делать наркотики, пользуясь налоговыми льготами по производству медицинских препаратов! Военный космодром вместо гражданского — да по здешним меркам это — тьфу!

— И зачем вы все это рассказываете мне?

— Вы расстроили наши планы и стали президентом компании. Теперь базу будете строить вы.

— Вы сами уберетесь, — осведомился Бемиш, — или мне позвать вон тех парней?

— Вы не хотите помочь собственной стране?

Худощавое, с резко вылепленными скулами лицо финансиста перекосила неприятная усмешка.

— Вы с ума сошли! Вы хотели утопить меня в дерьме! Вы сделали эту похабную запись, теперь-то я понимаю, почему Шаваш уверял, что она выдержит любую экспертизу, а когда вас послали к черту, вы имеете наглость приходить ко мне с этаким разговором!

— Это ваши личные обиды. А как насчет блага страны?

— Благо страны? — взорвался налетчик. — Благо страны заключается в том, чтобы государство не совало нос в дела корпораций! Готов поспорить, что я за полчаса найду в вашем проекте пять ошибочных решений и десять — неоптимальных! Я не видел правительственного проекта, который не был бы в три раза дороже частного! А почему? Потому что чем больше стоит проект, тем значительнее чувствует себя возглавляющий его чиновник! Вы два гроша не умеете сэкономить, а рассуждаете о благе страны! Сэкономьте-ка на этом строительстве — вот и будет благо страны!

— Это все? — справился Джайлс.

— Нет, не все! Это только экономика. Что же касается остального, — то, что вы именуете «операцией по предотвращению войны», на самом деле ведет к ее началу. Вы говорите: мы не хотим воевать, но мы должны уметь обороняться! Геряне говорят: мы не хотим воевать, но они построили у нас под боком военную базу! И не пройдет и пяти лет, как обе стороны — вооружены до зубов, собранные с меня налоги расточились в дым, а вы разводите с экранов руками и наставляете: «Геряне не были бы так наглы, если бы мы вложили в оборону еще пять миллиардов!» И обыватель кряхтит и отдает еще пять миллиардов!

Задеть Джайлса словами было так же трудно, как вскрыть сейф отверткой. Он поудобней откинулся на спинку кресла, невозмутимо улыбнулся и спросил:

— Что же, по-вашему, чиновники при демократии ничуть не отличаются от чиновников Веи?

— Отличаетесь, — сказал Бемиш. — Здесь государство устроено так, что чиновники тащат прямо в свой карман. Благодаря демократии вы такой возможности не имеете. Зато вы имеете возможность подсовывать обществу проекты, осуществление которых втрое увеличит уплачиваемые мной налоги, но расширит ваш штат и докажет вашу собственную значительность. Да если бы вы просто крали, вреда было бы меньше!

— Так вы не будете строить по нашему проекту?

— Не буду. Если Гера — опасна, попытайтесь-ка протащить ваш проект через Сейм Федерации!

Ричард Джайлс протянул руку к лежащей перед ним белой папке, и Теренс с некоторым беспокойством проследил за его рукой. Однако Джайлс папку не взял, а вместо того улыбнулся, устроился в кресле поудобней и сказал:

— За месяц до вашего приезда я говорил с господином Шавашем. Выяснилось, что мы можем заплатить четыре миллиарда государству, получить концессию и выстроить свою военную базу. Что мы можем также заплатить четыре миллиарда государству, получить концессию и сами выстроить гражданский космопорт. И что мы можем заплатить пятьсот миллионов, но не государству, а лично Шавашу, — и тогда вышеуказанную стройку возьмет на себя само государство. Космодром достанется подставной фирме, расходы будут оплачивать совместно обе стороны, если же репортеры что-то пронюхают, Федерация окажется ни при чем: это-де вейские чиновники, из неистребимой склонности гадить своему народу, решили потихоньку переделать гражданский космодром в военную базу.

— Дешево же Шаваш ценит свою родину, — пробормотал Бемиш.

— Еще дешевле, чем вы думаете. Ибо выяснилось, что если мы открыто начнем строить военную базу, то у народа Веи и государя могут возникнуть к нам разные претензии. Скажут, например, что мы негласно оккупируем страну. Или что мы делаем Империю Великого Света заложником в большой игре: ведь в случае войны с Герой Вея первой подвергнется атаке, как ближайшая к Гере военная база Федерации. А в случае, если космодром будет строить Вея, таких вопросов, естественно, не возникнет.

— И вы, — процедил Бемиш сквозь зубы, — решили сэкономить?

— Дело не в том, чтоб экономить. Как вы проницательно заметили, государство, в отличие от частных компаний, не очень-то экономит. Но вы прекрасно знаете, что, пока у Президента меньшинство в Сейме, нам ни за что не позволят ассигнования на еще одну военную базу, — это раз. Все миротворцы-любители, бесплатные и оплаченные Герой, возденут к небу руки с плакатами и выйдут на улицу, чтобы попасть в вечерние новости, — это два. Половина смысла базы — в ее секретности, — это три.

Бемиш молчал. Почему-то все происходящее казалось ему особенно омерзительным. Да, все вокруг торговали государевым именем, но, в конце концов, взятки на Вее давали частные лица и компании. Но чтобы взятку — да еще такую огромную — давала сама Федерация Девятнадцати? И почему, — потому что Сейм не одобрил бы проекта?

— Из этих денег, — сказал Джайлс, — двести миллионов уже уплачены, и все записи наших переговоров находятся в руках Шаваша. Если Шаваш не получит другой половины, то он, чтобы извлечь хоть какую-то прибыль, найдет способ продать эти записи Гере. Шавашу это не повредит, здесь такие дела считаются за доблесть, — а каков будет скандал в Федерации?

Бемиш вполне представлял. Аршинные заголовки: «Взятки вместо хлеба!», «Немножечко войны», «Нами правит разведка».

— Шаваш, — сказал Бемиш, — не получит по заслугам, потому что он — чиновник империи, а вы получите все, что вам причитается, потому что вы — чиновники демократии. Если строительство базы необходимо, то это можно объяснить народу. Если этого народу объяснить нельзя — значит, вы лжете, будто оно необходимо. А если Президент считает, что есть вещи, о которых говорить народу нельзя, а делать нужно, то ему надо срочно менять профессию. Почему вы не подняли вопрос о военной базе открыто?

Джайлс снова скосил глаза к папке.

— Потому что все вокруг рассуждают, как вы, — пожал плечами Джайлс, — потому что каждый видит не дальше личной выгоды, а как только правительство предпринимает что-то ради выгоды общей, он тут же начинает бояться, как бы не повысили налоги! Потому что из-за таких идиотов, как вы, Гера, неизмеримо отставая от нас в экономической мощи, уже превосходит нас в мощи военной.

— Убирайтесь.

— Не раньше, чем мы столкнемся.

Теренс Бемиш отлепился от перил и мягко шагнул навстречу Джайлсу. Одной рукой Бемиш выдернул его за галстук из кресла, а другой влепил в челюсть. Агент с грохотом свалился на пол, тут же вскочил на ноги и молча сунул руку за пазуху. Рука тут же была перехвачена и вывернута, и Джайлс, жалобно вспискнув, обрушился на колени задом к Бемишу. Шевельнуться он не мог — сломал бы руку.

— Хреново вас готовят, — сказал Бемиш, — если любой финансист может тебе репу начистить!

Он пошарил за пазухой Джайлса и извлек оттуда маленький, но тяжелый излучатель.

— Я тебе так рожу начищу, я тебя за парковку «Ранко» на пять лет упрячу... Ты...

— Помочь? — спросили за спиной Бемиша.

Теренс обернулся и увидел Киссура. Тот стоял на ступенях террасы, и за ним теснились охранники с лужайки.

Бемиш выпустил запястье противника. Джайлс гибко вскочил с колен, забрал со столика белую папку, молча протянул ее Теренсу и промолвил:

— Когда прочтете, позвоните. Советую не затягивать.

Через минуту его прямая, как палка, спина исчезла за поворотом дорожки.

Бемиш раскрыл папку. Он ожидал, что там будут коммерческие предложения по космодрому. Но в папке лежал всего один листок, и на листке было всего лишь две строчки. Это была факсимильная копия рукописного (!) распоряжения главы Федерального агентства безопасности о возобновлении расследования по факту скупки акций компании «Ранко» за несколько недель до объявления о ее слиянии с «Юнайтед Джет».

Бемиш несколько секунд смотрел на листок, а потом он потемнел и рассыпался серой пылью. Киссур взял папку у друга из рук, пыль вздохнула и рассыпалась облачком по террасе.

— Ты уверен, что его следует выпускать из ворот? — спросил Киссур.

Бемиш поглядел на своего друга, и в мозгу его ослепительным светом сверкнули несколько версий будущего. Среди них была, например, и такая: охрана задерживает Джайлса. Киссур привязывает его за ноги к багажнику автомобиля, а он, Бемиш, в это время ладит к второму автомобилю вторую петлю. Машину Джайлса топят в ближайшей речке. Полиция Небесного Города разводит руками. Охрана клянется, что Джайлса в тот день в поместье не было.

Теренс Бемиш очень хорошо представлял, что после такой выходки будет с ним через секунду после того, как его нога ступит на землю любой планеты Федерации.

— Давай-ка прокатимся, — сказал Бемиш.

⋊⋉⋊⋉

Киссур приказал оседлать лошадей, и они скакали довольно долго по желтым дорогам среди зеленых полей, а потом, привязав коней, дрались на кулаках и купались в знаменитом Горчичном Пруду, расположенном в семи километрах от столицы.

Бемиш ехал обратно усталый и притихший, оглядывая дорогу, обсаженную пальмами, и ярмарку, протянувшуюся вдоль дворцовой стены. День был жаркий, облака выкипели совсем, солнце пузырилось, как яичный желток на сковородке.

Киссур поглядывал на друга искоса. Чем-то иномирца очень расстроили. Дали понять, что сорвут контракт. Что ж. Предприятие — не поединок. Это на поединок можно идти, не заботясь, победишь или погибнешь. Строить, понимая, что не получишь прибыли, нельзя. А жаль. Киссур вдруг понял, что привязался к этому человеку. Он лгал гораздо меньше местных чиновников, и была в нем какая-то честность, несмотря на занятие его, не способствующее благородству.

— А за какую такую парковку этот Джайлс обещал тебя посадить? — вдруг спросил Киссур.

— Это не здесь. На Земле, — механически ответил Бемиш.

— С ума сойти! — изумился Киссур. — Это ж где ты запарковал свою тачку, чтобы сесть на пять лет? На крышу Сейма Федерации, что ли, въехал?

Бемиш хотел разъяснить, что парковал он вовсе не тачку, но тут Киссур продолжил:

— Ну у вас и закончики стали! Своих граждан штрафуют за плевок на улицы, а Гере позволяют больше, чем мы бандитам! Хотя мы бандитам позволяем, признаться, очень много.

— При чем здесь Гера? — рассердился Бемиш.

— Да при том, что, пока вы кормите бездомных и принимаете законы о защите вымирающего вида зеленых попугайчиков, они финансируют военные программы, и через пять лет они вас завоюют! Это же ежу понятно, а уж мне-то тем более.

— Не завоюют, — возразил Бемиш, — мы сильнее.

— Вы не сильнее, — сказал Киссур, — вы только богаче. А история в том и состоит, что богатые, но слабые духом страны становятся достоянием стран бедных, но воинственных. Ведь от богатства страна становится сытой и ленивой, как жирный баран, а от бедности — жилистой и жадной, как волк.

— В таком случае Гера завоюет сначала вас: вы слабее.

— Зачем нас завоевывать? Нас и даром-то никому не надо! Волки питаются жирными баранами, а не северным мхом.

Бемиш надулся и замолчал. Вздор. Варвары, правда, поедали империю, потому что жители ее ленивей, чем варвары, а оружие у варваров такое же. А у Геры, — черт, оружие у Геры, может, и не хуже... Все равно, глупейшие параллели. История больше не скачет по кругу. Забавно подумать, что спецслужбы Федерации рассуждают на уровне варвара с гор.

✕✕✕

К вечеру они расстались: иномирец сказал, что у него дела в управах, а Киссур вернулся к себе в усадьбу. Долгое время он сидел в покое один, а потом кликнул слугу, чтобы собрали корзинку для жертвоприношений, и прошел в маленькую, смежную с его спальней комнату, где стоял поминальный алтарь Арфарры. Перед алтарем горела свечка, укрепленная на черепаховом щитке, и в серебряной миске с водой плавала свежая сосновая ветка. Киссур встал на колени перед алтарем и отпил немного из миски.

— Арфарра, — сказал он тихо, — что же мне делать? Мои боги молчат. Они молчат уже семь лет. Раньше ты был рядом. Ты решал за меня все, что не касалось войны, а на войне я был свободен, ибо между воином и богом никого нет. Неужели я ничего не могу сделать для своей страны, неужели я могу только портить? Пошли мне кого-нибудь! У меня никого нет. Что такое эти иномирцы? Лучшие из них — у них кредитная карточка вместо сердца, а худшие — вообще бог знает что! Ханадар — как щегол, который умеет только петь глупые песни, а этот человек, Нан, у которого я мог бы просить совета, он мне даст совет свернуть свою шею, потому что для страны это будет всего полезней, а для Нана — всего приятней.

Так Киссур молился довольно долго и окликал Арфарру. Вдруг из-за двери потянуло сквозняком. Киссур замер. Дверь медленно раздвинулась, чья-то тень легла на порог.

— Великий Вей! — вскричал Киссур, вскакивая на ноги и оборачиваясь. — А, это ты.

В проеме двери стоял иномирец, Теренс Бемиш.

— Ты ждал кого-то? — встревожился Бемиш.

Киссур, наклонив голову, глядел на алтарь.

— Нет, — откликнулся Киссур, — он вряд ли придет.

Теренс Бемиш был в тех же верховых штанах и куртке, что и на прогулке, и по его наряду было незаметно, чтобы он посещал какую-нибудь управу. Лицо его, покрытое мелкой щетиной, было бледней обычного, и под глазами висели тяжелые мешки. Киссур с запоздалым раскаянием вспомнил, что его друг совсем не спал в эту ночь. Он, Киссур, правда, и сам не спал, но это же совсем другое дело: воину привычней.

Иномирец тяжело опустился в кресло возле алтаря, и его бессильно надломленная фигура напомнила Киссуру последние дни Арфарры.

— Ты был прав, Киссур, — сказал Бемиш. — «Венко» действительно дала Шавашу взятку за конкурс. Но это были не деньги «Венко». Это были деньги Федерации. «Венко» — это просто вывеска. Они хотели построить военную базу вместо гражданского космодрома. Сначала по возможности тайно, а потом...

— Но это значит, что наша империя станет военным союзником Федерации! — изумился Киссур.

— Военным союзником тех, кто не хочет воевать. А когда все выйдет наружу, Вея станет мишенью для Геры и для Федерации, первым объектом атаки в случае войны!

— Военным союзником! — повторил Киссур.

Глаза его разгорелись, он смотрел поверх Бемиша, на алтарь.

— Не пори чепухи! — вскричал Бемиш. — Если Гера не собирается воевать, то зачем Федерации военные союзники? А если собирается — то представляешь, какая дыра останется от твоей планеты? Вы будете той самой травой, которую топчут слоны, пока дерутся! Уничтожение вашей планеты — это, конечно, хороший повод разбудить негодование нашего народа! Федерация будет просыпаться за ваш счет.

— Военным союзником! — повторил Киссур в третий раз. И засмеялся: — И за этакий-то подарок Шаваш еще взял с твоего правительства деньги?

— И вот они хотели измазать меня грязью с этой записью, — ты понимаешь, Киссур, что эту фальшивку делали Шавашу наши спецслужбы, — и после этого у них хватает наглости прийти ко мне и предложить, чтобы я плясал под их дудку!

— Ты, надеюсь, сказал «да»?

— Я отказался. Я делаю деньги из воздуха, но не из дерьма. В эту минуту дверь отворилась, и в комнату вошел Шаваш.

❊❊❊

Киссур несколько мгновений пристально смотрел на свояка, а потом молча наклонил белокурую голову и стал на колени. Бемиш с недоумением смотрел, как бывший первый министр быстро-быстро пополз к маленькому чиновнику, а потом бухнулся головой о пол и замер так на несколько секунд, вытянув руки и касаясь ими кожаных туфель Шаваша, с золотыми пластинками на трехсантиметровых каблуках.

Шаваш улыбался и глядел на Киссура сверху вниз.

— Прости, брат, — сказал Киссур.

Шаваш протянул ему руку, и Киссур встал. Золотоглазый чиновник повернулся к Бемишу.

— Ну как? Киссур вас уже уговорил?

— Нет, — заорал Бемиш, — вы оба болваны! Вы, Шаваш, готовы продать родину хоть за жареного цыпленка, а этот, когда слышит слово «война», — он на орбиту готов запрыгнуть от радости.

— Да или нет?

— Я улетаю.

Бемиш поднялся, чтобы выйти, и в это мгновение Шаваш поднял левую руку и впился в свой комм так, как будто не мог поверить в происходящее. Глаза его раскрылись; лицо приняло потрясенное выражение.

— Что вы там смотрите? — невольно спросил Бемиш.

— Завтрашние новости, — ответил маленький чиновник. — Да, вот... фанатики из секты «меченых небом» убили Теренса Р. Бемиша, вчера назначенного государем президентом ассалахской стройки. Или нет... не «меченых небом», а «знающих путь». Да-да, конечно! Ведь у этой секты гнездо под Ассалахом, и притом им стало известно о нечестных приемах, какими Бемиш добывал акции...

— Да как вы смеете?

— Господин Бемиш! Я и не такое смел! И я вас дважды спасал от верной смерти, когда Джайлс уже был готов заплатить за вашу голову! Если вас убьют сектанты, это вызовет всеобщее негодование. А если вы внезапно откажетесь от предложенного государем назначения, это вызовет массу ложных слухов, и притом где гарантия, что вы будете молчать?

— Он не похож на человека, который будет молчать, — заметил Киссур.

Бемиш вспомнил про управляющего ассалахским поместьем и почувствовал, как вдоль позвоночника его ползет холодная змея страха. Киссур... Киссур относился к чужим жизням так же, как к своей собственной, а Шаваш имел во владении личную тюрьму.

Теренс молча окинул взглядом комнату и подошел к стационарному комму, таращившему квадратный глаз с полочки над цветами. Комм имел то преимущество, что позволял считывать чиповые карточки. Теренс вставил кредитку в считывающую щель, набрал код и сказал:

— Равадан? Какой у вас ближайший пассажирский рейс на Землю? Это через двадцать часов? Да. Два билета. Теренс Бемиш. Инис... гм... Инис Бемиш. Да, черт возьми, ваше вейское имя — Инис. Да, можете считывать деньги.

Когда платеж прошел, Бемиш вырвал кредитку из слота, сунул руку за пазуху и вытащил оттуда тот самый ствол, который он утром отобрал у Джайлса. Он демонстративно переложил ствол в карман и шагнул к двери.

Киссур шевельнулся было навстречу.

— Не надо, — негромко сказал Шаваш, — пусть независимые свидетели подтвердят, что он вышел из твоего дома целый и невредимый.

※※※

Бемиш явился в особняк министра финансов на исходе ночи. Он смертельно устал и не спал подряд вторые сутки. Невозмутимый охранник, не выказав удивления, провел его в Павильон Красных Заводей. Маленький чиновник в одиночестве сличал какие-то цифры.

— Что же вы не улетели? — спросил Шаваш.

— Что же вы меня не убили? — огрызнулся Бемиш.

Опустился в кресла напротив Шаваша и сказал:

— Я согласен, но с одним условием.

Чиновник вопросительно ждал.

— Вы должны отменить «ишевиковые векселя».

— А вы понимаете, — сказал Шаваш, — что, если бы не эти векселя, расходы казны были б втрое больше?

— А вы сократите расходы вместе с векселями.

Шаваш усмехнулся.

— Знаете, сколько вы, Теренс, могли бы на этом сделать денег?

— Нисколько. Я бы мог делать эти деньги год, два, три. Потом до Центрального Банка Федерации, в котором, как и во всяком большом учреждении, сидят одни идиоты, наконец дойдет, что «ишевиковый вексель» — это псевдоденьги, которые эмитирует лично министр финансов, все это дерьмо обернется гиперинфляцией, ваш страновой рейтинг сдохнет, и я потеряю на падении моих акций впятеро больше, чем наворую на ваших векселях.

Шаваш чуть поднял изогнутые, как ласточкино крыло, брови. От его домашнего кафтана, расшитого облаками и травами, пахло каким-то приятным благовонием, золотистые волосы были аккуратно расчесаны, и полное лицо его было собранным и безмятежным, несмотря на то что спать за эти два дня он должен был не больше иномирца.

— Такие, как вы, господин Бемиш, в древности кончали очень плохо. Они подавали доклады государю о необходимости блюсти справедливость, и...

— И им рубили головы, — усмехнулся Бемиш.

— Да, иногда им рубили головы. А иногда государь склонял свой слух к докладу, и они начинали рубить головы другим.

▪ Глава седьмая, ▪
в которой все трудности инвесторов разрешаются наилучшим образом

Передача дел состоялась в рекордно короткое время — менее пяти дней. В конце концов все устроилось. Президентом Ассалахской компании стал Бемиш. Первым вице-президентом — Ричард Джайлс, уволившийся, видите ли, из «Венко». Шаваш сохранил за собой место в совете директоров.

Тревис, натуральным образом, вновь взялся за финансирование всей сделки. Схема финансирования была сохранена та, что с самого начала была разработана Бемишем. Семьдесят процентов акций компании, то есть весь государственный пакет, были проданы президентом Ассалахской авиакосмической комании Теренсом Бемишем президенту компании «АДО» Теренсу Бемишу, и сторонние наблюдатели ехидно утверждали, что акции были проданы по не слишком высокой цене. В тот же день Рональд Тревис разослал письма о том, что его банк уверен в возможности собрать необходимую для инвестиций сумму под облигации «АДО». Через месяц компания «АДО» выпустила бросовых облигаций на сумму сорок миллионов денаров, составлявшую первый слой финансирования, и очень солидные инвесторы расхватали эти бумаги, как горячие пирожки.

Второй слой финансирования состоял из конвертируемых облигаций. Это были облигации с восьмипроцентными купонами и сроком конвертации в акции в течение одного года по теперешней номинальной стоимости акций. Речь шла об операции, обещавшей фантастическую доходность, — стоимость акций Ассалаха в случае удачи могла возрасти в сотни раз. Даже технически они были доступны сравнительно небольшому кругу инвесторов — тем, кто имел право вкладывать деньги в производные ценные бумаги того, что в деловом мире Галактики целомудренно именовалось «рынками третьей категории надежности». Бемиш, Тревис и Шаваш еще раз сузили этот круг, продав облигации главным образом самым нужным людям.

Кроме того, существовали еще варранты — ордера акций, приобретаемые по три денара за варрант. По истечении двух лет они давали право на покупку акций Ассалаха по теперешнему ее курсу. В самом худшем случае покупатель варранта терял три денара, в самом лучшем — приобретал акцию по цене, в сотню раз меньшей ее текущей рыночной стоимости. В проекте, поданном государю, было указано, что варранты — это средство поощрения особо крупных инвесторов, необходимое для того, чтобы вызвать заинтересованность в таком отдаленном и опасном рынке. Злые языки утверждали, что пятьдесят процентов варрантов было поделено между Бемишем, Тревисом и Шавашем. Злые языки были не правы. Между этими тремя было поделено семьдесят пять процентов варрантов.

Сотрудничество Бемиша с государством оказалось взаимовыгодным. Например, космодром космодромом, но как прикажете доставлять грузы и пассажиров дальше? Шоссе от Ассалаха к столице было построено еще при государе Иршахчане, и, хотя во времена государя Иршахчана это было дивное шоссе, позволявшее доносчикам добираться до Ассалаха за два дня, а войскам, направленным на усмирение восставших, — за четыре, оно мало отвечало современным требованиям. С севера, от Лисса, региона, обещавшего стать одним из крупнейших горнорудных регионов Галактики, шло новейшее шоссе. Но оно обрывалось в сорока километрах от космодрома, у Орха — одной из крупнейших рек империи. Эти сорок километров тоже надо было как-то строить.

Весь месяц Бемиш был занят шумными презентациями во всех финансовых центрах Федерации. Два авиаперелета в день и три космических рейса в неделю были стандартом для нового президента и его команды. Успех был оглушителен. И в самом деле, бросовые облигации и развивающиеся рынки казались созданными друг для друга. Компания окраинного рынка, купленная небольшой, но прошедшей листинг одной из галактических бирж компанией Федерации, которая затем финансировала производство путем выпуска бросовых облигаций, — это было красиво. Это было дерзко.

На презентациях, понятное дело, не было ни Киссура, ни Шаваша. Киссур с его выходками мог бы перепугать австралийского представителя взаимного фонда или боливийского страховщика до полусмерти. Должность же Шаваша — министр финансов какой-то там занюханной империи — мало что говорила неосведомленному человеку.

Был там, однако, по просьбе Шаваша, первый министр империи Яник, из чего инвесторы справедливо заключили о хороших отношениях Бемиша с властями империи. Был также по просьбе Шаваша и бывший первый министр империи Нан, то бишь Дэвид Н. Стрейтон.

Уйдя в отставку после устроенной его недоброжелателями кампании по поводу того, что-де империей командует человек со звезд, Нан обосновался на Земле, не скрывая, что в результате своего правления стал не миллионером даже, а миллиардером. Степень его осведомленности в делах Веи была несравненной, и тот факт, что Нан оказался в числе самых активных покупателей бумаг Ассалаха, чрезвычайно способствовал их сбыту. Надобно сказать, что именно Нану достались двадцать процентов варрантов из остававшихся двадцати пяти.

Единственное, что несколько омрачило триумф Бемиша, была судьба управляющего Адини. Что штуку с картинами устроил именно он, не было никакого сомнения, равно как и то, что действовал он по приказу Шаваша.

Когда на следующий день после конкурса Бемиш, Ханадар и Киссур прилетели в усадьбу, молодой управляющий хлопотал там как ни в чем не бывало. Больше всего Бемиша поразило то, что Шаваш даже не попытался предупредить своего шпиона, хотя прекрасно понимал, что так просто все случившееся Адини с рук не сойдет.

Киссур, который был рад наконец отвести душу, сразу же сшиб Адини на пол и ударил его пару раз, а потом одной рукой защемил горло, а другой поднял на колени и потребовал от него всю правду, «чтобы я знал, кого вешать с тобой на одном бревне».

Адини выложил все как на духу, и по его рассказу, конечно, выходило, что на одном бревне рядом с ним надо вешать Шаваша и Джайлса.

Бемиш, который успел к молодому управляющему привязаться, стал спрашивать, что тот ему сделал плохого, и Адини, весь в слюнях и юшке, признался, что по молодости лет год назад соучаствовал в этих самых хищениях из дворца — так, самую малость, всего-то и сбыл, что два инисских ковра, не очень старинных. Какая-то из мощных группировок, видимо связанных с Шавашем, донесла на конкурента; или же на Адини решили списать уворованное. Так он оказался в личной тюрьме Шаваша и был выпущен оттуда после того, как оговорил себя на триста миллионов ишевиков дворцовых краж.

Бемиш велел Адини убираться прочь, но Киссур защемил молодого человека и сказал, что поганца надо повесить и что отпустить его — значит потерять лицо. Бемиш сказал, что вешать Адини — все равно что чиновнику, которого выбранило начальство, вымещать злость на жене.

Киссур согласился с таким доводом, но заявил, что заберет к себе Адини и потолкует с ним поближе насчет этих расхитителей — что-то ему сомнительно, чтоб Адини украл всего два ковра. Бемиш промолчал, и, как выяснилось, напрасно — на следующее утро Адини нашли повешенным на воротах роскошного особняка Шаваша.

Все решили, что приказ об этом отдал сам президент Ассалахской компании, и очень зауважали Бемиша за следование местным обычаям; Киссур как дважды два доказал Теренсу, что парень был гнилой насквозь, как сопревший в воде орех. Повешенный Адини снился Теренсу Бемишу с недельку, а потом перестал. Картину с принцессой и драконом Теренс, конечно, в тот же день с извинениями возвратил во дворец.

За картиной приехали пять повозок и жрецы в тяжелых парчовых паллиях.

✕✕✕

Через месяц Бемиш прибыл в Ассалах в сопровождении целой свиты инвесторов. В усадьбе им был устроен блестящий прием.

Цветущие рододендроны стояли, будто одетые в разноцветные шубки, аромат парчовой ножки и лоскутника заглушал запах изысканных блюд, и ручные белки-ратуфы с позолоченными хвостами прыгали среди приглашенных. При некотором незнании вейской истории подававшиеся гостям кушанья можно было счесть за точную копию тех яств, которыми на этом самом месте кормили десять лет назад вступающего в должность наместника провинции.

Гостей обнесли дивным, только что заколотым и зажаренным для бога ягненком (богов накормили запахом, а мясом будут кормить гостей), и Шаваш, встав, произнес маленькую речь. Шаваш сказал, что счастлив сообщить гостям, что территории, принадлежащей компании, указом государя дарован иммунитет: она изъята из-под юрисдикции местных чиновников и право суда и сбора налогов на ней принадлежит Теренсу Бемишу.

— Впрочем, — тут же заверил Шаваш, — платить налоги не очень-то придется, так как указ государя предоставит компании обширные налоговые отсрочки на ближайшие два года.

Когда ошеломленные гости переварили это приятное известие, несколько нарушавшее, в пользу компании, суверенитет государства, Шаваш продолжил, что одним из главных недостатков Ассалаха при обсуждении проекта считались плохие коммуникации: как уже мы говорили, прямое шоссе в столицу было построено еще при государе Иршахчане, а дорога к соседнему региону прерывалась, в сорока километрах от Ассалаха, второй по величине рекой империи. Шаваш был счастлив сообщить гостям, что государство уже выделило бюджетные средства на достройку монорельса, автодороги и двух мостов.

Хотя, казалось бы, с чего это государству суетиться? Ассалаху надо — пусть Ассалах и строит, у Ассалаха денег куры не клюют, а бюджетные средства чего тратить в недоедающей стране?

Крупные инвесторы — народ умный, и все сразу отметили, что толпа высокопоставленных вейцев, сопровождавшая Шаваша, была даже больше толпы, сопровождавшей первого министра Яника. Человек пять спросили Бемиша, собирается ли он ограничиться одним лишь Ассалахом и не собирается ли он создавать какого-нибудь фонда для вложений в вейские акции.

По окончании речи Тревис, впервые видевший Шаваша живьем, подошел к нему, желая уточнить вопрос о налоговых отсрочках. Но Шаваш ушел от прямого ответа.

— Не беспокойтесь, так или иначе налогов не будет, — безмятежно сказал он.

Тут перед Тревисом оказалась хорошенькая девица: в руках у девицы был серебряный поднос, а на подносе — жареный с кореньями и травами баран. Девочка поклонилась и пропела, что древний обычай велит встречать гостя черным жертвенным бараном.

Тревис с удовольствием положил себе кусок.

— Прекрасный обычай, — заметил он, распробовав нежное мясо. — Так, все-таки, по поводу льгот...

— Обычай хорош, — отозвался Шаваш, — но не совсем таков.

Тревис поднял брови.

— Древний обычай велит встречать гостя зажаренной черной собакой, — объяснил чиновник.

Тревис чуть не выронил тарелку, а потом расхохотался.

— Почему он не хочет стать первым министром? — спросил Тревис Бемиша, когда маленький чиновник отошел в сторону.

— Император не утвердит его на этой должности.

— Поразительный человек.

— Да. Однажды он высказал мне сожаление, что иномирцы не завоевали империю и не сделали его рабом. Он сказал, что к сегодняшнему дню он был бы старшим доверенным лицом у императора Земли...

Тревис усмехнулся.

— Я бы хотел иметь рабов, — вдруг сказал он, — особенно таких, как Шаваш. А у вас есть рабы, Теренс?

Бемиш чуть нахмурился. Первым его рабом был Адини.

— Да. Вон те трое, которые убирают столы, — только я их не покупал, а получил в подарок от разных людей.

— В хорошенькое дело мы вкладываем деньги, — пробормотал Рональд Тревис.

Бемиш рассеянно кивнул.

— Кстати, — сказал Тревис, — когда мы ехали сюда, я обратил внимание, в толпе крестьян стоял такой высокий парень, у него не было левого уха. Я совершенно уверен, что видел его у отеля в столице и там он был одет вовсе не как крестьянин, а сидел в глубине «херрикейна»...

— Вы, как всегда, наблюдательны, Рональд, — сказал Бемиш. — Это не крестьянин. Это один из самых известных бандитов Веи.

— Боже! Он что, хочет пощипать заграничных овец?

— Напротив. По просьбе влиятельных лиц он оберегает этих овец ото всякой мелкой сволочи.

— О чем это вы тут шепчетесь?

Бемиш оглянулся. Перед ним стоял Киссур, одетый на земной манер и ничуть не пьяный. На протяжении всего вечера Киссур не доставил еще никаких хлопот: не сломал ни одному инвестору челюсти и не выполоскал никого в луже. Причина была проста: Киссур был со своей женой, Идари.

— Познакомьтесь, — сказал Бемиш, — Рональд Тревис, глава «Леннфельд и Тревис», Киссур, бывший хозяин этой самой усадьбы.

— И бывший первый министр империи, — с усмешкой докончил Киссур. И живо добавил, обращаясь к Бемишу: — Я не знал, что государь даровал тебе иммунитет.

— Видишь ли, Киссур, после того как ты подарил мне эту усадьбу, уездный начальник согнал крестьян даром мостить к ней дорогу, чтобы отличиться передо мной. Я не хочу, чтобы местные выслуживались перед компанией таким образом. И я обещаю тебе содрать с крестьян втрое меньше денег и повесить впятеро меньше преступников.

— Это-то и плохо, — заявил Киссур. — Чтобы тебя уважали, тебе надо вешать вдвое больше, а то на кой черт тебе иммунитет?

Было уже десять вечера, когда один из слуг, неслышно приблизившись к Бемишу, стоявшему в кружке гостей на лужайке, прошептал ему на ухо, что Шаваш хочет поговорить с ним с глазу на глаз. Бемиш допил коктейль и незаметно покинул присутствующих.

Шаваша он нашел в беседке у озера — маленький чиновник стоял у стены с бокалом в руке и, казалось, чокался с танцующей в нише богиней. При звуке шагов Бемиша он обернулся. Бемиш приветственно потряс рукой и уселся спиной к воде.

— Тревис говорит, что вы соберете вдвое больше денег,

чем нужно. Люди просто в очередь становятся, чтобы купить кусочек Веи, если их средствами распоряжается Теренс Бемиш. Что вы намерены делать с лишними деньгами?

— Мог бы создать парочку фондов, — сказал Бемиш.

Шаваш, полуобернувшись к окну, взмахнул бокалом. За окном, в свете заходящего солнца, сверкала зелень сада и ровные квадраты рисовых полей. Бесенята слоновой кости плясали над окном и ехидно улыбались чиновнику. Бемиш заметил, что его собеседник пьян — не так, как на вейских пирушках, когда к исходу ночи все стоят на четвереньках, но значительно больше, чем полагается при деловых переговорах.

— Эта планета, — сказал Шаваш, — планета безумных возможностей. Здесь — самые нетронутые недра во всей Галактике. Здесь есть рабочая сила. Но здесь нет денег.

Шаваш резко обернулся.

— И эти деньги приведете вы, Теренс. Сколько вы можете собрать в свои фонды?

Бемиш подумал.

— Пятьсот миллионов. В первый год. Дальше зависит от прибылей фонда.

— Вы будете продавать то, что я скажу, и покупать то, что я скажу. В первый год ваша прибыль составит семьсот миллионов. На самом деле ваша прибыль составит миллиард. Но триста миллионов вы отдадите мне. Вы меня понимаете?

Бемиш помолчал.

— За такие вещи сажают в тюрьму.

Шаваш наклонился над иномирцем.

— Ошибаетесь, Теренс. За такие вещи сажают в тюрьму на Земле. На Вее за такие вещи рубят голову.

— И вам не жалко рисковать головой из-за денег?

Светлое лицо министра финансов, с безумными золотистыми глазами и вздернутыми уголками бровей, приблизилось вплотную к иномирцу.

— А вот тут вы ничего не поняли, Теренс. Мне нужны не деньги. Мне нужно превратить эту страну во что-то порядочное. А это возможно, только если я буду самым богатым чиновником в этой стране. Вот для этого мне нужны деньги. Огромные деньги. Деньги, которых в этой стране нет. Но эти деньги есть в Галактике, и вы, Теренс, приведете эти деньги из Галактики сюда.

✕✕✕

Словом, прием удался на славу, если бы не происшествие в самом конце. Была уже полночь, близилось время, когда мужчины захотят поразвлечься, и несколько жен крупных чиновников, по обычаю, поспешили откланяться и исчезнуть, и кое-где во флигелях уже послышался женский смех. Бемиш и Тревис шли по садовой дорожке под опадающими лепестками вишни, мимо скорчившихся в темноте богов. Они уже обо всем переговорили и теперь просто молча наслаждались черной и терпкой ночью, пересыпанной ароматом ночных цветов и далеким пением дорогих шлюх.

Дорожка снова привела их к беседке над искусственным водопадом; над обсыпанными белым цветом и лунной тенью кустами возвышалась мраморная статуя четырехрукой Ратуфы. Под кустом с какой-то девицей шумно возился Шаваш. Теренс узнал его по золотистым волосам и высоким, с подковками, башмакам. Девица явно сопротивлялась: то ли Шаваш был слишком груб, то ли она договаривалась провести этот вечер с другим.

— О, мы невовремя, — проговорил Тревис и повернулся.

Теренс бросился через поляну. Женщина перестала отталкивать Шаваша и, молниеносным движением подняв руку к черноволосой головке, выхватила из сложной прически хищно блеснувшую в лунном свете заколку.

В одну секунду руки Бемиша вцепились в чиновника и оторвали его от женщины, а потом Бемиш подсек ему голень, так что Шаваша рыбкой подбросило в воздухе и шваркнуло прямо в середину колючего куста. Серебряная молния кинжала распорола воздух в том месте, где только что было горло Шаваша. Идари вскочила на ноги, гибкая и проворная, как ящерица-песчанка.

Шаваш несколько секунд ворочался в кустах, а потом поднялся на ноги. От него несло коньяком и пальмовым вином — убийственное сочетание. Он был в стельку пьян — куда пьяней, чем час назад в беседке.

— Не лезь, — угрюмо сказал Шаваш, покачнулся и сделал шаг вперед.

Бемиш молча, без замаха, съездил его в челюсть. Чиновник закрыл глаза и упал на землю.

— Плакал наш фонд, — с досадой пробормотал Тревис.

— Он ничего не вспомнит, — сказал Бемиш.

— Никто ничего не вспомнит, — проговорила Идари. Платье ее было все в колючках, прическа растрепана, но голос ее был так же холоден и тверд, как кинжал в ее руках.

Сердце Бемиша прыгало, как мышь в кувшине.

— Вас проводить? — спросил он Идари.

Но та лишь качнула головой и спустя мгновенье пропала меж кустов. Шаваш что-то замычал, потом перекатился на спину и захрапел.

— Бить-то зачем? — рассердился Тревис. — Она что, ваша любовница?

Бемиш в бешенстве обернулся. Тревис попятился.

— Просто забудьте эту беседку, — пробормотал Бемиш, — а то у всех нас будет куча неприятностей.

Они уже подходили к главному дому, когда угрюмо молчавший Бемиш неожиданно сказал:

— Если и будет в империи гражданская война, то она случится из-за этой женщины.

✕✕✕

Большая часть гостей разлетелась ночью; избранные, в том числе Шаваш, остались до утра.

За завтраком Шаваш был бледен после вчерашней пьянки, и под скулой его цвел здоровеннейший синяк, искусно замаскированный разными притираниями. Бемиш недолго терзался вопросом, помнит ли маленький чиновник о том, кто его так угостил. По возвращении в комнату он обнаружил там подарочную корзинку, полную мягких сиреневых смокв, и записку Шаваша. «Как видите, я умею быть благодарным, — писал каллиграфическим почерком Шаваш, — вы мне одну смокву, а я вам сто». «Смоквой» по-вейски назывался синяк.

✕✕✕

А на следующий день, после того как гости уехали, Бемиш, возвращаясь в усадьбу, увидел перед воротами три десятка крестьян. Водитель хотел было проехать сквозь толпу, но Теренс приказал ему остановиться и вылез из машины.

— В чем дело? — спросил Бемиш.

Из толпы выступил высокий босой старик.

— Нам сказали, — произнес он, — что великий господин со звезд будет строить в этих местах волшебный город.

— Более или менее, — согласился Бемиш.

— Нам сказали, что этот город будет построен на наших землях. Что же будет с нами?

— У вас останется земля за рекой, — ответил Бемиш.

— Мы рады, что господин со звезд выделяет нам часть нашей собственной земли. Однако у нас отобрали старую землю безо всякой оплаты.

— Вам заплатили акциями компании, — сказал Бемиш, — вы разбазарили эти акции и потеряли на них право.

— Означает ли это, что у господина со звезд есть деньги на праздник, но нет денег заплатить нам за землю?

— Я не заплачу ни гроша, — отрезал Бемиш.

Узнав о происшествии с крестьянами, Киссур сказал:

— Ты вел себя как мужчина, Теренс. Только почему иномирцы всегда ведут себя как мужчины, лишь когда речь идет о деньгах?

Новый управляющий всемерно одобрил босса.

— Это такой народ, — сказал он, — если покажешь ему палец, сожрет всю руку. Дармоеды!

— Разве ты сам из другого народа? — оборвал его Бемиш, и новый управляющий обиженно заткнулся.

XXX

Бемишу часто приходилось видеть Идари. Огромное количество контрактов — на поставку строевого леса, бетона, вольфрамового стекла, — словом, всего, что выгоднее и дешевле было купить в империи, шло через хозяйство Киссура, а хозяйством этим заведовала его жена.

Только постепенно Бемиш осознал, какую огромную роль играет эта изящная, стройная женщина не только в экономике Киссуровых поместий, но и в экономике империи. Именно благодаря ей ни одна из нефтяных скважин, подаренных Киссуру государем, не пропала и не была продана за долги, — напротив, каждый подарок сохранялся, преумножался и увеличивался, и эта хрупкая женщина железной рукой контролировала по крайней мере три банка и второй по величине на Вее алюминиевый завод. Говорили, что кандидаты на должность в банке держали экзамен перед занавеской — Идари не считала возможным разговаривать с глазу на глаз с незнакомым мужчиной, и Бемиш никогда не видел ее иначе чем в вейском платье.

Сын у Идари был только один, и Бемиш видел, что ей это очень горько, потому что в ее представлении хорошая жена должна была приносить приплод каждый год. Ради новых детей она даже допустила к себе врача-иномирца, но врач развел руками и сказал, что сделать уже ничего нельзя. В доме воспитывалось еще трое мальчиков, которых Киссур наблюдил в других местах, и еще один совершенный подкидыш, которого Киссур вынул три года назад из-под гусениц своего же танка.

Многие недоброжелатели говорили Киссуру, что иномирец навещает Идари несколько чаще, чем этого требуют деловые контакты, но так как те, кто это говорил, очень хотел бы получить все, что имел с империи Бемиш, Киссур оставлял эти слова без внимания.

СЕКТАНТ

в которой Теренс Бемиш платит налоги
прошлогодней листвой, а на стройке выкапывают
камень с древним предсказанием

Ашиник родился в крестьянской семье, разорившейся во время гражданской войны. Отца его забрали в войско местного князя и там убили, а мать умерла сама. В последний год Ашиника тоже забрали к князю, но к этому времени войско князя сократилось до пятисот человек, и поэтому его стали называть не князем, а разбойником. Когда князь услышал, что от войска Ханалая, осаждавшего столицу, осталось два амбара пепла, а в столице хозяйничают новые господа — люди со звезд, — он испугался и прибежал просить мира. Государь простил его, а люди со звезд выдали каждому по нарядной банке, на которой было нарисовано мясо в подливке. Ашиник спрятал банку под голову и лег спать, а когда он утром вынул банку, оказалось, что в ней нет донышка и она пустая. Ашиник бросился к товарищам, которые только кончили завтракать, а те захохотали и сказали, что так было.

Через несколько месяцев Ашиник вернулся в деревню, к земле, но земли не было. Вместо нее была загородка из хвороста и бетона, а за загородкой — иномирец. Оказалось, что отец Ашиника составил князю дарственную на землю, а князь в столице продал эту землю какому-то концерну, который вырыл в земле дырку. Выслушав Ашиника, иномирец взбесился и выгнал его вон.

Дело в том, что иномирец давно понял, что князь его надул и что не на все земли у князя были дарственные. Он выплатил деньги первым просителям, и, услышав об этом, все окрестные жители бросились созывать своих родственников и знакомых и свидетельствовать, что те держали такой-то кусок земли. Своим деревенским умом они бессознательно причислили иномирцев к начальникам и считали честью надуть концерн, такой глупый, что он готов платить деньги за уже проданную ему землю, хотя бы землю продали те, кому она не принадлежала. Иномирец увидел, что его водят за нос, и теперь он выгонял всех, кто приходил с жалобой о земле, как обманщиков.

«Немного же я получил от иномирцев за мое поле — пустую банку и пинок в задницу», — подумал Ашиник. Ашиник отправился к родственникам в соседней провинции, но по дороге заболел. Пожилая чета подобрала его и выходила. Узнав, что совершенно незнакомые люди обмывают его и кормят с ложечки, юноша расплакался — ведь четвертый год он жил как улитка без ракушки, только ленивый его не давил.

Люди, выходившие Ашиника, были кожевники. Ашиник стал помогать им по хозяйству и в работе. Сначала Ашиник ничего не замечал, кроме того, что в доме не ели мяса, но потом по разговорам мастеров стал догадываться, что его хозяин — член какой-то секты. Эта секта существовала очень давно и основывалась на пророчестве о железных людях, которые выйдут из-под земли, чтобы уничтожить империю. За железных людей не раз принимали варваров и повстанцев, но потом какой-нибудь повстанец становился императором, и оказывалось, что это пророчество не о нем. Мастера не раз намекали Ашинику, что иномирцы и есть эти железные бесы, которые хотят уничтожить империю, и что шахта, на которую его звали работать, есть не что иное, как дырка в ад: бесы утащили бы его туда и съели.

Сначала Ашиник не очень-то этому верил. Кроме того, он раньше слыхал о сектантах самые гадкие слухи — болтали, что они обманом завлекают к себе людей, выхаживают хворых, подбирают сирот, а потом проповедуют глупости и творят на совместных сборищах блуд и еще кое-что хуже. Но ему было неудобно возражать старшим, которые спасли ему жизнь, и, кроме того, идти было некуда.

Вскоре его взяли на собрание, где прямо сказали, что иномирцы — бесы и что все вещи, которыми они владеют, — либо наваждение, либо украдены у богов. Потом на глазах у всех учитель, весь в белом, вырастил из семечка золотую лестницу, взобрался по ней на небеса и вернулся с нарядной банкой, которую ему дали боги.

Ашиник стал присутствовать на еженедельных собраниях, но его терзали сомнения. «Конечно, я получил от иномирцев за мое поле пустую банку и пинок в задницу, — думал Ашиник, — но ведь если всех, от кого я получал пинок в задницу, считать бесами, то бесов выйдет больше, чем людей». В конце концов размышления эти сделались так нестерпимы, что однажды в мастерской Ашиник упал навзничь и потерял сознание. Когда он очнулся, вокруг него столпились люди: оказалось, им овладел великий дух и он проповедовал.

Ашиника отвели к учителям, те поселили его с собой. Так как к словам Ашиника относились с величайшим вниманием, припадки стали повторяться довольно часто, но Ашиник никогда не помнил, что он говорил. Благодаря своему пророческому дару и природной сметке Ашиник быстро стал подыматься по ступеням иерархии. Особенно поразило Ашиника следующее. Сектанты, к которым он попал сначала, верили, что иномирцы — самые настоящие бесы. На второй ступени ему сказали, что слово «бес» и «железный дьявол» в отношении иномирцев надо понимать метафорически и что иномирцы живут не под землей, а на небесах. Ему сказали, что чем несообразнее будут слухи про иномирцев, тем скорее поверит в них глупый народ. Но на третьей ступени ему опять сказали, что иномирцы — бесы! И объяснили, что чем более метафорическими будут истолкования пророчеств, тем охотнее поверят в них глупые чиновники, которые за ложными умствованиями не видят простой сути. А на четвертой ступени ему опять сказали, что пророчество следует понимать как метафору!

Когда он дошел до седьмой ступени — а всего их было десять, — Ашиник уже не различал, где метафора, где действительность, а где сокровенная суть обоих. Когда он говорил с простолюдином — он говорил, будто стоял на первой ступени. Когда он говорил с человеком образованным — он говорил, будто стоял на второй ступени. Он верил в то, во что могла поверить его аудитория. Благодаря этому его проповеди собирали огромные толпы. Кроме того, его научили пророчествовать непосредственно на собраниях, и он большею частью помнил, что говорил.

Так прошло еще несколько лет: Ашинику исполнилось двадцать три года. Как-то Белый Старец позвал его и велел отправляться в деревню Ассалах на границе Чахара. Он сказал:

— Вот уже восьмой месяц бесы роют там дырку. Эту дырку они называют космодромом, и они говорят, что из этих дырок летают в небо, но на самом деле эти дырки ведут под землю, в самый ад. Бесы Ассалаха крепко обидели наших крестьян, и у нас там сильная община. Но вчера глава общины помер. Иди в Ассалах и займи его место.

✖✖✖

На этот раз путь до столицы занял не два месяца, а восемь часов: утром следующего дня желтенький автобус высадил Ашиника у развилки дороги на космодром.

Ашиник закинул за спину узел и пошел. Мимо на стройку летели грузовики, похожие на огромных шелковичных червей, над дорогой висело облако пыли и дурного запаха, и в полях, отшатнувшихся от обочины, колосья зреющего риса были покрыты толстым слоем цементной пыли. Шагать было далеко, и Ашиник несколько раз пытался помахать веточкой, чтобы его подвезли, но никто не остановился. Даже в самые худшие годы войны Ашиник не помнил, чтобы человек в телеге не подобрал путника. Убить, подобрав, могли, но чтобы не подобрать — такого не было.

Вдруг одна из машин затормозила. Ашиник с опаской увидел, что это не грузовик, а легковушка, формой напоминающая щуплого жука. Стекло машины попозло вниз, и Ашиник увидел, что в машине сидят трое.

—Подвезти? — спросил человек, сидевший на заднем сиденье.

Водитель и охранник, сидевший впереди, были с оружием, а человек, который спрашивал, и того хуже — с галстуком. Гастук носили только бесы, и Ашиник давно знал, что галстук-то и есть самая опасная вещь: галстук был такая особая змейка, которую выводили под землей из уд лжецов и отцеубийц, и когда любой человек, даже веец, надевал эту змейку, она немедля кусала его в горло и начинала глядеть на мир его глазами, и это только по виду казалось, что человек остался человеком. А на самом деле от него уже была одна шкурка, а в шкуре — бес.

Ашинику очень не хотелось садиться рядом с галстуком, но при нем были все пять священных амулетов, и Ашиник решил, что галстук его не укусит. Человек на заднем сиденье распахнул дверцу, — Ашиник, поколебавшись, залез внутрь. Некоторое время они ехали молча.

—На стройку едешь? — спросил галстук. У него был выговор беса.

—Нет, — ответил Ашиник, — в село. Это совсем рядом.

—К кому?

—Дядя позвал. У него сын умер — может, усыновит.

—В селе, — сказал галстук, — много сектантов. «Знающих путь». Ты тоже сектант?

—Да.

—Какого Кольца?

—Что вы знаете о Кольцах?

Пассажир оглядел парня: круглое добродушное лицо, черные кудри, широкие губы и густые брови, сходящиеся домиком над красивыми синими глазами.

—Неделю назад, — сказал пассажир, — в деревне умер местный Знающий Человек, уж не на его ли место ты едешь?

—Кто вы такой?

— Меня зовут Теренс Бемиш. Я президент Ассалахской компании.

Ашиник сглотнул.

— Вы всех прохожих подбираете или вы знали, что я приеду?

— Я всех бродяг подбираю, — сказал Бемиш. — Водители на стройке редко кого подвозят, а если бродяга — так и убить могут. Двух человек так уже убили.

— Плохие у вас рабочие.

— Хуже некуда. Пьют, воруют, новичков то же делать заставляют. Шайки среди них какие-то. Вчера поймали двоих: продали ящик антикоррозийной краски. За сколько, спрашивается? За тыкву рисовой водки! Позавчера один охранник стрелял в другого, с пьяных глаз. Его арестовали, стали выяснять — а его в столице разыскивают за грабеж с убийством. Все, кому надо бежать из столицы по плохому делу, бегут сюда.

— Да, — сказал Ашиник, — это нелегко. Мне никогда не приходилось владеть людьми, которые пьют, воруют и едят мясо. Начальник подобен зерну, а подчиненный — траве, вырастающей из зерна. Каково зерно, такова и трава. Немудрено, что слуги бесов крадут у них антикоррозийную краску.

Бемиш так расстроился от этого замечания, что потерял над собой контроль. Галстук его встопорщился и обвился вокруг головы, и стало ясно, что никакая у беса не голова — а так, мясное яйцо. Сразу стало ужасно неприятно. «Вот сейчас он спросит: вы действительно считаете меня бесом?»

Но Бемиш ничего такого не спросил, а покачал мясным яйцом и сказал:

— Село вон за той горкой. Может быть, вам неудобно въезжать в село на моей машине? Хотите вылези у поворота?

— Ничего страшного, — сказал Ашиник.

В селе Ассалах жили двенадцать тысяч человек, и вечером все село слушало, как их новый пророк ехал в машине главного беса и как его галстук так и не смог пророка съесть.

✕✕✕

Бемиш не преувеличивал напастей в разговоре с будущим наставником сектантов. Ситуация на космодроме ухудшалась с каждым днем; они приняли первые корабли и построили грузовой терминал с полуторамесячным опережением графика; маленький, но стремительно увеличивающийся поток наличности компании в полтора раза превосходил запланированный, — но ухудшение ситуации никак не отражалось ни в балансовых ведомостях, ни в счете прибылей и убытков, ибо самый дотошный аудитор не смог бы занести в пассив предприятия чувства окружающего населения.

К тому же Бемиш был сам отчасти виноват. Азартный игрок, удобнее чувствующий себя за экраном компьютера, нежели на стройплощадке, он лишь временами наезжал на стройку, погрузившись в водоворот дел в столице.

Он учредил хедж-фонд, покупавший акции Веи, и собрал невиданную для развивающегося рынка сумму: пятьсот миллионов денаров. Он купил брокерский дом «Томура секьюритиз», через который и шли операции фонда, и двенадцать процентов акций того банка, в который новая Ассалахская компания перевела расчетный счет.

Вместе с Идари, Шавашем и еще двумя полезными людьми он основал местный Ассабанк, и вскоре особым указом государя все бюджетные деньги, направленные правительством на строительство дорог, коммуникаций и прочую ассалахскую инфраструктуру, шли через этот банк.

Бемиш чувствовал себя как рыба в воде на рынке, где колебания котировок за неделю нередко составляли тридцать-сорок процентов, где спрэд даже сравнительно ликвидных акций достигал восьми процентов и где торговля на основе инсайдерской информации была не преступлением, а правилом. Он сбросил почти все акции за неделю до опубликования правительством новых правил налогообложения, вызвавших панику на рынке, и к концу года его фонд был единственным, показывавшим прирост стоимости чистых активов в тридцать шесть процентов, против потерь других фондов, колебавшихся от минус четырнадцати до минус восьмидесяти шести. Реальная прибыль была еще выше, но, как об этом и был уговор, треть прибыли получил Шаваш.

Однако пока Теренс Бемиш торчал в столице, продавал и покупал по указке Шаваша, открывал новые банки, веселился вместе с Киссуром и давал интервью Galamoney как глава управляющей компании самого удачливого фонда года, стройкой руководили другие, и прежде всего вице-президент компании Ричард Джайлс. О, разумеется, Бемиш каждый день получал сведения о ходе строительства и движении средств на счетах. Не то что мошенничество, а просто финансовая небрежность не могли пройти мимо него.

— А почему у нас такой остаток на текущих счетах? — орал рассерженный Бемиш. — Что, нельзя было разместить краткосрочный кредит?

А остаток-то был — всего пять тысяч денаров.

Но в финансовой отчетности настроение крестьян и рабочих не отражалось никак, а участившиеся случаи воровства были поначалу попросту списаны Бемишем на тяжелое наследие двух тысяч лет социализма.

Как задним числом понимал Бемиш, многое было бы по-другому, если бы стройка началась не в то время, когда крестьяне сажали рис и когда им была дорога каждая пара рабочих рук. Но стройка началась именно весной, — и крестьяне не отпустили своих парней на стройку, а парней, пришедших позднее, встретила уже своя собственная субкультура стройки — субкультура потерявшихся городских парней, бродяг и просто бандитов, которые крали с бахчей арбузы и топтали рис, ходили драться с деревенскими стенка на стенку и высшим проявлением иноземной культуры считали крутое порно со стереоэффектами.

Месяца через четыре после начала строительства Бемиш напоролся по дороге на церемонию «знающих путь», и глава секты, высокий старик с седой бородой, показал на него пальцем и начал называть колдуном самого низкого пошиба. Бемиш полюбопытствовал, в чем его колдовство, и получил ответ:

— Все эти пестрые этикетки и реклама, сигареты и кинофильмы — все это твоя грязная магия и твои ритуалы. Это то, чем ты пытаешься развратить людей.

Бемиш возразил:

— Мне эта реклама так же противна, как тебе.

— Это еще хуже, — усмехнулся старик. — Получается, что у вас для маленьких людей одна культура, а для больших — другая. А это совсем никуда не годится, потому что у маленьких и больших людей все может быть разным — и имущество, и платье, но культура у них должна быть одинаковой. Батрак справляет праздник весны, и во дворце справляют праздник весны. А если твои рабочие ходят на «Тройной удар», а ты не ходишь, — а, да что говорить!

Подумал и прибавил с любопытством:

— А правда, что вы у себя под землей живете совсем как дикие люди на севере, которые раз в четыре года меняют своего правителя, а сменив — едят?

— Правителя мы меняем, — сознался Бемиш, — но не съедаем.

✕✕✕

Старый «знающий» умер через две недели после того, как космодром принял первые корабли, и Бемиш поначалу обрадовался. Однако молодой парень, пришедший на его место, оказался куда хуже. Что бы ни делал Бемиш для помощи селу — ему же выходило боком. Отвезли какого-то парня в больницу, прооперировали ему аппендицит — так Ашиник заставил всех поверить, что бесы со звезд отрезали парню его кукурузный початок и приставили взамен козлиное снаряжение, и родиться-де от него будут теперь только козлы.

Еще при прежнем старосте Бемиш дал селу ссуду — так Ашиник пустил слух, что старосту обманули, пользуясь его незнанием чужого языка, и заставили подписать документ, дающий право на снос всего села. Был и другой слух, тоже состряпанный Ашиником, о том, что у Бемиша есть черный шнурок. Один его конец в ящике стола в усадьбе, а к другому концу привязан сам государь. Как только иномирец дернет за шнурок, государь ворочается и стонет, а с неба идет град.

Медленно, в обход и официальной районной власти, и официального начальства на стройке, в окрестных селах и на космодроме начали формироваться свои подпольные организованные структуры. В селах такой структурой стала секта. Немногочисленные сектанты мгновенно выросли, как вырастает в насыщенном растворе кристалл, стоит опустить в него на затравку. А на стройке... что греха таить, стройкой начинала править мафия.

В свое время среди частных лиц — соучредителей какой-то экспортной при стройке компании — мелькнуло имя Охары — того самого вора, который был представлен Бемишу в воровской харчевне и который как-то охранял презентацию.

Бемиш жирными красными чернилами соучредителя вычеркнул, заявив, что подобная компания кончит тем, что будет экспортировать наркотики и что стыда от этого не оберешься. Джайлс, как представитель спецслужб, был полностью согласен с президентом компании. Видимо, Охара решил действовать другими путями.

Лишь теперь Бемиш понял, как страшно подставил его маленький чиновник Шаваш, согласившись исключить стройку из юрисдикции властей провинции. Власти провинции были продажны и бесцеремонны. Именно поэтому они могли бы, не утруждая себя человечностью, справиться и с сектантами, и с бандитами. Могли просто выселить парочку сел в трое суток в какую-нибудь Кассандану, а могли и сжечь дотла.

Но Бемиш-то не мог проехаться по селу танком или, скажем, посадить на него, «промахнувшись», шестидесятитысячетонный космический грузовик, как всерьез предлагал ему Шаваш. А ни в каком международном кодексе не было записано, что обитателям планет запрещено петь песни и коллективно сходить с ума.

Теперь Бемиш находился в классической шахматной вилке: если бы он сам стал арестовывать сектантов, это вызвало бы негодование даже самых либерально настроенных к чужеземцам чиновников. Если бы он попросил это сделать власти, он бы окончательно расписался в своем бессилии.

Непосредственным поводом для столкновения между стройкой и селом стало следующее. Стали рыть под служебные здания котлованы на северном холме — и откопали остатки старого храмового комплекса.

Сверились по книгам и обнаружили, что речь идет о старых храмах богини Адеры-благодетельницы, процветавших здесь почти две тысячи лет назад, когда центральные чиновники не осмеливались соваться в эти места, глухо именуя их жителей разбойниками, а впрочем, не предпринимая к искоренению оных никаких мер.

Эта самая Адера была дама весьма скверного нрава, имела обыкновение являться людям во сне и вымогать подарки и даже человеческие жертвы, угрожая наводнениями, на праздниках ее творилось невиданное распутство. Государь Иршахчан разорил храм жесточайшим образом, чуя в таком культе преступление против гуманности и неповиновение властям.

Бемиш, приученный ко всякой руине относиться с почтением, работы на участке прекратил и спросил, что делать, Киссура и Шаваша. Киссур сказал, чтобы он этот храм расчистил к чертовой матери, а камни, если нужно, употребил на стройке. Шаваш осмотрел алтарь, на котором, говорят, приносили в жертву мальчиков, и сказал, что алтарь не внушает ему восхищения как памятник культуры, потому что резьба на нем слишком грубая.

Однако про храм услыхали журналисты. В новостях потребовали убрать грязные руки иномирцев от национального достояния. Бемиш очень некстати огрызнулся, что храм, между прочим, уничтожил аж сам государь Иршахчан, а что касается иномирцев — то они храм нашли.

Вскоре родились самые невероятные легенды, связанные с сокровищами храма. В храме откопали большой колодец в двести метров глубиной, и прошел слух, что это тот самый колодец, в который две тысячи лет назад каждый год каждый житель округи бросал самые драгоценные свои вещи в жертву Адере. И полупьяные рабочие стройки, и крестьяне, окосевшие от постоянных радений, поверили в это выше ушей и круглые сутки стали лазить через выставленную вокруг храма загородку. Бемиш приказал спуститься в колодец, и в присутствии начальства и журналистов из колодца вытащили прорву кремневых наконечников, бронзовых круглых ушек и глиняных женских фигурок с огромными животами. Быть может, две тысячи лет назад жители здешних мест и бросали в колодец Адере самое ценное, но в те времена самой ценной в здешних местах вещью был кремневый наконечник.

Легенда же не пострадала. Все видели, сколько техники нагнали к колодцу и что над спуском возилась сотня человек три дня! Нужды нет! Слухи уверяли, что колодец оказался пуст, потому что начальство ограбило его раньше. Назывались суммы и названия кораблей, на которых сокровище было переправлено на Землю, назывались музеи и, конечно, назывались имена — имена Шаваша и хозяина компании.

Месяца через два после появления на стройке Ашиника Бемиш был в столице, где имела место конференция по проблемам инвестиций в развивающиеся страны. Бемиш фигурировал на этой конференции в качестве докладчика и экспоната.

Бемиш переговорил с нужными ему людьми и сразу после своего доклада уехал на космодром, захватив с собой человека по фамилии Борн — представителя Объединенного Галактического Фонда, наблюдавшего за судьбой предоставленного империи стабилизационного кредита.

У флайера Бемиша ждала целая стайка местных журналистов, засыпавших его вопросами.

— Господин Бемиш, правда ли, что, когда на вашей стройке вырывали старую катальпу, на корнях ее показалась кровь?

— Неправда.

— А правда ли, что одна из коз по соседству превратилась в козла?

— Коза в козла не превращалась.

— А правда ли, что на стройке выкопали камень, закопанный при Белом Императоре, с надписью: «Через месяц после того, как данный камень выкопают, стройка погибнет»?

— Правда. Только надпись была сделана фенильной краской, изобретенной и запущенной в производство около пяти лет назад. Когда в следующий раз сектанты вздумают подделывать слова Белого Императора, мой им совет — не покупать краску в ближайшем ларьке.

— Господин Бемиш, правда ли, что вы заплатили в этом году налоги облигациями Вейского Национального банка по номиналу?

Тут охрана Бемиша — а он, по местному обычаю, обзавелся тремя дюжими мордоворотами — съездила самого ретивого из журналистов по морде, и они начали разбегаться.

На обратном пути в Ассалах, в воздухе, Борн полюбопытствовал, отчего дали по морде журналисту.

— Он из «Синего неба», — ответил Бемиш, — это газета сектантов, которые уверены, что иномирцы — бесы и вылезли из-под земли. Они говорят, что если бы мы прилетели с неба, то непременно бы познакомились по пути с богами. Хамские вопросы задавал.

— А-а, сектант, — удовлетворенно протянул банкир, — ну, сектанты — это не страшно.

— Не страшно, но обидно, — согласился Бемиш.

— А что это они про налоги спрашивали?

Бемиш помолчал, прикидывая, стоит ли ему объяснять, в чем дело. Но дело было шумное, и о нем уже поминали не раз.

— Был такой банк, — сказал Бемиш, — и обанкротился. Правительство его национализировало, а долги реструктурировало и превратило в облигации.

— И по скольку же эти облигации продаются?

— Семь-десять процентов от номинала.

— А по скольку их у вас зачли в бюджет?

— Сто процентов от номинала.

Банкир даже хрюкнул от изумления, но сдержался и ничего не сказал.

Бемиш поинтересовался, кто из вейских чиновников больше других понравился Борну, и господин Джеральд Борн без колебаний назвал Шаваша. И прибавил:

— Как вы думаете, согласился ли бы господин Шаваш покинуть свой пост в империи и возглавить управление развивающихся рынков в нашем банке?

Бемиш чуть рот не разинул.

— А почему вы думаете, — осторожно спросил он, — что Шаваш может хотеть покинуть свой пост?

— Да из-за травли, которую вокруг него развернули! Я могу сказать вам совершенно честно, что, если бы не Шаваш, ни один транш нашего кредита вообще не дошел бы по назначению! Местные чиновники все разворовали бы! Это единственный человек, который хоть как-то пытается спасти экономику страны. И что он получает взамен? Будучи самым лучшим экономистом империи, он вынужден слушаться этого маразматика Яника, а чиновники обливают его омерзительной грязью, не будучи в состоянии вынести честного человека в своей среде. Я думаю, что лучший для него выход — покинуть планету. Или вы не согласны?

— Нет, почему же, — сказал Бемиш, — Шаваш удивительный человек, вы правы.

Бемиш хотел сдать Борна на руки Джайлсу, чтобы тот занялся гостем до старта, но Джайлс куда-то пропал, выключив даже наручный комм, и Бемиш про себя положил устроить ему изрядную взбучку.

Бемиш лично проводил своего старого знакомого до трапа. Тот был приятно поражен, узнав, что космодром пользуется экстерриториальностью и что администрация космодрома сама вершит суд и собирает налоги.

Когда Бемиш поднимался в кабинет, комм на его запястье мягко завибрировал.

— Алло, Теренс, — донесся до него голос честнейшего экономиста империи. — Что это у вас там за история с фирмой «Золотой Олень»? Говорят, вы задержали их груз?

— Никакой истории нет, — сказал Бемиш, — просто электроники там на сорок тонн, а пошлина уплачена только за пять. Пусть уплатят, сколько положено, и забирают.

— Теренс, будьте добры. К вам заглянет человек от них, поставьте вы ему печать и пустите с богом.

И Шаваш, не дожидаясь ответа, прервал связь.

✕✕✕

Джайлс отыскался через полчаса. Он ввалился в кабинет, пошатываясь. Лицо его было разбито, дорогой костюм забрызган грязью. Бемиш не очень-то любил своего заместителя, но тут он не смог сдержать естественного возгласа:

— Господи, Дик, что с вами?

— На меня напали.

— Кто?

— Кто-кто? Шпана! Вся дерьмовая шпана этой планеты, которая только и знает, что нанимается на эту стройку!

Глаза Теренса Бемиша нехорошо блеснули.

— Безопасность — это ваша проблема, Джайлс. Если ваша паршивая служба не может утихомирить два десятка бандитов, как она собирается утихомирить два десятка диктаторов?

— Мы утихомирим бандитов, — взорвался Джайлс, — через неделю здесь будут войска Федерации! Мы имеем на это право! На территории космодрома действуют законы Федерации, а Федерация обязана охранять своих граждан!

— Что? Вы послали запрос?

— Я его пошлю сегодня!

— Я запрещаю вам это делать!

— Почему?

— Потому что едва о войсках станет известно, как все начнут сбрасывать мои бумаги! Сначала спецслужбы Федерации пошлют сюда войсковые подразделения, чтобы обесценить стройку, а потом они скупят ее за гроши, да?

— А бандиты и еретики ее не обесценивают?

— Фондовому рынку нет дела до сектантов! Он не знает, что это такое. А вот что значат войска, он понимает прекрасно!

Джайлс, морщась, трогал содранную скулу.

Бемиш нажал кнопку вызова на комме.

— Шаваш? Моего зама сегодня избили. Кто-кто! Бандиты! Пришлите полицию и расправьтесь со всей этой гадостью.

— Теренс, на территории космодрома действуют ваши законы. Вы имеете право позвать сюда собственные войска, но не нашу полицию.

— Отмените этот дурацкий иммунитет!

— Вы сами сетовали на продажных чиновников...

— Ваши продажные чиновники по крайней мере выбьют всей этой сволочи зубы, не особенно утруждая себя поиском юридических доказательств.

— Рад, что вы видите хоть какое-то преимущество в наших чиновниках, — хмыкнул в эфир Шаваш.

— Только по сравнению с вашими бандитами.

✕✕✕

На другом конце линии связи Шаваш переключил канал и приказал секретарю подавать машину. Через полчаса его узкий серебристый лимузин подрулил к расписным воротам славного на всю страну веселого дома. Шаваш, не отвечая на приветствия вскочивших при его появлении девушек, прошел наверх.

Там, в уединенном кабинетике, скучал низенький веец лет пятидесяти. На нем были только пестрые шелковые штаны, расшитые целующимися павлинами, и на его обнаженной мускулистой спине был такой же узор, как на его штанах. Он курил яблочную смесь и парил ноги в специальной ванночке.

— Вы доигрались, — сказал Шаваш, — Бемиш собирается очистить Ассалах от бандитов с помощью федеральных войск.

— Это плохо, если Длинная Палка пришлет войска, — отозвался его собеседник.

— Я тут ничего не могу сделать, — развел руками золотоглазый чиновник, — вы сами виноваты. Кто ограбил Джайлса?

— Узнаю, — сказал его собеседник.

— Узнай-узнай. Это полезно иногда знать, что твои люди делают.

Шаваш помолчал и добавил:

— Ты, Охара, живешь при стройке как паразит. Сосешь и не кормишь, жнешь и не пашешь. Откуда у Бемиша к тебе любовь? А вот если бы ты ему помог...

— Чем я ему помочь могу? Не воровать? А жить на что?

— Ну зачем — не воровать. Например, у Бемиша большие неприятности с сектантами. Прикрутите хвост сектантам — поможете Бемишу.

Охара с неприязнью воззрился на своего златокудрого собеседника. Воры на сектантов обычно не нападали. Взять с этой публики нечего, а злая она невероятно, только тронешь, не успокоятся, пока не вырежут всю шайку и не объявят это за божий гнев.

— Сдается мне, что сектанты насолили не Бемишу, а вам, — сказал вор, — и услугу я окажу не Бемишу, а вам.

✕✕✕

Через два часа флайер Бемиша сел на площадку за усадьбой Киссура.

— Господина нет дома, — доложила ему служанка, — а госпожа сейчас выйдет. Пожалуйте в Озерную гостиную.

Идари вышла к гостю в синей юбке, отделанной по низу золотистым песцом, и кофте, вышитой изображениями единорогов и белок. Волосы ее были скручены на затылке в большой черный клубок, и клубок заткнут серебряной шпилькой в форме ламасской ладьи. Бемиш посмотрел на эту шпильку, и ему показалось, что она воткнута в его сердце.

Бемиш поклонился хозяйке дома и сказал:

— Тронут, что вы приняли меня в отсутствие Киссура.

Идари уселась на диван и положила на колени пяльцы с начатым поясом. Пояс был вышит изображениями облаков и рек. Она почти всегда ходила с рукоделием.

Двое слуг внесли на веранду корзиночки с печеньем и

фруктами и удалились. На веранду заглянул ручной павлин, распустил хвост, царапнул порог голой красной ножкой и ушел в сад.

— Чем вы огорчены, господин Бемиш? — спросила Идари. — Непорядки с фондом?

— Нет, — сказал Бемиш, — просто, пока я покупал и продавал чужие акции, я, по-моему, просадил собственную компанию.

— А мне казалось, что вы закончили монтаж первой очереди шахт за неделю до срока.

— Я имею в виду атмосферу на стройке. Сектантов и бандитов. Я не могу расправиться с ними. Шаваш подставил меня, даровав стройке судебный иммунитет.

Идари промолчала. Кожа ее была белой, как туман, опоясывающий по утрам горы, и узел ее черных волос затягивал сердца и миры.

— Зачем он это сделал? — зло спросил Бемиш. — Или ему было надо, чтобы я повесил сектантов? Чтобы не империя, а иномирцы расправились с этими идиотами, чтобы его руки были чисты, а руки иномирцев — в дерьме?

«Что я говорю, — мелькнуло в мозгу Бемиша, — я сижу с женщиной, за которую я отдал бы весь Ассалах, ну не весь, а процентов тридцать, — и я говорю с ней черт знает о чем, и она считает меня трусливым и жадным иномирцем».

— Вы не до конца его устраиваете, — сказала Идари.

— Чем я его не устраиваю? Я, кажется, только наркотики не экспортирую!

— Именно этим.

Бемиш замер, словно налетел на стену.

— Вы... серьезно?

— Я имею в виду, что все нарушения, происходящие на космодроме, касаются лишь налогов. Вы ни разу не нарушили уголовных законов, господин Бемиш, и Шавашу это не нравится. Если вы нарушаете налоговые законы, вы подлежите преследованию только на этой планете. Если вы нарушаете уголовные, вы подлежите преследованию по всей Галактике. Чем больше преступлений вы совершите, тем больше вы будете зависеть от Шаваша.

— Мерзавец, — уныло пробормотал Бемиш. — Если б я знал...

— Шаваш лучше вас, — возразила Идари. Ее глаза глядели спокойно и строго, и руки сновали над рукодельем.

— Шаваш? Лучше?!

— Шавашу многое простится, потому что он многого хочет. Он хочет женщин. Славы. Власти. А вы хотите только денег.

«Тебя. Я хочу тебя больше денег», — хотел сказать Бемиш.

— Вы правы, Идари, — сказал он, — я ничего не люблю больше денег.

⋙⋘

Вечером следующего дня в кабинете Бемиша раздался звонок. Звонил Ричард Джайлс.

— Тут ЧП, — сказал Джайлс, — зарезали мальчишку-укладчика. Мы взяли убийцу.

— Сопротивлялся?

— Нет. Наглый тип.

— Приведите его ко мне, — приказал Бемиш.

Убийства на стройке случались часто. Как правило, убийц не находили. Даже если человека резали среди бела дня, никто почему-то ничего не видел.

Бемиш как раз листал проект ежегодного отчета компании, когда двое широкоугольных парней из службы безопасности ввели в кабинет убийцу — невзрачного мужика лет шестидесяти, в застиранных штанах и куртке с белой каймой, показывающей его принадлежность к бригаде дорожных рабочих. Одна рука убийцы была заломлена за голову, а другая — за спину, — и там, за спиной, они были соединены наручниками с короткой цепочкой. Лицо его выражало меньше, чем разбитый экран.

Парни вышли, а Бемиш указал невольному посетителю на кресло.

— Садись.

Тот молча сел. Бемиш просматривал последние листы отчета.

— Ты бы меня отпустил, начальник. У тебя, говорят, право такое есть.

Бемиш остолбенел от такой наглости.

— За что вы убили мальчишку?

— С тобой хотел поговорить, начальник, — сказал посетитель. — Ведь с тобой-то не поговоришь. Три раза записывался к тебе на прием, так и так, а ты все волынишь. Вот сегодня днем записался, прихожу, а мне опять говорят: нет для тебя, морда местная, крестьянская, начальника, начальник по стройке большую шишку с неба возит, не твоя это теперь лужайка, вали обратно в свой барак. Вот я пришел, и обидно мне стало: дай, думаю, придумаю что-нибудь такое, чтобы начальник меня к себе позвал.

Бемиш пока собеседника не прерывал. Он давно понимал, что рано или поздно бандиты заявятся к нему на прием, но не подозревал, что они изберут вот такой оригинальный способ. К тому ж и напоминает, бестия, тонко: мне ничего не стоит зарезать не только мальчишку, начальник, но и тебя...

— Ты неудачно придумал, — усмехнулся Бемиш, — потому что теперь тебе отрубят голову.

— Это наши-то власти? — улыбнулся посетитель. Несмотря на заломленные запястья, он, казалось, чувствовал себя более удобно, чем Бемиш. — Начальник, я не первый раз убиваю людей, а голова моя при мне. Или ты думаешь, против меня найдутся свидетели?

В самом деле. Свидетели имелись, пока надо было свести бандита с Бемишем. А когда речь пойдет о голове...

— И что же ты хотел предложить мне при встрече?

— Порядок навести.

— Какой порядок?

— Ну, а шо за бардак кругом? Тащут, ругаются, — ты же сам знаешь, какие дела, — сырье воруют, людей пропивают. Вон вчера шайка пришла и стала играть, шесть человек себя проиграло в рабство. Они, рабы, что потом? Они работают, а хозяин пузо чешет и зарплату получает. А мы бы порядок навели.

— И что же ты хочешь в обмен на порядок?

— А назначь меня начальником охраны летного поля.

— Наркотики возить?

— Зачем наркотики, люди на одних сигаретах состояние делают. Вон ты, начальник, образовал с Шавашем компанию, и все говорят, что компания эта возит без пошлин то, чего хочет.

— Это все?

— И еще десять миллионов. Денаров.

— Почему именно десять миллионов?

— Ты сокровищ Адеры вывез на двести миллионов, а сокровища эти принадлежат народу. Братья считают, что, если ты двадцатую часть вернешь народу обратно, это будет по-божески.

Бемиш оцепенел.

— Никаких сокровищ Адеры, — сказал Бемиш, — не существует. Здесь, в Чахаре, нет ни золота, ни серебра, — откуда тут два тысячелетия назад могли быть сокровища?

— Ты мне шторы не вешай, начальник, — сказал бандит, — и чистенького из себя не строй. Ты с Шавашем водишься, он полстраны украл, а мы только крошки подбираем...

— Я не буду с вами сотрудничать.

— Ага. С Шавашем можно, с нами нельзя.

— Есть определенный уровень интеллекта, — сказал Бемиш, — который делает наше сотрудничество невозможным. Шаваш может положить в карман несколько миллионов в результате финансовой аферы; но он не поверит, что в богом забытой дыре есть колодец со стенками из изумрудов.

И рявкнул в селектор:

— Увести заключенного!

Через минуту парни из отдела безопасности выволакивали вора из кресла.

— Ты помни, — обернулся тот у двери, — что своровал-то ты, начальник, больше подмастерья, а зарезать тебя так же легко.

— Пошли-пошли, — сказал белокурый охранник и ощутимо ткнул вора в ребра.

Бемиш включил кондиционер, а потом распахнул окно, чтобы побыстрей прогнать из кабинета запах вора.

Ночной воздух был душен и весь пропитан пылью, поднятой десятками экскаваторов и сотнями грузовиков. Далеко-далеко шумела компрессорная станция, и вверху стыли звезды, крупные и неровные, как осколки бутылки, которую боги с размаху расколотили о каменный небосвод.

Бемиш тосковал. Жизнь была гадкая и ненужная штука. Он строил военный космодром на безумной планете с продажными чиновниками и безграмотным населением, и, как будто этой аферы было мало, к нему приходила мафия и предлагала перегонять через уже отстроенные секторы автомобили и сигареты. При этом Бемишу было совершенно ясно, что, скорей всего, вор действовал по наводке Шаваша и все его выпады против министра финансов были, возможно, отрежиссированы именно маленьким чиновником. Идари права: этот человек не отстанет от него, пока через космодром не станут экспортировать наркотики...

Скрипнула дверь.

Бемиш, мгновенно обернувшись, метнулся было к столу, туда, где в ящике лежал пистолет. Надо сказать, последнее предупреждение вора на него сильно подействовало.

Но пистолет был лишним. На пороге, в шикарных бархатных штанах и пестрой рубашке, вышитой целующимися утками, стоял Киссур. Его карие глаза надменно смотрели из-под разлетающихся, как крылья ласточки, бровей, и длинные белокурые волосы были стянуты золотым кольцом.

— Киссур! Давно я тебя не видел!

— Да, — сказал Киссур, — засиделся я дома. Подумал: «Давненько я не дышал у Бемиша мазутом». А привыкать надо. Скоро вся моя страна провоняет, как твой космодром.

Бемиш молчал.

— Ты чего такой грустный?

— Мне сегодня какой-то ваш вор сказал без обиняков, что

если я не буду сотрудничать с мафией, то дело мое плохо. И знаешь, что он попросил в качестве доказательства дружеских отношений? Сокровища Адеры.

— Гм, — сказал Киссур, — а может, отдать их, сокровища, этому бандиту? Я все равно слыхал, что они навлекают несчастие на каждого, кто ими владеет.

Теренс ошеломленно уставился на Киссура. Тот вдруг расхохотался и хлопнул своего темноволосого приятеля по плечу.

— Попался, — вскричал Киссур, — нет, он опять попался! Шуток не понимаешь!

Заверещал комм. Бемиш хлопнул по собственной руке так, что чуть не набил синяк на запястье. Комм обиженно замолк.

— Я не то что шутки перестал понимать, — закричал Бемиш, — я завтра сам в эти сокровища поверю! Я поверю в столбовую ведьму, которая родится от сгнившего столба, консервную ведьму, которая родится от старой консервной банки, и карбюраторную ведьму, которая происходит от выброшенного в болото карбюратора. Я поверю в то, что я строю дырку в ад, надену белый балахон и пойду проповедовать «знающим путь», что иномирцы — бесы и что все сделанное иномирцами — морок, потому что доказать противное я не в состоянии.

— Вообще-то это очень легко, — усмехнулся Киссур.

— Что?

— Доказать, что иномирцы не наводят морок.

Темные глаза Бемиша вспыхнули любопытством.

— Сделай милость, расскажи.

— Это очень старый способ, — сказал Киссур. — Я и сам им однажды воспользовался еще восемь лет назад, когда мне в какой-то провинции попалась шайка одержимых. Их глава уверял, что он неуязвим для стрел, и вот я сказал ему, что, если это так, пусть он станет у стены, а я выстрелю в него из лука. А он сам верил в то, что говорил, и стал у стены. Я подшиб его так, что стрела вошла в грудь и на добрый локоть высунулась из лопаток, и он повис на этой стреле, подогнув ноги, а его сторонники, разочарованные, разбежались. Тебе достаточно взять в руки веерник и предложить ихнему проповеднику подставить свое брюхо под луч. Если, мол, ты останешься в живых, значит, вся наша техника морок и я обещаю уйти отсюда, а если ты помрешь — то, значит, ты врал. Тебе что, не нравится?

— Нет.

— Почему? Боишься, что промахнешься?

Бемиш промолчал, потом спросил:

— Так что же мне, Киссур, делать с бандитами? Мириться или воевать?

— Да куда тебе воевать с бандитами, Теренс, — рассердился Киссур. — Тебе вон говорят: хочешь расправиться с сектантами, возьми ствол и стреляй в сектанта, он сам к тебе придет! Ты в сектанта, который тебе свое брюхо подставит, стрелять не хочешь, а бандит, думаешь, тебе брюхо подставит?

— Так что же ты мне посоветуешь?

— Да ты же курица, Теренс. Ты же из стройки дерьмо устроил. Тут мне Шаваш давеча изумлялся, что ты какую-то железку не по той графе учел и скосил себе налоги на полмиллиона, и уж так он этому удивлялся, что даже он этого способа не знал. Только здесь у нас всегда решали не налоги, а оружие... — И Киссур усмехнулся. — И если не дали боги уметь стрелять, значит, надо мириться.

— А если бы я тебя попросил расправиться с бандитами?

— Не стану я этого делать.

— Почему? Потому что среди них много твоих добрых знакомых?

Киссур помолчал. И в этот момент дверь в кабинет распахнулась и в нее влетел рассерженный Джайлс.

— Вы почему не отвечаете, Теренс?! — заорал он. — Что это за манера отбивать вызов!

— У вас что-то срочное?

— Срочное? Вы знаете, что творится в храме Адеры? Там этот их проповедник, Ашиник, привел толпу народа, сломали загородки, ворвались в храм и служат молебен.

Бемиш повернулся и снял с вешалки плотный конопляный плащ, в котором он часто ходил по стройке, не бросаясь издалека в глаза.

— Что вы собираетесь делать?

— Послушать молебен.

— Вы с ума сошли, — сказал Джайлс. — Позвоните Шавашу. Вызовите войска. В конце концов, они на этот раз нарушили закон!

— Вызвать войска? И что? Пересажать все село?

— Пересажать зачинщиков.

— А остальных превратить из недоброжелателей в террористов, да?

Бемиш решительно завязывал веревочки плаща.

— Я знаю, что хочет Теренс, — сказал Киссур, — я с ним.

— Куда? Вдвоем? О Господи! — взревел разведчик и, видя, что Киссур и Бемиш устремились прочь из кабинета, побежал за ними.

▪ Глава девятая, ▪
*в которой начальник над бесами заключает
союз с праведными людьми*

Храм Адеры плыл в ночи, подсвеченный снизу факелами. Толпа была огромна: люди в суконных куртках и травяных плащах, подпоясанных красными поясами, набились в разрушенный зал с небом вместо крыши, окружая наспех сооруженный помост. Киссур и двое иномирцев, одетые в деревенские конопляные плащи, замечены не были. Только когда Бемиш, энергично проталкиваясь к помосту, пихнул кого-то в спину, его толкнули в ответ и грубо сказали:

— Чего лезешь, как бес!

На помосте, справа и слева, горели огромные медные светильники, и на алтаре дымился круглый таз с пахучей водой. У самого края помоста стоял Ашиник, молодой проповедник «знающих путь». Его тонкое, как луковая кожица, лицо раскраснелось, синие глаза сверкали в свете факелов, и толпа отвечала на каждое его слово восторженным ревом. Одет Ашиник был в красный плащ с капюшоном, ниспадающий до земли и расшитый пестрыми крылатыми быками. Пояс плаща был из начищенных медных пластинок. Из-под плаща виднелись черные замшевые сапожки, такого же цвета, как волосы Ашиника. У ног Ашиника лежал связанный белый гусь.

Ашиник проповедовал об иномирцах. Если точнее, он проповедовал о недопустимости ношения одежды, сотканной бесами.

— Двести лет назад, в последние годы правления императора Сашшара, — говорил щуплый черноволосый юноша в красном плаще, сверкающем в свете факелов, — среди людей Страны Великого Света распространилась мода носить одежду из шерсти, привозимой варварами. Это было верное знамение того, что варвары завоюют страну. А сейчас люди носят одежду, сотканную бесами, — верное знамение того, что бесы захватят страну. Поэтому каждый, кто носит их паршивые штаны или куртки, — все равно что ходит голый. Надобно знать, что все, что ни делают бесы, суть морок и обман. И что они не умеют ничего, кроме как наводить морок. И хотя они очень могущественные, колдуны, мы еще могущественнее их.

И в этот миг из толпы выступил высокий человек с карими глазами, твердым подбородком и белокурыми волосами, пропущенными через золотое кольцо.

— Вранье, — сказал белокурый.

Все присутствующие оборотились на голос.

— Ты кто такой? — закричал Ашиник.

— Меня зовут Киссур Белый Кречет, а это — начальник стройки Теренс Бемиш, мой лучший друг, и мы сегодня пришли послушать, как вы тут сходите с ума.

— Не годится тебе, Киссур, якшаться с бесами, — сурово проговорил Ашиник, — ибо многие называют тебя воплощением Иршахчана, но подлинно, — белое облако и то пачкается о грязного крота.

Киссур неторопливо поднялся на помост и пихнул юношу в грудь. Он был на полторы головы выше Ашиника и выглядел рядом с ним, как экскаватор рядом с лопатой. Телохранители Ашиника тревожно вертели головами — не Киссура ли видел Ашиник на прошлом бдении государем?

— Ты собака и кость собаки, — закричал Киссур тем голосом, которым он отдавал приказы многотысячным армиям и который теперь безо всяких динамиков разносился над притихшей толпой, — ты смущаешь людей и толкуешь им всякую чушь, и ты говоришь, что белое — это черное, и путаешь ад с большой Галактикой, и ничего, кроме погибели для государства, от сект не бывает. И если ты считаешь, что все, что иномирцы делают, морок, — видишь, что это такое?

— Оружие ихнее, — сказал Ашиник.

— Лазерный пистолет «стар-М», — загремел Киссур, — верный, с улучшенными характеристиками. И ты сейчас станешь к этому поганому нужнику, который ты называешь алтарем, а я буду стрелять по тебе из этой пушки. И если оружие иномирцев — морок, а ты — чародей, ты останешься в живых, а если оружие иномирцев — оружие, а ты обманщик и лгун, — то ты сдохнешь и отправишься в ад, о котором твердишь столько глупостей!

Ашиник побледнел. Он никогда не стоял перед дулом лазера. Он слыхал много раз, что такие случаи бывали, — стреляли бесы в праведников, и тогда выяснялось, что все это морок. Но...

— Или ты боишься?! — заорал Киссур. И обернулся к крестьянам. — Да, он боится, он сам знает, что лжет вам!

— Стреляй! — закричал Ашиник.

— К алтарю, — орал Киссур, — и чтобы все отошли в сторону и смотрели двумя глазами и не рассказывали потом того, чего не было!

Толпа замерла и только сосредоточенно дышала. Ашиник цыкнул на своих охранников, и они поспешно отползли в сторону. Ашиник подошел к алтарю, поднял руки и повернулся лицом к Киссуру.

— Все это глупость и морок, — сказал Ашиник, — и ты, Киссур, поддался ему. Но когда ты выстрелишь, а я останусь невредим, заблуждение твое рассеется, и ты больше не будешь позорить свое имя и станешь с нами против бесов.

Киссур молча достал из кармана свежий «бублик», перезарядил пистолет и щелчком сбросил предохранитель. Глазок на верхушке «бублика» налился зеленым светом. Ашиник закрыл глаза и вытянул руки вперед. Бемишу в свете факелов были ясно видны молодое, покрытое потом лицо и цыплячья шея предводителя сектантов. Его глаза горели синим газовым пламенем. «Молодец мальчишка», — шепнул рядом Джайлс. Киссур поднял веерник.

— Не смей стрелять, Киссур, — сказал Бемиш.

— Да вы что, — зашипел сбоку Джайлс.

Бемиш оттолкнул его и вскочил на помост.

— Не смей стрелять!

Разъяренный Киссур повернулся к нему, и Бемиш невольно сделал шаг назад. Они были почти одного роста, Бемиш и Киссур, — оба поджарые, крепкие, тренированные, — но в белокуром варваре была та энергия дикого волка, которая напрочь отсутствовала в цивилизованном бизнесмене.

— Молчать, — рявкнул Киссур.

— Я не могу позволить, чтобы на моих глазах убивали человека! Во что бы этот человек ни верил!

— Бес! — завизжал Ашиник. — Смотрите, люди, он знает, что не может меня убить!

Толпа угрожающе загудела и подалась к помосту.

— Сукин ты сын, — заверещал Джайлс, выдергивая из-под мышки лазерный «кадет».

— Убейте их, — закричал Ашиник, — они не могут причинить вам вреда!

Люди напирали на помост.

— Еще шаг, и мы стреляем! — заорал Джайлс.

— Стойте! — вскричал Бемиш.

Как ни странно, толпа приостановилась.

Бемиш повернулся к толпе, расставив ладони — местный жест обращения.

— В чем вы меня обвиняете? — спросил он. — Не всех иномирцев, потому что, знаете ли, я не могу отвечать за любого проходимца, который родился по ту сторону неба. В чем вы обвиняете конкретно меня, Теренса Бемиша, главного над ассалахской стройкой?

Из толпы раздались нестройные возгласы:

— Деревню бьют... Ходят пьяные... Землю отняли... Получают много...

— Ах, получают много! — заорал Бемиш. — А почему вы не получаете много? Я вам предлагал работу? Предлагал! У меня сотни работ для вас! Так кто же виноват в том, что вы получаете меньше? Я? Или те, кто запрещает вам идти работать на стройку?

Толпа заволновалась. Видно, что мысль о виновности секты в происходящих недоразумениях уже проскакивала среди разных голов, особенно молодых, только вслух ее не высказывали, а невысказанная мысль как бы и не существует.

— Порядка на стройке нет, — выкрикнули из толпы.

Бемиш поднял руку.

— Вы правы. Я не смог обеспечить порядка на стройке.

И повернулся к Ашинику:

— А ты можешь обеспечить порядок?

— Боги все могут, а я их слуга здесь, в этой земле, — сказал Ашиник.

— Очень хорошо, — сказал Бемиш, — ваши приверженцы правы. Я не могу обеспечить порядок на стройке. Государь в конце концов не может обеспечить порядка во всей стране, кто я такой, чтобы обеспечить порядок на космодроме? На стройку стеклись подонки и негодяи, и я не могу разглядеть, кто негодяй. Поэтому я прошу вас, Ашиник, стать моим заместителем, уволить тех, кого вы сочтете нужным, и набрать тех, кого вы сочтете нужным.

Сектант поглядел несколько ошеломленно.

— Я не могу служить бесам, — сказал Ашиник.

— В таком случае, — сказал Бемиш, — каждая пьянка, драка и мерзость, которая произойдет на космодроме, будет происходить отныне по вашей вине. Потому что, работая на стройке, вы могли бы эту мерзость предотвратить. Почему вы отказываетесь от возможности сделать людям добро? Не можете?

Тогда чего вы морочите людям головы, называете себя человеком силы? Не хотите? Тогда чего вы называете себя праведником?

Серая толпа, похожая на огромную тысяченожку с горящими глазами факелов, заворочалась и зашевелилась, и к Бемишу, стоящему на помосте, долетели голоса:

— А ведь если бы Ашиник стал начальником, то и в самом деле все пошло бы по-другому.

Ашиник молчал. Бемиш ждал: что же это за человек и что в нем сильнее: жажда навредить людям со звезд или помочь крестьянам?

— Вы же знаете мои убеждения, господин Бемиш, — проговорил Ашиник, — думаете, я откажусь от них ради окошечка, из которого у вас выдают жалованье?

— Я, — сказал Бемиш, — верю в свободу совести. А свобода совести — это не тогда, когда позволяешь сотрудникам верить в то, что тебе нравится, а тогда, когда позволяешь сотрудникам верить во все, что им угодно. Считаете меня бесом — считайте. А если боитесь, что близкое знакомство со мной поколеблет ваши убеждения, — выходит, им грош цена?

— Хорошо, — сказал Ашиник, — я принимаю ваше предложение.

— Вы с ума сошли, Бемиш, — тоскливо промолвил Джайлс.

Киссур с досадой взвесил в руке ствол и швырнул его в колодец черной Адере.

— Дурак ты, Теренс, — сказал он, — и все вы, иномирцы, дураки. Получается, что от вашего оружия и в самом деле проку меньше, чем от надувательства.

✕✕✕

На следующий день старый бандит был увезен в столицу на грузовике. По пути грузовик был остановлен толпой крестьян-сектантов, бандита вывели наружу и поволокли в деревню, но так уж сложилось, что по пути его разорвали на кусочки.

Не извещая совершенно об операции местных полицейских, Бемиш вызвал из столицы отряд из людей в масках, но с хорошо различимым варварским акцентом — в основном это были бывшие воины Киссура, — и они прочесали бараки для наемных рабочих, беспощадно выуживая всех, кто выглядел подозрительно. Таких набралось около пятидесяти человек, — их избили до беспамятства, погрузили в сетку и прицепили сетку к грузовому флайеру. Флайер сделал три победных круга над космодромом и улетел в столицу.

Затем Бемиш запустил в бараки Ашиника и его сектантов. Он дал Ашинику полную власть — и не ошибся. Молодой фанатик был отличным организатором, и, видимо, его шпионская служба досконально знала, кто из рабочих в бараках — перспективный сектант, затюканный бандитами и ворами, кто — крепкий работник в стороне от этих дрязг, кто в прошлом году грабил банк в Иниссе, а кто попрошайничал в Харайне. Ашиник просто приносил Бемишу списки подлежащих увольнению, и Бемиш их подмахивал, не требуя объяснений, которых все равно бы не получил.

В тот же день Бемишу позвонил Шаваш и потребовал в категорической форме ареста сектантов. Бемиш отказался, сославшись на необходимость покончить с бандитами. Тогда Шаваш сказал, что он дает Бемишу две недели на то, чтобы покончить с бандитами, а потом Бемиш должен, в свою очередь, арестовать сектантов за превышение власти, самосуд и садистское отношение к подчиненным. Собственно, Шаваш даже не предложил этого плана действий, а как бы сделал вид, что это — план Бемиша с самого начала. Уничтожить одну заразу с помощью другой и потом списать на вторую всю мерзость, случившуюся при уничтожении первой заразы.

В течение недели на стройке воцарились порядок и чистота. Бемиш не заблуждался насчет методов, какими эта чистота достигалась: он видел, как по приказу Ашиника двое уборщиков пороли третьего за невымытую после смены тряпку: пороли с оттяжкой, с криком, солеными розгами.

Две недели Бемиш безмолвно подписывал просьбы Ашиника, включая просьбу о приобретении за счет компании трехсот метров белого шелка и трех белых гусей, несмотря на то что Бемиш был вполне осведомлен, что белый шелк пойдет на пояса, которые сектанты исписывали заклинаниями и носили на теле, а белые гуси пойдут на гадание о судьбах бесов.

В начале третьей недели Бемиш поймал своего нового заместителя на том, что тот сидел и читал руководство по устройству и ремонту аппарата лазерной сварки, чего не стоило делать сектанту, полагающему, что лазерная сварка суть наваждение и морок.

✕✕✕

Через день на Вею прилетала высокопоставленная делегация финансового совета Федерации. Делегация должна была изучить состояние вейской экономики и собрать сведения о предоставленном Федерации целевом кредите Галактического Банка. С точки зрения Бемиша, такой сбор данных был излишней роскошью, потому что он еще не видел ни одного целевого кредита, использованного иначе чем на постройку загородных усадеб для ведавших его распределением чиновников. Кредиты были огромные, и усадьбы получались роскошные. А так как кредиты давались все равно под гарантию государства, чиновникам Федерации было трижды плевать, на что они пойдут.

Делегация села на Ассалахском космодроме и выразила желание осмотреть построенные сооружения, а также вторую очередь стройки, отделенную уже от действующего космодрома плетеной железной сеткой.

Делегация пришла в восторг от порядка на стройке. Прощаясь с Бемишем, глава делегации, заместитель председателя Галактического Банка содействия развитию, сказал, что у него блестящий профсоюзный лидер.

— Это просто поразительно! Теренс, где вы нашли такое сокровище? Вы видели, как его слушают рабочие? Они смотрят ему в рот, словно он пророк какой, а ему нет и двадцати пяти!

Зампред сказал, что этакому парню надо срочно дать стипендию и отправить в Хевишем или Гарвард, и обещал дать на этот случай рекомендацию.

По отъезде делегации Ашиник спросил Бемиша, почему вместе с иномирцами не приехал Шаваш, который, собственно, и нес главную ответственность за распределение вышеупомянутых кредитов. Бемиш ответил, что Шаваш был занят. На самом деле Шаваш позвонил за час до вылета и сказал, что он приедет только в одном случае: если увезет с собой в мешке голову Ашиника. Шаваш так и выразился: «голову».

— Вы знаете, — спросил Шаваш, — что это «знающие путь» устроили на меня последнее покушение?

— Откуда мне знать, — огрызнулся Бемиш, — если вы повесили за него совсем других людей?

✕✕✕

На следующий день Бемиш увидел, что акции компании «Окури» довольно резво идут вверх и что это происходит оттого, что «Окури» якобы получила от императора право на разработку недавно обнаруженных в Чахарских горах медных залежей. Бемиш позвонил Шавашу, чтобы узнать, правда ли «Окури» отхватила этот кусок, или кто-то просто распускает слухи, чтобы сорвать бабки, и есть ли в Чахарских горах медь вообще.

— Меняю сведения об «Окури» на яйца Ашиника, — сказал Шаваш.

— Нет, — сказал Бемиш.

— Что с вами, Теренс, неужели вы в него влюбились? Никогда не замечал в вас склонности к мальчикам.

Бемиш задохнулся.

— Я шучу. Вы ведь любите совсем другую — женщину, — многозначительно и тяжело сказал министр финансов. И отключил связь.

Этим вечером, когда Ашиник ужинал в общей столовке, к нему подсел Бемиш. После чая Бемиш спросил:

— Почему ваши единоверцы так не любят Шаваша?

Ашиник помолчал.

— Шаваш — взяточник и негодяй.

— Ашиник, сынок, все вейские чиновники взяточники и негодяи. Однако Шаваша вы не любите куда больше, чем, скажем, Ахаггара или Ханаду, — а ведь вреда они причиняют не меньше.

— Ханада не пытался уничтожить нас.

— Вот как? А Шаваш пытался?

— Да. Он наводнил наши Кольца шпионами и раскольниками. Он подкупил тех, кто нетверд в истине, и они стали проповедовать всякую чушь, и многие дали совратить себя.

— Какую именно?

— Он подкупил Дахака, и Дахак стал говорить, что бесов нельзя исключить из числа сынов Божиих и что бесы не будут осуждены навеки. А еще он подкупил Амарну, и Амарна стал учить... — Ашиник вдруг остановился. — Наше учение вас не касается, — докончил он.

Бемиш не смог сдержать улыбки.

— Ты уверен, что каждый верующий, который верит не так, как ты, обязательно подкуплен или совращен?

— Эти люди были подкуплены Шавашем, — отрезал синеглазый проповедник.

Бемиш помолчал. Вообще-то слова Ашиника походили на правду. Ведь и сам Шаваш когда-то сказал Теренсу, что главное, что убивает еретиков, — это раздоры внутри секты. И вообще, это было очень похоже на Шаваша. Да, этот чиновник крал, воровал, и недаром про него ходила шутка, что изо всех богов Шаваш больше всех завидует десятирукому Хагге: представляете, сколько добра можно наворовать десятью руками? Но притом только Шаваш, среди всех окружавших его взяточников, мог быть всерьез озабочен будущей опасностью, которую представляли «знающие путь».

Да. Очень похоже, что Шаваш пытался справиться с сектой способом, который не вызвал бы международного скандала.

Одно дело — публично повесить сектантов, обозлив тем самым все комиссии по правам человека, другое — заставить их передушить друг друга.

✕✕✕

В конце третьей недели Бемиш застал Ашиника на краю строящегося сектора. В руках парень держал пистолет Бемиша, видимо добытый им из ящика в кабинете, и, вынув зарядную камеру, задумчиво разглядывал «бублик». В десяти метрах от Ашиника возвышалась здоровенная базальтовая глыба, которую оставили на краю поля по причине ее неподъемности. Теперь глыбу мог утащить обыкновенный «Атари» в два приема: она была рассечена посередине, края рваной раны вскипали черной базальтовой пеной.

Огонек на верхушке «бублика» мигал красным — заряд был израсходован дотла. При виде Бемиша щуплый паренек бросил оружие на траву и спросил:

— И почему вы не позволили Киссуру стрелять в меня?

Бемиш покачался с носка на каблук.

— Я уже говорил. Я не могу позволить, чтобы на моих глазах совершалось преднамеренное убийство, даже с согласия жертвы.

— А я думал, эта штука не может убить меня. Я тогда подумал, что вы помешали Киссуру доказать мою правоту.

Бемиш молча смотрел на юношу. Интересно, сколько же времени ему потребовалось, чтобы четвертовать глыбу? «Бублик» «стара» был рассчитан на сорок восемь минут стрельбы в автоматическом режиме.

— Это очень тяжело, — сказал Ашиник, — когда ты видел, что это — черное, а оно оказалось белым.

— Ты действительно имел видения, Ашиник?

— Я и сейчас их вижу.

— О чем? О том, что иномирцы — бесы?

— Да, — отозвался Ашиник, — а скажите, может человек родиться из золотого яйца?

— Почитай учебник по биологии, — сухо посоветовал Бемиш.

✕✕✕

На следующий день Ашиник распоряжался вырубкой леса под новый квадрат, и на глазах рабочих потерял сознание. Через десять минут он пришел в себя и продолжал распоряжаться, хотя Бемиш сказал ему по рации, чтобы тот шел и отдыхал.

Два дня Ашиник чувствовал себя нормально, а на третий день вновь потерял сознание. Тогда он сказал рабочим, что превратит их в тараканов, если они скажут Бемишу о припадках, и Бемиш ничего не знал до той поры, пока, через две недели, Ашиник не потерял сознание на утреннем рабочем совещании.

Он опять скоро очнулся, но Бемиш запретил ему даже рот раскрывать и поволок во врачебный кабинет к Айзеку Малиновскому, заведовавшему на стройке гриппами, несчастными случаями и лихорадками, а также регулярно стращавшего Бемиша эпидемией холеры.

Малиновский измерил юноше давление, уложил на койку, опутал проводами и проверил на томографе. Ашиник не очень сопротивлялся. Казалось, ему было все равно.

— На что-нибудь жалуетесь? — наконец спросил Малиновский, накрыв юношу простыней и сев рядом.

— Нет. Я в порядке?

— У вас сильное нервное истощение. Что с вами происходит перед тем, как вы теряете сознание?

— Я вижу разные картинки. Я вот сидел, например, сегодня на совещании, а потом у всех вокруг начали расти рога и морды, а стена завязалась вокруг меня и стала душить.

Ашиник помолчал.

— Скажите, доктор, я сумасшедший?

— Почему вы это спрашиваете?

— Из-за видений. Я посмотрел ссылки и сноски. Там было

234

написано, что, если человек видит то, чего не видят другие, это значит, что с мозгами чего-то не в порядке.

— Если бы ко мне пришел мой соотечественник и рассказал то, о чем рассказали вы, я бы, безусловно, порекомендовал ему обратиться к психиатру. Но есть такая вещь, как особенности культуры. То, что является ненормальным для одной культуры, может быть нормой для другой. На Земле тоже были эпохи, в которых видения видели самые здравомыслящие люди.

— В империи такие состояния не считаются нормой. Вы плохо понимаете нас, доктор.

— О нет, я согласен, что ваши чиновники — люди рациональные. Но та специфическая субкультура, к которой принадлежите вы, — другое дело. Для «знающих путь» транс — норма, а способность впадать в транс — это один из способов доказать первенство. Вы чрезвычайно нервный и очень возбудимый человек, Ашиник, но вы абсолютно в своем уме. И я думаю, что ваши видения скоро исчезнут, потому что здесь, на службе компании, вы нашли другой способ быть первым.

Малиновский насадил на шприц пластиковую ампулу с лекарством и сказал:

— А сейчас вам надо хорошо и долго поспать.

※※※

Когда Ашиник проснулся, был уже день. Огненные рожи, вившиеся в мозгу вчера, исчезли. Он лежал в широкой постели в комнате с резными стенами розового дерева и распахнутым окном. На окне сидела, изучая его похожими на капли ртути глазками, сизая птичка-дедовик, и далеко-далеко, за синими перышками дедовика и зеленью кустов, вздымалась в небо двухсотметровая стальная игла фоновой мачты Ассалахского космодрома.

Ашиник сообразил, что его, наверное, отвезли в усадьбу Теренса Бемиша. Он пока еще не бывал в усадьбе, потому что на космодроме было много работы и потому что Бемиш сам либо ночевал на космодроме, либо улетал по делам в столицу.

Ашиник повернул голову и увидел, что рядом с ним сидит девушка. Девушка была одета в бархатную кофту и длинную, затканную цветами и травами юбку-колокольчик. Дымчатый шелковый пояс, связанный пятилепестковым узлом, трепетал за ее спиной, как крылья бабочки. У нее были золотистые кудри и серые с золотом глаза, выдававшие в ней коренную уроженку империи.

Девушка несмело улыбнулась Ашинику, и Ашиник вдруг улыбнулся в ответ. Что-то прошмыгнуло между ними — Ашинику на мгновение представился пушистый зверек, проскочивший из улыбки в улыбку.

— Господин Бемиш велел вам лежать и не вставать.

— Ты наложница Бемиша? — спросил Ашиник. Голос его вдруг обрел холодную уверенность, с которой он проповедовал сотням людей.

— Да.

— Я слышал о тебе. Ты — Инис. За сколько он тебя купил? Инис вздрогнула.

— Он дал за меня столько, сколько просили, — ответила она.

— Он тебя любит?

— Господин Бемиш очень хорошо ко мне относится, — сказала Инис.

— Почему я не видел тебя на стройке?

Инис виновато улыбнулась.

— Господин Бемиш сам хотел, чтобы я была на стройке, — сказала Инис. — Он поощрял меня, когда я стала разбираться в программах и отвечать на его звонки. А потом началось все это безобразие... Однажды вечером я была в его кабинете, когда туда постучались трое рабочих. Они пришли пожаловаться на старшину, но, увидев, что я сижу одна, набросились на меня и... в общем, я успела позвать на помощь. После этого господин Бемиш очень долго ругался и больше не позволял мне отлучаться из усадьбы.

Инис выпрямилась и с гордостью добавила:

— Но я здесь очень много делаю. Я проверяю все сметы, и в прошлом месяце я сберегла господину Бемишу двести тысяч, когда я заметила, что один местный чиновник все время проводит через компанию фальшивые счета.

Вздохнула и прибавила:

— Правда, этому чиновнику все равно пришлось дать пятьдесят тысяч взяткой.

— И как ты это делаешь? — спросил Ашиник.

Он был очень мало знаком с компьютерами и, по правде говоря, боялся этих страшных подсказчиков, которых иномирцы вечно носили с собой, как платки или табакерки, и при каждом третьем слове вынимали из кармана и разворачивали. При взгляде на них ему все время вспоминалась одна из самых распространенных легенд секты — о том, что бесы вынимают свои души и кладут их в эти кремнийорганические платки или железные коробочки, и душа бесов тоскует и мигает с дисплеев цветными огнями.

Инис стала что-то говорить, но Ашиник пропустил ответ мимо ушей. «А бес не очень-то ревнив, если оставляет свою наложницу наедине с молодым человеком», — думал он.

✕✕✕

Ашиник возвратился на стройку через три дня, и Бемиш был очень рад, потому что без него управляться стало трудно. Бемишу еще несколько раз случалось посылать Ашиника в усадьбу за важными бумагами или с инструкциями, и всякий раз Ашиник ездил с видимым удовольствием.

А вскоре и Инис снова стала появляться на стройке, и Ашиник перестал часто ездить в усадьбу. Ашиник и Инис были куда младше Теренса Бемиша — ей семнадцать, ему двадцать три, но Бемиш все никак не замечал, как вспыхивали щеки Инис, когда в кабинет президента компании входил его молодой заместитель, и как часто Ашиник и Инис обедали вместе в служебной столовой или каком-либо из произросших как грибы портовых ресторанах.

Хотя Теренс Бемиш и произнес, при своей первой встрече с Инис, какие-то слова о свободе воли, на самом деле эта свобода воли не пошла дальше того, что Теренс иногда справлялся у нее по поводу обычаев да ее саму учил отвечать на звонки. Инис была добрая и хорошая девушка, но звезд с неба не хватала. Бемиш был вполне доволен, что утром она подает ему чистую рубашку и носки, днем — отличный кофе, а ночь проводит в его постели — в тех, разумеется, случаях, если глава Ассалахской компании не веселился в столичном борделе или на приеме у высокопоставленного чиновника, который обычно кончался все в том же борделе.

Бемиш относился к ней бережно, как к дорогой домашней мебели, но он знал, что из Инис ничего лучше домоправительницы сделать нельзя — милая, хорошая девушка, с теплым сердцем и не очень-то, признаться, умной головкой. А всякий неумный человек автоматически зачислялся Теренсом Бемишем куда-то в самый низ рейтингового листа.

✕✕✕

На следующей неделе на стройку прилетел Тревис. Встреча была запланирована довольно давно и никакого отношения к скандалу с сектантами не имела, но, видимо, еще дома Тревис чего-то услышал. Его первый вопрос по приземлении был:

— Теренс, что тут у вас происходит? Говорят, вы сделали своим заместителем какого-то сектанта?

— Знакомьтесь, Ашиник, — сказал Бемиш.

Ашиник поклонился. Тревис разглядывал юношу в упор.

— Так ты, значит, считаешь меня бесом? — справился Тревис.

— Я с вами незнаком, — серьезно ответил Ашиник, — но то, что я слышал о вас, заставляет меня думать, что многие бы охотно назвали вас бесом, да и вы бы не обиделись от такого названия.

Тревис расхохотался.

— Ладно, если ты и еретик, то хоть не сумасшедший, — сказал он.

✕✕✕

Восемнадцатого числа Бемиш разговаривал с государем Варназдом. Это случилось так.

У Бемиша набралось изрядное количество бумаг, требовавших подписи Шаваша, и он лично явился в столицу с бумагами и с подарками. Ему сказали, что Шаваш во дворце и будет там до утра. Бемиш отправился во дворец. Его пустили беспрепятственно.

Бесчисленные павильоны и внутренние дворики, дышавшие свежестью сады были так неожиданно красивы, что Бемиш, уставший от лязга бетонных плит и от всей грязи своей огромной стройки, забывшись, пошел бездумно бродить меж танцующих богов и пронзительно пищащих павлинов. Вдруг кто-то окликнул его из резной беседки:

— Господин Бемиш!

Бемиш оглянулся и подошел, пытаясь вспомнить, на каком из бесчисленных приемов видел он этого довольно молодого чиновника, с растерянным и милым лицом и бровями, загнутыми вверх наподобие лепестков орхидеи.

— Не узнаете? — спросил, улыбаясь, чиновник.

— Помилуйте, государь, — спохватился Бемиш, становясь на одно колено, — как можно не узнать!

Государь указал Бемишу на плетеное креслице в глубине беседки, Бемиш сел в креслице и запихал за спину папку с бумагами.

— Я хотел вас спросить, — продолжал государь, — что такое «unfathomable»?

— Что? — изумился Бемиш.

Государь подобрал лежавший перед ним томик и прочел, слегка растягивая гласные:

> Unfathomable sea! Whose waves are years,
> Ocean of time, whose waters of deep woe
> Are brakish with the salt of human tears[1].

Бемиш опустил глаза на обложку: это был Перси Биши Шелли.

---

[1] Бездонное море, чьи волны — годы,
Океан времени, в котором воды скорби
Солоноваты от человеческих слез.

— А, — сказал Бемиш, — unfathomable — значит бездонный. Это поэтическое слово. Не думаю, чтоб оно кому-то понадобилось сейчас.

— Да, — кивнул государь, — у вас пропало много поэтических слов. И появилось много аббревиатур.

Бемиш кивнул.

— Жалко, — сказал государь, — что ваши старые книги у нас не переводят. Справочники и пособия переводят, а Шелли — нет.

— Вам нравится Шелли? — с опаской спросил Бемиш, чтобы поддержать разговор, хотя единственный Шелли, которого он читал, был некто А.Д. Шелли, один из соавторов книги «Монтаж радиолокационных маяков на геостационарных орбитах с целью коррекции курса космических лайнеров в околопланетном пространстве».

— Да, — сказал государь, — когда я его читаю, я понимаю, что иномирцы очень похожи на нас. Или были похожи. Знаете, это представление о времени, которое приносит гибель лучшим и гордым, возвращается вспять...

Государь замолчал.

— Вы кого-то искали? — вдруг сказал он, кивая на папку, кончик которой виднелся из-за ручки кресла.

— Да, Шаваша. Мне нужна его подпись.

— Может быть, что-то могу подписать я? Я уверен, что у вас тут нет ничего... предосудительного.

Император смущенно улыбнулся, произнося эти слова, а Бемиш испытал неприятное чувство. Ничего предосудительного? Что он имеет в виду? Что Бемиш не мошенничает? Или что вся грязь проходит мимо бумаг?

— Так хотите, я что-нибудь подпишу?

Бемиш колебался. С одной стороны, два документа действительно требовали подписи государя, — жди потом эту подпись три недели. С другой стороны, а что, если Шаваш будет недоволен? Решит, что Бемиш прокрался в сад, разыскал за спиной Шаваша государя, наговорил ему бог знает что, лишил Шаваша полагающихся для такой подписи знаков внимания и вообще вел себя неприлично.

Бемиш поднял глаза. Император вдруг скорбно улыбнулся и промолвил:

— Простите. Я знаю, что моя подпись немного значит, но я все время забываю, что она может и повредить.

«Господи, — изумился Бемиш, — он все понимает! Но почему же...»

— Я хотел бы сделать вам что-нибудь приятное, — сказал государь.

— Вы... Я видел несколько ваших картин. Можно посмотреть другие?

Государь улыбнулся.

— Пойдемте.

Через пять минут они прошли через государеву спальню в светлую восьмиугольную комнату. Стражники таращили глаза: если здесь, в огражденных покоях, и бывали когда-то иномирцы — Ванвейлен или Нан, — то, во всяком случае, это было достаточно давно.

Бемиш не обманулся: рисунки государя Варназда были на диво хороши. Может, он не был гениальным художником, скорее всего, даже подражал кому-то из старых мастеров, — все рисунки, до единого, были выполнены в традиционной манере, легкой, чуть выцветшей от рождения акварелью, и во всех них было что-то грустное и беззащитное, до удивления гармонировавшее с лицом самого государя Страны Великого Света. «Я бы не взял его на работу даже аналитиком», — мелькнуло в голове Бемиша.

Бемиш надолго остановился перед одним из рисунков. Это был вид из окна — вероятно, дворцового, судя по завитому уголку рамы, на зимний сад. Огромные пласты мокрого снега пригибали к земле сухие кисти цветов, посередине большой черной прогалины четверо садовников-простолюдинов, нахохлившись, как воробьи, от холода, разжигали костер. Позади костра сиротливо торчало копье. Было видно, что рисовавшему жалко этих людей, но он считает, что ничего не может сделать. Зима. Из года в год. Unfathomable sea, whose waves are years...

— Ну, — сказал государь Варназд, — какой вам больше всего по душе?

Бемиш показал на рисунок с садовниками вокруг костра.

— А еще?

Бемиш выбрал еще.

— У вас отменный вкус, — сказал государь. — Это лучшие.

— Вы давно их написали?

— Да, восемь лет назад, я тогда был в плену у Ханалая. Это мои стражники. Видите — копье?

Бемиш побледнел. Да, ведь восемь лет назад государь Варназд был в плену у мятежников, и не просто в плену: Ханалай только что не морил его голодом, вытирал на пирах пальцы о волосы, ждал только полной победы, чтобы казнить недостойного императора...

— Наверное, — сказал Варназд, — чтобы хорошо рисовать, надо плохо себя чувствовать. У меня был тогда повод жалеть себя.

— Мне не кажется, — осмелился Бемиш, — что вы тут жалеете себя. Вы жалеете этих крестьян, которые вас сторожат.

Они вышли из восьмиугольной комнаты на террасу. У балюстрады стояло легкое кресло с золотой головкой и распростертыми крыльями по краям, — казалось, что кресло летит, и несколько скамеечек для ног. Государь сел в кресло и указал Бемишу на скамеечку. Они сели, государь помолчал и спросил:

— В ваших новостях говорят, что я должен созвать парламент и передать право выборов главы правительства народу: только так-де можно справиться с произволом и коррупцией. А мои чиновники уверяют, что народ мой беден, растерян и озлоблен, что в стране множество тайных сект. Если позволить голосовать только богатым — вспыхнет бунт, если же позволить голосовать всем, то одна половина парламента будет состоять из сумасшедших сектантов, а другая — из чиновников, подкупленных бандитами. И еще говорят, что только в спокойные времена может управлять собрание, в неспокойные же времена должен править один человек. Ведь в природе собраний думать долго, а в неспокойные времена надо решать быстро, и любое долгое решение в неспокойные времена — неправильно. Что полагаете вы?

Бемишу было неудобно сидеть на своей золоченой жердочке — что он, попугай? Он встал и сказал:

— Я полагаю, что всегда найдется тысяча доводов, почему демократия — плохая вещь. И я думаю, что все эти доводы — нечистоплотны. Я не верю, что народ так глуп, как это пытаются изобразить бессовестные политики, и, простите, государь, я уверен, что миллион глупых простолюдинов обмануть труднее, чем одного умного императора.

Варназд помолчал. У него были удивительные глаза: сначала они показались Бемишу зеленоватыми, потом серыми, потом голубовато-серыми, и только сейчас Теренс понял, что цвет их все время плавает, и лишь одиночество в них неизменно.

— Когда я был в плену у Ханалая, я много об этом думал. Я думал, что это мои собственные ошибки привели к гражданской войне и что самое скверное было в том, что я не очень-то был виноват в этих ошибках. Просто, если все зависит только от одного человека, чиновники вокруг хотят решить все свои проблемы, обманывая этого человека, и, конечно, им это удается. И я решил, что один человек не должен править страной, потому что вообще не бывает государей, которые не ошибаются, а бывают только государи, которые думают, что не ошибаются.

Бемиш усмехнулся.

— Извините, государь, но не очень-то заметно, что вы так решили.

— Меня отговорили, — сказал Варназд, — отговорили иномирцы, Нан и Ванвейлен. Принялись доказывать, что выборы приведут к анархии; что народ сочтет их позором и уступкой людям со звезд, которые диктуют свои условия освобожденному императору; что даже мятежник Ханалай понимал, что мироздание Империи Ведикого Света держится на почитании Бога-Государя, а выборное собрание будут не почитать, а презирать. Может, это и так, но на самом деле все упиралось в то, что Нан и Ванвейлен понимали, что им легче будет править от моего имени, чем от имени выборного собрания. Да, они отговорили меня.

— Не думаю, — сказал Бемиш. — Вы позволили себя уговорить. Вы отнекивались от власти, пока ее у вас не было, а когда ее вам вернули, вам не очень-то захотелось от нее отказываться.

Бемиш ожидал гнева или равнодушного «нет», но государь вдруг опустил голову, и на глазах его показались слезы.

— Странное дело, — сказал Варназд, — я ведь сам себе много раз говорил то же, что и вы. А вот вы сейчас мне сказали эти слова — и я готов вас за них возненавидеть.

И всплеснул руками:

— Где же она, моя власть? Вы даже побоялись подписать у меня бумаги, те, которые завтра принесет мне на подпись Шаваш! Испугались, что Шаваш заподозрит в этом интригу, что подписанным мной бумагам не дадут ходу! А ведь вы с Шавашем друзья!

— Государь, — сказал Бемиш, — если вы все понимаете, почему вы так себя ведете? Почему не назначите дату выборов?

— Знаете, — спросил Варназд, — кто после выборов станет первым министром империи?

Бемиш пожал плечами.

— Шаваш! Я не верю, что мой народ изберет сектанта или глупца! Он изберет умного человека. Шаваш подкупит всех и понравится всем, он даже к сектантам найдет дорожку через своих шпионов, — но, пока я жив, господин Бемиш, я не потерплю, чтобы Шаваш правил моим народом. У нас нет такого бога, каков ваш Сатана, но, поверьте мне, если бы он был, — Шаваш был бы сыном Сатаны.

Прощаясь, государь Варназд внезапно повел своего гостя в один из павильонов, где висели картины прошлых веков. Картины покрывали стену плотным пестрым ковром, подобно иконостасу, и перед прекраснейшими из них были устроены маленькие мраморные алтари с курильницей и золотым тазиком, в котором плавали свежие сосновые ветки.

Бемиш сразу увидел «девушку и дракона», — перед ней тоже стоял алтарь, и Бемиш еще с беспокойством подумал: не причиняет ли дым воскурений вреда живописи — или, наоборот, оберегает ее?

— Я хочу подарить вам ее, — сказал император.

Бемиш поклонился.

— Ваша Вечность, я не могу принять такой подарок.

— Но я так хочу!

— Из-за этой картины был убит человек. Она будет мне постоянно об этом напоминать.

— Кто?

— Мой управляющий Адини. Человек, который по приказу Шаваша подменил копию оригиналом.

Бемиш поколебался, раздумывая, не будет ли истолковано то, что он скажет, как наглость, и докончил:

— Я бы предпочел «садовников вокруг костра».

«Садовников» государь Бемишу, конечно, не подарил. Однако спустя два дня, на малом дворцовом приеме, вручил иномирцу акварель, изображавшую бешеную пляску русалок, щекотунчиков и людей вокруг вздымающегося к небу костра. Краски были болезненно ярки, зрачки людей сужены от ослепительного света, и сам костер сплетался из хоровода призрачных змеевидных демонов. Кто-то из гостей с улыбкой шепнул, что примерно так в пятом веке представляли тайные церемонии в честь бога богатства.

Теренсу Бемишу накинули на плечи плащ, в котором полагалось принимать подобные подарки, и он стал на колени и поцеловал руку императора и золотую кисть, прикрепленную к правому углу свитка.

Сам факт того, что император подарил собственную картину человеку со звезд, вызвал немалые пересуды — Теренс Бемиш был первым таким человеком, о котором знали, что он родился на небе. Зашептались, что скоро чужеземцу предложат пост наместника Чахара или даже вице-премьера, но люди знающие качали головами и говорили, что никто не станет менять указ, запрещающий людям со звезд занимать должности в империи, — этот указ был специально устроен в свое время, чтобы выгнать из страны Нана.

✕✕✕

Этот день, когда Бемиш говорил с государем Варназдом, его первый заместитель Ашиник провел на новом квадрате А-33. Участок был едва-едва обжит — посреди его уже вилась продавленная тракторами дорога, но стоило отойти от нее на десять метров, как из травы начинали вспархивать птицы и ящерки подставляли солнцу зеленые спинки на пестрых камнях. Когда наступило обеденное время, рабочие сели в тележку, привязанную к трактору, и укатили в столовую. Ашинику хотелось побыть одному. Он выбрал себе освещенный солнцем взгорок, сел на траву и развернул тряпочку, в которую был завернут его обед: две лепешки с овечьим сыром и маслом.

Кто-то опустился рядом на траву. Ашиник оглянулся. Рядом с ним сидел человек в грубом соломенном плаще и желтом поясе ремонтника — однако это был не ремонтник, а человек по имени Ядан. Ядан был тот самый учитель, который просветил Ашиника и который ввел его в третье Кольцо. Ядан не был главою учения, выше был еще один человек, которого запрещено было называть по имени и которого все называли Белый Старец. Белый Старец — это было не имя, а должность. Если бы нынешний Белый Старец умер, Ядан стал бы Белым Старцем. Ядан был самым непримиримым противником иномирцев во всей секте и стоял в ее иерархии вторым, и его убеждения были такими же крепкими, как его руки, — стальные руки пятидесятилетнего профессионального акробата, сорок пять лет развлекавшего народ фокусами, трюками и проповедями; и такими же глубокими, как рубцы от плетей у него на спине, — Ядан дважды бежал с каторги еще до гражданской войны.

— Добрый день, Ашиник, — сказал Ядан.

— Добрый день, учитель. Почему вы не сказали, что хотите видеть меня? Вам опасно появляться здесь. Вдруг вас опознают.

Лицо Ядана, морщинистое, как грецкий орех, осталось совершенно неподвижным. Приметы его были во всех сводках, но еще не было случая, чтобы Ядана поймали: стражники утверждали, что при встрече он отводил им глаза или оборачивался белым барашком.

— Почему же опасно? Мне казалось, это самое безопасное для меня место во всей империи. Разве все, кто работает сейчас на стройке, не преданы нам?

— Что взять с простых крестьян, учитель? Бесам легко сманить человека высокой зарплатой и толстой лепешкой, а этот дьявол Джайлс понатыкал везде стальных глаз и следит за мной постоянно. А ведь видеокамере нельзя отвести глаза, как глупому стражнику.

Ашиник произносил слова механически, сжимая в руке развернутую тряпочку с лепешкой и сыром. Он чувствовал, как страх липкими пальцами копошится в сердце. Что потребует от него Ядан? Тон учителя не предвещал ничего хорошего. Сейчас его накажут... Хотя за что? Что он, Ашиник, нарушил? Все обряды и ритуалы соблюдались им тщательно. Не было вечера, чтобы Ашиник не созвал рабочих на краткое моленье, не было утра, чтобы он встал с постели, не обрызнувши левое плечо водой... И все же сердце Ашиника трепетало...

— А ты боишься, — неожиданно сказал Ядан. — Чего ты дрожишь, Ашиник?

Ашиник молчал.

— Впрочем, извини, мальчик, что я спрашиваю такую глупость, — промолвил Ядан. — Трудно жить среди бесов и не бояться, не правда ли?

— Да, конечно.

Они немного помолчали. Ядан пристально разглядывал раскорчеванную делянку и замерший у огромной ямы, перепачканный глиной экскаватор, и морщины на его лице были такие же глубокие, как колеи от траков.

— Я проголодался, — вдруг промолвил Ядан.

Ашиник поспешно разломил лепешку напополам.

— Вай, мой мальчик! — тихо сказал сектант. — Ты уже ешь бесовскую пищу?

Ашиник в ужасе поглядел на лепешку.

Снедь была прихвачена им по дороге у стойки, где деревенская баба торговала дешевой едой. Лепешка была, по правде говоря, самая простая, такая, какую тысячи лет в этих местах пекли женщины, и сыр был домашний, острый овечий сыр, скатанный в белые твердые комочки. Но прослойка между сыром и луком была обильно полита красным острым соусом, и вот этот-то соус — тут Ядан был бесспорно прав — происходил не из здешних мест, а из импортной бесовской банки. Ашиник похолодел. Еще месяц назад он, Ашиник, сам бы заметил, что пища бесовская, — а тут купил лепешку и бездумно завернул ее в тряпочку. О боги, что же с ним, с Ашиником, такое делается, что он не замечает уже таких простых вещей? Или, в конце концов, разве так важно, из какой банки этот соус?

Ашиник густо покраснел и, размахнувшись, зашвырнул лепешку в котлован с водой.

— И часто ты ешь ихнюю пищу?

Ашиник виновато молчал. Памятуя о чистоте тела и заветах учителя, он большею частью старался не трогать блюд иномирцев, но разве это было легко? Первый раз ему пришлось есть их еду как раз во время той давней банковской делегации. Ашиника вместе с другими посадили тогда за банкетный стол, и, хотя Ашиник вполне перетерпел бы голод, он не вынес понимающего и спокойного взгляда Теренса Бемиша, которым тот мимолетно скользнул по пустой тарелке Ашиника.

Ну а потом — то совещание, после которого тащат шипучую воду и бисквиты в фольге, то работа до поздней ночи и гамбургер, — трудно жить с бесами и не есть их пищи. Да что пищи — стыдно подумать, вот и костюм у Ашиника в шкафу висит — из той самой бесовской ткани, которой он так стращал единоверцев.

— И часто ты ешь ихнюю пищу? — повторил вопрос Ядан.

— Приходится, — пробормотал Ашиник.

— Да, стало быть, вот какое дело, — усмехнулся Ядан, — боги застили бесам разум, сделали их своим орудием — думали ли мы, что бесы отдадут нам свою главную стройку...

И вдруг встал — гибким движением акробата, с пяти лет бегавшего на ходулях над толпой, а с семи — ходившего на головокружительной высоте по натянутой над головами проволоке.

— Хватит тебе есть бесовскую лепешку, пора поесть пищи духовной. Будь в Иниссе шестого числа, а где — сам знаешь.

Повернулся — и исчез.

Ашиник некоторое время сидел неподвижно. Ему казалось, что все будет гораздо хуже. Ядан мог приказать ему убить Бемиша. Или взорвать у пассажирского терминала бомбу. Что бы тогда делал Ашиник? Он не имел права отказаться...

Вместо этого его всего лишь позвали в Ниссу, на собрание всех кругов. Что это значит? Что его поступок одобряют? Или, напротив, его будут судить, и шестое число станет последним днем его жизни? Или ему велят искупить свою вину убийством того человека, который совратил его с пути истинного, — Теренса Бемиша?

Ашиник резко встал. Он вдруг почувствовал, что тело его стало липким от пота, и еще ощутил жуткий голод. В конце концов, он не ел с самого утра. Он бы с удовольствием подобрал лепешку, если бы выкинул ее на землю. Ашиник был деревенский и неизбалованный мальчишка, и в конце войны, во время голода, ему не то что извалянные в грязи лепешки приходилось есть, а и живых гусениц. Но он выбросил лепешку в котлован, не плыть же за ней!

Ашиник медленно побрел на запад, туда, где за отодранными досками забора начинались ангары и технические службы космодрома.

Через пятнадцать минут по подземному переходу он прошел в основное здание. На табло мелькали слова на десяти языках, в воздухе мушиной толпой висела чужая речь, и тысячи людей сновали туда и сюда.

Ашиник повертел было головой в поисках ближайшей вейской торговли, а потом резко повернулся и подошел к огромной сверкающей стойке какого-то бистро, уставленной гамбургерами всех сортов и бутылочками с крашеной водой.

✕✕✕

Через полчаса Ашиник столкнулся на двенадцатом этаже нос к носу с начальником службы безопасности космодрома Джайлсом. Джайлса Ашиник не любил. Он знал, что тот — близкий друг Шаваша, и, в отличие от Теренса Бемиша, который никогда не расспрашивал Ашиника ни об учителях, ни о причинах того или иного распоряжения, Джайлс постоянно любопытствовал об обычаях и собраниях и не раз самодовольно принимался объяснять Ашинику, почему по законам их земной науки никто не может родиться из золотого яйца.

— Эй, Ашиник, чего вам здесь надо? — полюбопытствовал Джайлс.

— Отчет, который я вчера отдал господину Бемишу, — ответил Ашиник, — его надо исправить.

— А, ну-ну, — загадочно сказал начальник службы безопасности. Тут наконец раскрылись двери вызванного им лифта, Джайлс вскочил внутрь и уехал.

Ашиник дернул ртом и раскрыл дверь личного кабинета Бемиша. Он сказал Джайлсу чистую правду — ему нужен был свой вчерашний отчет. Улетая в столицу, Бемиш сказал, что начеркал на нем какие-то замечания, и Ашинику надо было с учетом этих замечаний отчет переправить и представить Бемишу по возвращении.

Однако отчета нигде не было видно. Ашиник осторожно покопался в бумагах, устилавших стол Теренса. Пусто. Ашиник поколебался и, подойдя к двери в глубине кабинета, толкнул ее и вошел внутрь.

Это были личные апартаменты Теренса Бемиша. Сразу за кабинетом начиналась сорокаметровая гостиная, окна которой, из плотного звуконепроницаемого стекла, смотрели на взлетные квадраты. Из нее личный лифт Бемиша мог поднять хозяина в спальню, а гостей — еще выше, на самый верх башни, на площадку, где был разбит каменный сад с кактусами и агавами. Остальные растения на такой высоте росли плохо, то ли их донимал ветер и холод, то ли частый грохот стартующих кораблей — при них-то не было шумоизолирующего стекла.

Впрочем, чтобы пройти в спальню, Бемиш чаще пользовался не лифтом, а красивой и широкой, тут же в гостиной начинавшейся лестницей.

В гостиной отчета тоже не было. Ашиник подумал, что Бемиш ночевал вчера здесь и наверняка оставил отчет в спальне на столике. Уже не раз Бемиш оставлял там бумаги и посылал за ними Ашиника. Ашиник, поколебавшись, поднялся по лестнице.

В спальне царили полумрак и чистота, и Ашиник сразу увидел злополучный отчет — он лежал под кроватью рядом со шлепанцами Бемиша, и даже от двери было видно, что отчет немилосердно исчеркан. Потом что-то шевельнулось сбоку, у зеркала. Ашиник повернул голову и увидел Инис.

— Ты что тут делаешь? — спросила Инис.

— Отчет пришел забрать, — ответил Ашиник, нагибаясь и подбирая бумаги. — А ты?

— Разве ты не видишь? Это же новая юбка!

Действительно, Инис стояла у зеркала, изогнувшись и разглядывая себя в профиль, и на ней был не строгий костюм иномирцев, в котором она обычно появлялась на стройке, а красивая запашная юбка.

Ашиник, все еще держа отчет в руках, машинально присел на краешек кровати.

— Это господин Бемиш купил?

— Глупый! Это сюрприз! Подарок Идари!

Инис захватила края юбки кончиками пальцев и закружилась по комнате. Ашиник как завороженный глядел на ее белые ножки.

Он никогда не замечал, во что Инис одета. Он всегда в мыслях своих раздевал ее.

— Красиво? Ведь правда красиво?

— Очень, — прошептал Ашиник.

Инис засмеялась и отбежала на цыпочках к двери. Рука ее нащупала выключатель. Свет потух. Впрочем, в спальне было довольно светло от широких, во всю стену, окон. Окна были без штор, залитое в их толщу специальное вещество по команде полностью или частично переставало пропускать свет. Сейчас окна работали вполсилы, приглушая ослепительные огни взлетных квадратов, и по расположению огней Ашиник видел, что корабль в квадрате К-1 взлетит с минуты на минуту.

Снаружи уже должен был стоять порядочный вой, но здесь стены гасили звук.

— Вот господин Бемиш будет так сидеть, и вдруг появляюсь я, — проговорила Инис.

Она закружилась по комнате и вдруг застыла, раскинув юбку, на фоне освещенного окна. В это мгновенье взлетные огни вспыхнули желтым, нос большого грузового «Атланта» вздрогнул и пошел вверх, из-под грузных, как ноги гиппопотама, дюз вылетели столбы дыма и пламени, комната окрасилась ослепительным алым светом, и на фоне этого алого света Ашиник увидел кружащийся черный с золотыми кудрями силуэт.

— Ой! — вскрикнула Инис, на мгновенье теряя равновесие.

Она повалилась на кровать, и тут же Ашиник прижал ее к себе.

— Точно, — смеясь, проговорила Инис, — и тут господин Бемиш вот так обнимет меня... и... пусти.

Ашиник, не отвечая, жадно целовал ее.

— Пусти же!

Ашиник и Инис целовались несколько раз и до этого, но сейчас Ашиник плохо владел собой. Он был безумно испуган разговором с Яданом, темнота и далекие вспышки огней возбуждали его, и он точно знал, что Теренс Бемиш в столице, в двух часах лета, и никто в его спальню не войдет.

— Инис, я скоро уезжаю. Я не могу уехать без этого, — прошептал Ашиник.

Инис уже не сопротивлялась ему. Девушка, запрокинув голову, позволяла ему целовать себя и слегка постанывала. Ашиник потянул ее к себе.

— Погоди, — вдруг сказала Инис, — я сниму юбку, а то разорвешь.

Ашиник, разжав руки, смотрел, как Инис расстегнула кофточку и гибким кошачьим движением стащила через голову юбку. Потом ее руки обняли юношу, и, прежде чем Ашиник успел понять, что происходит, женщина расстегнула ремень его брюк, и тонкие, ловкие пальчики скользнули к его мужскому естеству.

— Ого-го, какого удава я разбудила, — прошептала Инис.

✕✕✕

Через полчаса они все еще лежали, совершенно раздетые, в широкой двуспальной постели президента Ассалахской компании, и Инис задумчиво водила пальчиком по плоскому мальчишескому животу Ашиника. За окнами все так же вспыхивали и гасли уходящие в небо факелы. Ашиник протянул руку и, нашарив регулятор прозрачности, притемнил стекло.

— А куда господин тебя посылает? — вдруг спросила Инис.

— А?

Ашиник не сразу сообразил, что она имеет в виду.

— А, это не хозяин. Это... просто мне надо съездить на родину.

Они помолчали. Ашиник испытывал странное бешенство при мысли, что завтра ночью она будет вот так же лежать с Бемишем и что все то, что она умела — а умела она многое и доказала это Ашинику, — всему этому выучил ее человек со звезд.

— А раньше, — сказала Инис, задумчиво перебирая волосы Ашиника, — неверных наложниц клали в мешок и бросали живьем в реку.

— Теренс Бемиш вряд ли бросит тебя в реку, — возразил Ашиник, — он же иномирец.

— Интересно, что он с нами сделает? — задумалась Инис.

— Ничего он нам не сделает, если мы ему ничего не скажем.

— А рабочий день уже кончился. Оставайся здесь. — предложила Инис. — Все равно господин в столице и до утра не вернется.

— Мне еще надо исправить отчет, — сказал Ашиник.

— Утром исправишь.

И Ашиник остался.

Бемиш действительно вернулся только на следующий день, и даже не утром, а за полдень. Ашиник успел исправить отчет, но Бемиш на отчет даже не взглянул. Созвал совещание и потребовал на некоторое время подвесить работы по пятнадцатому летному квадрату, а освободившуюся рабсилу бросить на строительство новых хранилищ. Ашиник сидел на совещании, не поднимая глаз. За спиной Бемиша стояла целая полка книг, и Ашиник помнил, что среди них был справочник Лассаля по взрывному делу. Ашинику была нужна эта книжка, но он испугался утром взять ее, потому что ему казалось, что начальник службы безопасности, Джайлс, видел-таки старого Ядана, и если после визита Ядана Ашиник станет читать справочник по взрывному делу, то Джайлс поставит Ашинику «жучков» даже в штаны.

— Ашиник, ты понял задание?

Ашиник растерянно поднял голову. Бемиш что-то говорил ему, а что?

Ашиник кивнул и тут только заметил, что президент компании сидит с опухшими щеками и черной тенью под глазами — тоже, наверное, хорошо вчера повеселился. Тьфу, бордели, бесовская забава, где продажные чиновники подсовывают вейских девушек бесам...

— Да, я понял.

— Ашиник, что с тобой? Ты нездоров?

— Нет-нет. Я пойду...

— Ты пойдешь и отлежишься в моей спальне. Понятно?

Бемиш одной рукой обнял юношу, а другой распахнул дверь во внутреннюю гостиную. Инис из-за раскрытой двери кабинета поймала смущенный взгляд Ашиника, и улыбка ее была улыбкой сообщницы.

✖✖✖

Когда через два часа Бемиш поднялся в спальню, он обнаружил, что Ашиник, конечно, не лежит на постели, а сидит, сгорбившись, на полу и читает с карманного компа. За то время когда Ашиник стал заместителем Бемиша, он заметно похудел и осунулся. Он и так был тощ, а сейчас походил скорее на спицу, которой в деревне вяжут кружево, и только синие его глаза, поражая Бемиша, горели все ярче на измученном сером лице.

Бемиш подошел и заглянул через плечо. Ашиник читал какое-то руководство по взрывному делу, составленное неряшливо, как и большинство дурно переведенных на вейский книг, выложенных в общем доступе.

— Не читай ничего из сети, — сказал Бемиш, — пойдем, я попробую отыскать что-то поприличней.

Они пошли в кабинет Бемиша, и там хозяин компании, порывшись, наконец извлек с третьей полки справочник Лассаля.

— Держи, — сказал Бемиш.

Ашиник прижал к себе книжку, как пастух больного козленка, сгорбился и пошел к двери. Бемиш внимательно наблюдал за ним. Казалось, Ашиник ожидает вопроса: зачем ему взрывное дело, хотя, черт побери, почему бы менеджеру на стройке, которая потребляет в неделю триста кило в тротиловом эквиваленте, не изучать взрывчатые вещества?

Ашиник толкнул дверь.

— Погоди, — сказал Бемиш, — мне надо с тобой поговорить.

Ашиник вернулся и покорно сел. «Джайлс шпионил за мной и за Инис, — промелькнуло у него в голове. — Или за Яданом. Великие боги, пусть это будет разговор про Ядана!»

— Тебе очень тяжело? — спросил Бемиш.

— Почему мне должно быть тяжело? — тускло отозвался Ашиник. Бемиш заметил на лбу юноши глубокую поперечную складку.

— Потому что ты стал моим заместителем, чтобы навести порядок в компании, но делать ты это можешь, лишь оставаясь главой людей, которые считают стройку делом бесов. Получается, что ты можешь быть моим замом, только будучи главой местного Кольца, а главой Кольца ты можешь быть, только не будучи моим замом.

— Я справлюсь, — сказал Ашиник.

Он по-прежнему смотрел вниз, горбился и вжимал голову в плечи. Он был так худ, что непонятно было, как он отбрасывал тень. Его длинные черные волосы висели как пакля, и Бемиш заметил несколько выпавших волосков на безупречно белой рубашке.

— Ты два часа назад чуть в обморок не упал.

— Что вы хотите?

— Ты мог бы уехать, — сказал Бемиш. — Очень многих отправляют учиться за небо. Это не дело, что ты четырнадцать часов работаешь, а потом еще сидишь над книжкой.

«Он меня выгоняет! — вспыхнуло в мозгу Ашиника. — Он навел моими руками порядок на стройке, и теперь он меня выгоняет по приказу Шаваша!»

— Можно я уеду в Иниссу на неделю? — спросил Ашиник.

— У тебя ведь в Иниссе нет родных? Ты едешь на собрание единоверцев?

Ашиник молчал.

— Конечно, ты можешь ехать, Ашиник, — сказал Бемиш.

✕✕✕

Едва Ашиник покинул кабинет, его место занял Джайлс. Как ни странно, у Бемиша установились довольно приятельские отношения с разведчиком. Причиной тому было то, что Джайлс выказал отменные деловые качества: он мотался по всей стране, выискивал наилучшие условия, юлил, хитрил, давал взятки, расшибался в лепешку ради компании. Кроме того, он оказался очень любезным компаньоном. Он часто ночевал в усадьбе, благо там было три гостевых флигеля, был очаровательным собеседником и очень хорошо ладил с Инис. О благе Федерации он больше никогда с Бемишем не разговаривал, твердо уяснив себе, что взгляды на то, что есть для Федерации благо, у бизнесмена и у шпиона прямо противоположные.

— Что случилось? — справился Бемиш.

Джайлс бросил на стол снимок:

— Знаком тебе этот парень?

Бемиш долго вглядывался в картинку. Парень, изображенный на снимке, сидел у костра в рваной местной одежке, поджав под себя ноги и уминая кашу.

— Черт его знает.... Может, и видел где-то на стройке...

— Ты его видел не на стройке. Ты его видел в своей усадьбе вместе с братом Киссура, Ашиданом.

Бемиш вздрогнул. Ну конечно!

— Черт побери! Он что, на стройке сейчас работает?

— Работал. До вчерашнего дня.

— А вчера?

— А вчера один из моих людей обнаружил, что в мою охранную программу кто-то вламывался в пять утра и что в пять утра этот парень вчера убирал мой кабинет.

— И?

— Кто-то успел предупредить парня. Он смылся.

— Я попрошу Ашиника....

— Никто, кроме людей Ашиника, его предупредить и не мог. Забавное сочетание — секта «знающих путь» и анархо-синдикалист из числа бесов, а?

— Прямо невероятно.

— Есть и еще кое-что невероятней: парень пришел из одного из поместий Киссура. И рекомендация была подписана Киссуром. Ну, в том смысле, что да, старательный работник, сено убирал отлично... Кстати, это давний знакомый Киссура.

Бемиш помолчал.

— К чему он конкретно подбирался?

— О, самый широкий спектр интересов. Но в основном он интересовался конкретными торговыми операциями фонда Veya New Age. Например, ситуацией, когда за несколько часов до объявления о приобретении совершенно неликвидного уранового рудника транснациональной MetalUranium ты покупаешь акции этого рудника на двенадцать миллионов денаров. И спустя два дня перепродаешь эти акции уже за двести миллионов. Или, например, историей с «золотым займом» и Ошином. Мне вообще кажется, что Шаваш действовал тогда слишком нагло. Вдобавок ты имел тогда неосторожность тут же назначить Ошина президентом одной из наших торговых компаний.

— Это анархист раскопал или ты? — полюбопытствовал Бемиш.

— Анархист. Он сидел в твоем компе с месяц, а потом полез в наши системы и засветился. Но и о космодроме он мог узнать немало занимательного.

Бемиш помолчал. О космодроме парень точно мог узнать много интересного. Бемиш сам порой полязгивал зубами, понимая, что происходило на космодроме. Веерный принцип образования экспортно-импортных фирм, существовавших ровно два месяца до срока подачи первой налоговой декларации, был еще самым невинным из того, что происходило.

Но делать было нечего — очень, очень много было нужно подарков, очень много неофициальных расходов, чтобы делать еще и официальные, и Бемиш уже давно с тоской понял, что чем больше размах хищений, тем безопаснее.

✕✕✕

На следующий день ребята из службы безопасности вновь собрались в кабинете Бемиша.

Размер нанесенного ущерба был не мал; по-видимому, прослушивались разговоры Бемиша. Совершенно точно имелся доступ к личному компу президента Ассалаха и соответственно к проводкам фондов.

— По правде говоря, — признался Джайлс после окончания разговора, — меня едва ли не более факта кражи тревожит факт его сотрудничества с Киссуром. Это же непредсказуемый человек! Вот он покровительствует тебе — и тут же покровительствует тому, кто без особого раскаяния обмажет стартовую шахту пластитом!

Темные глаза хозяина Ассалаха уставились на своего зама безо всякого выражения. Джайлс никогда не мог понять, сердится бизнесмен или смеется. По части того·как скрывать эмоции, Теренс Бемиш мог дать сто очков вперед любому компьютеру.

— Хочешь, Дик, сделать так, чтобы Киссур не связывался с анархистами?

— Ну?

— Он ведь подавал в Военную Академию. Примите его.

— Это невозможно.

— Почему?

— Во-первых, этот человек начал свое знакомство с нашей техникой с угона военного самолета, который был немедленно использован по назначению. Во-вторых, Киссур дикарь. Пусть он сначала алгебре выучится.

— Вы же не командира ракетного крейсера будете из него делать. Восемь лет назад этот человек был отличным полководцем. Для него война и свобода значили одно и то же, потому что свобода была для него правом убивать. А когда три года назад государь поручил ему расправиться с сепаратистами, оказалось, что он и его люди неплохо обращаются с ракетометами.

— Ты говоришь от себя, — поинтересовался Джайлс, — или передаешь просьбу Киссура?

— От себя. Киссур скорее лопнет, чем попросит у иномирцев. Но я знаю, Джайлс, что он действительно бог знает что выкинет, если он будет не занят делом. Взяток он брать не желает, быть комнатной собачкой при государе не умеет, все, что он умеет, — это воевать. Пришли иномирцы и разрушили его старую войну. Он попросился в академию, но в новую войну его не пустили. Каково это человеку, который выиграл больше сражений, чем наши генералы провели маневров?

— Новая война — совсем не то, что думает Киссур.

— Вот поэтому-то для Киссура будет полезно познакомиться с ней поближе.

✕✕✕

Через два дня Шаваш таки явился на космодром. Это был официальный визит: Шаваш сопровождал делегацию Общего Экономического Совета, — и они все время были на виду. У второй шахты Шаваш наклонился к уху президента компании и тихо спросил:

— А где, кстати, ваш заместитель Ашиник?

— На неделю в отпуске, — сказал Бемиш.

— А, в отпуске... А в Иниссе, в местечке Гаддар, вчера, знаете ли, началось что-то вроде совещания «знающих путь». Праздник по случаю чьего-то там воскресения и рабочее заседание глав Колец.

— Ну? — сказал Бемиш.

— Эти люди очень опасны, — покачал головой Шаваш, — мы вынуждены улыбаться и говорить мировому сообществу, что люди, которые считают иномирцев бесами, не более важны, чем люди на Земле, которые сидят в психиатрических клиниках и считают себя Цезарями и Гитлерами, — но предупреждаю вас, Теренс, что даже вы не знаете, насколько они опасны.

— О чем это вы шепчетесь? — спросил один из членов комиссии.

Бемиш повернулся к соотечественнику и сказал, что они шепчутся относительно местного Даханского завода, который поставляет на стройку опорные титановые конструкции, и принялся объяснять проблемы с поставками.

■ **Глава десятая,** ■
в которой Теренс Бемиш знакомится с жизнью имперских окраин, а господин Шаваш предлагает оригинальный план реструктуризации государственного долга

Джайлс прилетел с Земли через три дня, привезя довольно пухлый пакет с микрочипами, запечатанный вакуумной лентой с таким количеством печатей, что они весили больше содержимого. Джайлс подал Бемишу пакет и запер дверь, а Бемиш задрал ноги на стол и сунул чипы в считывающее устройство.

Через час, проглядев документы, Бемиш сказал:

— Все это очень хорошо, а ты говорил с начальством о моей просьбе?

— Какой?

— О Киссуре и Военной Академии.

— Да. Они против.

— Почему?

Джайлс помолчал.

— Скажи, Теренс, Киссур знает, что тут строят?

— А что?

— А то, что пять лет назад, после того как Киссур сбежал с Земли, он оказался в одном из учебных лагерей Геры. И убивать по-современному его научили именно геряне.

— Это все?

— Нет, не все. Ты не забыл о парне, который пришел на стройку с рекомендацией Киссура и залез в наши сети?

— Это не была рекомендация Киссура. Это была рекомендация одного из его управляющих. Такие рекомендации стоят на черном рынке десять «розовых» штучка. Хочешь, я тебе завтра достану хоть дюжину?

— Месяц назад Киссур летал на Кассандру. Там он встречался с одним из своих старых приятелей. Вот с этим.

И Джайлс, порывшись в кармашке, вынул и положил перед Бемишем фотокарточку.

— Этот человек отсидел три года за соучастие в бразильских беспорядках. На его счету...

— Мне не интересен его счет, — оборвал Бемиш разведчика.

— Да? А Шаваш был весьма заинтересован.

— Не советую тебе разговаривать по этому поводу с Шавашем, — у вас и у Шаваша разные цели.

— В смысле?

— Вы хотите выяснить, связан ли Киссур с террористами, а Шаваш хочет доказать, что он с ними связан. Разумеется, он это докажет.

— Безо всяких оснований?

— Киссур — это тысяча и одно приключение. Если напротив него горит дом, он бежит в дом и спасает ребенка. Если дом не горит, он вполне может дом поджечь. Ну, Киссур навестил своего старого приятеля. Или старый приятель навестил его. И что? Я не видел Шаваша в тот момент, когда ты задавал ему свой вопрос, но я готов поклясться, что Шаваш чуть не лопнул со смеху. Если бы он отвечал искренне, он бы тут же ответил, что человек, который при Киссуре осмелится сравнить государя Иршахчана с каким-нибудь дохлым иномирцем Марксом, — этот человек рискует тут же искупаться в бассейне. Но Шаваш этого не сказал, потому что Шаваш ненавидит Киссура. Ты подкинул Шавашу идею: он приищет доказательства. Он приищет связных между Киссуром и террористами и научит их, как говорить. Киссур — непредсказуемый человек, но Шаваш умеет предсказать и его. Если человек подойдет к Киссуру и скажет: «Давай взорвем банк из стремления к светлому будущему», то Киссур выкинет его в окошко. А человек, наученный Шавашем, подойдет и скажет: «Почему бы нам не взорвать банк и не угостить этих взяточников так, как они заслуживают?» — «Прекрасная идея!» — воскликнет Киссур. После этого Шаваш получит возможность стереть Киссура в порошок, хотя на самом деле за организацию ограбления банка следовало бы посадить не Киссура, а Шаваша.

Джайлс помолчал.

— Я думал то же самое, Теренс, — сказал он. — Я раскричался, что все это чушь... В общем, меня ознакомили с информацией... Киссур торгует наркотиками.

— Что?!

— Киссур торгует наркотиками. На его землях в Верхнем Варнарайне выращивается огромное количество «волчьей метелки». Это происходит с прямого благословения хозяина земель. Я очень сожалею, Теренс, но мы не можем принять в Военную Академию одного из боссов вейской наркомафии.

И разведчик вышел из кабинета, осторожно прикрыв за собой дверь.

Минут через пять в кабинет зашел Ашиник с ворохом распечаток. Бемиш сидел, уронив голову в руки.

— Что с вами, хозяин? Вы плачете?

Бемиш не отвечал.

— Вам плохо? Вызвать врача?

✕✕✕

Дня через три Киссур с Ханадаром Сушеным Фиником, да Алдоном Рысенком, да двумя собаками заехал к Бемишу, и они вчетвером отправились на конную прогулку.

Поле, на которое они выехали, уже было покрыто бетонными плитами. Далеко на взгорке торчали срубленные пни, похожие на остатки зубов во рту старика, и веселый красный трактор с грохотом и визгом вытаскивал их из земли.

Новая восьмиполосная автострада кончилась у речки, через которую были перекинуты стальные ребра будущего моста, и дальше всадники поскакали по старому императорскому тракту, с желтоватыми каменными колеями, с широкими пальмами и узкими пирамидальными тополями, высаженными вдоль дороги согласно древним законам. Вдали замелькали зеленые взгорки и покрытые водой рисовые чеки. Бемиш восторженно вертел головой: красота была как в голограмме.

На ветке тополя сидела белка и ела орех. Ханадар Сушеный Финик, развлекаясь, выстрелом выбил орех из беличьих лапок, и та в ужасе брызнула вверх по дереву.

— Раньше здесь была хорошая охота, — сказал Ханадар Бемишу, — а теперь из крупных зверей тут остались только твои бульдозеры.

— Слушайте, — сказал Киссур, — а почему бы нам не поехать в Черное Гнездо? Там отличная охота.

— Когда?

— А почему бы нам не отправиться прямо сейчас?

— На конях?

— Отличная мысль, — сказал Киссур, — так поскакали!

Ханадар оглушительно захохотал.

И они поскакали. Бемишу было так хорошо, как никогда в жизни. Ему захотелось отменить все на свете совещания, ему было плевать на космодром и на инвестиционные фонды, — ему хотелось только скакать по этой дороге, на которой застрял бы его автомобиль и которую разроет его бульдозер.

К вечеру Киссур показал на кумирню, заросшую лопухами, и осведомился:

— Переночуем здесь или в поле?

Бемиш опомнился.

— Киссур, — сказал он, — у меня завтра в Час Росы рабочая встреча. Мы успеем вернуться до рассвета?

Ханадар заплясал в седле от смеха.

— Теренс, — сказал он, — Черное Гнездо — это родовой замок Киссура, в Горном Варнарайне. Там живет старая Эльда, и неделю назад туда приехал Ашидан.

— Постойте, — сказал Бемиш, — но это полторы тысячи километров!

— Тысяча и шестьсот тридцать, если я не забыл вашего проклятого счета, — хохотнул Ханадар.

Бемиш поворотил коня.

— Сожалею, господа, — проговорил он, — но у меня нет времени на десятидневный поход.

— Эй, — сказал Киссур, — ты не можешь изменить слову! Ты обещал поохотиться со мной в Черном Гнезде!

— Я не обещал скакать туда на коне, — возмутился Бемиш.

— До настоящего замка, — сказал Ханадар, — нельзя добраться на флайере. До настоящего замка надо скакать пять дней и пять ночей. А наш иномирец уже отбил себе всю задницу.

Это было несправедливое замечание. Тем более несправедливое, что последние пять месяцев Бемиш по утрам объезжал территорию стройки на лошади, признав ее преимущество над тяжелозадым вездеходом и верхоглядом-флайером. Так что Бемиш ездил очень прилично, хотя и проигрывал этой компании варваров, которых отцы посадили на лошадь раньше, чем матери начали учить их ходить.

— Ладно, — сказал Киссур, — можешь возвращаться, но двадцать третьего я жду тебя в Черном Гнезде.

— Двадцать третьего? Ты что, правда собираешься проделать этот путь за пять дней?

— Семь лет назад, — сказал Ханадар, — мы проделали его за четыре дня, и с нами было двести всадников со щитами и копьями, и каждый день у нас было по стычке.

— Ладно, — сказал Бемиш, — я возьму флайер и прилечу в ваше Гнездо, черное или белое, и я уверен, что поспею раньше вас.

✕✕✕

На следующее утро пожаловали гости: посол Федерации, господин Лиддел, Шаваш и человек, соразмерный с ним по должности, — глава казначейства Сарджик. Глава казначейства был уже совсем плох: лысая его головка дергалась, глазки слезились. Этого человека Шаваш извлек откуда-то из провинции Чахар, где тот сидел со времен государя Неевика. По непроверенным слухам, глава казначейства не имел чиповых карточек, а видя их у других, качал головой: «Ничего хорошего из этого не выйдет, уверяю вас! Вот банк Шакуника тоже выпускал частные деньги, а потом банк конфисковали, и деньги пропали! А если правительству Федерации не хватит денег и оно конфискует ваш банк?» Старый казначей крепко усвоил в юности правило, согласно которому чем богаче предприниматель, тем больше у государства чешутся руки на его богатство, и переделать себя уже не мог.

Казначея запихали в комнатку, а Шаваш поехал осматривать стройку.

— А где Киссур? — спросил он. — И что вы такой взъерошенный?

— Киссур, — сказал Бемиш, — поехал со своими товарищами до Черного Гнезда. На конях.

Шаваш усмехнулся:

— А вы?

— А я всю ночь ехал обратно. В деревнях вокруг не было ни одного комма, а мой заработал только в семи километрах от стройки.

Бемиш ужасно устал, так как ехал шагом, боясь утомить лошадь, а спать в седле он не умел, да и учиться этому не собирался.

— Понятно, — сказал Шаваш, — Ханадар Сушеный Финик намерен проехаться по местам боевой славы. Эти люди живут в позапрошлом веке.

Напоследок Бемиш спросил, откуда взялась история о том, что Киссур торгует наркотиками, но Шаваш, улыбаясь, отговорился полным незнанием.

✕✕✕

По зрелом размышлении Бемиш решил ехать на автомобиле и очень был горд, что посмотрит Страну Великого Света не из иллюминатора, а из ветрового стекла.

Он выбрал хороший внедорожник на высоких колесах, с двумя ведущими осями, сунул в багажник вторую запаску, охотничьи сапоги, целую батарею бутылок с питьевой водой и несколько банок консервов. По его приказу к багажнику приварили стальные стойки и приторочили к ним легкий мотоцикл. Бемиш не был уверен, что автомобильная дорога к замку существует не только на карте.

Бемиш ехал из центра империи к ее варварской окраине, и каждый километр, отделявший его от столицы, казалось, погружал его в глубь веков. Первыми пропали хорошенькие усадьбы, с антеннами космической связи, затем — иноземные товары на придорожных лотках, затем — фабричные рубашки на прохожих. Вокруг потянулись залитые водой рисовые поля, глиняные деревни, где лаяли собаки и били барабаны в управах и где фасон домов не менялся три тысячи лет, где крестьяне в конопляных штанах пели тысячелетние песни, собирая урожай, и только безупречное шоссе, как мостик, проложенный над временем для любопытного наблюдателя, соединяло резво катящийся джип с далеким миром стекла и стали.

Через тысячу километров кончилось и шоссе: джип запрыгал по каменной горной дороге — последнему слову строительной техники времен государя Иршахчана. Животные осмелели, стали выходить на дорогу. Редкие люди, наоборот, бросались от непонятной повозки в лес. Рисовые поля пропали. Некоторые деревни в этих горах до сих пор жили охотой и ягодой да еще грабежом случайных путников.

Вечером второго дня Бемиш увидел у придорожной харчевни пяток знакомых коней и остановился.

Киссур со спутниками сидели за дощатым столом и жрали кабана. Они выглядели удивительно к месту в этой бревенчатой избе: стая крепких, высоких варваров с белокурыми волосами, стянутыми стальными кольцами, с талиями, опоясанными широкими ремнями с укрепленной на них разнообразной снастью для убийства — от дедовского кинжала в кожаных ножнах до новомодного веерника. От них пахло дымом, потом и мясом, и при виде Бемиша Киссур встал и обнялся со своим другом, а Ханадар пододвинул ему кожаную плошку с мясом и какими-то зелеными стручками, обильно сдобренными белым соусом.

— Я вас обгоню, — сказал Бемиш, осторожно пробуя на зуб кабана. Мясо было слишком жестким, да и кожаная тарелка не внушала оптимизма. Бемиш не представлял, как можно хорошо вымыть кожаную тарелку.

— Гм, — сказал Киссур, — между прочим, я могу приказать проколоть тебе шины.

Бемиш ответил ему в тон:

— А я могу подать за это на тебя в суд.

Киссур жадно жевал мясо.

— Это моя земля. Я здесь хозяин над налогами и судом. Так что, если ты подашь на меня в суд, я, пожалуй, присужу тебя к веревке за лжесвидетельство.

— И часто ты так судишь?

— Никогда, — сказал Киссур. — Если присудить человека к смерти, его родственники станут охотиться за тобой. Кровная месть. А за тебя кто будет мстить?

— За иномирца никто не будет мстить, — согласился Ханадар Сушеный Финик. — Иномирцы считают, что за них должно мстить правительство. Скоро правительство будет спать за них с женщинами.

Бемишу отвели лучшую конуру в харчевне, и вечером Киссур прислал ему девицу. Девица была довольно хорошенькая и мытая. Она стояла, застенчиво теребя босой ножкой циновку. Бемиш посадил девицу к себе на колени и стал перебирать ожерелье у нее на шее. На ожерелье висело несколько тяжелых, неправильной формы, серебряных монет с дырочкой посередине и полустертым клеймом Золотого Государя, десяток десятисентовиков и квотеров, швейцарский франк и даже, сколь мог разобрать Бемиш по-немецки, один никелевый талончик для проезда на монорельсе в городе Кельне.

Бемиш спихнул девицу с колен, покопался в бумажнике и высыпал на ладонь мелочь. Он выбрал из мелочи давно там валявшийся, как он правильно помнил, десятисентовик, показал его девице и постучал пальцем по серебряному «единорогу» размером с куриное яйцо, квадратному и с круглой дырочкой посередине, с надписью во славу государя Меенуна.

— Поменяемся? — сказал он.

Глаза девицы распустились от радости. Она быстро потащила ожерелье с шеи. Бемиш схватил ее за руку.

— Слушай, дура! — сказал он. — Если взять один десятисентовик, и еще один, и еще сто, и еще тысячу и набить этими десятисентовиками вон тот ларь в углу, то весь этот ларь будет стоить меньше, чем одна эта серебряная монета. Ясно?

Девица кивнула.

— А теперь проваливай отсюда, — сказал Бемиш.

Глаза девицы погрустнели.

— Так мы не поменяемся? — спросила она, глядя на десятисентовик с нескрываемым вожделением. Бемиш отдал ей монетку и вытолкал вон.

Когда на следующее утро Бемиш встал, Киссура и его свиты уже не было, они ускакали ни свет ни заря.

— Скоро я их нагоню? — спросил Бемиш у хозяйки.

— Нет, — сказала хозяйка харчевни, — вам, господин, надо ехать в объезд, через Бродячий Перевал, а они поскакали напрямик. К вечеру будете в замке.

— А они?

— Гм, — засомневалась женщина, — если днем подтает и будет лавина, то, конечно, первым приедете вы, а если лавины не будет, то они, конечно, поспеют раньше.

— А тяжелая там дорога, напрямик?

— Не знаю. С тех пор как старый Шан сломал там шею, по ней уже лет десять не ездили.

Горная дорога петляла, как плеть тыквы. Вдруг пошел крупный, с клочьями снега, дождь. Дворники не успевали очищать стекло. Бемиш жутко боялся за Киссура: тот, конечно, не старый Шан, но шею сломать может.

Горные эти места были дики до крайности. В прибрежных районах Горного Варнарайна некогда процветала торговля, и десятка три лет назад местные города наподобие Ламассы или Кудума могли похвастаться сильными коммунами и обилием торговцев. Но гражданская война в империи перевернула все: люди из замков подняли головы, сыновья торговцев ушли в их дружинники, дочери — в наложницы. Спрос на воинственную аломскую знать был такой, что средний рыцарь в империи мог награбить за два месяца больше, чем средний торговец — наторговать за два года. Когда же война окончилась, оказалось, что торговцы в Ламассе повымерли за нерентабельностью, и людей со звезд встретила земля разбойников и бандитов.

Руки империи едва дотягивались в этот странный край; официально ответственность за порядок в окрестностях нес владелец замка, но он-то обычно и был первым бандитом. Ни о какой разработке залежей нельзя было и думать, потому что к горным инженерам тут же подъезжали люди на лошадях, но с гранатометом под мышкой и требовали ясак.

Ни один проезжий не был тут в безопасности. Самый гнусный случай произошел года три назад, когда вице-президент Галактического Банка, любитель-альпинист, черт его дери, вздумал с двумя своими друзьями покорить здешний пик Айч-Ахал.

Еще на подъезде к пику он попался в плен к одному из местных родовитых бандитов и был препровожден в замок. Через пару дней в банк переслали чип с фотографией вице-президента, сидящего на цепи в самой настоящей земляной яме, и требованием выкупа в один триллион денаров. Уставной фонд Галактического Банка составлял пять триллионов денаров.

Публика взвыла.

Федерация Девятнадцати потребовала от империи решительных мер. Федерация потребовала узнать, в каком из замков находится пленник. «Да в любом, — пожал плечами посол империи, — кому попался, там и сидит». Федерация потребовала принятия решительных мер по отношению к этакому краю.

Хозяин замка известил, что в случае решительных мер пленнику перережут глотку. Выручил банк Киссур. Он срочно прилетел в свой замок и позвал окрестных сеньоров на пир и совещание. Те явились. Киссур бестрепетно арестовал три десятка съехавшихся к нему гостей и объявил, что расстреляет вечером всю эту публику, если вице-президента не выпустят.

Сеньора, захватившего вице-президента, среди гостей Киссура не было. Были, однако, его деверь и тесть. В ту же ночь вице-президент был выпущен безо всякого выкупа. Киссур впоследствии даже не соизволил встретиться со спасенным им человеком.

Уже к вечеру Бемиш выехал на главную и единственную улицу Черной деревни, и вдалеке, над горой, на мгновенье мелькнул в разрыве облаков замок со стеной, зубчатой, как кардиограмма.

В эту минуту на мокрой дороге показался гусь.

Бемиш ожидал, что гусь посторонится и даст место автомобилю, потому что, с точки зрения иномирца, дороги были предназначены для машин, а не для гусей. Но с точки зрения гуся, дороги были предназначены именно для гусей, и вследствие этого несовпадения во взглядах гусь уставился на машину с любопытством, а потом повернулся к ней спиной и нагнул голову.

Впоследствии Бемишу объяснили, что надо было снизить скорость и проехать поверх гуся — и гусь был бы здоров, и машина была бы цела. Но Бемиш не знал обычаев здешних гусей.

Он вывернул руль вправо и нажал на тормоз. Джип развернуло, как перышко. Бемиш влетел в кусты ежевики, бывшие в деревне вместо изгородей, едва не расшибив голову о руль. Машина вздрогнула и замерла. Бемиш хлопнул дверцей и пошел смотреть.

Передние колеса сидели глубоко в придорожной канаве, и одно из них попросту отвалилось. Бемиш оглянулся. Гусенок, отчаянно кося глазом, торопливо побежал с дороги прочь. «Сукин сын!» — громко сказал Бемиш.

Быстро темнело, накрапывал дождь. Нечего было и думать починить колесо. Собака за ежевичной изгородью старалась, как противопожарная сигнализация. К ней постепенно присоединялись все новые и новые псы. Что же до людей — деревня как вымерла.

— Эй, — заорал Бемиш, — хозяева!

Кричать пришлось довольно долго. Наконец дверь домика растворилась, и с порога спросили:

— Ну? Чего кричишь в темноте?

В проеме двери что-то поблескивало, человека же видно не было.

— У вас связь с замком есть? — спросил Бемиш.

— Связи нет. Веерник есть, — ответили за порогом.

Бемиш осклабился:

— Веерник у меня есть у самого.

Дверь захлопнулась. Бемиш задумчиво пнул ногой машину, сунул в карман легкий веерный излучатель, забросил за плечи рюкзачок и снял с распорок мотоцикл. «Веерник, — подумал он, вспоминая блеск в отверстии двери, — какой там к черту веерник — плазменный гранатомет по меньшей мере».

✕✕✕

Сторожа впустили Бемиша в замок безо всякого удивления; на мотоцикле так на мотоцикле — кто их знает, этих иномирцев? Правду, значит, говорят, что они на конях не умеют ездить.

Во дворе замка было скользко и сыро, как в размороженном холодильнике. Киссура еще не было. В верхнем зале, в креслах, дремала старая Эльда. Она посмотрела на беспокоящегося иномирца как на лягушку и сказала, что скорее его, иномирца, железная повозка разлетится на их, иномирцев, дорогах, гладких, как щека евнуха, чем ее сын упадет с кручи в здешних горах.

Бемиш, со своим беспокойством, убрался.

Молодой хозяин замка, Ашидан, студент Кембриджа, дрых в главном зале, уронив белокурую голову в тарелку с объедками. Над ним щерилась маска быка с факелами вместо рогов, а в камине тлело, распространяя мерзкий запах, нечто, что при ближайшем рассмотрении оказалось останками спутникового ретранслятора.

— Это что? — спросил Бемиш дворецкого.

— Это госпожа Эльда, — ответил тот, — сказала, чтобы этих колдовских штучек не было в доме. Она его только утром нашла, перерыла комнаты и нашла.

Бемиш оглядел Ашидана повнимательней. Тот спал, беспокойно вздрагивая, и Бемишу не показалось, что он пьян.

— Что же, в замке нет никаких средств связи?

— Ох, — сказал слуга, — что связь! Видите, сукно и то домотканое. Иное — сожжет! — и показал на свое платье. Бемиш пощупал рукав: действительно, дерюжка. Он и не понял поначалу: в этом году была модна такая узловатая ткань.

Ночью Бемиш ворочался, не спал: старые сосны скрипели за узким окошком, сделанным не чтобы глядеть, а чтобы стрелять, и скрип их ветвей походил на скрип веревки повешенного. Бемиш вынул компьютер, развернул его на столе и попытался поймать видеоканал, чтобы посмотреть новости. Вдруг экран пополз рябью, как бывает, когда в нескольких метрах работает узел транссвязи. Бемиш изумился и включил свой комм, просто чтобы по густоте помех определить, откуда идет сигнал. Но все уже кончилось. «Гм, — подумал Бемиш, — а всетаки кто-то в замке упрятал от старой Эльды кое-что посерьезней ретранслятора».

XXX

Утром Бемиш отправился вниз, в деревню. Ему не очень-то хотелось жаловаться старой Эльде, что его железная тачка развалилась на той дороге, по которой пройдет даже баран в метель. Бемиш шагал по свежей дороге мимо ежевичных изгородей и любопытных кур, размышляя о странном крае, где комм в доме — роскошь, а лазер-веерник принадлежит к числу необходимых удобств.

Он дошел до машины через полчаса и остановился в недоумении.

Машина стояла на месте: покореженное колесо так и горбилось в канаве. Остальные три колеса исчезли в неизвестном направлении: машина сиротливо сидела на осях. Щетки пропали с ветрового стекла, и ветровое стекло пропало тоже. Бемиш запустил глаза внутрь: узел связи и подголовники, коврики сидений и ручки от замков — не было ничего, и остальных стекол тоже не было. На заднем сиденье сидела нетронутая аптечка.

Бемиш обогнул джип и отпер багажник. Внутри было пусто, если не считать пары стоптанных лубяных лаптей. Бемиш удивился, потому что у него не было в обычае носить лубяные лапти, но потом сообразил, что, вероятно, вор надел ботинки Бемиша, а лапти бросил на месте. Бемиш с мрачным предчувствием поднял капот и воззрился на двигатель. Бемиш неплохо разбирался в двигателях. Он сразу заметил, что ночные воры разбирались в них еще лучше.

Бемиш огляделся по сторонам: вокруг гуляли гуси и индейки с красной соплей, и давешний ракетометный старик копал в своем огороде капусту. Ракетомета при нем не было — вероятно, по случаю дневного света.

— Эй, — сказал Бемиш.

Старик обернулся. На нем была рубаха, в девичестве бывшая белой, и штаны, о которых вообще ничего нельзя было сказать.

— Подойдите-ка сюда, — сказал Бемиш.

Старик подошел. Сын его в глубине огорода заведенно мо-

273

тыжил землю. Бемиш помахал в воздухе берестяными лапотка-
ми и протянул их через забор.

— Вы не знаете, — сказал Бемиш, — чьи это?

Старик взял лапотки, вытащил из носка десятиденаровую
бумажку, предварительно сунутую в лапоток Бемишем. Бумажку он скатал и сунул за ухо, а лапотки протянул Бемишу.

— Не знаю, — сказал он.

Бемиш потерял дар речи.

Вдруг он увидел себя со стороны: увидел хорошо одетого
чужака, из мира, в который все люди, если будут хорошо работать и повиноваться начальству, попадут после смерти, — и на
эту полуголую, нищую деревню, где нет комма, но где вести о
машине, которую можно раздеть, разлетаются без комма; где
нет уборных, но есть веерники и где каждый знает о соседе все
и не говорит ничего, — и с очевидной ясностью понял, что
даже если бы ночные умельцы раздевали машину на глазах всей
деревни, а так оно, вероятно, и было, — то ни одна полиция в
мире все равно не смогла бы выведать, кто это сделал.

По дороге прошуршали колеса.

— В чем дело?

Бемиш обернулся. Позади в вишневой и узкой, как лепе-
сток орхидеи, спортивной машине сидел брат Киссура — Ашидан. Серая с начесом куртка, пробор в волосах, запах одеколо-
на, начинающий менеджер, выпускник Кембриджа — на Бемиша вдруг приятно пахнуло его миром.

Теренс Бемиш насмешливо поднял лапоточки.

— Вот, — сказал он, — кто-то решил со мной поменяться...
транспортными средствами.

Но Ашидан уже и сам все видел. Он вышел из машины, отворил дверцу с другой стороны и поклонился Бемишу, пригла-
шая садиться. Бемиш сел. Крестьянин следил за ними испуган-
ными глазами.

— Эй, — крикнул Ашидан парню в глубине огорода, — иди
сюда!

Парень подошел.

— В машину, — приказал Ашидан парню.

Бемиш потянулся, чтобы открыть дверцу.

— В багажник, — добавил Ашидан, брезгливо глядя на грязные и босые ноги юноши. — Или ладно, можешь переодеться.

Парень побежал к дому. Бемиш вновь обрел дар речи.

— Но почему вы думаете, — спросил Бемиш, — что это он разул машину? Это мог быть любой...

— Если, — сказал ровным голосом Ашидан, — в деревне совершено преступление и преступник не пойман, то господин должен арестовать некоторое количество жителей деревни и держать их в залоге до тех пор, пока они не умрут или пока остальные не предоставят виновного.

Бемиш во все глаза глядел на Ашидана. Прелестный мальчик — а тот был очень красив — больше не напоминал преуспевающего менеджера. «Вот таким тоном говорили его предки, поколение за поколением, — подумал Бемиш. — Видно, прогресс в здешних местах заключается в том, что лорд кладет мужика в багажник автомобиля, а не привязывает к хвосту коня...»

— Этот человек, — сказал Ашидан, показывая на Бемиша, — побратим моего брата и гость моих предков. Брат мой приезжает сегодня; слуги принесли вести, что он застрял на Бродячем Перевале и поскакал в обход, через Лох.

Крестьянин повалился на колени:

— Господин! — Было непонятно, к кому он обращается: к Ашидану или к чужеземцу.

Сын крестьянина вышел из дома в чистой белой одежде, с узелком в руках. С ним был десятилетний мальчик.

— Господин, — продолжал старик, — возьмите меньшего, сейчас столько работы!

Ашидан задумчиво постучал по кожаному рулю.

— Гостю наших предков, — сказал он, — приснился нехороший сон о том, что кто-то разграбил его машину. Мне тоже приснился этот сон, и я поспешил сюда. Но теперь мне кажется, что это был ложный сон и что машина, целая, вернется в замок к вечеру.

С этими словами Ашидан нажал на газ, — машина обдала белую чистую одежду крестьянина веером грязи и умчалась.

✕✕✕

Киссур прискакал в замок только в полдень. Слухи оказались верны: с Бродячего Перевала сошла лавина, задела людей и коней. Все остались живы, но коня Киссура, Звездочета, с белой стрелкой на лбу и широкими копытами, уволокло, только снег мелькнул красным. Они приехали по той же дороге, что и Бемиш, и из-за коня карие глаза Киссура налились бордовым цветом, словно переспевшие вишни. Киссур взглянул на Бемиша, бросил:

— Ты выиграл пари. Завтра — охота. — И убежал наверх.

Бемиш за ним не пошел. Что-то страшное вдруг повисло в воздухе, каменные маски богов на стенах кривили рты, хищно щерили зубы. Бемиш оглянулся: Ашидан, рядом, тоже стоял бледный и тер себе виски.

Киссур заперся в угловой башне и никого к себе не пускал. Ханадар объяснил, что он плачет о коне и что так полагается.

Когда вечером машина Бемиша въехала во двор замка, Бемиш сидел на сторожевой башенке, глядя на ущелье, вырубленное гигантским небесным топором, и ползущие внизу облака. Бемиш спустился вниз.

Складный белобрысый парень вышел из машины и протянул ему, кланяясь, ключи. Все было на месте, в том числе и сломанное колесо. Бемиш оглядел паренька, сказал:

— Спасибо. А сколько в селе автомобильных мастерских?

— Одна, — не краснея, ответил парень.

Бемиш поглядел на его ноги: тот стоял в луже и шевелил босыми пальцами. Иномирец обошел машину кругом и отпер багажник: там важно топорщился чемодан. Бемиш раскрыл чемодан: белье и одежда были на месте, только две рубашки были влажные: видно, их стирали и гладили. Бемиш вытащил из чемодана кожаные ботинки.

— Держи, — сказал иномирец, — это тебе подарок.

Парень ахнул и взял ботинки. Бемиш полез в карман, вынул триста местных «единорогов» и протянул парню:

— За работу.

— Господин, — сказал парень, — мы ведь только починили колесо. Это стоит пять «единорогов».

— Куда тебе сейчас? — спросил Бемиш.

— В Синий Лог. Это на левом конце деревни.

— Садись, — сказал Бемиш, — подвезу.

Деревня вытянулась вдоль ущелья, по низу которого бежала прозрачная речка. В ширину она редко тянула на сотню метров, а длиной была километров восемь. Парень забился в угол, чуть не под сиденье, и молчал. Можно было подумать, что он первый раз в жизни сидит в машине. «Гм, — подумал Бемиш, — впрочем, чужестранец подвозит его первый раз... Надеюсь, что я не очень роняю честь рода Белого Кречета».

— Давно Ашидан живет в замке? — спросил Бемиш.

— Второй месяц, господин.

— Он пьет?

— Нет, господин, — испуганно сказал юноша.

Бемиш высадил парня у самой реки, там, где на карабкающихся по склону террасах росла густая высокая зелень; близилось время сбора урожая, бабы в синих и красных юбках спешили с полей, погоняя маленьких осликов, утопавших под навьюченными над ними стожками. Бемиш хотел было подойти поближе, чтобы рассмотреть, что именно везут ослики, но тут к нему заспешил староста. Бемиш развернулся и уехал.

Он ехал по узкой дороге, пока не нашел клочок земли, не занятый ни постройками, ни деревьями. Бемиш кое-как втиснулся между пропастью и изгородью, заглушил мотор, приподнял капот и воззрился на двигатель.

Вчера тот был полностью разобран, и, хотя Бемиш не очень хорошо знал устройство водородного шестицилиндрового двигателя, ему показалось, что из двигателя вынули даже то, что вынуть нельзя было ни при каких обстоятельствах. Сегодня ночные воры из единственной в селе мастерской поставили все туда, откуда взяли.

Бемиш захлопнул капот и поехал в замок.

❭❬❭❬❭❬

В деревне земли было мало, а в замке — еще меньше. Узкий, как колодец, двор был тщательно замощен булыжником, стены переходили в стены, камни — в камни. Замок сидел на самой верхушке скалы, и к нему вела только одна дорога. Со всех остальных сторон наружная стена стояла над пропастью, и эта пропасть для полноты защиты была гладко стесана.

Киссур показал гостю дворик, где убили Канута Кречета, и священный замковый сад из трех яблонь. Под одной из этих яблонь прабабка Киссура согрешила с крылатым двухголовым быком. Бемиш сказал Киссуру, что замок могли бы посещать туристы со всей Галактики.

— Этот замок не годится для туристов, — осклабился Киссур, — он не предоставляет всех удобств инвалидам, — и ловко протиснулся по узкой и немыслимо крутой лестнице, змеящейся по одной из наружных стен.

Вечером в замке началась суета: конюхи заплетали коням хвосты, из кладовых тащили старые луки, тисовые, огромные, обмотанные истлевшим волокном с серебряными надписями. Бемиш заглянул в полутемную конюшню и замер: Киссур с холодной усмешкой прятал в седельный вьюк длинный мощный веерник.

Бемиш ступил внутрь. Киссур опустил плетеную крышку вьюка.

— А на кого, — спросил Бемиш, — мы будем завтра охотиться?

— В здешних краях, — сказал Киссур, — издавна охотятся на крупного зверя: на вепря, на медведя.

На языке у иномирца завертелось: «Хотел бы я знать, на какого такого вепря тут издавна охотятся с веерниками», — но Бемиш облизнул губы и проглотил вопрос.

✕✕✕

Они выехали, когда месяц еще не убрался с черного неба. На Киссуре были серые замшевые сапожки, с узором в виде лилий и с высокими красными каблуками; зеленые штаны и красная куртка, перехваченная тяжелым поясом из золотых блях: каждая бляха изображала зверя или рыбу. Плащ на Киссуре был тоже зеленый, с двумя широкими полосами, шитыми золотой сеткой. На плече висел лук, за спиной — кожаный колчан, из которого торчали перья стрел, белые, как пенопласт. За поясом — швырковый топорик, у седла — два ясеневых дротика и меч.

Бемиш привез с собой удобный охотничий комбинезон, но в конце концов предпочел одеться так же, как другие охотники. «Это правильно, — заметил, глядя на него, Ханадар, — а то всех богов распугаешь. Наши боги еще не привыкли к вашим штанам, а ты знаешь, что такое дичь, Теренс? Это крошки, которые боги бросают охотнику со своего стола, если охотник почтит их охотой».

Выезжая, Киссур бросил на алтарь у ворот кусок свежего мяса и постучал по камню обнаженным мечом, чтобы привлечь внимание бога. Меч у Киссура был тяжелый и длинный, с трехгранным лезвием и рукоятью из сплетенных змей.

— А зачем тебе меч? — спросил Бемиш.

— Без меча не бывает удачи, — ответил Киссур.

А Ханадар добавил:

— Дорога на тот свет идет по лезвию меча, и по нему уводят и приводят зверей.

Они наблюдали восход с одного из поросших мелким леском склонов: горный ветер плясал в хвостах их коней, — говорили, что в древности этот ветер покрывал кобылиц, — черные с белым пятном кони рождались от этого ветра, и под копытами изредка похрустывали ракушки — напоминание о море, бывшем здесь миллионы лет назад.

Потом на склон выскочил олень, вздумавший тоже полюбоваться рассветом; слуги спустили собак, и господа поскакали следом.

Господ было пятеро — Киссур, Ашидан, Ханадар Сушеный Финик, Алдон и Бемиш, еще было восемь собак и трое слуг. Первым оленя догнал Киссур и, расширив глаза, метнул копье. Крашенное желтым, с зеленой шишкой на конце, копье пробило оленя насквозь легче, чем оно пробивало столб в столичной усадьбе Киссура.

Олень громко закричал, и Киссур приподнялся в стременах и закричал громче оленя; налетевший порыв ветра подхватил его голос и понес по лесу, обрывая листья и гоня облака. Бемиш зябко передернулся.

Слуги бросились разделывать оленя с ножами, и Теренса чуть не стошнило.

К полудню Бемиш был пьян от крови: слуги куда-то отстали, а он с Киссуром и Ашиданом подъехал к небольшому озерцу. Бемиша совершенно поразил цвет озера: оно было голубым, как бирюза, и со скал на противоположной стороне к нему сползали тонкие лапки ледника. Дно ущелья в этом месте было необыкновенно плоским, ровным, поросшим какой-то белой болотной травой и с трехлетним мертвым подлеском. Бемиш сообразил, что в этом месте недавно сошла лавина.

Конь Бемиша подошел к озеру, сунул морду в воду и начал жадно пить; Киссур тоже спешился и зачерпнул воды. Бемиш последовал его примеру. Вода была ледяной и сладкой; сквозь метровую глубину у самого берега Теренс видел серые водоросли на дне.

В эту секунду раздался треск и предупреждающий крик. Теренс обернулся.

По узкой звериной тропке вдоль озера, смешно переваливаясь, бежал медвежонок, и места эти были так дики, что медвежонок бежал мимо людей; видимо, он тоже шел к озеру напиться, но теперь все-таки передумал и торопился туда, где тропка исчезала в нагроможденных друг на друга валунах — в широкой каменной речке, пробившей себе мертвую дорогу в вековом лесу.

— Не надо, — сказал Киссур брату, — это дурной знак.

Но Ашидан уже натянул лук и выстрелил: медвежонок упал.

Ашидан спрыгнул с седла и побежал к зверю. Он нагнулся, чтобы вытащить из него стрелу, и в этот миг один из валунов шевельнулся, и на вершине его выросла огромная, черная с бурым медведица.

— Ашидан! — заорал Бемиш.

Ашидан вскинул голову. Медведица поднялась на задние лапы, а юноша стоял под ней, растерянный, с обломком стрелы, вытащенным из ее сына.

Бемиш выхватил пистолет. Но раньше, чем он успел поднять руку, Киссур, широко размахнувшись, бросил копье. Медведица грузно взмахнула лапами в воздухе и обрушилась с валуна.

Киссур спрыгнул с коня, подошел к трупу и молча выдернул копье. Ашидан стоял рядом, не поднимая глаз, весь забрызганный кровью.

— Не к добру это, — сказал Киссур, — в нашем роду не охотятся на медведей.

✕✕✕

Впрочем, через несколько часов случай с медвежонком забылся. На привале развеселились все; даже Сушеный Финик, который не умел улыбаться, визжал и ухал, а потом сел у колен Киссура и запел те свои песни, которые Бемиш столько раз слушал с чипов в рабочих бараках, что уже научился любить.

Обратно ехали, когда вечерело. Кони шли по тропинке двое в ряд, черный горный перегной осыпался под их копытами, справа темной стеной вставал лесной склон, слева лохматое солнце садилось за покрытый сверкающим снегом хребет. Птицы вспархивали из-под копыт, жизнь была дивно хороша. «Господи, какой отель можно здесь построить», — мелькнуло у Бемиша в голове, — он был человек практичный, всегда искал, как приспособить природу к деньгам.

Ашидан, после случая с медвежонком, погрустнел, и теперь как-то так получилось, что Киссур со свитой поскакали вперед, а Бемиш отстал и ехал рядом с Ашиданом. Тот был бледен — то ли от травки, которую возделывали крестьяне на здешнем поле, то ли от Кембриджа. Бемиш наклонился к Ашидану и негромко спросил:

— Киссур знает, что вы — наркоман?

— Я не наркоман, мне просто интересно! Я в любую минуту могу прекратить.

Бемиш, помимо воли, хмыкнул. Юноша вздрогнул. Потом вдруг оборотил серые глаза к иномирцу. Зрачки их были неестественно сужены.

— Это не моя, это ваша вина, — сказал он, — восемь лет назад из этого замка правили Варнарайном, а теперь это дыра, потому что рядом нет восьмиполосного шоссе! Вы прогнали наших богов, а что вы нам дали взамен? Банку с пепси-колой?

Ашидан схватил Теренса за руку.

— Эта трава здесь росла всегда! Ее ели, чтобы говорить с богами! Вы даже разговоры с богами объявили уголовным преступлением!

— Бросьте, Ашидан! Вы не говорите ни с богом, ни с чертом, вы жрете эту траву для собственного удовольствия и боитесь Киссура, потому что он вас за эту траву запихнет в клинику или просто посадит на цепь.

— Я боюсь меча, который он с собой взял, — сказал Ашидан. — Я видел этот меч в руках Ханалая, а души убитых после смерти уходят в их мечи.

Ханалай был тот самый мятежник, который восемь лет назад воевал против Киссура.

— Ханалая, — изумился Бемиш, — вы встречались с Ханалаем?

— Он меня взял в плен, — ответил Ашидан.

Бемиш уставился на юношу: тот был очень молод, тонок, как змейка, и невероятно красив, со своими белокурыми волосами и серыми, густо накрашенными для охоты глазами.

— Господи! Сколько же вам лет было?

— Пятнадцать. Почти пятнадцать. Киссур поручил мне пять тысяч всадников, и со мной были Сушеный Финик и дядя Алдона Рысенка, Алдон Широкоглазый. Мы должны были ждать

Киссура в Черных Горах. Но тут мы услышали, что вниз, в городок Лухун, съехались на ярмарку купцы и сгрудились в городке из-за войны, и мы решили взять этот городок, потому что так добычи достанется больше, если не ждать Киссура. Вот мы ночью подошли к этому городку с проводником, и, когда рассвело, выяснилось, что это была ловушка, — войско Ханалая окружило нас. Ханалай думал поймать самого Киссура.

Ашидан покачался в седле.

— Я выехал вперед и предложил Ханалаю поединок. На моем щите был Белый Кречет, Ханалай подумал, что в ловушку попался сам Киссур. Он очень не хотел драться, но ему пришлось принять вызов. Он испугался, что командиры его засмеют.

Это был поединок, о котором нечего долго рассказывать: Ханалай рассек мне плечо и бросил на землю, как кутенка, а потом снял шлем, чтобы отсечь голову. Очень удивился и спросил: «Ты кто такой, мальчишка, чтобы носить щит с Белым Кречетом?» Я сказал, что меня зовут Ашидан, и что брат мой Киссур отомстит за меня, и чтобы он рубил мне голову, а не разевал свою поганую пасть. Я был очень хорошенький мальчик, и Ханалай вдруг меня пожалел. Размахнулся мечом и вдруг подумал: «Я умру, — в этих словах ужас необратимости, ночью от них нельзя спать. Так стоит ли опускать этот меч?» — так он мне, во всяком случае, говорил потом. Вот он перебросил меня, как девку, через круп своего коня, и поскакал к своему войску. А мое погибло, до последнего человека. Ведь это была совсем другая война, нежели между двумя государствами. Потому что когда воюет одно государство и другое государство, то справедливость в том, чтобы пощадить противника и сделать его своим вассалом, а когда воюет правительство и мятежники, то справедливость в том, чтобы уничтожить мятежников до единого.

— А Сушеный Финик? — вдруг сообразил Бемиш.

— Сушеный Финик и Алдон попали в плен.

— А дальше?

— Меня и Сушеного Финика привели в шатер Ханалая, где

он пировал после битвы, и Ханалай сказал, что он хотел бы услышать от Сушеного Финика песню об этой битве. Сушеный Финик ответил ему, что битва еще не кончена, так как не казнены все, кто должен быть казнен после этой битвы, а когда Ханалай казнит всех, кто должен быть казнен, некому уже будет петь эту песню. Ханалай усмехнулся и подарил Сушеному Финику новую лютню и свой меч, — и этот меч был такой дорогой, что стоил дороже, чем честь Сушеного Финика. Тот сел и спел хвалебную песню Ханалаю, и я не думаю, что вы слышали ее от Сушеного Финика или от кого-то еще. А потом Ханалай повернулся ко мне и сказал, что он хотел бы отпустить меня. Я наговорил ему дерзостей. Тогда он подумал и сказал: «Ладно, тебя распнут завтра, мальчишка. Сначала Алдона, а потом тебя».

— И что же было завтра?

— Нас вывели вместе с Алдоном, и Ханалай сказал: «Если ты позволишь мне помиловать себя, я отпущу Алдона». Я плюнул ему в лицо.

Ашидан помолчал. Лицо его стало совсем бледным, и Бемиш вдруг представил, каким он был хорошеньким ребенком тогда, когда ему было «почти пятнадцать».

— Ханалай покачался-покачался с носка на пятку, а потом и говорит: «Слишком красивый ты мальчик, чтобы умирать». Они распяли Алдона и побранились немного, а потом увели меня.

— А Сушеный Финик?

— А Сушеный Финик пел Ханалаю хвалебные песни, пока не оскорбился, что он, человек из знатного рода, прислуживает простолюдину, который в детстве месил коровий навоз. Отрубил голову одному из помощников Ханалая, кинул ее в мешок и ускакал с этим выкупом к Киссуру. И меч Ханалая он тоже подарил Киссуру.

Ашидан помолчал и сказал:

— Там-то я и познакомился с сыном Ханалая: мы были одногодки, это был очень одаренный юноша. Думаю, Ханалай пощадил меня ради него. Однажды он меня спрашивает: «Вдруг мой сын попадется в руки Киссура? Как ты думаешь, оставит он ему жизнь, как я тебе?»

«Да, — подумал Бемиш, — Киссур, однако, не пощадил сына Ханалая, и вообще никого не пощадил».

— Эй, — закричал впереди Ханадар Сушеный Финик, — вы чего там уснули? А ну сюда!

Бемиш и Ашидан заторопили коней. Впереди горная тропа раздваивалась: правая дорога шла вниз, левая резко забирала наверх и исчезала среди нависших камней и деревьев.

— Нам налево, — сказал Киссур, — надо навестить Альдиса, чтобы извиниться за медвежонка и попросить изобильной охоты.

— Если мы поедем к Темной Кумирне, мы не успеем до ночи в замок, — возразил Ашидан.

— Что ж, тогда мы заночуем в Кумирне, — сказал Киссур.

Лицо Ашидана вытянулось.

— Смотри-ка, — сказал Ханадар, — да неужто ты боишься Темной Кумирни?

И, оборотившись к Бемишу:

— Там, в Темной Кумирне, был похоронен Альдис Белый Кречет, а так как место там плодородное и широкое, там устроили два двора, чтобы ухаживать за могилой. Вот они пренебрегли своими обязанностями, и Альдис их съел, и это дело ему понравилось: он повадился каждую ночь вылезать из земли, таскался со свитой за прохожими и загонял их к себе на пир. Прохожий приходит: усадьба, свет, а наутро от прохожего только косточки. Люди уже так и заметили на новолунье: если в Темной Кумирне свист и огонь — значит, скоро где-то будет плач. Простолюдину бы давно загнали кол в гроб, а тут боятся, все-таки — Киссуров прадед.

Ашидан усмехнулся.

— Не стоит навещать могилы предков с иномирцем, — сказал он, — чужаку достаточно того, что его взяли с собой на охоту.

— Еще не было такого, — ответил Киссур, — чтобы я охотился в здешних местах и не поделился добытым с моим предком.

И они поехали по левой тропе, отпустив слуг и приторочив к седлу тушку медвежонка.

✕✕✕

Темная Кумирня вывернулась из-за поворота тропинки неожиданно, как хлестнувший по лицу сук. Она сидела между лесом и скалой, на широкой и плоской, как лепешка, поляне, надламывавшейся в крутой склон, усеянный колючками и камнями. Поляну пересекал крепкий трехметровый тын; за ним виднелась скрученная узлом крыша часовни, и над тыном били лучи света и слышались голоса людей.

Даже в наступающей темноте было видно, как побледнел Ашидан.

— Эге-ге-ге, — сказал Киссур, — неужто Альдис опять принялся за старое безобразие?

Всадники тихо спешились. Киссур погладил коня рукой, чтобы не ржал, и незаметно сунул под куртку веерник. Он отдал повод Ханадару, и остальные члены отряда последовали его примеру. Потом Киссур сделал знак, и охотники вместо того, чтобы открыто подъехать к воротам, пошли в обход, туда, где высокий тын смыкался с вековыми елями.

Пройти оказалось совсем нетрудно: одна из елей, упавшая в прошлом году, обломила тын, чудом не задев часовню; поверх рогатого бревна они и заглянули в широкий двор. Там, на каменной площадке, стояла маленькая, похожая на полосатый кабачок космическая шлюпка «Ориноко-20». Люди в комбинезонах стояли цепочкой, от шлюпки до кумирни, и передавали из рук в руки мешки.

— Тю, — сказал громко Киссур, — вот это называется прогресс! Даже привидения разучились летать без двигателей!

Перемахнул через бревно и шагнул в освещенный круг. По правде говоря, привидением выглядел скорее Киссур — в старинном зеленом кафтане, с тисовым луком через плечо и лицом, раскрашенным синими полосами для охоты, — посреди людей в летных комбинезонах, застывших на мгновение у грузового лючка. Люди побросали пластиковые мешки. Из окошка кумирни выпрыгнули трое, с оружием в руках. Тут у опушки тихо заржала лошадь, и вслед за Киссуром во двор спрыгнул Алдон, а за ним — Бемиш и Ашиник.

— Отбой, — сказал кто-то, — это хозяева.

Киссур неторопливо подошел к низенькому круглоглазому человечку, в котором Бемиш узнал старосту деревни, и сказал:

— А, это ты, Лахор. Чем это вы тут занимаетесь?

— Помилуйте, господин, — сказал Лахор с известным достоинством, — грузимся...

Алдон шагнул к воротам и сбросил засов; ворота отворились, в них появился Ханадар с лошадьми. Киссур тем временем поставил ногу на один из мешков, вытащил из-за пояса охотничий нож и пропорол пластиковую обертку снизу доверху.

— Клянусь божьим зобом, — сказал Киссур, — вот все тебе в округе говорят «господин», «господин», колени целуют, а и не знаешь, чему господин-то. Это что за овес вы на шлюпку таскаете? В здешних местах сроду, помнится, ничего, кроме овса, не росло.

Киссур зачерпнул рукой из мешка и понюхал.

— Нет, — покачал он головой, — сроду овес так не пах. Ханадар, ты не знаешь, что это?

Ханадар тоже выбрал себе мешок, распорол его когтем бывшей при нем плетки, вытащил горсть травы и сунул под нос своей лошади. Та заржала, стала воротить морду.

— Нет, — сказал Ханадар, — не знаю, а только это не овес. Вон Пестрый морду воротит, есть не хочет.

Тут вмешался Алдон Рысенок.

— Да это ж дурь, — сказал он, — «волчья метелка». Ее вейские сектанты да здешние смерды издавна употребляли для путешествий на небо, а теперь ее на небо возят в пластиковых мешках. Большие деньги, говорят, за эту травку дают на небе. Иномирцы — они всегда большие деньги платят за то, от чего лошадь морду воротит.

Единственное, что Бемишу было непонятно, — так это почему их всех еще не пристрелили.

И тут раздался ломкий голос Ашидана.

— Киссур, — сказал он, — это моя вина. Я не успел спросить у тебя.

Киссур мгновенно обернулся.

— То есть ты хочешь сказать, — с деланым изумлением проговорил он, — что ты позволял моим сервам торговать выросшей в моих владениях травой, не испросив у меня позволения?

— Но я не был уверен... — начал Ашидан.

— Скажи-ка, — осведомился Киссур, — кто старший в роду — ты или я?

— Ты.

— А кому принадлежит земля и все, что под ней и на ней, — старшему или младшему?

— Старшему.

— Так почему же ты нарушаешь закон, доход с такого дела кладешь себе в карман?

— Я боялся, ты не поймешь...

— Конечно, не пойму, — загремел Киссур, — на моей земле мои же сервы заводят торговлю, а мне не платят ни гроша? Кто меня должен кормить: государь или мое имущество?

— Господин, господин, — заторопился круглоглазый Лахор, — мы не знали, что господин Ашидан ничего тебе не платит: вот мне стать лягушкой, если мы думали нарушить закон!

В это время из грузового лючка, пригнувшись, вылез человек в летном комбинезоне.

— Извините, господин Киссур, — сказал он по-вейски, — мы и вправду не знали, что вам неизвестно о нашем скромном бизнесе.

Киссур оглядел его с головы до ног.

— Сколько ты платишь брату с мешка?

— Десять.

— Будешь платить двенадцать. Деньги мне и сейчас.

— У меня что, столько есть? — огрызнулся пилот.

— Не перечь ему, — в ужасе всписнул Лахор.

— Я жду, — холодно сказал Киссур, — а то все мешки пропорю.

— Не связывайся с ним, — сказал еще один иномирец, — видишь, бешеный!

— Тут станешь бешеным, — возразил Ханадар Сушеный Финик, — когда свои же сервы не уплачивают справедливых и причитающихся налогов, а брат тебя надувает: ведь небось вам Ашидан обещал защиту от имени Киссура?

Киссур и пилот скрылись в отверстии люка. Ашидан сидел на бревнышке бледный, не поднимая головы. У Бемиша голова шла кругом. Если Киссур не знал, кого встретит у старой кумирни, то зачем он брал с собой оружие, которое пока старательно прятал под охотничьей курткой? А если знал — то зачем притащил Бемиша? Неужели он думает, что Бемиш будет молчать? Нет, неужели, черт возьми, он думает, что Теренс Бемиш проглотит еще и это? Или он полагает, что отныне эти челноки будут садиться на Ассалахский космодром?

Киссур и пилот вышли из люка вновь. Пилот улыбался. Видно было, что, по его мнению, он таки дешево отделался и приобрел себе такого покровителя, с которым ни одна полиция на Вее ему не страшна. Киссур сунул деньги за пазуху и, согнув ногу, поставил ее перед пилотом прямо на алюминиевые ступеньки трапа.

Тот стал недоуменно оглядываться.

— Дурак, — зашипел старый Лахор, — целуй ножку, ножку господина.

Иномирец пожал плечами и наклонился к пыльному сапогу.

В это мгновенье Киссур ударил пилота коленом прямо под подбородок. Пилот взвизгнул. Его подбросило вверх, и тут же сцепленные руки Киссура обрушились на его шею: послышался хруст позвонков.

Краем глаза Бемиш успел заметить, как Алдон сгреб Ашидана и швырнул его к тыну. Киссур распластался за стальной опорой, выхватил веерник и начал палить в растерявшихся людей; Алдон и Ханадар тоже принялись за стрельбу.

Трое вооруженных барыг шлепнулись глазами вверх, четвертый, невидимый Киссуру, выскочил из-за кумирни. Бемиш прыгнул на него и вышиб ствол, оба повалились на землю. Противник вцепился Бемишу в горло и стал его душить. Бемиш перекатился на спину и весьма ловко врезал нападавшему в то место, откуда растут ноги. Тот громко сказал: «Ой» — и выпустил Бемиша, но тут же опомнился и боднул его в живот, а потом ударил правой. Этот удар Бемиш перехватил, уцепился левой рукой за рукав бандита и, растопырив пальцы, ударил его в глаза. Один глаз тут же выдавился и потек по щеке.

— А-а! — заорал бандит. Они обнялись и покатились вниз, к пропасти, между валунов и колючек.

Бемиша страшно ударило о камень, и на миг он потерял сознание. Бандит выхватил из колчана, за спиной Бемиша, стрелу. Стрела была прочная и острая, с белыми льдистыми перьями. Шестигранный титановый наконечник взблеснул над Бемишем в свете луны. «Все», — подумал Бемиш.

Контрабандист, однако, выронил стрелу, а потом вздохнул и лег Бемишу на грудь. Бемиш встряхнулся и выбрался из-под противника. В спине парня торчал длинный нож, а над ножом стоял Ханадар Сушеный Финик.

Финик протянул руку и помог Бемишу встать. Оба полезли по осыпающемуся склону наверх, к освещенной кумирне и шлюпке.

Там уже все было кончено. Бемиш пересчитал трупы: шестнадцать человек, пятеро в комбинезонах и джинсах, остальные местные. Пахло озоном, как всегда после веерника, «волчьей метелкой» и кровью. Ашидан сидел на камне, уронив голову на руки.

По приказанию Киссура трупы и мешки сложили у стен кумирни, облили горючим и подожгли.

— Жалко могилу, — сказал Ханадар.

— Что с ней делать, с опоганенной, — отозвался Киссур.

Отвязал от седла медвежонка и бросил в костер.

После этого Киссур зашел в челнок, сорвал пломбы с панелей аварийного управления, отключил блок безопасности и принялся щелкать переключателями, пока главный экран не налился красным и не заорал нехорошим голосом.

— На коней, — сказал Киссур, выбегая из челнока. Ханадар уже вылетел из ворот и гарцевал у опушки.

— Тебе что, второй раз повторять, — заорал Киссур Ашидану. — Сейчас рванет!

Ашидан вскочил на коня и поскакал вслед за всеми.

Рвануло так, что луна чуть не сорвалась с неба; из гор повыскакивали огненные чертики и заплясали над оставшейся за поворотом кумирней; люди в деревне, когда нашли обломки, изумились и сказали, что старый Альдис затащил к себе глупых прохожих с неба, и добром, понятное дело, это не кончилось.

Полчаса они ехали молча. Солнце совсем зашло, но было полуторалуние, и перекрещенные двойные тени деревьев лежали на светлой тропе черной решеткой. Мир спал; где-то ухала ночная сова, и после очередного поворота пожар у старой кумирни вдруг скрылся и пропал, а далеко впереди вдруг выросла, как воткнутое в небо копье, черная скала, увенчанная наконечником замка.

Ашидан ехал между Алдоном и Ханадаром, наклонив голову, и Ханадар держал повод его коня. Бемиш ехал позади всех. Чувствовал он себя не очень-то хорошо. В позвоночнике, ушибленном о камень, гуляла тупая боль, да и бок кое-где был ободран. Киссур попридержал коня и подождал друга.

— Ну что, Теренс, — сказал Киссур. — Признайся, что ты струсил! Признайся, что ты решил, будто я тебя попрошу в следующий раз посадить этот челнок на Ассалахский космодром!

Он сидел на коне как влитой, и в светлой ночи Теренсу не было видно, где кончается зверь и начинается всадник. Белокурые волосы варвара в беспорядке рассыпались по плечам, и веерник, наконец открыто повешенный у седла, странно контрастировал с рукоятью меча, торчащей, как рог, из заспинных ножен над головой Киссура.

— Ты должен был обратиться в полицию.

— Я, — сказал Киссур, — хозяин налогов и судов на этой земле. Что было бы, если бы я пожаловался в полицию? Я бы не застал челнока, потому что правосудие наше хуже продажной девки и их бы предупредили. Когда правосудие продается, человек сам должен брать его в свои руки. Или ты не считаешь, что я поступил правильно?

— Нет, — ответил Бемиш, — я не считаю, что ты поступил правильно. Ты заботился не о правосудии, а о том, чтобы позор не коснулся твоего рода. Если бы ты казнил людей сообразно их вине, то первым был бы казнен Ашидан, который отлично знает, что торговля наркотиками — это преступление, а не старый глупый серв, который делал то, что приказал господин, и вообще сроду не знал, что эту травку кушать нельзя, потому что те, кто хочет говорить с богами, ее вот уже тысячу лет кушают, и что тут такого? Ты бы дал старосте пару ударов плетью и прогнал прочь.

Они ехали по темной широкой тропе между пропастью и скалой, и черный замок по ту сторону пропасти всплывал из серебристых ночных облаков.

— Ашидан, — негромко сказал Киссур, — ты слышишь, что говорит Теренс? Он говорит, что ты — виновней тех, кто уже мертв, и что это несправедливо.

Даже в свете лун было видно, как плечи юноши вздрогнули.

— Слезь с коня, Ашидан, — приказал Киссур.

Ашидан спешился. Киссур тоже соскочил на землю и выдернул из-за головы меч с рукоятью из сплетенных змей. Вслед за ними спрыгнул Бемиш.

— На колени, — сказал Киссур.

Ашидан, ни слова не говоря, стал у пропасти на колени. Ветер стал трепать его белокурые волосы, и они засверкали в лунном свете. Ашидан наклонил голову и убрал волосы с затылка собственной рукой.

— Лучше бы, — сказал Киссур, — ты погиб от этого клинка восемь лет назад.

И с этими словами он занес меч над склоненной головой брата. Бемиш вцепился в руку Киссура.

— Тебе не хватит на сегодня, Киссур? Ты пьян от крови.

— Ты сам сказал, — был холодный ответ, — что я поступил недолжно. Я не хочу, чтобы про меня говорили такое.

— К черту, — сказал Бемиш, — ты сделал все как надо. Оставь мальчишку в покое.

— Садись в седло, Ашидан, — негромко промолвил Киссур.

❯❮❯❮

Бемиш вернулся в столицу через три дня. Дел у него было по горло: благотворительный вечер, крупный инвестиционный форум, Праздник Осенних Листьев, на который он был приглашен во дворец, и переговоры с менеджментом одной чахарской компании, приглянувшейся Бемишу.

На форум приехал и Рональд Тревис, слегка располневший со времени последней их встречи и, как оказалось, сменивший третью жену. Шаваш пригласил их обоих в Чахар, и после того, как министр лично представил президенту компании двух иномирцев, переговоры прошли на удивление быстро.

Как-то так получилось, что Бемиш и Тревис заночевали в той же усадьбе, что и Шаваш, а вся прочая свита оказалась в гостинице. Ужин, поданный троим гостям, был бесподобен, но после того, как кружившиеся с мечами и лентами девушки покинули зал, а официант из службы безопасности принес вместе с десертом противоподслушивающее устройство, Бемиш понял, что серьезный разговор только начинается.

— Я хотел бы, — начал Шаваш, откидываясь на спинку кресла и отставляя в сторону пустую вазочку из-под засахаренных фруктов, — посоветоваться с вами о том, что касается государственного долга. Мы по уши завязли. Только выплаты по процентам перевалили за треть ВВП.

— Я бы не сказал, что у вас большая сумма госдолга, — заметил Тревис. — У вас просто очень маленький ВВП.

— Вот из этого я и исхожу, — кивнул Шаваш, — предлагая реструктуризацию долга.

Тревис даже подскочил, намереваясь протестовать против такой идеи, когда следующие слова министра финансов заставили его вытаращить глаза.

— Я полагаю, что можно создать частную компанию, которая возьмет на себя обязательства по выплате определенных траншей госдолга, а взамен получит Чахар.

— Как — Чахар? — изумился Тревис.

— Чахар, или Кассандану, или другую провинцию, в которой она сможет собирать налоги, издавать законы и строить заводы. Если вы уж очень напуганы провинцией — можно ограничиться каким-нибудь месторождением.

За столом наступило долгое молчание.

— Шаваш, вы не боитесь, что вас арестуют за государственную измену? — наконец осведомился Тревис.

Маленький чиновник пожал плечами.

— Отчего же? Это всего лишь способ уменьшить расходы бюджета. Если компания не будет выплачивать госдолга, то, разумеется, концессию у нее отберут. Я уже говорил об этом деле с Дачанаком и Ибинной, и они готовы быть пайщиками компании. Господин Бемиш тоже будет крайне уместен среди учредителей, а что до вас, Рональд, — и Шаваш очаровательно улыбнулся банкиру, — я бы просил вас взять на себя переговоры с владельцами облигаций.

Рональд Тревис подался вперед, — в голубых его глазах играли отсветы горящих на столе свечей и зеленый огонек противоподслушивающего устройства. Бемиш с некоторым ужасом посмотрел на банкира. «Он никогда не остановится, — мелькнуло у Бемиша в голове, — он будет размещать для Шаваша самые фантастические сделки, потому что Шаваш может предложить ему то, что никто и никогда в Галактике не делал. Он будет служить консультантом, если Шаваш попросит его акционировать Министерство финансов...»

✕✕✕

В Ассалах Бемиш заглянул только через три дня вместе с делегацией Галактического Банка.

Делегации показали очередные готовые к приему кораблей летные поля и провели по пассажирскому терминалу с двенадцатью подземными служебными этажами и с пятнадцатиэтажной башней, на самом верху которой располагался кабинет Бемиша.

Когда делегация улетела с миром, в кабинет поднялся Джайлс.

— Как замок Киссура? — полюбопытствовал разведчик.

Бемиш промычал что-то невнятное.

— Кстати, — сказал Джайлс, — спутники зафиксировали в том районе взрыв челнока. Что-то типа «Коломбина» или «Трайал», форсированные двигатели, как раз то, что употребляют для перевозки наркотиков. Ты случайно ничего об этом не слышал?

— Я при этом присутствовал, — сказал Бемиш. — Челнок подорвал Киссур. При этом сжег годовой груз «волчьей метелки» и убил шестнадцать человек. После этого он чуть не отрубил голову собственному брату. Это Ашидан занимался этакой торговлей.

— Ты запомнил бортовой номер челнока?

— Д-3756А, «Ориноко», если он был не фальшивый.

Джайлс помолчал.

— Ты полагаешь, что Киссур взял тебя с собой специально? Что он знал, что его обвинили в контрабанде наркотиков и что в поступлении в Академию ему отказали именно по этой причине?

— Да. Только Киссур человек гордый и скорее лопнет, чем скажет такие вещи прямо.

Джайлс кусал губы.

— А где сейчас Ашидан? — наконец спросил он.

— Ашидан остался в замке. В подземелье замка, — уточнил Бемиш.

Помолчал и добавил:

— Ты сказал, у вас есть документы, подтверждающие причастность Киссура к наркомафии. Кто их тебе предоставил?

— А сам не догадываешься?

— Шаваш?

Джайлс кивнул. Потом проговорил:

— Но он мог искренне заблуждаться.

Бемиш, взорвавшись, влепил кулаком по столу.

— Ничего эта сволочь не заблуждалась! — заорал он. — Это твоим шефам на тридесятом небе можно втереть очки и сказать, что Киссур торгует наркотиками! Шавашу втереть очки нельзя! У него шпионы лучше, чем у здешних гангстеров! Он отлично знал, что Киссур тут ни при чем! Зато он знал, что если загнать Киссура в угол, то рано или поздно Киссур сломает себе голову!

— Но Шаваш друг Киссуру...

— Друг? Да он спит и видит, как бы лечь в одну постель с Идари! Если Киссур будет покойником, не пройдет и года, как у Идари останется выбор: либо идти побираться, либо стать женой Шаваша!

Сухопарый разведчик поглядел на Бемиша и вдруг сказал:

— Думаю, что у госпожи Идари будет и третья возможность: выйти замуж за президента Ассалахской компании. Не то чтобы она, конечно, польстилась на варвара со звезд...

■ Глава одиннадцатая, ■

в которой заместитель Теренса Бемиша отправляется в Иниссу на собрание сектантов, а Киссур Белый Кречет шарит по Галактике в поисках бесхозных боеголовок

А через день на космодром вернулся Ашиник, ни словом не обмолвившись о собрании в Иниссе. Что какие-то решения сектантами были приняты и что эти решения вполне могли заключаться в приказе Ашинику подложить бомбу Бемишу или, скажем, кинуть ее в пусковую шахту — было не исключено. Но думать об этом Бемишу было некогда.

Через три дня, когда Бемиш на полчаса забрел в свой кабинет надиктовать целую кучу приказов, Ашиник вызвал его по внутренней связи:

— Господин Бемиш, вы не могли бы уделить мне час? Здесь человек, который желает с вами встретиться.

— Что за человек? — спросил Бемиш.

— Один... пожилой человек.

Бемиш был весьма впечатлен. Оглядел кабинет в поисках гадкого сора и переменил на всякий случай пиджак: свой повесил в шкаф, а из шкафа достал другой, светло-серый, обладавший одним очень полезным свойством: с трехметрового расстояния он выдерживал даже импульс из карманного веерника.

Ашиник впустил в кабинет старика лет восьмидесяти, в крестьянской одежде, с белыми, как вата, бровями, с прямой спиной и маленькой квадратной шапочкой на лысом шаре черепа. Старик поглядел на иномирца страшными выпученными глазами.

— Вы, — сказал старик, — начальник этого места. А я кто?

— Видимо, — сказал Бемиш, — начальник тех, кому это место не нравится.

— У нас нет начальников, — заявил старик, — у нас есть учителя и ученики.

На это Бемишу было нечего ответить, и он спросил:

— Хотите чаю?

Старик, как ни странно, согласился. Бемиш велел принести чаю, и вскоре в кабинет вошла Инис с подносом, на котором стояли чайник с чашками и несколько корзиночек со сладким печеньем.

Старик неодобрительно воззрился на юбку Инис, край которой располагался ровно на метр выше, нежели то было прилично с точки зрения старика. Даже Бемиш был в глубине души против того, чтобы Инис разгуливала в такой юбке где-либо, кроме его собственной спальни. Но что делать? На свете было очень мало вещей, кроме юбок и сережек, которые интересовали Инис, и Бемиш жалел ее и никогда не перечил ей по поводу юбок.

Главный бес и главный противник бесов некоторое время молча пили чай.

— Как это вы будете шнырять отсюда в небо? — сказал Белый Старец. — Я тут походил по вашей стройке, и я видел дырки, которые уходят вниз, а никаких лестниц в небо я не видел.

— На небо, — терпеливо сказал Бемиш, — не поднимаются по лестнице. На небо летают с помощью челноков. Перед стартом эти челноки находятся в пусковых шахтах, как голуби между полетами сидят в голубятнях.

Белый Старец стал глядеть на него заинтересованно, и Бемиш стал объяснять, как и зачем летают ракеты. Он очень старался. Он уже дошел до второй космической скорости, когда старик прервал его и спросил:

— Ладно, что вы летаете на небо, а не под землю, я верю. Но почему бы вам все-таки не построить лестницу, чтобы народу было понятнее?

Бемиш подавил желание истерически расхохотаться. Потом он вспомнил рассказы о коварстве сектантов и о том, как они обожают ставить человека в абсурдные ситуации и смотреть, что будет человек делать. Может, старик все понял про космические корабли? Он точно знал, что Бемиш способен разъяснить ему, что такое вторая космическая скорость, а вот что он не знал — так это как Бемиш поведет себя от такого вопроса.

А Бемиш оказался не на высоте и уткнулся носом в свой чай.

— Слушайте, — сказал старик, поняв, что ответа не будет, — вы говорили вот с этим щенком, и с Киссуром, и с великим государем, и даже с взяточником Шавашем — и со всеми вы нашли общий язык. Как вам это удалось?

— Не знаю, — сказал Бемиш, — наверное, потому, что я всегда пытаюсь говорить правду. Люди очень редко говорят друг другу правду. Они либо льстят, думая, что это ложь, либо хамят и думают, что это правда. А правду они говорят очень редко.

— А какую правду вы скажете о себе? Признайте, что вы бес.

— Нет, — сказал Бемиш, — я не совру, что я бес, и про вас не скажу, что вы не правы. Видите ли, я воспитан в стране, где считается, что народ всегда прав. Если такое огромное количество людей чувствует себя обиженным, значит, у него есть причины для обиды. Если такое огромное количество людей ненавидит иномирцев, значит, у него есть причины для ненависти. Я думаю, что главная причина заключается в том, что вы беднее иномирцев. И я думаю, что единственное средство справиться с этим — помочь вам сделаться такими же богатыми, как страны Федерации. Поэтому я строю этот космодром.

— Вы связаны с очень плохими людьми, — сказал старик, — например, с человеком по имени Шаваш. Это изнанка мира, тушканчик, обратившийся в человека, утка-поганка, у которого семь языков и ни одной души. Его черная тень проникла в наш совет, и его черная тень лежит над стройкой. Подумайте над тем, что я сказал.

И с этими словами старик поднялся со стула и, не кланяясь, ушел. Ашиник выскочил вместе с ним.

✕✕✕

Прошла еще неделя, и Ашиник сказал:

— Господин Бемиш, если вы еще раз хотите переговорить с Белым Старцем, то вы должны быть послезавтра в столице, в гостинице «Архан», в Час Росы.

Бемиш всю ночь не мог заснуть. «Архан» был, бесспорно, самой роскошной гостиницей империи. Он располагался на территории императорского дворца, там, где раньше находился Облачный квартал для приезжих чиновников, и «Архан» сохранил всю безумную роскошь, предназначенную для апартаментов наместников провинций и судей девятого ранга, — плюс, разумеется, все новейшие удобства и микрокомпьютеры, ответственные за климат и температуру. Злые языки добавляли также, что «Архан» сохранил и тайные ходы, по которым к наместникам, вызванным в столицу для казни, приходили исполнители приговора; что же касается слуховых труб и потолочных глазков — их использовали под коммуникации, а обязанности их выполняла более современная аппаратура.

То, что Белый Старец остановился в «Архане», а не в каком-нибудь пятизвездочном «Хилтоне», показывало, что у секты есть не только большие деньги, бо́льшие, чем Бемиш подозревал до сих пор, но и покровители на самом верху. Кто были эти покровители? Во всяком случае, не Шаваш. Старик говорил о Шаваше со свежим отвращением. Бемиш был готов поклясться, что кто-то из осведомителей Шаваша побывал близ инисской встречи или даже на ней самой, и можно было не сомневаться, что этого осведомителя уже скормили крабам.

Бемиш лежал в постели и думал о том, что, возможно, ему, главному бесу империи, который не посылал шпионов, не подкупал, не интриговал, удалось сделать то, что не смог сделать хитрый чиновник Шаваш, — ему удалось заставить Белого Старца, врага иномирцев, пересмотреть свою политику.

— Ты какой-то рассеянный, — сказала Инис, — что случилось?

Теренс улыбнулся в темноте.

— Ничего. Спи, зайчонок.

Женщина осторожно погладила его по груди.

— Ах, господин Бемиш, я же чувствую, что вы в тревоге. Надеюсь, это не из-за той ошибки, которую я сделала вчера в описи? Если нет — расскажите мне.

Бемиш слегка усмехнулся при мысли, что он будет о чем-то советоваться с Инис. А впрочем, она права — с кем-то посоветоваться надо.

Бемиш вылез из постели и, пройдя в кабинет, набрал номер. К его удивлению, несмотря на поздний час, комм тотчас же отозвался.

— Госпожа Идари? Это Теренс Бемиш. Мне надо поговорить с вами.

— Я вас слушаю, Теренс.

— Это не разговор в эфире. Я буду в столице через два часа. Могу я видеть вас?

— Да.

✕✕✕

Идари встретила его у колонн главного дома. Бемиш не стал спрашивать, где Киссур, — дворецкий уже успел шепнуть ему, что Киссур гуляет где-то по кабакам в компании двух варваров и одного бандита.

Идари была в строгой одежде хозяйки дома: длинных черных брюках и черной же кофте, вышитой у рукавов переплетенными цветами и стеблями и перехваченной широким поясом из серебряных блях. Ее черные густые волосы были скручены в узел и заткнуты тонкой серебряной иглой, и сама она была как эта игла: тонкая, стремительная, легкая. Она прошла вперед Бемиша крытой дорогой, осторожно ступая по зверям и травам, вышитым на коврах, и Бемишу показалось, что она ступает по его сердцу.

Они пришли в маленький павильон с круглой крышей и низкой мебелью. Бемиш сел в мягкое кресло, а Идари села напротив на ковер, подобрав ножки.

— Завтра я встречаюсь с Белым Старцем, — сказал Теренс.

На лице женщины мелькнула тревога.

— Осторожней, Теренс, это ловушка. Вас могут убить или похитить. У вас есть прирученный котенок Ашиник — не думайте, что вы изучили повадки лесного тигра.

— Это не ловушка, — сказал Бемиш, — место такое, что это не ловушка для моего тела. Но... Понимаете... секта готова пересмотреть свою политику в отношении иномирцев.

Идари улыбнулась своими черными глазами.

— Я... я был поначалу счастлив. Я сделал то, что не смог сделать Шаваш. Вы же знаете, как они опасны. Но теперь я боюсь. Белый Старец делает громадную уступку. Он что-то потребует от меня взамен. Око за око. Я хочу знать — что?

— Но это совсем нетрудно, — сказала Идари. — Вас называют самым близким к государю чужеземцем. Белый Старец потребует, чтобы вы добились отставки Шаваша.

Бемиш вздрогнул. Переговоры о создании компании, получающей даром половину кассанданских недр в обмен на обязательства обслуживать часть государственного долга, шли полным ходом. Даже имя компании было готово — проект БОАР. О проекте пока никто не знал, но...

— Но... но... боже, это невозможно! Шаваш разорит меня!

Женщина чуть заметно усмехнулась.

— Вам надо было отдавать себе отчет, Теренс, в том, что

может случиться, еще когда вы сделали Ашиника своим подчиненным. Или вы думаете, «знающие путь» позволили бы Ашинику служить у беса, если бы им не показалось, что бес сам изготовил крючок, на который его можно поймать?

Чуть слышно потрескивали угли в жаровне, и пряный дымок благовоний плыл вверх по затянутым в шелк стенам.

— И что же мне делать? — спросил Бемиш.

— Это должен решать сам мужчина, — ответила Идари. — Женщина дает советы, она не принимает решения.

Бемиш помолчал, потом поднялся на ноги.

— Что ж, — пробормотал Бемиш, — сначала надо выслушать их. Я бы просил позволения побеседовать с вами завтра.

Идари церемонно ему поклонилась.

— Конечно, — сказала супруга Киссура.

✕✕✕

В Час Росы Бемиш был в «Архане».

Гостиница сияла малахитовыми колоннами, и зеркала на стенах холла были оторочены тончайшими цветами из серебра. Над зеркалами, там, где ранее располагались изображения богов, теперь в стену были вставлены изысканные циферблаты, показывавшие местное время, время Мельбурна, бывшего в этом десятилетии столицей Федерации Девятнадцати, время Лондона, Хойна, Нью-Йорка и еще десяти крупнейших деловых центров Галактики.

В холле гостиницы царила суета, и дворцовый охранник (а именно они стерегли гостиницу) в шелковом зеленом кафтане молча и решительно теснил человека с камерой. Бемиш подошел к стойке и выразил желание поговорить по внутреннему телефону с обитателем пятнадцатого номера. Девица за стойкой необычайно удивилась. На спину Бемиша легла чья-то рука, и обладатель руки довольно невежливо развернул к себе Бемиша.

— Почтеннейший, — начал он развязным тоном, потом

поперхнулся, подумал и напряженно спросил: — Господин Бемиш?

— Он самый.

Человек с нашивками капитана дворцовой стражи явно занервничал.

— Простите, — сказал он, — насколько я понимаю, вы интересовались постояльцем пятнадцатого номера?

— Да, — с досадой сказал Бемиш, — у меня с ним встреча.

— Это невозможно.

— Почему?

— Полтора часа назад человек, проживавший в пятнадцатом номере, и двое его телохранителей были убиты взорвавшейся в номере бомбой.

Бемиш облокотился на стойку и в тоске сжал руками виски, и в этот момент угнездившийся за кадкой с цветком журналист радостно щелкнул камерой.

✕✕✕

Через двадцать минут Бемиш взбежал по ступеням городской усадьбы Шаваша. Министр финансов пил утренний чай в голубой гостиной.

— Что случилось, Теренс? — изумленно поднялся он навстречу.

— Убийца! — заорал Бемиш.

— Да в чем дело?

— Не прикидывайся!

— Это ты о происшествии в «Архане»? Теренс, честное слово, я не имею к нему никакого отношения...

На лице Шаваша было написано искреннее участие и удивление. По этому-то участливому лицу Бемиш и врезал, если не в половинку, то в треть силы.

Шаваша сшибло на пол. В кабинет влетели двое мордоворотов. Но министр финансов уже вскочил на ноги. Лицо его пылало, через левую щеку тянулась красная отметина.

— Слушай, Теренс, — сказал, кусая губы, чиновник, — сегодняшнее утро будет стоить тебе расположения «знающих путь». Плохо, если оно будет стоить и моего расположения...

Мордовороты стояли, ожидая хозяйского распоряжения. Один из них вопросительно уставился на Шаваша, и тут маленького чиновника внезапно прорвало.

— Вон, — заорал Шаваш, — пошли вон!

Мордовороты дематериализовались. Бемиш молча стоял возле стола. Министр финансов молчал несколько секунд, потом круто повернулся и исчез за резной дверью.

Он появился спустя минут пять, сменив платье и вытирая мокрое лицо вышитым полотенцем. Бемиш молча ждал, сидя у заставленного утренними закусками стола. Шаваш сел напротив и отхлебнул порядком уже остывший чай. Поморщился, проведя по щеке в том месте, куда пришлась плюха иномирца.

— Так что там у тебя стряслось? — спросил чиновник.

— Ты сам все знаешь. Сегодня утром я должен был встретиться в «Архане» с Белым Старцем. Белый Старец собирался изменить свое отношение к людям со звезд. Теперь он мертвее дохлой лягушки, и, так как это произошло из-за встречи с иномирцем, секта как считала нас бесами, так и будет считать. Зато они будут по-прежнему вне закона и, оставаясь более опасными для империи, будут менее опасными для тебя, Шаваш.

Маленький чиновник усмехнулся.

— А тебе не кажется, Теренс, что, если ты встречаешься с человеком, который подписал твоему другу смертный приговор, ты должен поставить твоего друга об этом в известность?

— Нет.

Шаваш резко откинулся в кресле. Голос его зазвучал глуше и не так ласково.

— Предположим, — сказал Шаваш, — кто-то известил меня о пребывании Белого Старца в «Архане». И о встрече с тобой. Разве я не знаю условий этой встречи и что с тебя просили за пересмотр их теологии?

— С меня ничего не просили.

— Так попросили бы. Мою отставку.

— И тебе, конечно, лучше убить человека, который мог помирить с Федерацией миллионы оболваненных простолюдинов, нежели уйти в отставку.

— Ах, Теренс, ты ничего не понимаешь. Ну скажи, что такого ты мог бы сказать государю, чтобы государь отправил меня в отставку?

— Что?! Да десятой доли того, что я знаю...

— Вот именно. Ты можешь отправить меня в отставку только на основании дел, в которых мы были соучастниками. И если моя роль в этих делах будет ясна, то неужели я стану молчать о твоей? А если твоя роль будет ясна, то даже не самые оппозиционные газеты согласятся с тем, что ты — бес.

Шаваш улыбнулся и налил себе новую кружку дымящегося чая — из серебрянного чайника, оплетенного золотыми волокнами, складывающимися в изображения птиц и зверей. На верхушке сидел серебряный же павлин, что почти автоматически датировало вещицу временем Третьей династии. Год назад один такой чайник был продан на аукционе за сумму, сопоставимую с капитализацией небольшой компании и несопоставимую с официальным жалованьем вейского чиновника.

— Белый Старец вовсе не хотел помириться с иномирцами. Он хотел добиться твоими руками моей отставки и твоей же собственной гибели, а вера «знающих» не изменилась бы ни на йоту. Думаю, что именно это решение было принято на собрании в Иниссе, в присутствии твоего любимого Ашиника.

— Вранье, — сказал Бемиш, — вранье, в которое ты не веришь, потому что, если бы дело обстояло таким образом, ты бы просто встретился со мной и сказал, что Белый Старец водит меня за нос. Вместо этого ты убил его, потому что на собрании приняли совсем другое решение.

— Я и собирался встретиться с тобой, — ответил Шаваш, — сегодня, после твоей встречи с Белым Старцем. Но кто-то перехитрил нас обоих.

— Кто же?

— Ядан Фокусник.

— Кто?

— Учитель твоего Ашиника, второй человек в секте, который теперь станет первым. Бьюсь об заклад, он единственный знал или подозревал о плане Белого Старца удавить тебя твоими собственными же руками. Он убил его, чтобы занять его место, зная, что в сложившихся условиях половина империи обвинит в убийстве меня, а другая половина — тебя.

— Вздор! Там разнесло пол-этажа. И я должен поверить, что так профессионально работают те самые люди, которые всю земную технику называют мороком?

— Они называют ее мороком, но они прекрасно ею пользуются, Теренс. Не беспокойся. А возможностей устроить покушение у них в десять раз больше, чем у нас: голову даю на отсечение, что это было дело рук смертника.

И Шаваш, улыбаясь, допил чай.

✕✕✕

Ашиник провел эту ночь в спальне президента компании вместе с Инис, как и все ночи, когда Бемиша не было на космодроме. Он узнал о случившемся из выпуска новостей, прямо с одного из многочисленных экранов, развешанных в зале ожидания, через который Ашиник проходил по каким-то своим делам.

Ашиник стоял молча, вперив глаза в экран. Кто-то из рабочих прошел мимо, и в руку юноши скользнула записка. Тот развернул ее и прочел; записка велела быть на встрече в одном из тайных мест секты — старом храме при харчевенке в трех сотнях километрах к северу от Ассалаха.

Ашиник побледнел и заторопился к выходу.

У выхода его ждали: двое людей в черно-белой форме службы безопасности космодрома молча заступили ему дорогу. Ашиник остановился.

— Пройдемте, — негромко сказал один из офицеров, — шеф желает переговорить с вами.

Поднес руку ко рту и проговорил в круглую бляху на запястье:

— Мы поднимаемся.

Ричард Джайлс, глава службы безопасности космодрома,

ожидал Ашиника в белом звуконепроницаемом кабинете на двенадцатом этаже башни. При виде вице-президента компании, занимавшего более высокое служебное положение, чем он, Джайлс даже не шевельнулся.

Люди в черно-белой форме усадили Ашиника в кресло и, повинуясь жесту босса, удалились. Двери с мягким шипением сомкнулись за их спинами, Ашиник и Джайлс остались одни.

— Это ты свел Теренса с Белым Старцем? — спросил Джайлс. Запираться было бесполезно.

— Да.

— Почему я не был поставлен в известность?

— Это дело господина Бемиша, — ответил Ашиник, — захотел бы — поставил. Когда я пришел сюда работать, господин Бемиш обещал мне, что я не обязан отвечать ни на чьи вопросы, и до сих пор мне их не задавали.

— До сих пор были другие обстоятельства. О чем говорили Теренс и Белый Старец?

— Не знаю.

— О чем говорили на собрании в Иниссе?

— Не скажу.

— Либо ты, Ашиник, расскажешь мне, что было в Иниссе, либо я расскажу Теренсу, в чьей постели ты спишь каждую ночь, которую он проводит вне космодрома. Включая сегодняшнюю.

Ашиник побледнел.

— И даже покажу кое-какие картинки.

Юноша сидел не шевелясь. Его тонкие худые пальцы теребили спускающийся в ворот рубашки талисман, и глаза казались нарисованными синей тушью на папиросной бумаге.

— Так что же было в Иниссе?

— Мы... мы договорились не считать иномирцев бесами, — голос Ашиника был тише журчанья родника.

— Вот как? Почему?

— Это было мое предложение.

— И все его поддержали?

— Белый Старец был за. Этого достаточно.

— А другие? Кто был против?

— Ядан. Ахунна. Человек по прозвищу Дан-Чеснок.

— И отчего же согласился Белый Старец?

— Он сказал, что помирится с начальником космодрома, если тот порвет с Шавашем.

— И кто же убил Старца — Шаваш или Ядан?

— Не знаю, — сказал Ашиник.

— Что будет с тобой?

— Не знаю.

Джайлс помолчал, испытующе глядя на собеседника. Тот был смертельно бледен, и на пальцах его цвели красные точки нервной экземы. Кожа на лице была такая тонкая, что, казалось, вот-вот порвется. Джайлс не был уверен, что его собеседник сейчас не хлопнется в обморок, — ведь у сектантов обмороки были общепринятым ответом на любые неприятности. И бог его знает, о чем он в этом обмороке поговорит с богами.

— Ашиник, ты получал какие-нибудь известия от «знающих путь» после покушения?

— Нет.

Джайлс внимательно смотрел на юношу.

— Когда получишь — скажешь мне.

Ашиник молчал.

— Ашиник, ты что, не понимаешь? Это ты был за союз с чужаками! Ты — следующая жертва после Старца! Тебя же теперь убьют, если ты будешь не с нами!

— Это я понимаю, — тихо сказал Ашиник.

Джайлс вздохнул.

— Слушай, Ашиник, — неожиданно проговорил он, — ну чего ты связался с Инис? Глупая ведь баба. Таких здесь корзинами отвешивают.

Ашиник тихо сморгнул — в знак согласия.

✕✕✕

А вечером Ашиник сидел уже в кабинете президента компании, с тем же Джайлсом и Бемишем. За огромным темным окном подвывали ветер и двигатели, по летным полям метались сполохи прожекторов, и свалявшаяся пыльца ореховиков — было как раз время их цветения — гуляла туда-сюда по летным пространствам. Техники вполголоса кляли пыльцу, забивавшуюся во все системы, а суеверные местные жители говорили, что это не к добру — издавна вихри пыльцы считались в этих краях ведьмами, а места, где они бродят особенно высоко, — проклятыми.

На летных полях, открытых ветру и продуваемых мощнейшими вихрями от плазменных двигателей, ведьмы плясали вовсю.

— Когда ты встречаешься с Яданом? — спросил Бемиш.

Ашиник помолчал. Записку он давно сжег, но слова ее так и горели в его мозгу. Ответить? Не ответить?

Но тут в разговор вмешался Джайлс:

— Нам известно, что на территорию космодрома приходил курьер от Ядана. Он передал тебе записку. Что в ней было?

— Мне не передавали никакой записки. Где ваш курьер? Вы его арестовали? Сняли на чип?

— Нет, — признался Джайлс.

— Почему?

— Его видели люди Шаваша. Он сообщил мне.

— Неужели вы не понимаете, что Шаваш врал? — спросил Ашиник.

— Слушай, Ашиник, — сказал Джайлс, — я знаю, что после смерти главы вашей веры в течение двух дней должен быть избран новый глава. И я знаю, что ты, как член высшего Кольца, должен на этом присутствовать, потому что иначе избрание будет незаконным. Где и когда вы собираетесь?

— Не знаю.

Джайлс схватил юношу за ворот.

— Дур-рак! Ты понимаешь, что тебя зовут туда, чтобы убить? А если ты выйдешь оттуда живым, то только при условии, что тебя заставят убить Теренса!

Ашиник побледнел. Зрачки его вдруг увеличились в размерах, заполоняя всю радужную оболочку.

— Не прикасайся ко мне! Бес! — вдруг завизжал юноша.

Бемиш вскочил с места. Лицо Ашиника исказилось, на губах появилась пена: у него начался припадок.

✕✕✕

Ашиника унесли, и тогда в кабинете Бемиша растворилась внутренняя дверь, и вошел человек, до того наблюдавший за разговором из соседней комнаты: Шаваш.

— Вы уверены, что он знает, где будет собрание? — спросил Джайлс.

— Уверен, как в своей печенке, — отозвался Шаваш. — Там будет вся головка секты. Это наш единственный шанс — накрыть всех. Вырезать их к бесовой сопле!

— Это *ваш* единственный шанс, — процедил Бемиш.

— Теренс! Мы в этом деле одним дерьмом мазаны. Сектанты — это не галактическая полиция. Никто не станет разбираться, вы или я послали бомбу Белому Старцу. Завалят обоих. Отдайте мне Ашиника.

— В каком смысле — отдайте? — осведомился Бемиш.

— Вы что, маленький, в каком?

И хозяин частной тюрьмы сделал недвусмысленный жест рукой — как будто выкручивал белье.

— Нет, — отрезал Бемиш.

— Рональд будет на вас очень сердит, — промурлыкал Шаваш. — Он уже начал переговоры с владельцами крупных долговых пакетов. Если вас не окажется в числе акционеров БОАР...

— Я подумаю, — сказал Бемиш внезапно севшим голосом.

Шаваш не стал настаивать. Он понимал, что иномирец еще никогда не менял впрямую жизнь близкого человека на некоторое, пусть даже очень большое, количество денег, и полагал, что к подобной мысли надо привыкнуть.

Он замолк и вскоре стал прощаться. Джайлс вышел его проводить. Уже у подъезда, там, где их никто не мог подслушать, Джайлс прошептал Шавашу несколько слов, и тот улыбнулся разведчику одними глазами.

✕✕✕

Ашиник проснулся поздно ночью. Он лежал в медицинском отделении на пятом этаже космопорта, и за прозрачным окном небо мелькало синим и красным.

Он плохо помнил то, что было во время и до припадка. Кажется, этот бес — Шаваш от него что-то требовал. Бес? Почему бес? Шаваш веец. Ядан тоже веец, а между тем он убил Белого Старца. Только бес мог убить Белого Старца. Итак, сектанты — сами бесы? Нет, они только придумывают бесов. Но тот, кого ты придумал, тот тобой и становится...

Ашиник резко сел в постели. Он вспомнил. Его, как члена высшего Кольца, звали на собрание. Если он не придет, он будет вне закона. А если придет? Безумие! Иномирцы за ним следят! Он сыграет роль птички-наводчика, а собрание будет тем ульем, который выжгут плазмой!

Ашиник огляделся. Комната была невелика, и, хотя ничего такого не было видно, Ашинику казалось, что его со всех сторон ощупывают глаза телекамер. Ашиник порылся в висящей рядом на стуле одежде и вытащил плоский камешек с двумя отверстиями. Камешек этот передали ему еще на сходе в Иниссе, объяснив, что камешек заколдован так, что лишает силы электронные глаза иномирцев.

Ашиник только горько усмехнулся: он-то хорошо знал, что против камеры наблюдения заклинаниями не поможешь. «Если я не приду и сошлюсь на слежку, меня обвинят в том, что я не верю действию святого амулета», — мелькнуло в его голове.

Однако почему это за ним должны следить? После таких припадков он обычно лежал пластом день-два. Мало кому могло взбрести в голову, что пена на его губах была от вовремя разгрызенного «пенного орешка» и что потерял он сознание от орешка самое большее часа на два.

А между тем бежать было необходимо. По самой простой причине. Ашиник не мог поручиться, как себя поведет Теренс Бемиш. До сих пор иномирец был очень великодушен, что и говорить, но до сих пор это согласовывалось с его интересами.

Теперь Бемиш кровно заинтересован в уничтожении «знающих», вряд ли он станет церемониться с Ашиником.

Ашиник встал и подергал дверь. Та была незаперта, однако коридор, в который она выводила, спустя два-три метра упирался в сомкнутые створки коридора. Вот эту дверь — Ашиник знал точно — вскрывать было опасно. Она наверняка сидела на ночной сигнализации от воров и прочих неожиданностей.

Ашиник заглянул в парочку кабинетов. Почти везде торчало медицинское оборудование. Две комнаты были пусты и завалены пластиковыми ведрами с краской и прочей строительной снастью — в них шла отделка. Острый запах краски еще не успел выветриться, и рабочие, старавшиеся тут днем, приоткрыли окно.

Тут же валялась парочка изгвазданных комбинезонов.

В следующую секунду глаза Ашиника блеснули, и он бросился к краске. Так и есть: за пластиковыми ведрами валялся небольшой белый рулончик в локоть толщиной. Это была не веревка, нет — всего лишь противошумная изоляционная лента, которой проклеивали стыки звукоизолирующего линнита. Но Ашиник знал, что лента обладает фантастической прочностью, — раньше рабочие стройки торговали ею вовсю, крестьяне из нее сбрую крутили. Длина стандартной упаковки была шестьдесят метров, но здесь упаковку уже почали. На взгляд Ашиника, использовали примерно шестую часть. Должно хватить на пять этажей.

Ашиник натянул поверх пижамы драный комбинезон, подошел к окну и замотал начало ленты за оконный шпингалет. Коротко взмолился: «Помоги, Белый Старец!» — и перелез через окно.

Спускаться было нелегко. Лента была липкая, но в меру, и сама постепенно отматывалась под тяжестью повисшего на ней Ашиника. Однако иногда она застревала, и тогда приходилось судорожно отдирать проклеенное место, повиснув на одной руке.

Через пять минут Ашиник спрыгнул на заасфальтированный поребрик и бросился со всех ног по тугому, гулкому термобетону. Этот сектор был сравнительно пуст: у самой кромки стояли два флайера да вдалеке грузился разлапистый карго-челнок. Ашиник, раскрыв рот, несколько мгновений глядел на вплывающие в грузовой люк контейнеры. А что, если пробраться на корабль и улететь к черту с этой планеты? Там его, по крайней мере, не убьют и не предадут.

Ашиник свернул к пятому сектору, пробрался сквозь дыру в заборе наружу и побежал по серебрящемуся в лунном свете проселку туда, где, приткнувшись у обочины, стоял старенький пикап. Еще днем Ашиник попросил одного из рабочих поставить пикап в этом месте.

Ашиник запрыгнул в пикап и сунул руку под водительское сиденье. Слава богу — кодовая карточка была там, где условливались, засунутая в пачку из-под сигарет.

Ашиник сунул карточку в слот, мотор послушно заурчал, и тут виска его коснулся холодный ствол и кто-то тихо проговорил:

— Езжай прямо, детка, и не рыпайся.

Ашиник скосил глаза: говоривший был виден в зеркале заднего вида. Ашиник узнал в нем личного охранника Шаваша, одного из тех пяти, которым Шаваш, по слухам, безусловно доверял.

— Езжай-езжай!

Пикап медленно тронулся. Охранник тихо сказал в комм:

— Рыбка поймалась. Встречайте нас за мостом.

Ашиник стиснул зубы.

— Погодите, — пробормотал он, — вот хозяин узнает, что вы меня схватили, будет вам выволочка!

Охранник рассмеялся.

— Если уж так тебя интересует, это Бемиш тебя сдал. Сказал, где будет стоять пикап, и предложил подождать.

Внутри у Ашиника все оборвалось.

— Врешь! Хозяин так не делает!

— Э-э, милый мой, хозяин так не делал, пока у него была надежда помириться с твоими фанатиками. А теперь у него одна надежда — узнать, где будет сход, и выжечь все ваше гнездо.

Конечно, господин Бемиш и сам мог бы содрать с тебя шкурку, однако Бемиш иномирец и чистоплюй. Зачем самому мараться, когда рядом есть мы? Вот он и отдал тебя.

Ашиник ехал молча. Рядом, за бетонной стеной космодрома, шипели на продувке дюзы и мигали сигнальные огни. Проселочная дорога наконец кончилась, пикап взобрался на шестирядное шоссе и покатил к мосту через Ланах.

— Так где вы собрались?

— Не знаю.

Машина взлетела на эстакаду у восточных ворот космодрома, внизу мелькнули огни какой-то легковушки.

— Эй, парень, зачем ты упрямишься? Неужели ты не понимаешь, что тебя тоже убьют? Ведь ты же нормальный человек. Ты же не веришь, что Белый Старец родился из золотого яйца? Скажи — где, и тебя отпустят, потому что мои хозяева разумные люди, а твои — психи!

Ашиник резко вывернул руль вправо. Машина ударилась о бетонный поребрик, подпрыгнула и влетела носом в ограждение. Рука охранника дернулась, и лобовое стекло рассыпалось расплавленными брызгами.

Охранник что-то заорал.

Решетка подалась, выламываясь. Ашиник распахнул дверцу и вывалился наружу. Он успел ухватиться за встопыренные прутья, торчащие с края эстакады.

Развороченные звенья решетки брызнули вниз, и вслед за ними, кувыркаясь, полетела машина. Через секунду раздался грохот и потом — глухой взрыв.

Ашиник вскарабкался на эстакаду и побежал что есть силы.

✕✕✕

Было утро следующего дня, когда босой Ашиник в крестьянской одежде и с узелком за плечами сошел с рейсового автобуса в трехстах километрах от Ассалаха.

Еще через полчаса он вошел в харчевню на берегу Мерского озера.

В задней комнате харчевни горели семь свечей, и за круглым столом сидели шестеро человек в самой простой одежде. Все они, казалось, не обратили на вошедшего никакого внимания, словно не человек вошел, а муха влетела. «Зачем я пришел, — отчаянно заметалось в голове Ашиника, — зачем я пришел? Они убьют меня, как Белого Старца». Ашиник сел на свободный стул. Теперь все семь мест перед семью свечами были заняты.

— Рашан мертв, — тихо промолвил Ядан Фокусник. — Он убит потому, что желал помириться с бесами, и смерть его — на том, кто посоветовал ему это сделать.

Рашан — было имя Белого Старца, и всем это имя было запрещено произносить, пока он занимал этот пост. Раз имя было названо — значит, уже избрали нового Белого Старца, и сердце Ашиника вздрогнуло, когда он понял, что это сделали без него.

Шестеро глав Колец повернулись и стали глядеть на Ашиника.

— Душе Рашана тяжко одной — те, кто ее погубил, должны отправиться вослед, — сказал Даш, сидевший ближе всех к Ашинику.

В комнату вошли двое мальчиков лет семи и стали обносить присутствующих двумя кубками, черным и белым. Шестеро сидящих за столом по очереди опустили руку и в тот и в другой кубок.

Ядан Фокусник тоже опустил руку сначала в белый кубок, а потом в черный. В руке его был зажат сухой боб — этот боб он должен был бросить в один из кубков — никто не мог видеть, в какой именно. Однако Ашинику было нетрудно угадать, что боб Ядан бросил в черный кубок.

Мальчики обошли всех шестерых и потом высыпали свои кубки на стол. В белом горшке ничего не было. В черном было пять бобов. Пятеро из шести сидящих проголосовали за его, Ашиника, смерть. Кто-то шестой воздержался.

Ашиник с холодным любопытством наблюдал за собой. Мозг его как бы разделился на две половинки, и каждая независимо смотрела на происходящее. Одна половинка была Аши- ник — вице-президент Ассалахской компании, самый молодой из менеджеров империи, человек, который зарабатывал вдесятеро больше, чем все здесь присутствующие, вместе взятые. Другая была — Ашиник-сектант, ставивший приказы старшего гораздо выше собственной жизни. Что, в конце концов, одна жизнь, когда их так много? Лучше умереть достойно и родиться в следующей жизни в хорошей семье, нежели умереть трусом и возродиться пауком.

Двое людей в красных капюшонах подхватили Ашиника под руки и, протащив несколько шагов, поставили на коврик, разостланный перед деревянным алтарем с бумажными цветами и мисочкой, на дне которой лежала старинная монета с изображением государя Иршахчана. Один ловко и быстро накинул на шею юноши прочную пеньковую петлю. «Нет!» — хотел закричать Ашиник, как закричал бы на его месте иномирец.

— Дай я волосы поправлю, — услышал Ашиник свой собственный голос, и руки его поднялись и вынули из-под петли несколько прядок.

Один из палачей подтолкнул его ближе к алтарю, а другой стал, не торопясь, тушить дощечкой пламя семи свечей. Ашиник знал, что его убьют, когда потухнет последняя.

Ашиник стоял на коленях, не шевелясь и смотря, как комната постепенно погружается во мрак. Вот уже остался только один язычок пламени.

— Оставьте-ка нас вдвоем, — вдруг неторопливо проговорил чей-то голос.

Веревка на шее ослабла. Зашуршали стулья, и тихо скрипнула дверь. Ашиник чуть повернул голову и увидел, что остался наедине с Яданом. По тому, как быстро было выполнено приказание, он понял, что Ядан теперь — Белый Старец.

— Неправильно убивать человека, — сказал Белый Старец, — который может еще служить нашему делу, как бы ни был он виноват. Ты ведь хочешь служить нашему делу?

— Всей душой.

— Ты согласен, что виноват в гибели Рашана?

— Да.

Ашиник отвечал как автомат. Он понимал, что потребуют от него сейчас. От него потребуют убить Шаваша. Или хозяина.

— Бесы научили тебя многому. Ты можешь вернуться к Теренсу Бемишу?

— Нет. Бемиш предал меня.

— Важно не то, что Бемиш предал тебя, — сказал Белый Старец. — Важно, что Бемиш предал Рашана. И он за это ответит.

✕✕✕

Спустя неделю, когда Бемиш возвращался с охоты, он услышал, что на Шаваша совершено очередное покушение. На этот раз в нем не было ничего любительского. Машина, нашпигованная смесью октогена и аммонита, взорвалась ровно в тот миг, когда с ней поравнялся лимузин министра финансов. Покушение было организовано превосходно: преступники изучили все маршруты возможного следования вице-министра и передавали друг другу сведения по рации.

Кроме этого, террористы явно пользовались высоким покровительством: взрыв произошел на Лазоревом перекрестке, в квартале от императорского дворца, и в эту часть столицы нельзя было проехать без допуска или взятки.

Спасла Шаваша поразительная случайность. За мгновение перед взрывом на дорогу выкатилась кукла, а за ней выскочила девочка лет восьми. Водитель резко затормозил, пытаясь избежать наезда, и лимузин развернуло поперек дороги.

Тут-то и грянул взрыв. Машину, стоявшую багажником к ударной волне, подкинуло в воздух, и она влетела в маленькую саманную лавочку. Удар был такой силы, что машина пролетела лавку насквозь, перевернулась в воздухе и упала на крышу небольшого электромобильчика, мирно спешившего в Сырную управу по соседней улице.

Бронированный лимузин раздавил электромобиль, как консервную банку, ударился носом об асфальт, снова подпрыгнул и завалился набок, а потом немного подумал, пошатнулся и встал на колеса.

Девочка с куклой погибла. Люди в электромобиле превратились в фарш. Хозяину лавки оторвало руку. Шаваш, сидевший в бронированном лимузине восьмой степени защиты, заработал легкое сотрясение мозга и испортил отличный костюм, весь заляпанный кровью водителя. Охраннику Шаваша повезло меньше — ему разорвало селезенку.

Услышав о смеси октогена и аммонита, Бемиш похолодел. Это была не такая популярная уж марка взрывчатки. Но при прокладке глубоких шахт в базальтовых плитах на космодроме использовалась именно эта штука.

В предбаннике Бемиша толклось изрядно народу. Бемиш прошел в кабинет, кивком головы пригласив за собой Джайлса. Начальник службы безопасности сделал деревянное лицо и последовал за президентом компании.

— Ашиник так и не объявлялся? — спросил Бемиш Джайлса.

— Нет, — ответил тот.

— Дик, сверь всю израсходованную взрывчатку, до миллиграмма, — тихо сказал Бемиш.

— На твоем месте я не стал бы поднимать этот вопрос, — так же тихо, хотя они были одни, ответил Джайлс.

— На своем месте я не стану дожидаться, пока этот вопрос поднимет Шаваш.

А еще через час в кабинет вошла Инис. Бемиш поднял глаза и удивился: Инис была необычайно серьезна, бровки ее были нахмурены, хорошенькое личико побледнело. Даже юбку Инис надела почти до пола, хотя юбка была не совсем непрозрачная.

— Теренс, — сказала она, опуская глаза, — Ашиник арестован. Он просто сидел в харчевне — на него набросились и увели.

Бемиш вопросительно поднял брови. «Просто сидел в харчевне» — это было легкое преуменьшение. С тех пор как неделю назад вице-президент Ассалахской компании увернулся от допроса, ловко симулировав припадок, его не видел никто, хотя разыскивали очень многие.

— Откуда ты это знаешь?

— Мне звонили.

Бемиш помолчал.

— Теренс, клянусь, он не виноват! Они... они его подставили! Это их замашки — они решили избавиться от человека, который уже наполовину иномирец, и они решили сделать это руками Шаваша!

Бемиш изумился. То, что сказала Инис, вполне могло быть правдой. Но как эта девочка додумалась до такого? Кто ей подсказал? Бемиш чуть не задал этот вопрос и вдруг побледнел. Он понял, в чем дело. Не *кто* подсказал, а *что* подсказало.

— Ты должен поехать к Шавашу, — сказала Инис.

— Почему?

Инис вдруг уперла руки в бока:

— Три месяца назад ты не спрашивал бы «почему»! Ты знал бы, что без Ашиника тебе не справиться с рабочими. А теперь Ашиник сделал свое дело — Ашиника можно отдать! Он научил рабочих быть богатыми и сытыми, а больше тебе ничего не нужно!

Боже мой! Это была совсем не та Инис — постельная девочка, охотница до нарядов и сластей. Бемиш выскочил из-за стола и схватил ее за плечи:

— Почему ты просишь за него? Какое тебе дело до моего заместителя? Почему звонили тебе, а не мне?

И тут Инис разрыдалась. Она опустилась на колени, обняла ноги Бемиша и залепетала, совершенно растерянно:

— Я... я не могу без него...

Бемиш побледнел:

— Вы любовники?!

Инис ползала у его ног. Бемиш зашарил по столу, и женщина вскрикнула и вскочила. Она в ужасе глядела на селектор, словно ожидала, что вот сейчас Теренс Бемиш велит начальнику службы безопасности космодрома раздобыть где-нибудь джутовый мешок и зашить туда неверную наложницу господина президента.

Бемиш повернулся и выскочил из кабинета.

✕✕✕

Когда Бемиш прилетел к Шавашу, маленький чиновник как раз заканчивал обед. На скатерти, затканной павлинами и травами, стояла маленькая жаровня, а над ней в огромном серебряном блюде шипел и пузырился персиковый сироп. Два разодетых мальчика по очереди окунали в сироп дольки «овечьих ушек» и подносили их палочками ко рту министра финансов. При виде Теренса мальчики поклонились и убежали.

— Ты арестовал моего зама! — с порога заявил Бемиш. — На каких основаниях?

— Он сектант и замешан в утреннем покушении.

— Где доказательства?

Шаваш пожал плечами и окунул в сироп сочную темно-красную корочку.

— Был бы арест, а доказательства он сам нам предоставит.

— На твоем месте я не очень-то бы верил показаниям, полученным под пыткой.

— А я бы, — сказал Шаваш, — никогда не верил показаниям, полученным без пытки. Да что ты так глядишь на меня, словно у меня живой карась в зубах?

— Ты негодяй! — заорал Бемиш.

Министр финансов проглотил деликатесный фрукт, окунул кончики пальцев в блюдо с розовой водой и вытер их о вышитую салфетку.

— Между прочим, — сказал Шаваш, — ты бы мог хоть спросить, как мое здоровье. Там пятерых убило.

— Здоровье, я вижу, не хуже аппетита, — отрезал Бемиш.

Министр финансов пожал плечами и окунул в густой сироп дольку персика.

— Шаваш, — сказал Бемиш, — это не дело рук Ашиника. Он бы никогда, никогда не заложил взрывчатку на Лазоревом перекрестке. Это слишком людное место. Он был никогда не стал убивать посторонних людей.

— Какая разница? — сказал министр финансов. — Ашиник знает все — а веры в нем осталось на донышке. После того как мы его допросим, от секты ничего не останется.

— Кроме ее причин вроде нищеты народа, казнокрадства чиновников и хамства иномирцев.

Шаваш усмехнулся.

— Ты чудак, Теренс. На твоем месте я бы сказал спасибо за арест любовника твоей наложницы...

Бемиш побледнел. Значит, и это было известно. Черт возьми, это всем было известно, включая сектантов, кроме него...

— Конечно, ты не любишь Инис. Ты любишь другую женщину. Но это еще не повод просить за того, кто наставил тебе рога.

И Шаваш снова проглотил засахаренную дольку.

Бемиш заорал так, что на столе подпрыгнул фарфоровый чайник и язычки пламени под серебряным блюдом заметались в разные стороны:

— Или ты мне сию секунду предъявишь факты, или ты поедешь и выпустишь его!

Шаваш невозмутимо окунул в сироп последнюю дольку, проглотил ее и со вздохом сожаления положил на тарелку палочки. Потом он встал и, поманив Бемиша пальцем, вышел из гостиной.

Они прошли по выложенному узорным паркетом коридору, миновали два или три зала, отделанных со всевозможнейшей роскошью и украшенных инисскими коврами старинной работы, которые Шаваш, по слухам, попросту велел содрать со стен храма Исии-Ратуфы (этот грабеж потом оформили как покупку за какую-то смехотворную сумму), и внезапно, через две или три двери, очутились в бетонном коридоре. Бемиш вдруг с ужасом вспомнил похвальбу Шаваша: «По-настоящему влиятельным следует считать не того, кто имеет собственную усадьбу, а того, кто может позволить себе иметь собственный застенок». Неужели чиновник не шутил?

Коридор уходил вниз и оканчивался толстой стальной дверью с вделанной в нее кремальерой, и перед этой дверью стояли два стражника в черных бронекостюмах. При виде Шаваша один из них поспешно распахнул дверь.

Помещение за дверью почему-то напомнило Бемишу ванную. В нем были голые цементные стены и кафельный пол, и в этом кафельном полу зачем-то была сливная дырочка.

Ашиник, совершенно голый, висел головой вниз на вделанных в стену кольцах, и Бемишу бросилась в глаза его правая рука: ногти на ней были вырваны начисто. Боковым зрением Бемиш заметил ворох окровавленного тряпья под столом, какие-то щипцы в мисочке и двух полных румяных парней: одного из них Бемиш все время видел рядом с маленьким чиновником. Ашиник был жив, но глаза его были мертвы.

Палачи поклонились вошедшим, а Шаваш шагнул вперед, отстраняя застывшего иномирца, и устало сказал:

— Сними-ка эту грушу с ветки.

Один из палачей взмахом ножа срезал веревки, стягивавшие запястья Ашиника, и, подхватив обрушившееся тело, посадил его раскорякой на стул. Шаваш подошел к обнаженному пленнику, запрокинул ему голову и спросил:

— Кто помогал вам во дворце?

Ашиник молчал. Черные волосы его намокли от крови и стояли колом. Бемиш шагнул к юноше, но один из палачей угрожающе положил руку ему на плечо.

Глаза Ашиника были пусты, как оперативная память невключенного компьютера. Потом он что-то прошептал. Губы плохо его слушались, Бемиш разобрал только конец фразы и понял, что это довольно грязное ругательство.

— Это не ответ, — сказал Шаваш.

Ашиник облизнул разбитые губы и изо всех сил плюнул Шавашу в лицо.

Чужая слюна и кровь обрызгала губы чиновника и подбородок. Все окаменели. Шаваш медленно повернулся и подошел к душевому крану, вделанному прямо в одну из стен. Только тут Бемиш запоздало сообразил, почему комната напомнила ему ванную и что именно здесь обычно смывают с пола.

В наступившей тишине было слышно только журчанье воды и фырканье умывающегося чиновника. Шаваш завернул кран и вновь подошел к пленнику.

— Надеешься, что твой хозяин тебя выручит?

Ашиник с усилием поднял голову. Казалось, он заметил Бемиша в первый раз. Глаза его по-прежнему были пусты, и боль плавала в них, как плавает большой серый сом под тиной пруда. Шаваш обернулся к иномирцу и сказал:

— Выбирай, Теренс, — или этот парень, или БОАР.

Теренс Бемиш молчал несколько секунд. С крана громко капала вода, и к отверстию в белом кафеле сочился чуть розоватый ручеек. Один из палачей шумно чесал себе под мышкой.

— Я друзей на акции не меняю, — сказал Бемиш.

В глазах Ашиника по-прежнему ничего не было. Возможно, он и слышал слова, которые говорил президент Ассалаха, но вряд ли слова складывались для него в смысл.

— Ты свободен, — сказал Шаваш Ашинику. И прибавил, обращаясь к своему помощнику: — Распорядись, чтобы чай подали мне в кабинет. Вместе со сливовым пирогом. А то Теренс не дал мне доесть десерт.

Бемиш молча снял с себя куртку, шагнул вперед и с бешеной улыбкой, сосредоточенно, стал кутать в эту куртку Ашиника. Шаваш негромко отдал распоряжение. Помощник Шаваша скрылся за дверью. Через минуту он явился с чистым платьем.

Второй палач с досадливой улыбкой разомкнул наручники, стягивавшие окровавленные запястья.

— Помыть бы мальчишку, — сказал он.

Бемиш зашипел на него, как гусак, и стал молча запихивать Ашиника в штаны. Потом он застегнул на юноше куртку и потащил его прочь.

Автомобиль Бемиша был брошен у парадной лестницы. Обычно Теренса сопровождала охрана, но на этот раз он был за рулем сам. Он не был уверен, что люди Джайлса отнесутся к Ашинику лучше, чем палачи Шаваша. Бемиш швырнул юношу, как куль, в машину и, разворачиваясь, переехал клумбу с редкими орхидеями.

Бемиш остановился у первой же частной клиники: Ашиника вымыли, и испуганно косящий глазами врач осмотрел его и перевязал. Юноша молчал и время от времени принимался плакать.

Бемиш смотрел на плачущего Ашиника и думал, что, в сущности, между ним и чиновником даже речи не было о том, виновен или невиновен мальчишка.

Когда они прилетели в Ассалах, солнце уже клонилось к закату. Пилот и Бемиш подхватили юношу под обе руки и помогли ему дойти до административного корпуса. Шок у Ашиника понемногу начал проходить, глаза приобрели чуть осмысленное выражение.

Бемиш вызвал врача в свои личные апартаменты и ушел выяснять отношения с представителями грузовой компании SpaceMart.

Когда через два часа он вернулся, в руках у него была белая пластиковая папка. Ашиник сидел, забившись в угол между широкой двуспальной кроватью и креслом, и дрожал страшной мелкой дрожью. Комнату заливало неверное сияние от стартующих кораблей.

Бемиш включил свет и подошел к юноше.

— Ты причастен к взрыву?

— Нет.

— Ты мне будешь врать, как Шавашу? Я и его палачи одно и то же?

В спальне было полно мебели, но Ашиник сидел, как сидели поколения его предков — на корточках.

— Ашиник. Там погибли пять человек. Там погибла девочка восьми лет. Если это было сделано по воле богов — что ж у вас за боги такие, что они убивают детей? Почему ты за это взялся?

— Мне сказали, что вы меня продали Шавашу!

— Так, — пробормотал Бемиш. — И тебе приказали прикончить Шаваша. Или меня тоже?

Ашиник уткнулся лицом в колени и зарыдал:

— Хозяин! Ну зачем вы меня мучаете? Сначала Шаваш, потом вы? Нет! Нет!

Бемиш молчал. За несколько месяцев он привязался к этому парнишке, как к сыну. В конце концов, по возрасту тот почти и был ему сыном. Он привык чувствовать себя благодетелем. Он подобрал грязного парня со вшами в волосах и бредовыми видениями и сделал из него менеджера с галстуком на шее и коммом на рукаве. И вот теперь менеджер увел у него наложницу. И вдобавок — пытался отправить на тот свет человека, который, как ни странно, являлся одним из ближайших друзей Теренса Бемиша. А возможно...

Бемиш помолчал.

— Мы в расчете, Ашиник, — сказал иномирец. — Ты спас мне компанию. Я спас тебе жизнь. Один — один. Я тебе больше ничего не должен.

Бемиш бросил своему заместителю белую пластиковую папку.

— Тут чек. Увольнительные от Ассалахской компании. Два билета до Земли. Бланки Хевишема — это лучшая из наших бизнес-школ. Я переговорил с Тревисом — тебя возьмут в Хевишем. За учебу платит Тревис.

Ашиник вытащил бумаги из папки. Перебинтованная правая рука его дрожала.

— Здесь два билета, — вдруг сказал Ашиник.

— Не беспокойся, — фыркнул Бемиш, — я куплю себе новую наложницу.

⨯⨯⨯

В то время как на планете Вея происходили все эти неприятные заварушки с убийством Белого Старца, бывший первый министр империи Киссур Белый Кречет скучал в роскошной, первого класса каюте пассажирского звездолета, выполнявшего рейс к планете Лахан.

Перелет занял почти три дня.

Из космопорта Киссур отправился в дешевый отель, помылся там, переоделся в застиранные серые штаны и потрепанную рубашку с изображением популярной в этом году группы, купил новый комм и отправился в западный квартал города, туда, где был расположен Даначинский университет, зачинщик знаменитых лаханских студенческих бунтов десятилетней давности.

Киссур пересек квартал по главной улице, свернул налево, потом еще раз налево и, пригнувшись, нырнул в пышущее светом и грохотом отверстие бара. Там он выбрал столик у окна, заказал пивка и, откинувшись к стене, стал ждать.

Прошло полчаса, и Киссур наконец увидел высокого и тощего парня с оливковой кожей и завязанными в пучок волосами, который пробирался к стойке.

— Привет, Лоре, — сказал Киссур.

Лоре обернулся и вздрогнул, но потом овладел собой и, разжившись банкой пива, присоединился за столиком к Киссуру.

— Как живешь, старина? — спросил Лоре. — Так и не вернулся на свою Вею?

Киссур махнул рукой.

— У меня есть дело, — сказал он, — помнишь, ты как-то говорил, что знаешь человека, который готов торговать одной штучкой?

— Какой?

Киссур взял салфетку и что-то на ней нарисовал.

Глаза Лоре слегка расширились.

— Есть такой человек, — сказал он, — но он до мозга костей заражен буржуазной отравой. Он ничего не делает для братьев, он готов работать только за деньги.

— Скажи ему, что есть человек, который купит его товар за деньги.

— Сколько товару?

— Весь.

Глаза Лоре недоверчиво расширились.

— Киссур, откуда у тебя такие бабки?

Киссур молча выложил на стол газету месячной давности. Это была вейская газета на стандартном галактическом, и первую ее полосу украшало сообщение о дерзком грабеже Вейского Промышленного Банка, второго по величине в империи.

— Мы преподадим этим буржуям хороший урок, — промолвил Киссур, — и покажем, что умеем сражаться за мир не одним языком.

XXX

Денни Хилл работал на военной базе Нордвест, базировавшейся на крошечном естественном спутнике планеты Даная. База Нордвест была выстроена на планетке без атмосферы и без населения, и оттого ей выпала нелегкая доля стать атомной помойкой для устаревшего и не очень устаревшего вооружения со всех кусочков Галактики. Хранилища Нордвеста истачивали спутник, как гигантские соты.

Сюда привозили все, что снималось с вооружения. Среди персонала базы ходили слухи, что самыми старыми единицами хранения являются снаряды времен первой лунной войны. Но что Денни Хилл знал совершенно точно, так это то, что именно в Нордвесте хранятся снятые с вооружения боеголовки типа «кассиопея».

Эти боеголовки были предметом довольно шумного скандала. Боеголовки были снабжены S-защитой, или, проще говоря, умели искривлять вокруг себя пространство. Это означало, что после запуска сбить их нельзя было ничем. Любую стенку, защитный экран или поле в принципе можно уничтожить. Но для того, чтобы уничтожить, надо пройти сквозь. Прохождение сквозь подразумевает перемещение в пространстве; сквозь искривленное пространство пройти насквозь нельзя.

Лет десять назад Гера подняла великий шум, требуя запрещения всех видов наступательного вооружения, снабженных S-полем. Было подсчитано, что строительство одной боеголовки с S-полем стоит столько же, сколько строительство двадцати пяти домов для социально необеспеченных семей.

Мир прослезился. Вместо того чтобы строить боеголовки и тем создавать для социально необеспеченных семей рабочие места, доход от которых позволил бы этим семьям за собственный счет обзавестись домами, Федерация подписала предложенный Герой договор и принялась строить социально необеспеченные дома.

Гера действительно получила возможность не строить дорогостоящих боеголовок и все свои силы бросила на разработку новых модификаций S-поля, которые не подпадали бы под договор и были бы куда дешевле.

Боеголовки были частично уничтожены, а частично демонтированы и приведены в состояние «относительной неготовности». Боеголовки, свезенные с трех баз — Аркона, Мино и Делоса, попали на Нордвест.

В сопроводительных документах было указано, что сохранившихся *относительно неготовых* боеголовок две тысячи сто сорок шесть штук. Вся Галактика считала, что боеголовок две тысячи сто сорок шесть штук. Один Денни Хилл, гражданский техник базы, не поленился как-то пересчитать новейшие, хотя и небоеготовые боеголовки, и оказалось, что их две тысячи сто пятьдесят восемь штук. Каким образом произошел такой странный сбой, Денни Хилл не знал и любопытствовать не собирался, но факт был тот, что боеголовок было на двенадцать больше, — и нигде это отражено не было. Боеголовки лежали в гигантском хранилище с системой сигнализации, приведенной в негодность «корнями» — местной анаэробной формой жизни, и раз в месяц Денни Хилл должен был учинять хранилищу перепись. Вообще-то это должна была делать комиссия из трех местных служащих и федеральных инспекторов, но у армии не было денег на всякие там глупые комиссии, а на базе не было достаточного количества служащих, поэтому перепись учинял один Денни Хилл.

✕✕✕

Через две недели на планете с красивым названием Грация к пребывавшему в отпуске Денни Хиллу подсели в кафе двое. По своему опыту Денни никогда бы не зачислил их в студенты: оба мужика были длинные, крепкие и поджарые, словно породистые борзые, и у одного, того, что помоложе, в вырезе спортивной майки виднелся давнишний страшный шрам. Это были Киссур и Ханадар.

— Привет от Лоре, — сказал Киссур.

— Привет, — настороженно сказал Денни Хилл, — а почему вас двое?

— Считай, что нас не двое. Считай, что ты видишь человека и его тень.

Денни Хилл, не очень-то удовлетворенный таким объяснением, молча хлебал суп.

Киссур сидел неподвижно. Он хотел, чтобы Хилл заговорил первым.

— Это правда, что ты хочешь купить товар?

— Да.

— Сколько?

— Двенадцать.

— Штука — три миллиона.

— Один девятьсот.

— Два семьдесят пять.

— Один восемьсот.

— Два пятьдесят. Это себестоимость.

— Краденое не продают по себестоимости.

— Когда эти пташки долетят по назначению, контрразведка готова будет выложить по десять миллионов за сведения об их прописке.

— Они никуда не полетят, — сказал Киссур.

— А Лоре говорил мне другое.

— Мало ли что говорит Лоре. Я — слуга императора. Неужели ты думаешь, что государь из рода Амаридов и человек из рода Белых Кречетов будут покупать твои игрушки, чтобы разнести на кусочки супермаркет? Разве ты не знаешь, что мы — союзники Федерации? Федерация не очень-то встанет на уши, услышав, что ее союзник прикупил себе пару цацек без разрешения.

— Ну, это другое дело, — согласился Денни. — Два миллиона за штуку и еще новый паспорт, потому что я не хочу быть поблизости, когда там станут выяснять, кому давать орден за военную помощь союзникам.

✕✕✕

Через месяц на базу Нордвест прибыл очередной корабль с продовольствием в пестрых коробках. Обратно корабль должен был увезти списанное локационное оборудование. Система погрузки была полностью автоматизирована, и грузил оборудование Денни Хилл. Вообще-то правила требовали присутствия двух операторов, гражданского и военного, контролировавших действия друг друга, но база была укомплектована персоналом ровно на четверть, и правила только занимали память в компьютере.

Денни Хилл сделал фальшивые резервные копии документов о погрузке и запер их в сейфе. Подделать файлы в самом компьютере он не мог, против этого дела компьютер был надежно защищен.

Спустя три дня Денни загнал в компьютер вирус «Джек-Потрошитель», вирус перезаписал начала файлов, и начальство приказало Денни вычистить компьютер и восстановить документацию по резервным копиям.

Денни вытащил из сейфа фальшивые резервные копии и записал их на вычищенном компе, уничтожив тем самым последние следы происшедшего.

Через три часа после отлета грузовой корабль «Антей» под бортовым номером 284-АР-354, порт приписки — Агасса, прибыл в Лаханский космопорт. График разгрузки корабля составлялся Лоре Сигелом, заведовавшим грузовыми перевозками. Некогда Лоре подавал большие надежды, но его социал-анархические убеждения, трехдневный срок заключения за оскорбление общественного порядка путем попытки выставить кандидатом в президенты Австрии купленную на свиноферме свинью, прохождение свидетелем по ряду громких террористических процессов и привычка к частой перемене мест привели к тому, что Лоре осел на этой окраинной планете в должности менеджера грузового сектора.

Лоре пригласил в разгрузчики пятерых или шестерых приятелей, которых никто особенно не хотел брать на работу после консультации с федеральной службой безопасности.

Вследствие всех этих причин разгрузка корабля под бортовым номером 284-АР-354 сильно запоздала и началась уже после того, как зевающий экипаж отправился спать в припортовую гостиницу.

Лоре вместе с друзьями выгрузил ящики со списанным радиолокационным оборудованием. Ящиков было на двенадцать больше, чем полагалось. С двенадцати лишних контейнеров выжгли знаки идентификации и запаяли их в новые оболочки. Новые контейнеры были погружены на корабль «Астра», летевший на планету Иссан. Согласно документам, в контейнерах находилось геофизическое оборудование, предназначавшееся для фирмы «Амбеко».

Контейнеры, однако, так и не попали на планету Иссан. Через три часа после взлета командир корабля достал из кармана коробочку, а из коробочки — парализованного, обитающего в лаханской пустыне жука-громовика, известного своей способностью генерировать электрические разряды до 370 вольт. Жук был засунут в рубке под кожух накопителя. Придя в себя, жук со страху разрядился, причинив тем самым легкие повреждения системе управления. Корабль вышел из гипера, и экипаж занялся устранением незначительной поломки. Пока техники ремонтировали повреждения и устанавливали их причину, двенадцать контейнеров были сброшены с корабля.

Корабль вскоре убыл по своим делам. Причина отклонения от курса в глубоком космосе была задокументирована и в заспиртованном виде предъявлена начальству. Начальство выбранило экипаж за небрежность, вследствие которой зловредный представитель местной фауны смог проникнуть на корабль, и лишило капитана премии.

✕✕✕

Контейнеры тем временем были подобраны другим, небольшим кораблем, который летел чартерным рейсом, вследствие чего его нужда в оправдательных документах не была столь остра. Корабль назывался «Лаисса». Двенадцать контейнеров еще раз поменяли документы и теперь получили маркировку «медицинское оборудование». Корабль летел на планету Вею, на Ассалахский космодром.

✕✕✕

Семнадцатого числа в месяц дождей вечером у Теренса Бемиша запищал комм. Это был Шаваш. Они некоторое время обсуждали проект строительства никелевого комбината в Удуне, а потом Шаваш посоветовал своему другу продать акции Инисской Лесопромышленной корпорации, если такие у него есть.

— Да, кстати, — вспомнил Шаваш, — завтра в твой порт прилетает чартерный рейс, корабль «Лаисса», — пусть им там не докучают таможней и положат груз в такой склад, где не будет лишних датчиков.

— У меня все склады забиты, — отвечал Бемиш.

— А сектор 17В?

Сектор 17В представлял из себя целую серию складов и ангаров, обустройством которых занимался Ричард Джайлс. Стены их, обшитые свинцовым листом, изолировали любое излучение. Склады явно строились с расчетом на военное будущее, но Бемиш подозревал, что Джайлс использует их и сейчас для разных дел.

— А Джайлс?

— Джайлс не будет возражать, — хмыкнул Шаваш.

✕✕✕

На следующий день в кабинете Бемиша раздался звонок. Это был Ашиник.

— Тут прилетел один чартерный рейс... — сказал Ашиник.

— «Лаисса»?

— Да.

— В 17В их.

Через полчаса Ашиник явился к Бемишу за «ключами» от сектора, — электронные его запоры требовали хитроумной системы шифров, и при складах имелась автономная управляющая система, опознающая хозяина по сетчатке. Система могла запомнить десять сетчаток, но пока в ее банке данных хранилось только две — Бемиша и Джайлса.

Груз, привезенный «Лаиссой», значился как «медицинское оборудование». Ничего удивительного. Через космодром каждые сутки проходило триста тонн медицинского оборудования. По расчетам Бемиша, на душу каждого вейского крестьянина должно было уже прийтись по полтора томографа.

Дело в том, что медицинское оборудование было единственным оборудованием, избавленным от таможенных пошлин, вот и везли под этим именем что угодно. Ведь не провезешь же буровую вышку, даже разобранную, в картонных упаковках с надписью «газировка».

На этот раз груз был слишком тяжел, чтобы подаваться автоконвейером. Бемиш некоторое время смотрел, как заезжают в глубь секретного сектора грузовые платформы с огромными кубами опечатанных и выкрашенных зеленой краской контейнеров.

— Кому принадлежит груз? — полюбопытствовал Бемиш.

— Фирме «Аскон».

Вернувшись в кабинет, Бемиш проверил то, что ему было известно о фирме «Аскон». Фирма была учреждена два месяца назад и являлась дочерним предприятием компании «Венко». В число учредителей также входили два физических лица, предпочевших остаться неизвестными, — наверняка полковник Джайлс и сам Шаваш.

Ай да Джайлс, ай да борец за демократию! Немудрено, что он не будет протестовать против использования дочерней фирмой своего склада!

✕✕✕

Через три дня в доме Лоре, располагавшемся в получасе езды от космодрома, была вечеринка. В вечеринке участвовали сам Лоре, пятеро грузчиков и Киссур.

Лоре сказал:

— Не буду представлять нашего старого друга. Скажу только, что человек по имени Иршахчан две тысячи лет назад осуществил на его планете все то, о чем пять веков назад писал Маркс, а полвека назад — Шрайнер... Конечно, Иршахчан был ограничен временем и культурой, но в целом направление, взятое им, было верное. И я думаю, что никто больше Киссура не сделал для восстановления идеалов Иршахчана и Маркса. Сейчас мы должны быть горды, что мы хоть немножко помогаем Вее исправить то, что испортили наши соотечественники, одержимые духом капитализма.

Все присутствующие согласились, что, в общем, государь Иршахчан много думал о том же, что и Маркс и полвека назад — Шрайнер, хотя был несколько ограничен по сравнению с вышеуказанными мыслителями ввиду своей деспотической сущности и патриархальности общества.

К полуночи вся компания порядочно наширялась, и Киссур предложил покататься. Выехали на «Додже» Лоре и припустили вниз по горному перевалу. На одном из поворотов серпантина Лоре, сидевший за рулем, внезапно увидел прямо перед собой толстолобый грузовик. Лоре растерялся, а Киссур, сидевший рядом, с силой вывернул у него руль вправо и, открыв дверь, выпрыгнул из машины.

Никто из остальных пассажиров не обладал реакцией Киссура. Машина сшибла дорожное ограждение, рухнула в пропасть, пролетела метров двести до основания скал и взорвалась. Ей было бы трудно взорваться, но перед поездкой Киссур положил в багажник запасной баллон со сжатым водородом. Этот-то баллон и взорвался.

Киссур выглянул за оборванное ограждение, убедился, что все в порядке, сел в толстолобый грузовик и уехал. Водителем грузовика был Ханадар Сушеный Финик.

Смерть Лоре Сигела и его приятелей ни у кого не вызвала подозрений. Машины он бил уже раз восемь и каждый раз был при этом крепко под кайфом. И сейчас в крови великолепной шестерки обнаружили следы ЛСД.

Во всяком случае, никто не связал ее с печальным происшествием, случившимся спустя два дня на окраинной планете Иссан. Там во время отдыха на местном курорте заплыл далеко в море и утонул Денни Хилл, механик военной базы Нордвест.

ТЕРРОРИСТ

■ Глава двенадцатая, ■
*в которой император Страны Великого Света
выражает недоумение тем, что он узнает
об истинном предназначении ассалахской стройки
из оппозиционных газет*

Прошло полгода после описанных событий, и в одном из влиятельнейших журналов — MegaMoney — появилась крупная, на четыре полосы, статья. Известный экономический обозреватель и поклонник Рональда Тревиса Кристофер Блант догадался (или же ему подсказали) проделать простейшую вещь: он взял балансы второго уровня, публикуемые в обязательном порядке крупными банками, и суммировал кредиты, предоставленные Империи Великого Света.

В результате у него получилось, что в этом году Вея должна будет выплатить по всем видам внешнего и внутреннего долга около ста сорока миллиардов денаров, при том, что налогов в этом году она соберет на сто пять миллиардов денаров. «Реальная сумма долгов, вероятно, выше, — писал Блант, — и совершенно очевидно, что единственный способ, каким Империя Великого Света может расплатиться по своим долгам, — это занять новые деньги под еще более высокий процент. Долго так продолжаться не может. Вейскую экономику ждет крах, а вейский ишевик — девальвация».

Банкиры схватились за голову. От правительства империи потребовали представить реальные цифры долгов. Правительство в течение недели представило три разные цифры — восемьдесят, сто и сто тринадцать миллиардов соответственно, все три за подписью главы Центрального Банка.

Это еще больше увеличило панику.

Кто-то пустил слух, что первыми будут остановлены платежи по займам на общую сумму в восемь миллиардов денаров, которые в свое время были предоставлены Вее Галактическим Банком, а после акционирования оного — секьюритизированы и распроданы как облигации.

Котировки упали более чем наполовину, и после этого вейское правительство внезапно изложило свой план реструктуризации.

Обслуживание займа поручалось новой компании БОАР, взамен получавшей — бесплатно — одно из крупнейших в Галактике месторождений никеля и полиметаллов, в провинции Кассандана, с уже построенными государством горнообогатительными цехами. Компания была избавлена от платежей в бюджет, равно как и любые фирмы, зарегистрированные на ее территории.

Соучредителями компании являлись трое влиятельных предпринимателей-вейцев и Теренс Бемиш. Даже по самым скромным прикидкам прибыль от экспорта полиметаллов втрое перекрывала выплаты причитающейся с компании части госдолга. Котировки облигаций мгновенно подскочили до девяноста семи процентов от номинала.

Банкиры рвали на себе волосы, удивляясь столь странной утечке информации, приведшей — безо всякой в том вины вейского правительства — к понижению курса, который вообще мог бы упасть до тридцати процентов, если бы кто-то через Рональда Тревиса не скупал подешевевшие облигации.

А ближе всего причину паники, наверное, угадал наместник Иниссы, недолюбливавший Шаваша и потому приславший ему на день рождения в подарок баночку дезинфектанта с краткой надписью: «От корысти».

Шаваш так и не выполнил до конца своей угрозы — выкинуть Теренса Бемиша из проекта БОАР; это вызвало бы слишком много вопросов. Однако доля чужеземца в компании едва составляла семь процентов, и Бемиш старался как можно меньше лично заниматься этим проектом.

Он вообще все реже бывал на Земле и каждый раз, прилетая, ежился от непривычной тесноты застроенного небосвода. Как-то раз Тревис обсуждал с ним рассчеты по БОАР и обмолвился, что их делал Ашиник: тот закончил первый курс Хевишема и летом стажировался в головном офисе. В Федерации было не так много специалистов по Вее.

— Как он? — равнодушным голосом спросил Бемиш.

— Очень старается, — сказал Тревис, — но очень разочарован.

— Чем?

— Тем, что никто не целует его ботинок. Ведь они целовали его ботинки там, на Вее, когда он стоял во главе секты?

— Нет, — ответил Бемиш, — они не целовали его ботинок. Они собирали пыль в том месте, где он прошел, и давали ее пить беременным и больным.

— Значит, — сказал Тревис, — он разочарован тем, что никто не собирает его пыль.

— А его жена? — спросил неожиданно Бемиш.

— Он женат? — удивился Тревис.

Бемиш ничего не ответил.

Перед отлетом у Бемиша остался небольшой зазор: он поднялся в свой номер и набрал на компьютере код справочной. Компьютер подумал, а потом изрыгнул зеленые строчки. На черном экране они напоминали ободок мезонного излучения вокруг дюз транссолнечного корабля. Бемиш долго сидел без движения на диване, а потом вызвал такси и поехал по адресу, который назвали в справочной.

Дом, в котором Ашиник снимал квартиру, был старый, камеры над подъездом не было, только справа от двери топорщились кнопки. Бемиш нажал на цифру «27».

— Кто там? — откликнулся голос Ашиника.

Бемиш отпустил кнопку. Он ожидал, что, несмотря на воскресенье, Ашиника не будет дома, а будет одна Инис. До старта оставалось два часа с небольшим, Бемиш повернулся и пошел прочь.

Уже когда вышли на орбиту и связь должна была отказать с минуты на минуту, Бемиш позвонил Тревису.

— Слушай, — сказал Бемиш, — я посмотрел бумаги, которые сделал Ашиник, — вполне приличные бумаги. Пришли мне его.

Тревис сказал, что хотел бы иметь молодого вейца в офисе, из-за роста объема вейских сделок.

— Этот парень стоил мне компании с ежегодным объемом экспорта в сорок миллиардов денаров, — сказал Бемиш, — и он мне все это отработает.

Тревис что-то спросил, но тут комм закрякал и зашипел, и связь прервалась.

✕✕✕

Ашиник появился на Вее через месяц. Его нельзя было узнать. Вместо тощего, перепуганного беглеца, который улетал из империи с забинтованной рукой и исполосованной спиной, в кабинет Бемиша поднялся уверенный в себе человек с холодным взглядом синих глаз и широко развернутыми плечами.

— Прости, что я выдернул тебя, — сказал Бемиш, обнимая юношу, — но ты мне нужен. Речь идет о БОАР.

Ашиник опустил голову. Когда восемь месяцев назад, полумертвый от пыток, он услышал голос Шаваша, предложивший его хозяину выбирать между ним — то есть Ашиником и чем-то, что называлось БОАР, он даже не понял слов, но запомнил их. Сейчас слово БОАР не сходило с новостных лент, и Ашинику было известно, что доля Бемиша в компании очень невелика. Ашиник совершенно точно знал, что ни его непосредственный начальник, ни Тревис и ни один из тех, кого он видел на Земле в аудиториях и офисах, — не отказались бы ради одного человека от сделки столетия.

— Я... я... — проговорил Ашиник.

Бемиш положил руку юноше на плечо.

— Пустое. Где ты остановился?

— В гостинице, — ответил юноша, оборачиваясь к окну. Там, за стеклом цвета подгорелого леденца и острыми верхушками кораблей, плавилась на солнце стеклянная тушка только что выстроенного отеля.

— Можешь переехать ко мне в усадьбу, — сказал Бемиш. — Как Инис?

— Она со мной, — ответил Ашиник. Помолчал и добавил: — Не хочу оставлять ее одну. Нечего ей юбкой вертеть.

На мгновение в кабинете стало тихо, а потом Бемиш сказал:

— Я часто оставлял ее одну, и ничего хорошего из этого не вышло. Через три часа в столице Джайлс встречается с людьми из Чахарского торгового банка. Ты не мог бы отправиться с ним?

✕✕✕

Дверь за Ашиником захлопнулась, а Бемиш все так же сидел, рассеянно смотря в окно на поле. За два года на Вее он усвоил множество привычек империи. Пожалуй, разве одного он не делал: он еще ни разу не убивал человека потому, что хотел его жену.

Сейчас, через восемь месяцев после последней встречи, Бемиш не испытывал никаких чувств к бывшему сектанту Ашинику, который к тому же до ужаса походил на начинающего прилизанного брокера. Разве что изрядную досаду при мысли о потерянных доходах БОАР. Но и тут не обошлось без некоторой сторонней выгоды. Каким-то образом история выплыла наружу, — видимо, ее рассказал сам Шаваш, не находя в ней ничего для себя зазорного, — и репутация Бемиша необыкновенно возросла. Крупнейшие люди Веи знали, что иномирец не променял-таки друга на деньги, а на Вее друзей было предавать не принято. Можно было ради друга отправить невинного человека на плаху, можно было ради друга учинить потраву в казне, но вот самому другу изменять было нехорошо.

Ашиник Бемишу был не нужен. Но он с удивлением осознал, что ему нужна Инис. Пока его наложница была рядом и можно было взять ее в любую секунду, подняться с ней наверх или просто запереть дверь кабинета на ключ, лаская мягкое тело и думая о другой женщине — недоступной, запретной, тогда Бемишу казалось, что любить ее смешно. Ну разве ты любишь свой флайер? Ты им пользуешься, а разбив, покупаешь другой.

Но купить другой флайер оказалось нелегко. Двух или трех наложниц перепробовал за это время Бемиш и, поморщась, выгнал вон. Девицы для катанья верхом, будучи вызваны на дом, тоже не помогали. Киссур, видя, что иномирец мучается, как-то отвел его в такое место, что... тьфу, лучше не вспоминать...

Потом был какой-то праздник во дворце Шаваша, где, помимо прочего, показали древнюю пьесу о князе Иниссы, и после этой пьесы Бемиш вдруг понял, что в этом мире издавна считалось нормальным для мужчины желать двух женщин одновременно и что он, Теренс Бемиш, кажется, стал больше вейцем, чем рассчитывал.

Пронзительный писк комма не дал Бемишу размышлять долго. Ответив на звонок, Бемиш резко встал. Пора отдать себе отчет — он вызвал Ашиника, чтобы отобрать у него жену. На Земле это было бы затруднительно. Но здесь, в Империи Великого Света, где хозяин Ассалаха, по сути, давно перестал быть тем человеком, который на Земле называется словом «бизнесмен», и куда больше походит на человека, который называется словом «князь», — ему никто не посмеет возражать.

❌❌❌

Ашиник прилетел в столицу к вечеру. Он побывал на переговорах с Чахарским торговым банком и отправился вместе с Джайлсом на прием в посольство Федерации. Джайлс представил его послу, Майклу Северину, невысокому сорокалетнему человеку с мягким голосом и стальной улыбкой.

Вместе с послом они подошли к кучке нарядных чиновников, и у Ашиника похолодели руки, когда он увидел в ее центре Шаваша — с красивым, чуть обрюзгшим лицом.

— Как здоровье? — внезапно спросил Шаваш, прерывая разговор с каким-то чужеземцем и приветливо кивая Ашинику.

— Спасибо. Ничего. — Ашиник слышал свой собственный голос словно из комма.

— Как жена?

Ашиник что-то пробормотал насчет того, что и жена в полном порядке.

— Рекомендую, — сказал Шаваш, — этот молодой человек очень сильно помог нам в том, что касалось БОАР.

Те люди, которые толпились вокруг Шаваша, но стояли слишком далеко, чтобы завести с чиновником разговор напрямую, тихо зашевелились и стали окружать Ашиника.

Шаваш уже давно уехал, когда Ашиник вдруг с холодным любопытством осознал, что обрадовался кивку Шаваша — кивку того самого человека, которого в прошлой своей жизни был учен истреблять, как мангуста — змей. В иерархии новой, теперешней жизни этот кивок немедленно отличил его от других молодых людей, и над головой Ашиника словно зажегся маленький маячок, на который гости начали слетаться, словно мотыльки на свет.

✕✕✕

Когда Теренс Бемиш, с большим подарочным пакетом в руках, вошел в номер гостиницы, Инис сидела у зеркала. Она обернулась и замерла. Бемиш, как был, в легком плаще, подошел к ней и молча поцеловал. Женщина не сопротивлялась.

— Это тебе, — сказал Бемиш, мягко отодвигая ее через несколько минут.

Инис начала разворачивать бумагу. Через мгновение она вскрикнула от радости, любуясь ожерельем крупного синеватого жемчуга.

Бемиш осторожно вынул ожерелье у нее из рук и надел ей на шею. Инис попыталась отвернуться.

— Что такое?

Бемиш ласково повернул ее к себе. И тут только заметил на прелестном маленьком личике Инис безобразный круглый синяк.

— Откуда это?

— Ашиник меня ударил.

— Ашиник?

— Он часто меня бьет.

— Почему?

— Ему все не нравится, — сказала Инис, — не нравится, какие у меня платья, не нравится, что я была наложницей его хозяина, не нравится, что перед ним не падают ниц, не нравится, когда я танцую на вечеринке с другим. Он сначала работает день и ночь над сделкой, а потом он получает чек и говорит, что это кусок сахара, который дали дрессированной вейской собаке за прыжок через кольцо.

Бемиш сел на кровать. Ему внезапно нечего было сказать. Двое в комнате молчали, а закатное солнце, плавясь и тая в небе, стремительно уплывало на запад, вслед за взлетевшим грузовиком.

— Ты не купил себе новую наложницу? — вдруг спросила Инис.

— Нет, — ответил Бемиш.

— Почему?

— Не знаю. Наверное, я недостаточно разлюбил старую.

Инис осторожно опустилась на пол у самых ног Бемиша. Она была в точности такая, как помнил Теренс, — изящная, как кошечка, маленькая женщина с мягкой душой и острыми коготками, — и глаза ее, большие и золотистые, глядели на Бемиша с восхищением и надеждой.

✕✕✕

Когда вечером Ашиник вернулся в гостиничный номер, дверь в спальню была слегка приоткрыта, и в глубоком кресле перед столиком кто-то сидел.

— Инис! — позвал Ашиник, открывая дверь, и осекся.

В кресле сидела не Инис — это был Белый Старец.

Ядана Фокусника было трудно узнать: он был одет в хорошо сшитый костюм с модным стоячим воротником и полосатым галстуком, и глубокие морщины на его смуглом и властном лице были как клейма, поставленные временем. То, что Ядан Фокусник надел на себя земляную змею, зарождающуюся из уд отцеубийц и предателей, особенно изумило Ашиника; но, с другой стороны, смешно было б полагать, что всемогущий Белый Старец не может справиться с колдовской тварью.

— Вернулся? — сказал Ядан.

Ашиник ощутил холодную ярость.

— Что вы от меня хотите?

— Я спас тебя десять лет назад, мой мальчик. Я подарил тебе жизнь после гибели Белого Старца. Настало время платить.

— Я заплатил. Это чудо, что я остался в живых.

— Ты плохо заплатил, и многим было непонятно, почему твоя бомба оказалась не так хороша, как обещают бесы.

— Я ничего тебе не должен. Я должен Теренсу Бемишу, который сделал из меня человека.

— Тебя купили, мой мальчик.

— Нет.

— Да. Одних бесы покупают за золотой, других за тысячу золотых, третьих — за миллион. Тебя, говорят, купили за несметные деньги, за кусок бесовской компании, которую вы назвали БОАР, и за возможность быть как бесы. Тебе даже отдали наложницу, которая надоела хозяину...

Белый Старец замолчал и вдруг вскрикнул:

— Тебя, человека, который мог стать моим преемником, повелевать миллионами сердец, тебя купили за возможность иметь домик в пригороде Лос-Анджелеса и работать восемь часов в сутки!

— Убирайся! — закричал Ашиник.

Белый Старец встал, и Ашиник вдруг сделал неожиданное открытие. Раньше он всегда глядел на Ядана Фокусника снизу вверх. Но то ли старость взяла свое, и Ядан усох на несколько сантиметров, то ли Ашиник сам подрос от запоздалой хорошей еды, — а только теперь Ашиник глядел ему глаза в глаза и больше не чувствовал себя мелким щенком перед поседевшей овчаркой.

— Или ты забыл, как говорил с богами, Ашиник? — спросил Ядан. — Забыл, как тебя живьем брали на небо, как тысячи ушей слушали тебя, как не слушают никого во всей этой глупой Галактике?

— И что же мне боги такого наговорили? Что ты родился из золотого яйца? Что лазерный луч можно остановить заклинанием? Что иномирцы — бесы? Хорошенькие вещи говорили мне твои боги!

— Ты глупец, Ашиник, — усмехнулся Ядан, — а иномирцы — бесы. Знаешь ли ты, что они построили этот космодром для войны между Федерацией и Герой и что когда эта война начнется, то флоты с обеих сторон насядут на нашу планету? Они сделали наш мир лужайкой, на которой будут топтаться слоны, и никто не получил за это ни гроша, не считая Шаваша, который получил шесть миллионов! Это ли не назвать бесовством?

— Это вранье, — ответил Ашиник, — вранье не хуже россказней о том, что ты вылупился из золотого яйца!

— А ты знаешь, что Джайлс — сотрудник Федерального агентства безопасности?

— Ну и что? Бывший, это знают все.

— А сколько воруют на космодроме, ты знаешь? Сколько родины увозят с этого космодрома?

В это время в коридоре послышались легкие шаги, и в комнату впорхнула Инис. Она была в чем-то кремовом и белом, золотые ее волосы были обернуты вокруг прелестной головки двумя тяжелыми косами и закреплены длинной шпилькой с жемчужным навершием.

— Убирайся, — сказал Ашиник Белому Старцу тихо, но яростно, — я вас больше не боюсь.

— И больше не разговариваешь с богами, да? — усмехнулся Ядан.

И, мягко поднявшись, проскользнул мимо застывшей Инис в дверь. Уходя, он незаметным движением бросил в еле дымящуюся у входа курильницу щепоть желтоватого вещества.

Ашиник почти без сил опустился на кровать. Последние слова Белого Старца горько ожгли его. Он действительно больше не говорил с богами. И хотя нынешний Ашиник очень хорошо знал, что такого рода разговоры — признак сумасшествия, все же глубоко в нем сидело воспоминание об этих беседах и о том, что они — признак избранности.

Инис подошла к нему и обняла мужа, и Ашиник с удивлением увидел у нее на шее красивое старинное ожерелье из голубоватого асаисского жемчуга.

— Ты где была? — недовольно спросил Ашиник.

— Так. Гуляла по городу.

— Где ты взяла это ожерелье?

— Это подарок Идари, — быстро ответила женщина, — его прислали сегодня утром в корзинке.

Слишком быстрый ответ насторожил Ашиника.

— Это подарок Теренса Бемиша? — ощерился он.

Инис вдруг уперла руки в бока.

— А хотя бы и так! — вскричала она. — Если ты мне не даришь красивых вещей, так хоть не запрещай это делать другим!

— Ты его любишь, да? — закричал Ашиник.

— Как тебе не стыдно!

— Ты его любишь! Ты просто ревновала его к этой сучке, Идари! Всем известно, что она спала с Шавашем до Киссура! А потом они и с Теренсом спелись! Ты блудила со мной, чтобы наказать своего хозяина!

Ашиник уже не слышал, что он кричит: глаза его странно бегали, словно пытаясь уследить за чем-то невидимым, растекавшимся по комнате. Взор застилала какая-то красная, колыхавшаяся пелена, словно отделявшая тот мир от этого и готовая порваться в любую секунду, и в ушах невнятно гудели шум и голоса, словно в приемнике, включенном сразу на пятьдесят каналов. Ашинику было знакомо это состояние — оно раньше предшествовало тому, что братья-сектанты называли «явлением богов», а иномирцы — «припадком».

— Дай сюда, — закричал Ашиник и схватил женщину за ожерелье. Он попытался его разорвать, но ожерелье было прочное и маленькое, ни разорвать нитку, ни снять его с Инис было не так-то просто. — Ты с ним спала, да? В обмен на эту штуку?

— А хотя бы и так! — вдруг вскрикнула Инис. — Или ты подаришь мне ожерелье на свою зарплату? Чем бы ты был без Теренса? Веселил бы ярмарки сказками про бесов?

В мозгу Ашиника что-то разорвалось и полыхнуло белым, и он услышал, как знакомый голос говорит: «Убей дьяволицу! Убей любовницу беса, или она понесет дьявола, от которого погибнет весь мир!»

Руки его, вместо того чтобы разорвать ожерелье, наоборот, затянули его на горле Инис. Женщина закричала и забилась. «Тяни! Тяни! — кричал голос в мозгу Ашиника. — Тяни же, сын мой!»

✕✕✕

Ашиник очнулся уже утром. Он лежал ничком на красном пушистом ковре, и утреннее солнце пробивалось сквозь шторы. Он почти ничего не помнил, кроме самого начала ссоры.

— Инис! — позвал Ашиник.

Ни звука в ответ. «Ушла, — мелькнуло в мозгу Ашиника, — ушла к иномирцу!»

В дверь номера постучали.

— Кто там? — хрипло спросил Ашиник.

— Завтрак, — ответили ему.

Ашиник, шатаясь, вышел в гостиную и открыл дверь.

Хорошенькая горничная поглядела на него с некоторым состраданием: костюм молодого постояльца был смят и явно несвеж, и сам хозяин костюма стоял пошатываясь, с взъерошенными волосами и черными кругами под глазами.

— Жена моя когда ушла? — хрипло спросил Ашиник.

— Не знаю, — ответила служанка и чуть подмигнула мужчине. — Но ежели вам нужна женщина...

— Иди прочь.

Горничная выскочила из номера.

Ашиник залез в ванну, вымылся и побрился, немного приходя в себя. Воспоминания становились все четче, и теперь он был совершенно уверен, что вчера у него был припадок. Чертов Белый Старец! Довел его таки своим змеиным языком. Но неужели Инис ушла во время припадка? Ушла, оставив беспомощного мужа кататься по ковру?

Ашиник, морщась, проглотил чашку кофе и пошел в спальную переодеваться. И тут он заметил то, что не заметил полчаса назад, — белую женскую руку на ковре, с другой стороны постели, ближе к окну.

Ашиник подошел и замер.

Инис лежала на ковре, и вокруг нее раскатились оправленные в серебро жемчужины — ожерелье все-таки лопнуло. Шею ее перерезал красный след. Воздушное кремовое платье было искромсано и залито кровью, и чуть пониже левой груди из окровавленных кружев торчала узкая шпилька-кинжал с белым жемчужным навершием.

— Инис! — отчаянно закричал Ашиник.

✕✕✕

Через пятнадцать минут Ашиник поднялся с колен. Кровь была на нем повсюду: на руках, на рубашке, на губах, которыми он целовал холодное тело Инис. Он шатался. Мысли его бегали беспорядочно, как голодные мыши в клетке. Память становилась все яснее и яснее. Безобразная ссора — потом припадок. Возможно ли, что во время припадка он убил жену? Возможно. Ведомство Справедливости и Спокойствия так, несомненно, и решит. Это будет царский подарок для Шаваша...

А что, если убил не он? Он не послушался Белого Старца — Белый Старец знает, что Ашиник не помнит себя во время припадков, человек, посланный им, мог прятаться где-то в комнате и убить женщину, пока Ашиник лежал без сознания!

Несомненно, так оно и было!

Хотя зачем «знающим» это убийство? Ведь после того, как Ашиника возьмут с поличным, «желтые куртки» вытрясут из него все! Или Белый Старец рассчитывает, что Ашиник побежит к сектантам — за помощью? «Только они могут спасти меня, — подумал Ашиник. — Только они могут спрятать труп, а если нужно, и меня».

Или — это не Ядан? Это мог быть шпион Шаваша. Это мог быть кто угодно, кто его, Ашиника, не любит! А кто не любит! Весь мир Ашиника не любит! У него был один дом — «знающие», но и его иномирцы отняли!

Бемиш! Теренс Бемиш его поймет!

ЖЖЖ

Через семь минут бледный, но вполне причесанный Ашиник вылез из машины у административного корпуса космопорта. У него уже не было служебного удостоверения, но один из сотрудников узнал Ашиника и провел его наверх.

Теренс Бемиш был, по счастью, у себя в кабинете. Он немедленно поднялся навстречу юноше.

— Боже мой, Ашиник! Что с тобой? Ты не болен?

— У меня был припадок, — сказал Ашиник. «Что я говорю, — мелькнуло в его голове, — ведь когда найдут Инис, он сразу вспомнит про припадок. Хотя ведь я же собираюсь ему все рассказать...»

Но в этот момент на запястье у Бемиша запищало и засвистело.

— Да! — закричал президент Ассалаха. И тут же, выслушав ответ, сказал: — Ашиник! Мне надо идти!

— Я с вами!

— Ни в коем случае! Вели принести себе кофе, я скоро вернусь!

— Погодите, Теренс! Я...

Бемиш исчез в дверях.

Ашиник опустился в кресло хозяина кабинета и закрыл лицо руками. Прошло не меньше получаса, прежде чем Ашиник пошевелился. Он уже не первый раз сидел в этом кресле, замещая президента компании, и даже не в первый раз управлялся с его компьютером, но тогда он все равно вводил свой собственный пароль.

Ашиник сообразил, что он сидит один перед компьютером хозяина Ассалаха и что на этот раз в машину уже введен личный пароль Бемиша.

Когда через три часа Теренс Бемиш вернулся в свой кабинет, Ашиника там уже не было.

«Догадался, зачем я его позвал», — подумал Бемиш. Откинулся в кресле и вызвал гостиницу. В гостинице извинились — в номере никого не было. Бемиш позвонил домой и услышал от управляющего, что нет, госпожа еще не приезжала, хотя все к приезду госпожи готово, как и было велено.

Усмехнувшись, Бемиш на всякий случай позвонил главе пограничной службы и велел не пускать с поверхности планеты Ашиника и Инис. Впоследствии он не раз упрекал себя, что не вызвал сразу полицию, — хотя к тому времени это, конечно, тоже было все равно.

✕✕✕

Звонок разбудил Бемиша в Час Петуха. Звонил личный секретарь Шаваша, и сердце Бемиша стукнуло, потому что звонок в такую рань мог быть только звонком об Инис — и она, и Ашиник пропали из отеля бесследно, как пропадает истлевший гриб в осенней земле.

— Господин Бемиш?

— Да.

— Вы видели спецвыпуск «Синего солнца»?

— Нет, не видел, — сказал Бемиш.

— Мы послали вам файл. Посмотрите.

Связь прекратилась.

— «Синее солнце»! — заорал Бемиш, выскакивая на террасу. Белый от страха секретарь протянул ему распечатки. Спецвыпуск состоял всего из двух страниц, напечатанных только с одной стороны, чтобы удобнее было клеить на стены. Бемиш не сомневался, что половина столицы этим уже и оклеена. Заголовок на первой странице занимал две трети полосы и гласил:

«Иномирцы строят близ столицы военную базу: империя стала заложницей в борьбе двух сверхдержав».

Запищал комм. Это был Киссур.

— Теренс? Вас требует к себе император. В Павильоне Благоухающего Спокойствия, как только прибудете.

Комм запищал снова.

— Нету меня, уже нету, улетел! — заорал Бемиш, выпрастываясь из халата. За белой стеной на взлетной площадке уже разгоралась «радуга» над соплами флайера.

Полчаса в воздухе Бемиш провел, изучая проклятое «Синее солнце», газету бунтовщиков, дрянь газету. Кстати, так она называлась потому, что, согласно учению «знающих путь», в Эру Истины все цвета мира должны были поменяться местами и солнце должно было стать синим, а небо — желтым.

К сожалению, сведения еретиков об Ассалахе были много точней их астрофизики. Сумма взятки, полученной Шавашем, была занижена разве процентов на тридцать. Сам Теренс Бемиш именовался «профессиональным шпионом, агентом со стажем, вошедшим в доверие некоторых, близких к государю». Наплели даже басню, что три года назад Бемиш был выдворен с Геры по обвинению в шпионаже, что, конечно, свидетельствовало не в пользу его профессионального уровня.

В резных покоях его уже ждали. Из серебряных венчиков курильниц подымался сладковатый дым, и золотые павлины по обе стороны запретной двери, отлитые еще при государыне Касии, с недоумением и осуждением вытаращили на иномирца рубиновые глаза. Император, бледный и растерянный, сидел в кресле. Перед императором с невозмутимым лицом стоял разряженный Шаваш, и тут же, справа, — первый министр Яник. Этот ел Шаваша глазами.

— Здравствуйте, господин Бемиш, — сказал император.

Бемиш почувствовал, что краснеет, словно он мальчишка, которого уличили в покраже шоколадки из супермаркета, а не в самом крупном военном скандале столетия.

Государь помолчал и прибавил:

— Я, конечно, не могу судить, — но, право, неужели император Страны Великого Света должен узнавать о том, что вы делаете с моей страной, из прессы?

В этот самый миг двери с золотыми фазанами растворились и в покои вошло новое действующее лицо — Джайлс.

Бемиш обернулся к нему и сказал мстительно:

— Ну, что я вам говорил? Вляпались?

— Мне очень грустно, господин Бемиш, — продолжал государь Варназд. — Я считал вас честным человеком. Я все время ошибаюсь в людях.

— Бемиш тут ни при чем, — сказал Джайлс. — Подрядчиком должна была стать моя фирма. Нам пришлось очень долго уговаривать Теренса Бемиша, чтобы он дал согласие строить по-нашему.

— И за сколько же Теренс Бемиш согласился? — усмехнулся император.

Бемиш стал красный, как яблоки на гобелене позади императора, и сказал:

— Никаких денег от Федерации я не получал. Дело не в...

— Постойте, — изумился Джайлс, — как не получали? Вам перевели...

— Что?! — вскричал Теренс.

И в эту минуту раздался спокойный голос Шаваша:

— Это моя вина, господин Джайлс. Я взял от вас некоторые средства для разговора с господином Бемишем, но после того, как я переговорил с ним и он от денег отказался, я взял на себя смелость оставить их у себя.

Вопреки здравому смыслу, Джайлс и Бемиш расхохотались.

— Клянусь божьим зобом, — сквозь зубы проговорил Яник, глядя на маленького чиновника. Но император не очень-то обратил внимание на признание Шаваша: видимо, привык.

А первый министр важно начал:

— В древности за торговлю народом кипятили в масле, распинали на воротах! Чем вы, господин Шаваш, можете оправдаться?

— Я, — сказал Шаваш, — не вижу, в чем мне стоит оправдываться. Я подписал соглашение, которое сделало Вею из гальки в заднем дворе Галактики союзником Федерации Девятнадцати и потенциальным ее членом. Я подписал это соглашение в форме, наиболее выгодной для нашего народа. Условием подписания этого соглашения я поставил согласие на семимиллиардный кредит, предоставленный нам три месяца назад, — кредит, о получении которого тщетно вел переговоры первый министр. Я заключил самую выгодную для империи сделку за последние семь лет, и я заставил иномирцев оплатить ее семью миллиардами кредита!

— Право, — заколебался император, — если дело обстоит именно так...

— Но как оправдается тот человек, — продолжал Шаваш, — который, запутавшись во взятках и неспособности вести дела, готов сделать все, чтобы погубить империю, только потому, что с ней он погубит меня! Как оправдается человек, имевший шашни с сектантами, селивший их в дворцовых гостиницах и снабжавший их сведениями для покушений! Человек, предоставивший информацию о секретном договоре еретическим газетам, — как оправдаетесь вы, господин первый министр!

Яник посерел.

— Это неправда, — пробормотал он.

— Вздор! Ведомство Справедливости и Спокойствия сегодня наконец накрыло сходку одного из Колец! Мы взяли Даша, который был связным между вами и Белым Старцем!

— Подойдите сюда, господин Яник, — сказал император.

Старый министр сделал неуверенный шаг вперед, один и другой.

— Это так? Это вы предоставили сведения «Синему солнцу»?

Чиновник побледнел, руки его тряслись. Возможно, он мог бы еще отбиться от обвинений. Мало ли кого взяли «желтые куртки»? Мало ли какие показания даст Даш: любые, которые выгодны Шавашу! Первый министр Яник обладал всеми качествами врожденного царедворца — жадностью, глупостью и страстью к интригам. Но кроме этих качеств было у него еще одно, столь же врожденное: неумение лгать в глаза государю.

— Скажите мне правду.

— Я... я... — забормотал старик, — это военный консул Геры... Я не препятствовал, но... Увы, я не знаю, что делать...

— Подать в отставку, — сказал государь.

Старый чиновник отчаянно всплеснул руками. Шаваш шагнул вперед, в полосу солнечных лучей, пробившихся между плетеными шторами, и тень его, метнувшись по стене, выросла до потолка и нависла над креслом государя.

— Наплевать на Геру! — закричал министр финансов. — Мы теперь — союзники Федерации. Признать, что компания Бемиша получит от нас военный заказ! Признать, что империя наконец, после десяти лет страданий, вытащила счастливый прут!

Император обратился к Шавашу с кривой улыбкой:

— И назначить вас первым министром?

— Да, — сказал Шаваш, — и этим подтвердить, что мы заключили военный договор с Федерацией и с этого пути мы не свернем.

— Если господин Шаваш станет первым министром, — подал голос Джайлс, — Федерация сочтет это... э-э... благоприятным признаком. Это означает стабильность правительственной линии. Мы готовы рассмотреть вопрос о новом займе.

— Государь, — сказал Шаваш, — я не взял ни одной взятки без пользы для моего народа, но вы не можете оставить первым министром человека, который, чтобы свести счеты с личным врагом, предает страну и императора!

Император молчал. Все замерли. Золотые фениксы вытянули шеи, прислушиваясь к тишине. Дымок из курильницы тихо танцевал в солнечном луче, и тень Шаваша танцевала вместе с дымом над головой государя. Когда император заговорил, Бемишу показалось, что боги на небесах и бесы в подземелье замерли, слушая его слова.

— Вы правы, господин Шаваш. Стоило бы назначить вас первым министром. Но я, к сожалению, не могу этого сделать.

— Почему? — спросил Шаваш.

Император поднял на хромого чиновника голубовато-серые глаза.

— Потому что вы негодяй, Шаваш.

Чиновник опешил. Будь он в другом месте, он бы, верно, по привычке съязвил, что не слыхал, будто негодяи не могут быть первыми министрами, и вообще прошелся бы по поводу в высшей степени детского довода своего собеседника, — но тут вдруг закрыл рот и заморгал, как гусенок.

— Я не назначу вас первым министром, Шаваш, пока я жив, — тихо продолжал император. — Вы негодяй. А когда назначаешь негодяя на такой пост, то всегда выходит, что в конце концов он приносит стране больше зла, чем добра.

Помолчал и сказал, подняв глаза на Бемиша:

— Великий Вей, что же мне делать? Что бы вы, Теренс, делали на моем месте?

— Я имел честь изложить вам мои взгляды, государь, — отвечал Бемиш. — И они состояли в том, что первых министров должен выбирать не государь, а народ через своих полномочных представителей.

Государь нервно засмеялся. Потом захохотал, все громче и громче.

— Вы правы, Теренс, — проговорил он, — вы правы! Я соберу ваших... представителей! Пусть они сами решают, кто будет министром! И пусть господин Шаваш попробует доказать им, что он действовал на благо народа! Посмотрим, так ли глуп мой народ, как я!

Император встал, показывая, что прием закончен, и быстро прошел во внутренние покои. Джайлс и Шаваш хотели было последовать за ним, но стража преградила им путь.

Бемиш повернулся, пожал плечами и вышел наружу.

В круглом пруду перед павильоном плескалось и плавилось летнее солнце, тысячи птиц заливались в императорском саду, и по ослепительным мраморным ступеням наверх к Бемишу бежал высокий белокурый человек с квадратными плечами и узкой талией, перетянутой поясом из черепаховых пластинок, — Киссур.

— Киссур, — сказал Бемиш с отчаянием, — ты же знаешь, меня заставили.

Киссур махнул рукой.

— Что государь? — сказал он.

— Он уволил Яника.

— Великий Вей! А кто первый министр?! Шаваш?!

— Никто, — сказал Бемиш, — первого министра назначит парламент.

Лицо Киссура исказилось.

— Это ты ему посоветовал? Да?

— Ты знаешь мои убеждения.

— Я знаю твои убеждения. Тебе наплевать на эту страну. Ты думаешь, что демократия повысит курс акций твоих гребаных компаний!

— Общение со мной пошло тебе на пользу, Киссур. Давно ли ты разбирался в акциях не лучше, чем я — в лошадях?

Глаза Киссура стали того же цвета, что и ламасская сталь. Он несколько секунд смотрел на своего чужеземного друга, зрачок в зрачок, и на секунду Теренсу почудилось, что над головой Киссура сверкает оплетенная змеями рукоять меча. Потом Киссур сделал шаг вперед, усмехнулся и сказал:

— Один парламент я уже повесил в полном составе, повешу и второй. Учти это, когда будешь планировать свои вложения.

Киссур повернулся и побежал вверх, и Теренс понял, что то, что он принял за рукоять меча, было просто солнечной дорожкой в глади священного императорского пруда.

Еще в воздухе, возвращаясь в Ассалах, Бемиш в течение часа отдавал распоряжения скупать акции вейских компаний, скупать как можно тише и как можно больше.

Через час, когда все звонки были сделаны, Бемиш вынул лист бумаги и начал рисовать схему рефинансирования компании. Высокодоходные облигации Ассалаха в настоящий момент приносили четырнадцать процентов в месяц. Парламентские выборы и последующее повышение странового рейтинга должны были привести к подъему их курса. По расчетам Бемиша, через два-три месяца они должны были стоить сто три — сто четыре сента за денар. Уже сейчас они ходили по сто один и один сента за денар, — в таких условиях даже купленная выше номинала облигация все равно приносила тринадцать процентов. Согласно проспекту эмиссии, повышение курса облигаций (равно как и падение) вело к пересмотру процентных ставок, так, чтобы курс облигаций составлял сто сентов за денар. Новые облигации Ассалаха, по расчетам Бемиша, должны были обходиться компании всего в одиннадцать-двенадцать процентов годовых.

Его расчеты прервал писк комма.

— Есть новости об Инис, — сказал холодный голос Джайлса.

— Наконец-то. Где она?

— Вам лучше приехать в усадьбу.

Через полчаса Бемиш стоял в дальнем углу своего роскошного сада, близ увитой росовяником узорчатой беседки. Перед ним был декоративный колодец, непременный, наряду с шалашом отшельника и ручными ланями, атрибут загородных угодий. За водой к колодцу, понятное дело, не ходили никогда — на то был водопровод. Но только ручное зверье стало вести себя странно близ колодца — и три часа назад прилежный садовник в него заглянул, опасаясь какого-нибудь непорядка.

Бемиш стоял и смотрел, как двое затянутых в резину и кожу парней из службы безопасности переваливают через бортик колодца белое распухшее тело. Далеко-далеко в небе, среди звезд, сновали синие и желтые огни взлетающих кораблей, и непуганый соловей в соседних кустах солировал в целом хоре ночных цикад.

— Знаешь, что завтра напишет «Синее солнце»? — шевельнулся рядом Джайлс. — Оно напишет, что иностранный вампир убил свою любовницу и спрятал ее тело в заброшенном колодце.

Бемиш повернулся, и Джайлс с ужасом увидел, что темные глаза бизнесмена пусты, как сейф, взрезанный бандитами. Потом президент Ассалахской компании покачнулся и, потеряв сознание, мягко осел в руки Джайлса.

▪ Глава тринадцатая, ▪

в которой повествуется о непредсказуемых
результатах народного волеизъявления

Прошло еще два месяца, и наступило лето. Подготовка к выборам была в самом разгаре. По всей стране чиновники, открыв ворота усадеб, кормили будущих избирателей рисовыми пирогами, квадратными, как земля, и просяными пирогами, круглыми, как небо. По всей стране сектанты давали представления о железных людях. По всей стране предприниматели и торговцы, вместо взяток чиновникам, делали взносы на избирательную кампанию.

Бемиш в это время много летал по Галактике. Близкие к нему люди знали, что он страшно переживал смерть Инис. Два дня иномирец вообще никуда не показывался, запершись в своей спальне, а потом вцепился в дела, как голодная кошка в мышь, с лихорадочным и явным желанием забыться.

Имена убийц назывались самые разные, и часто в кандидатах ходили бывший первый министр Яник и «знающие путь», которых, кстати, упорно подозревали в порочной связи. Господину Янику, как и сектантам, не нравилось, что империю раскупают люди со звезд. Он упорно хотел, чтобы империю раскупили его друзья, а у людей со звезд, как нарочно, было больше денег.

Еще чаще называли имя Шаваша, — говорили, что мстительный чиновник убил Ашиника за старое покушение, а девицу — за то, что Бемиш когда-то пожадничал ею и чтобы сбить людей со следа. Говорили, что иномирец оттого так и неутешен, что знает имя заказчика, а отомстить не может, не развалив свой бизнес.

Была также популярна сплетня, что девицу зарезал сам иномирец, чтобы изобразить бездонное горе и тем оправдаться от подозрений в любви к другой женщине — и шепотом называли имя Идари.

Прилежно искали Ашиника, то подозревая его в убийстве Инис, то, наоборот, полагая, что он был убит вместе с женой. Но

Ашиник исчез бесследно. Зато нашли человека, через которого утекли документы, свидетельствующие о военном предназначении космодрома, и это оказался тот самый технарь-марксист, который некогда приехал в усадьбу с Ашиданом и который потом устраивался шпионить на космодром.

Бемиш сходил посмотреть на то, что от этого человека осталось. Через три дня, сидя в Лос-Анджелесе за столом переговоров, Бемиш нет-нет да и ловил себя на мысли: что бы сказал его вежливый, в черепаховых очках собеседник, если бы знал, что шесть часов назад респектабельный президент Ассалахской компании хладнокровно смотрел, как перед ним по кусочку срезают мясо с живого человека и как этот человек истошно кричит, что ничего, ничего, ничего не знает про Инис.

※※※

Бемиш прилетел на Вею после месячного отсутствия и тут же на аэродроме нарвался на стайку журналистов, прилетевших освещать демократичность избирательного процесса. Один из журналистов спросил:

— Как вы оцениваете шансы Ядана на победу?

За три часа до прилета Бемиша глава «знающих путь», непримиримый противник иномирцев, а стало быть, и всех их изобретений вроде демократии, кредитной карточки и пиццы, объявил об участии в выборах.

— Ядана? — изумился Бемиш. — Это просто сумасшедший, который верит, что чужаки — бесы. Он смотрит на мой космодром и говорит, что я построил дырку в ад. Он говорит, что каждое утро взбирается по лесенке на небо и там никаких иномирцев нет, из чего следует, что все наши корабли и техника — морок, а наши космодромы — дырки под землю. Кроме того, он говорит, что родился из золотого яйца.

Журналист ухмыльнулся и спросил:

— Почему тогда вторым в списке партии Ядана стоит человек по имени Ашиник, бывший вице-президент вашей компании и, кажется, сотрудник «Леннфельд и Тревис»? Он тоже, что ли, считает, что космодром — дырка под землю?

Бемиш окаменел. Значит, Ашиник жив! А журналист скривил губы и добавил:

— Как вам не стыдно повторять глупые слухи, которые распускают продажные чиновники для дискредитации народных лидеров!

На следующий день Бемиш прочитал статью об Империи Великого Света во влиятельной и, стало быть, либеральной «Стандард Таймс». Статья была написана вчерашним журналистом. Статья изображала предвыборную гонку на Вее как борьбу между продажными чиновниками и истинными выразителями народной демократии. Истинным выразителем народной демократии был Ядан, возглавивший партию, которая называлась «Партия Народной Свободы». Продажные чиновники и отдельные нажившиеся на грабеже империи международные финансовые акулы изо всех сил старались опорочить народного лидера.

За статьей последовало интервью с Яданом. Журналист спросил Ядана: «Правда ли, что вы считаете иномирцев бесами?»

— Я не знаю, откуда взялась эта безумная утка. Впрочем, господин Бемиш плохо говорит на нашем языке. Вы говорите: «Пошел к черту», а мы говорим в таких случаях: «Ты — бес, иди домой». Может быть, кто-нибудь из моих друзей выругал так господина Бемиша, а тот, не очень твердо разбираясь в культуре, воспринял выражение буквально. Или вот вам еще один пример. Некоторые иномирцы пустили басню, что-де «знающие путь» утверждают, что их глава родился из золотого яйца. Но это лишь метафорическое выражение. «Вылупиться из золотого яйца» значит у нас то же, что у вас — «родиться в рубашке».

Прочитав статью до конца, Бемиш приказал доставить к нему Ашиника. Это оказалось нелегко сделать, поскольку Ашиник, хотя и перестал прятаться, везде появлялся в окружении тройного кольца охраны. Бемишу пришлось удовольствоваться номером его комма, известным лишь десятку людей. Он позвонил ему и в бешенстве заорал на отменном вейском:

— Это я плохо говорю по-вейски, да? Это ваша придумка, Ашиник, использовать для укрепления вашей секты наши СМИ? Ваша идея — внушить заезжему щелкоперу, что он лучше разбирается в тонкостях местной культуры, чем президент Ассалахской компании?

— Ай-тана хари (Бес, иди домой), — с издевкой ответил Ашиник, — и связь прервалась.

Бемиш был достаточно раздосадован, чтобы тут же издать приказ об увольнении Ашиника, до сих пор продолжавшего номинально числиться в штате.

✕✕✕

Как и большинство иномирцев, живших и работавших в империи, Бемиш стоял перед странной проблемой. С одной стороны, чужаки прекрасно — порой лучше правительственных чиновников — понимали, что из себя представляет так называемая «Партия Народной Свободы», возглавляемая Белым Старцем Яданом.

Устроить против этих людей массовую кампанию в галактических средствах информации было на самом деле нетрудно. Но такая кампания обрушила бы рынок вейских акций, потому что деньги — самая пугливая вещь на свете. И наоборот, сектантам она нисколько бы не повредила, потому что какое дело сектантам, что о них говорят бесы?

Местные иномирцы посовещались между собой и сошлись на том, что победа этих маргиналов ну никак невозможна. Поэтому пусть себе либеральные газеты балуются с новыми героями. Зачем заниматься разоблачениями? Только резать свою же маржу.

Фондовый индекс, по мере приближения выборов, рос как на дрожжах, потому что фондовые индексы в развивающихся странах всегда растут перед выборами, и разоблачать в этих условиях «Партию Народной Свободы» было все равно что писать себе в суп. И из бумажных и спекулятивных прибылей, полученных бизнесменами или финансистами из иномирцев, значительная часть жертвовалась на избирательную кампанию Шаваша — бесспорного в их глазах и милого их кошельку будущего лидера страны. Она жертвовалась на основании бесспорных и убедительных прогнозов, предрекавших победу Шаваша.

И нельзя было даже сказать, что прогнозы эти были куплены или проплачены. Большая их часть была составлена независимыми социологами. Просто крестьяне империи за две тысячи лет научились не очень-то доверять власти, и, когда к ним в село приезжал независимый социолог на новенькой машине и с новеньким компьютером, они старались отвечать на его вопросы так, как будет приятно независимому социологу. Крестьяне боялись, что если они будут отвечать неправильно, то вместо независимого социолога приедут «желтые куртки».

Впрочем, Ассалахской компании выборы принесли кое-какие проблемы. Ашиник слишком часто давал интервью для экрана и сети, и если его высказывания по отношению к иномирцам были в целом корректны, то именно на примере Теренса Бемиша он разъяснял особенности коррупции в империи. Это не прибавляло здоровья котировкам компании, и рост их заметно отставал от роста общего фондового индекса.

Но самое страшное для Бемиша было то, что благодаря выборам поссорились Шаваш и Киссур — два человека, которые очень много значили для планеты и не меньше — для самого Бемиша. Разлад начался исподволь, с того момента, как Киссур открыто заявил, что он против всяких выборов.

Шаваш — наоборот. Когда государь сказал в лицо Шавашу, что никогда не назначит его первым министром, Шаваш понял, что он может стать первым министром только по воле народа.

Почти немедленно, торопясь и лихорадочно поспешая, Шаваш бросил все свои силы и средства на раскрутку пиар-кампании и создание собственной партии. Методы Шаваша были сколь первобытны, столь и действенны. Двери особняка министра финансов были распахнуты для нищих; день и ночь в них раздавали бесплатную похлебку и пироги.

В это время принимали закон о минимальной заработной плате. Молочный брат государя Ишим, исполнявший обязанности первого министра, настаивал на пятидесяти ишевиках, Шаваш — на восьмидесяти. Ишим настоял на своем. Тогда министр финансов Шаваш возвестил, что он из своего кармана доплатит недостающую сумму тем работникам столицы, кто получает меньше восьмидесяти ишевиков.

Дважды на Шаваша совершались покушения. Трудно сказать, подлинные ли то были покушения или нет, но, без сомнения, Шавашу они пошли только на пользу: он стал единственным человеком, противостоящим сектантам, и таковым воспринимался и благонамеренными людьми, и иностранными инвесторами.

Разрыв между Шавашем и Киссуром, которые вполне могли уживаться при императорском дворе, стал неизбежен, как только первый превратился в главу партии «Вейский демократический блок», а другой — в человека, считавшего демократию несусветной глупостью, пригодной для империи не больше, чем меховая шуба — для тридцатиградусной жары.

Окончательная ссора произошла на пирушке в одном из загородных дворцов Шаваша. Бемиш присутствовал на ней: ему надо было встретиться с несколькими чиновниками из Чахара да вручить Шавашу чек на избирательную кампанию.

Они все были пьяны, Киссур, пожалуй, менее, а Шаваш более всех. Во всяком случае, Шаваш полулежал, раскинувшись, на диванчике, а на его коленях сидел один из его рабов, смазливый мальчишка лет четырнадцати, чьи отношения с хозяином не вызывали сомнения ни у кого из присутствующих. Мальчик теребил золотые нити, оторачивавшие белую шелковую куртку хозяина, и подбирал кусочки с его тарелки, и настал наконец момент, когда будущий премьер-министр, светоч и надежда народа, враг инфляции и столп добродетели, с замаслившимися глазами стал пробираться к выходу, подталкивая перед собой мальчишку. Двое или трое просителей, вившихся вокруг Шаваша в надежде обговорить разные дела, убрались с дороги, понимая, что лучше сейчас не встревать между министром и скромным мальчиком, и в этот момент перед Шавашем оказался Киссур. Он стоял очень прямо, в черной рубашке и черных штанах безо всякой вышивки и оружия, и его холодное жесткое лицо с карими глазами и белокурыми, собранными в пучок волосами глядело на Шаваша сверху вниз. Широкоплечий и узкобедрый Киссур возвышался над министром финансов на добрую голову, хотя на Киссуре были мягкие черные мокасины, а на маленьком чиновнике — расшитые серебром туфли с загнутым носком и высокими каблуками.

— Шаваш, — сказал бывший первый министр империи, — ты правда собираешься завтра в Ланах?

В Ланахе должен был быть съезд трех провинций, банкеты для избранных и пироги для всех.

— Да.

— Не езди, я прошу тебя.

Шаваш ошеломленно улыбнулся.

— Я не могу, Киссур. Народ ждет меня там.

— Я прошу тебя, Шаваш, не надо. Ради нашей дружбы. Недостойно вейского чиновника обезьянничать этим глупостям иномирцев, участвовать в выборах.

Шаваш пьяно хихикнул.

— Это твоя личная просьба?

— Нет. Я говорю от имени другого.

Киссур не сказал: «другого человека». Никогда, даже в душе, он не называл императора Варназда человеком. Император всегда был для него — бог.

— Тот, от имени кого ты говоришь, боится, что я выиграю выборы?

— Ты недостоин стоять во главе государства.

Все присутствующие, затаив дыхание, слушали этот диалог, вскоре обросший самыми фантастическими подробностями. И Киссур, и Шаваш, как уже говорилось, набрались выше глаз, а что у трезвого на уме...

Шаваш засмеялся.

— А что ты мне предложишь, Киссур, взамен?

— Все, что ни пожелаешь. Ты хотел Чариз. (Государь подарил Киссуру много поместий в нефтеносных районах Чариза.) Хочешь, я зарежу Ядана?

Шаваш захихикал еще громче. Он пошатнулся и, чтобы устоять на ногах, ухватился за плечо Киссура, а потом споткнулся и встал на колени. Золотистые его локоны коснулись руки Киссура.

— Киссур... Отдай мне Идари, и я не буду участвовать в выборах.

Все на мгновение замерли, еще не понимая, что происходит. Первым среагировал сам Киссур. Его руки, находившиеся у самого лица Шаваша, вдруг сцепились между собой, и этими-то сцепленными руками Киссур ударил Шаваша в подбородок.

Министр описал в воздухе длинную дугу и приземлился спиной на праздничный стол, разбрызгивая во все стороны соусы и закуски и ломая бесценные, времен Пятой династии, фарфоровые тарелки.

Киссур схватил первое, что подвернулось ему под руку, — а подвернулся ему высокий пятисвечник в форме пылающей розы на бронзовом пруте — и с диким ревом устремился вслед за ним. Тут-то на Киссура бросились Бемиш и Шавашева охрана, и, если бы не они, Киссур бы несомненно насмерть зашиб любезного хозяина праздника, а так дело ограничилось только тем, что Киссур убил одного из охранников да сильно покалечил второго.

✕✕✕

На следующий день Бемиш приехал в особняк Киссура. Киссур сидел на заваленном подушками ковре, скрестив ноги, весь зеленый с перепою и с рукой в лубке. Руку ему вчера сломал Бемиш. Напротив Киссура сидели его брат Ашидан и Ханадар Сушеный Финик, и нельзя сказать, чтобы они приняли Бемиша чрезмерно дружелюбно.

— Сукин сын, — сказал Киссур из подушек, — я его все равно убью.

Он имел в виду Шаваша.

— Вы были пьяны, — возразил Бемиш, — вы еще помиритесь.

Киссур хрипло засмеялся.

— Не валяй дурака, Киссур! Шаваш — просто похотливый козел! Он у меня чуть не отнял Инис! Он спит со всеми женами подчиненных!

— Ты все-таки чужак, Теренс. Ты не разбираешься ни в чем, кроме акций, как тебя ни учи! Он спит со всем, что имеет между ног дырку, спереди эта дырка или сзади, он не вылезает из кабаков, он даже на переговоры с Галактическим Банком таскает за собой этого мальчишку, и он осмеливается просить у меня мою жену!

><><

Выборы в первый парламент Веи состоялись через два с половиной месяца после скандала с «Синим солнцем». Абсолютное большинство избирателей — шестьдесят семь с половиной процентов — проголосовали за «Партию Народной Свободы», также известную как секта «знающих путь».

В тот же день государь объявил результаты голосования недействительными и отдал приказ об аресте Ядана и Ашиника — двух лидеров секты.

Ядан пропал. Ашиник бежал на Землю. Его появление произвело фурор. Обаятельный молодой человек двадцати пяти лет, с безупречным произношением, годовым опытом вице-президентства в крупной трансгалактической компании и годовым же сроком учебы в элитной школе бизнеса никак не соответствовал обвинениям, выдвигаемым официальными властями Веи: обвинениям в терактах, манипуляцией волей людей, массовом гипнозе и, главное, в буквальном понимании предвыборного лозунга «Иномирцы — бесы».

Через два дня после бегства Ашиник появился в самом популярном политическом шоу седьмого канала. Он объяснил все слухи против «Партии Народной Свободы» очень просто: чиновники решили провести выборы, надеясь таким путем получить больше власти, чем имели до тех пор. Когда оказалось, что на выборах победила «Народная Партия», результаты их были отменены, а на саму партию обрушилась чудовищная, ни с чем не соразмерная клевета.

Ведущая ток-шоу спросила: собиралась ли его партия национализировать, в случае победы, имущество иностранных компаний?

— Нет, — ответил Ашиник, — но мы бы стали добиваться, чтобы деятельность предпринимателей и финансистов Федерации Девятнадцати полностью соответствовала законам Федерации.

Примеры?

Ашиник покровительственно улыбнулся. Он пришел на ток-шоу в мягких замшевых брюках и пушистом бело-синем свитере с высоким воротником, очень модном в этом году на светских неформальных вечеринках. Под воротником ненавязчиво посверкивал значок выпускника Хевишема, — красный цвет его означал, что обладатель значка окончил лучшую в Галактике бизнес-школу первым среди сокурсников.

Ашиник может назвать примеры. Он год проработал на Теренса Бемиша, создавшего одну из крупнейших промышленных империй Веи. Теренс Бемиш купил около восьми процентов акций Ичарского завода полиметаллов через час после того, как господин Шаваш, его друг, поставил свою подпись под документом, продающим завод компании MetalUranum, и за день до того, как о сделке стало известно. Это принесло ему сто девяносто миллионов денаров.

Теренс Бемиш купил на шестьсот миллионов облигаций «золотого займа» после того, как близкий друг Шаваша, некто Ошин, сделал заявление, ставящее под сомнение выплату процентов по этим облигациям, вследствие чего их курс упал почти на сорок процентов. Через день Ошин был уволен, курс вырос до прежнего уровня, а Теренс Бемиш заработал около двухсот пятидесяти миллионов денаров. Через неделю Бемиш сделал Ошина управляющим своей компании «Эсса».

— Это — инсайдерская торговля, — заявил Ашиник, — и во всем мире она является преступлением. Несомненно, что Теренс Бемиш покупал ценные бумаги, располагая информацией о том, что цена их резко вырастет. Пресечение ее не наносит рынку урона. Напротив, оно обеспечивает равные правила игры для всех.

— А этот господин Ошин, — он продолжал заниматься ценными бумагами? — спросила ведущая.

— Нет. «Эсса» занималась импортом, а весь импорт шел через фирмы-двухмесячники. Дело в том, что, по нашему законодательству, налоговые отчеты сдаются раз в два месяца и фирма, существующая меньший срок, просто не платит налогов. Фирмы использовались в двояких целях. Обычно их преемники полностью выполняли обязательства предшественника, но иногда, в тех случаях, когда Бемишу или его друзьям требовалось кого-то наказать, преемник просто не оплачивал товар. За счет этого ассалахский импорт был на тридцать процентов дешевле импорта через любой другой космодром.

— Значит ли это, — полюбопытствовала ведущая ток-шоу, — что вы, придя к власти, станете строго взимать все пошлины?

— Для начала мы их снизим, — ответил Ашиник, и длинные пальцы его ненавязчиво коснулись красного значка выпускника Хевишема. — Мы против протекционизма и ограничений внешней торговли. Но когда с одних пошлину требуют, а с других нет — это не протекционизм. Это коррупция.

— А полностью ли платил налоги сам космодром? — спросила ведущая.

— На все сто процентов, — ответил Ашиник, — только не деньгами, а фантиками. Дело в том, что в прошлом году в империи начался эксперимент по выпуску налоговых векселей. Эти векселя представляли собой переоформленные в ценные бумаги задолженности предприятия перед вейской казной. Всем было известно, что от Бемиша платежей по этим векселям не дождешься, и для его предприятий они стоили три-четыре процента от номинала. По этой цене Бемиш их и скупил через подставных лиц. Более того — Бемиш накупил множество налоговых векселей тех компаний, на которые он положил глаз, — а вот эти-то компании заставили платить, и через суд эти векселя были обменены на акции предприятий-неплательщиков.

Ценным бумагам Ассалаха этакое интервью сильно икнулось — курс их тут же упал на тридцать пунктов.

Бемиш приказал составить и отправить на Землю небольшой этнографический репортаж о деятельности «знающих путь», с тем чтобы телезрители ясно представили, что политические воззрения секты не ограничиваются требованием искоренить протекционизм в промышленности и инсайдерскую торговлю на фондовом рынке.

Ашиник назвал репортаж враньем от начала и до конца.

Теренс Бемиш заявил, что он знает только два способа борьбы против сектантов, прикидывающихся демагогами: луч и пулю.

На следующий день Ашиник выступил с официальным заявлением о том, что на космодроме Ассалах имеется ядерное вооружение, и в частности завезенные туда в рамках секретного соглашения между правительствами империи и Федерации ядерные боеголовки, снабженные S-полем, типа «кассиопея», распространение которых запрещено по договору о взаимном ограничении S-вооружений между странами ООН.

Бемиш в ответ назвал это утверждение чудовищной ложью.

Ашиник потребовал народной инспекции космодрома.

Бемиш заявил, что народной инспекции он не допустит, потому что вейский крестьянин все равно не отличит боеголовку от стартового стабилизатора, и не желает, чтобы ему в процессе этакой инспекции кинули в стартовую шахту взрывное устройство. И вообще народная инспекция — это чушь, пусть приезжают специалисты и проверяют все, что хотят.

Ашиник заявил, что специалисты с Земли будут куплены Бемишем и контрразведкой Федерации.

Бемиш заявил, что он не понимает, что такое народная инспекция.

Ашиник пообещал объяснить Бемишу, что такое народная инспекция.

ХХХ

Через два дня служба безопасности космодрома донесла, что к космодрому движется толпа. Почти одновременно. два десятка сектантов, проникших еще ранее в гражданский зал ожидания, спустились в камеру хранения, чтобы востребовать свой багаж, состоявший из гранатометов и прочей утвари для убийства в ассортименте.

Багаж был просвечен заранее, и сектанты были арестованы in flagrant delicti. Бемиш заявил, что речь шла о спланированном теракте и что если такова народная проверка, то он ее не допустит. Сектантов увезли в столицу, где из них быстро выбили подтверждение обвинения.

Бемиш приказал выставить плотное ограждение по всему периметру космодрома и ввиду чрезвычайности ситуации допускать на летную территорию только людей с билетами на руках. Через день он продемонстрировал журналистам две бомбы, извлеченные из багажа неизвестного гражданина, который приехал на космодром с билетом на планету Гера, а отбыл в неизвестном направлении.

Ашиник заявил, что невзорвавшиеся бомбы — это провокация самого Бемиша, равно как и вооруженные гранатометами сектанты. По поводу их признания в руках вейской полиции Ашиник заметил, что господин Шаваш может даже слона заставить признаться в том, что он — переодетая мышь. Ашиник заявил, что их акция протеста носит исключительно мирный характер.

Огромная толпа сектантов обложила космодром. Журналисты со всей Галактики, почуяв добычу, слетелись в Ассалах.

Каждый день к блокпостам приходили все новые и новые люди. Они представлялись перед журналистами «простыми крестьянами, которым не нравится, что их родину продали за банку сметаны». Бемиш со своей стороны заявил, что это не крестьяне, а убежденные сектанты.

Движение по шоссе, связывавшее Ассалах со столицей, было парализовано. Грузы перебрасывались только по двум монорельсам — Ассалах — Небесный Город и Ассалах — Ай-Чахар. Полоса отчуждения монорельсов контролировалась спутниками: три раза в день спутники поднимали тревогу, поезда останавливались, график летел к черту.

Конвои грузовых автомашин шли с охранниками в кабине. Бемиш вывесил объявление, что администрация аэропорта не отвечает за безопасность пассажиров, путешествующих до столицы легковушками. Агентства по прокату автомобилей бились в истерике. Пилоты флайеров блаженствовали. Триста таксистов, временно принятых в службу безопасности космопорта, готовы были разодрать сектантов на куски.

Реакция прессы несколько поражала Бемиша. Интервью с завзятым сектантом, профессионалом-агитатором, с пятилетнего возраста бродящим по ярмаркам и до того залгавшимся, что он уже сам не знал — бесы или не бесы иномирцы, — называлось интервью с «вейским крестьянином, явившимся к Ассалаху отстаивать свободу выборов и безопасность родины». Интервью с вейцем-таксистом, у которого позавчера толпа сожгла машину, называлось интервью с «купленным Бемишем тайным сотрудником службы безопасности».

Космопорт нес миллионные убытки. Двадцать тысяч тонн деликатесных инисских персиков превратились в компот, простояв пять часов на безумном летнем солнце в монорельсовых вагонах с отключенной системой охлаждения. Бомба, которую обнаружили на монорельсе, была названа Ашиником «провокацией спецслужб космопорта».

Сплошная магнитронная проверка грузов вывела из строя «Крадж-14А» со сверхпроводящими контурами, следовавший в адрес инисского представительства «Mountain TDL», и корпорация подняла жуткий хай.

Все отпуска охранникам были отменены. Они работали

четырнадцать часов в сутки без выходных и спали тут же, впо-
валку, в гостинице. Негласно на космодром прибыли пятнадцать высокопрофессиональных коллег Джайлса, причем га-
зетчики узнали об этом негласном прибытии через пять минут после парковки челнока.

Акции Ассалаха падали в среднем в день на пять пунктов.
Что же до облигаций — к концу недели высокодоходные облигации Ассалаха продавались по двадцать сентов за денар.

Впрочем, собственные дела Бемиша обстояли значительно
лучше, чем у компании. Еще до того как результаты выборов
были отменены, но победа сектантов, по мнению Бемиша, была несомненна, Бемиш срочно приказал продавать без покры-
тия все, что торговалось в Вейской системе торгов. Игра на
понижение принесла «Вейскому специальному» и «Второму
фонду вложений» добрых четыреста миллионов денаров, но
впервые в жизни Теренс Бемиш не очень-то радовался тому,
что играет на понижение.

Бемиш запросил у правительства помощи против демонстрантов. Правительство мялось, жалось и наконец сообщило,
что оно с пониманием относится к проблеме Ассалаха, однако
не хотело бы применять вейскую полицию для разгона вейских же крестьян ради защиты иностранной компании, которая к тому же пользуется правом «суда и налога» на собственной территории. Конфиденциально правительство намекнуло,
что боится тут же слететь, отколов что-либо подобное.

✕✕✕

На третий день бардака на площадке для флайеров сел пя-
тиместный «Аякс», и из него выбрался загорелый Киссур в сопровождении своего младшего брата Ашидана и Ханадара Сушеного Финика. Киссур с презрением отверг предложение двух
охранников — сдать перед проходом на летное поле бывшее
при нем оружие — и проследовал через это поле в административное крыло космопорта, туда, где в кабинете Теренса Бемиша третий час шло деловое совещание.

Совещание было посвящено финансовому состоянию сделки, и на нем, кроме Джайлса, присутствовали также Рональд Тревис, специально прилетевший с Земли, и парочка очень недовольных банкиров.

— Это что за бардак? — сказал Киссур. — Почему ты не перестреляешь эту сволочь?

— Если я перестреляю всю эту сволочь, — сказал Бемиш, — то я сделаю то, о чем мечтает Ашиник. Он начнет орать, что иностранцы на территории его планеты расстреливают мирную демонстрацию. И в чем-то он будет прав. По крайней мере в том, что иностранцы не должны иметь права на такие решения.

— Так зачем ты требовал права «суда и налога»?

— Это была ошибка.

— Клянусь божьими яйцами! — выругался Киссур. — Так попроси министра полиции!

— Уже просил. Правительство не хочет расстреливать собственных граждан ради выгоды иностранной компании. Если оно это сделает, то завтра ему придется расстреливать собственных граждан ради спасения собственной шкуры. К тому же все знают, что у чиновника, отдавшего такой приказ, в первом же воскресном супе окажется бомба, хотя Ашиник станет уверять, что бомбу подкинули провокаторы.

— Ладно, — сказал Киссур, хлопнул дверью и был таков.

✕✕✕

Киссур вернулся через шесть часов, когда уже стемнело. На летное поле село восемь большегрузных скайеров, и из них высыпало около пятисот боевиков в мягких, из воловьей кожи, аломских башмаках и с наперненными зубами. До этих-то наперненных зубов они и были вооружены.

Из брюха скайеров вывалились два жукообразных плавающих танка, с необычайно короткой пушкой и вздернутой кверху задней частью, похожей на выставленные из-под спинки жука надкрылья. Танки были покрыты неметаллической, тускло мерцающей кожурой. Джайлс с изумлением прошептал Бемишу, что это сверхсовременные «ВСС-29», предназначенные для сброса с парашютом на любую поверхность, по которой не менее чем шесть минут назад был нанесен термоядерный удар.

Демонстрируя, в свете фотовспышек, начерненные зубы, Киссур объяснил, что он явился сюда помочь своему другу Бемишу, и что его люди никак не являются иностранцами и никак не имеют отношения к правительству, и что если он еще не соскреб всю сектантскую сволочь вместе с дерном на метр глубины, так это только из-за визга, который поднял его друг Бемиш.

Бемиша он назвал слюнтяем, правительство — стадом похотливых и глупых козлов, а Ашиника — собакой, которую он, Киссур, повесит во-он на том погрузочном кране, если в космопорту найдут еще хотя бы одну бомбу.

Люди Киссура сменили охрану. Половина штатных работников СБ космопорта отправилась спать. По правде говоря, это были большей частью мирные люди, которые не видали зверя страшнее наркокурьера, пытающегося провезти в своем животе сто граммов барнитола или доброго старого ЛСД, и даже о способах применения электрошоковых дубинок имели весьма теоретическое представление.

Пассажиры, прибывавшие в космопорт, с некоторым боязливым восторгом поглядывали на огромных, под два метра, парней совершенно нецивилизованного вида, которые, казалось, дремали у терминалов, сложив руки на лазерных штурмовых винтовках. Дамы испытывали к этим парням любопытство недвусмысленного толка, в глубине души сравнивая их со своими цивилизованными мужьями, которые даже в постели думали об утреннем совещании.

Журналисты замерли в ожидании. Казалось несомненным, что малейшая выходка со стороны осаждавшей космопорт толпы кончится ее поголовным расстрелом.

Расставив людей по местам, Киссур зашел в кабинет Бемиша, где, слегка развалясь, сидел прилетевший с Земли Рональд Тревис, глава «Леннфельд и Тревис». К этому времени Киссур сменил гражданский костюм на черный, наглухо застегнутый комбинезон. Штаны его были заправлены в высокие шнурованные ботинки, и на широком, охватывающем талию поясе теснились обоймы, ножи и прочая приличествующая войне снасть. Белокурые волосы Киссура были скрыты под черной широкой повязкой, и под мышкой его торчал килограммовый веерник с выходящим из рукояти силовым шнуром. За спиной Киссура стояли Ашидан и Ханадар Сушеный Финик.

— Привет, — сказал Киссур. — А вы что тут делаете?

— Обсуждаем судьбу космодрома, — ответил Тревис.

— Ах да! У вас же эти... акции упали в цене.

— Акции космодрома, — проговорил Тревис, внимательно оглядывая своего собеседника, — принадлежат мне, Бемишу и Нану. Мы обсуждаем судьбу облигаций.

— А с ними-то что?

— Они стоят по двадцать сентов за денар.

— Ну и что?

— Ничего, если бы это были обыкновенные облигации. Но это переоцениваемые облигации.

— Это что за зверь?

— Это было мое предложение. Процентные выплаты по облигациям устанавливаются так, чтобы цена облигации всегда составляла сто сентов за денар, — вмешался Бемиш.

— Не понял.

— Доход по облигациям составляет четырнадцать с половиной процентов, — сказал Бемиш. — Это довольно много. Я надеялся, что благодаря переоценке смогу снизить ставку. Накануне кризиса ассалахские облигации действительно стоили сто три сента за денар. А теперь они стоят двадцать.

— С ума сойти. Никогда не знал, что есть такие хитрые бумаги.

— Зато Ашиник это прекрасно знал, — сказал Бемиш. — Я ему сам растолковывал всю нашу финансовую структуру.

— И ты будешь пересматривать ставку?

— Нет. Этого не выдержала бы никакая компания. Даже с большим потоком наличности. А наш поток наличности упал за этот месяц на тридцать процентов.

— И что же ты будешь делать?

— Я предложил инвесторам новые бумаги. Взамен этой дряни.

— А они?

— Послали меня в задницу. Рональд привез их ответы.

— Понятно. Значит, эта компания — банкрот?

Бемиш не ответил.

— А если все это дерьмо размазать по стенке, облигации станут стоить дороже?

— Это дерьмо размазать по стенке в любом случае надо, — процедил Тревис, — даже если компанию это и не спасет.

✕✕✕

Спустя еще час Киссур Белый Кречет, в сопровождении своих друзей и охраны, вошел в переговорную, где уже собрались вся верхушка компании и Тревис с двумя помощниками. Немного погодя туда же спустились Бемиш и Джайлс. Оба они были вооружены.

Киссур был в той же самой черной форме, только пистолетов под мышками у него было два: один был прежний лазерный веерник, а другой — семнадцатизарядный «стар» с разрывными пулями. Изо всех аломов, вошедших в переговорную, Киссур был вооружен легче всех. Джайлс при виде Киссура хлопнул его по плечу и сказал:

— Черт побери, Киссур! Вот это по-мужски! Без тебя мы бы были по уши в дерьме!

— А так мы будем по уши в крови, — негромко проговорил Бемиш.

Джайлс мгновенно обернулся.

— Помолчи, Теренс, когда за тебя стирают твои носки. — И — к Киссуру: — Что ты собираешься делать с сектантами?

— А что мне надо с ними сделать, чтобы попасть в Военную Академию?

Джайлс на мгновенье оторопел, а потом ответил:

— Убей их.

Бемиш сглотнул. Что Киссур согласится на такое предложение, в этом не было никакого сомнения. Но неужели он не понимает, что после этакого побоища никакое общественное мнение его в Академии не потерпит?

А Киссур расхохотался, хлопнул, в свою очередь, Джайлса по плечу и заявил:

— Давно бы так! Вы, иномирцы, становитесь храбрыми только тогда, когда падают акции ваших компаний! Слушай, Дик, давай меняться!

И Киссур вытащил из кобуры и протянул рукоятью вперед веерник. Ствол лазерного пистолета был оставлен нетронутым, а рукоять покрывала изящная чеканка по накладным листочкам серебра.

Джайлс, поколебавшись, вынул свое оружие и протянул Киссуру.

Тот взял пистолет, проверил заряд и громко объявил:

— А теперь, обезьяны, жопой вверх, лицом в пол! Вы арестованы!

Боевики, стоявшие за Киссуром, вскинули тяжелые полустационарные веерники.

— Что за шуточки, Киссур?

— Это не шутки! На пол! Ну!

Джайлс растерянно взглянул на индикатор своего веерника и только тут понял, что тот пуст.

Несколько служащих начали медленно, с поднятыми руками вставать из-за стола.

В следующую секунду Бемиш рванул свое оружие из кобуры, но раньше, чем он успел нажать на курок, Алдон Рысенок прикладом выбил пистолет у него из ладони. Бемиш развернулся, и его кулак въехал Алдону в солнечное сплетение. Тот охнул и осел на пол.

Ашидан с Ханадаром схватили Джайлса. Начальник службы безопасности выронил бесполезный уже пистолет, и тут же аломы стали заворачивать ему локти. Джайлс лягнул Ханадара головой в живот, а Ашидана как пушинку перебросил через себя. Ашидан выпустил веерник, и Джайлс подхватил падающее оружие. В следующую секунду раздалась очередь — это стрелял Киссур. Тяжелые пули с цинковым покрытием одна за другой пробивали дырки в одежде и теле начальника служба безопасности. Джайлс пошатнулся. На лице его было написано некоторое изумление. Он посмотрел на свой пиджак, залитый кровью, пробормотал: «Зачем» — и рухнул на пол, выпустив оружие.

Меж тем к Бемишу подскочили еще двое. Один, вскрикнув, шлепнулся мордой о стол, отчего приготовленные к совещанию бумаги вспорхнули и белыми гусями разлетелись по комнате. Другой влетел задом во встроенный в стену плоский монитор, обрушился на пол и там утих.

Бемиш перемахнул через стол и бросился к Киссуру. Пол перед ним брызнул вверх цепочкой расплавленных капель, и Теренс замер на месте.

— Не делай глупостей, Теренс, — сказал Киссур, помахивая стволом. — Руки за голову, а то отправишься на тот свет в одной лодке с Джайлсом.

Бемиш стоял со съехавшим набок галстуком и разорванным воротником безупречной сорочки. Силуэт Киссура перед ним казался вырезанным из вакуума, и глаза Киссура были того же цвета, что и ствол пистолета. Киссур был выше Бемиша, и Теренс был в белой сорочке и лакированных туфлях, а черная бронеткань на его противнике могла выдержать не только нокаутирующий удар, но и автоматную очередь.

— Поднимите руки, Теренс, — процедил сквозь зубы лежащий на полу Тревис. — Вы же видите — они чокнутые.

В следующую секунду Бемиш нырнул вперед, и рука его сомкнулась на запястье Киссура. Мгновение — и пистолет полетел вбок, а Киссур покатился по полу в обнимку с Бемишем. Боевики не решались стрелять, отчасти опасаясь попасть в господина, отчасти полагая, что убивать одного из противников во время поединка западло.

Стальные руки Киссура сомкнулись на шее противника. В ушах Бемиша загудело, потолок комнаты закружился и начал уплывать куда-то вверх. Бемиш ударил Киссура коленом в пах. Это было все равно что бить робота. Извернувшись, Бемиш перекатился на бок, и пятка его снизу вверх проехалась по коленной чашечке Киссура.

Киссур на мгновение ослабил хватку. Захват, рывок — и Бемиш, перекинув варвара через себя, вскочил на ноги.

Время замерло, как часовой на торжественном параде. Бемиш смотрел, как Киссур падает на пол, отвесно, головой вниз, и уже слышал хруст ломающихся о паркет позвонков. На мгновение ему захотелось броситься к другу и подставить руку — но он понимал, что не успеет. И что он умрет через секунду после того, как раздастся хруст позвонков.

В последнее мгновение Киссур выбросил руки, и ладони его с глухим шорохом соприкоснулись с паркетом. Киссур перекатился через голову и, оттолкнувшись от пола руками, со страшной силой ударил обеими ногами Бемиша в грудь. Бемиш отлетел к стене. Кулак Киссура на миллиметр разминулся с его челюстью. Бемиш нырнул и достал Киссура левым хуком. Киссур пошатнулся. Бемиш нанес ему прямой нокаутирующий удар в лицо. Киссур зарычал. В следующую секунду он рванулся на своего противника, и колено Киссура садануло Бемиша под ребра. Президента компании отбросило на пол. Он еще успел перевернуться на бок, и тут же тяжелый башмак Киссура ударил его под подбородок, раз и другой.

Бемиш рывком подтянул ноги к животу, группируясь, и в этот миг увидел в вышине, в свете подвесного потолка, искаженное лицо Киссура и начерненный кулак у самых своих глаз. Потом что-то разорвалось и вспыхнуло в голове Бемиша. Мир опал и поник облетевшим цветком, и Бемиш раскинулся на полу, как человек, из которого вынули скелет и оставили одно мясо. Двое боевиков застегнули на его запястьях наручники и поволокли за ноги из комнаты. Голова президента компании волочилась по свеженатертому паркету переговорной, из-под светлых волос сочилась кровь.

— Каждый, кто дернется, — сказал Киссур, — потяжелеет на девять грамм.

И указал на мертвого Джайлса.

— Что это значит? — спросил с пола Рональд Тревис.

— Космопорт захвачен.

— Кем?

— Партией Народной Свободы.

А потом затянутый с ног до головы в бронеткань (новейшая разработка Федерации, торговля только по лицензии, тысяча денаров квадратный метр) человек со стволом под мышкой и керамитовыми обоймами на поясе улыбнулся и вынул из ножен широкий десантный нож. Киссур наклонился над Джайсом и одной рукой приподнял труп за волосы, а другой отхватил ему ухо.

— Никогда не любил эти чертовы веерники, — сказал Киссур, — если палить по человеку из веерника, то от чего потом отрезать трофей?

✕✕✕

Впоследствии все признавали, что операция была проведена с технической точки зрения блестяще.

Спустя полторы минуты после сцены в кабинете по внутренней связи прозвучало объявление следующего содержания, произнесенное чуть хрипловатым голосом с заметным аломским акцентом:

«Дамы и господа! Ассалахский космопорт полностью контролируется мной, Киссуром, и «Партией Народной Свободы». Вся охрана космопорта разоружена. Все должны оставаться на своих местах. Всякая попытка сопротивления будет караться расстрелом на месте. Всякая паника будет рассматриваться как попытка сопротивления. Всем иномирцам будет предоставлена возможность покинуть территорию космопорта. До этого все они рассматриваются как заложники и будут расстреляны в случае сопротивления. Всего хорошего, господа. До свиданья».

Немедленно после того, как это объявление прозвучало, боевики Киссура, находившиеся практически в каждом зале ожидания, в каждом таможенном коридоре, в каждом ресторане и магазинчике, вздернули оружие на изготовку и прокричали:

— Всем на пол! Жопу кверху, руки за голову! Ну!

Большинство пассажиров покорно исполнили требуемое, роняя на ходу только что купленные инисские лаковые статуэтки и плоские деревянные бутылочки с чахарской водкой, приобретенные в качестве сувениров: команда эта очень способствовала прекращению паники, которую следовало считать сопротивлением. Кое-где началась стрельба; пятеро работников СБ космопорта попытались бежать; четверо были застрелены на месте, пятый умер спустя два часа на операционном столе.

В диспетчерской, под дулами веерных излучателей, диспетчеры беспрекословно следовали указанию Ханадара: объявить Ассалах, не вдаваясь в подробности, зоной, закрытой для полетов. Сиречь: кораблям, еще не вышедшим на глиссаду, садиться к черту на рога, куда хотят, только не в Ассалахе, кораблям, уже сидящим на глиссаде, садиться без объяснений.

Пилоты — народ дисциплинированный и привыкли садиться, как скажут. Последние два корабля успели сообразить, что садятся на космодром, захваченный террористами, но, к чести их экипажа, не заметались в воздухе, что было чревато катастрофой, а сели и только потом потребовали немедленного взлета, в чем им было отказано.

Во всяком случае, ни один корабль не рухнул мимо посадочных гнезд, что было бы очень и очень вероятно, начнись в диспетчерской паника.

Табло главного зала, с расписанием полетов, замигало и потухло, а потом на нем появилась надпись: «Да здравствует Партия Народной Свободы». Надпись была исполнена на стандартном галактическом и по-вейски. В стандартном варианте имелась грамматическая ошибка.

Всего в порту было восемь тысяч человек. Из них пятьсот — добровольных или постоянных сотрудников службы безопасности, две тысячи триста — служебный персонал, включая пилотов, остальные — пассажиры.

Около двух десятков видеожурналистов, большею частью опознанных по соответствующей аппаратуре, были выдернуты из толпы и отведены в административное помещение, где сидели Киссур и его младший брат Ашидан, а со стороны сектантов — молодой Ашиник и старик Ядан. Киссур сказал, что он предлагает присутствующим отправиться в инспекцию по космодрому и вполне полагается на их последующие правдивые показания. Кадры, сделанные этими журналистами, обошли впоследствии весь мир.

⨯⨯⨯

Из показаний сенатской комиссии Френсиса Ф. Карра,
служащего аудиторской фирмы «Куперс, Лир энд Гамбахер»,
бывшего в числе сорока отобранных заложников,
данных на сенатских слушаниях по поводу захвата
космодрома полтора месяца спустя

— Как вас выбирали?

— Не знаю. Ко мне подошли два боевика, ткнули пальцем и увели. Они не говорили на Стандарте. Я подумал, что меня сейчас расстреляют.

— Вас били?

— По правде говоря, я получил хорошего леща под задницу, а когда мы проходили мимо крестьян, кто-то бросил в меня тухлым помидором.

— Что сделали боевики?

— Они проорали чего-то толпе и счистили с меня помидор.

— Что было дальше?

— Меня ввели в довольно большую комнату, там уже было человек тридцать. Много было журналистов: никто не препятствовал им снимать. За столом сидели Киссур с братом и руководители «Партии Народной Свободы». Киссур сказал, чтобы корреспонденты поберегли память, потому что он устраивает нам экскурсию по космодрому и там будут неплохие кадры.

— Что было дальше?

— Киссур сказал, что он требует, чтобы все, что снимут, было показано по галактическим каналам. Что снятые чипы должны быть переправлены в место, где имеется трансляционное оборудование, и что передача должна пройти по всем программам. Он сказал, что у них на разных планетах есть агенты и что если здесь, на Вее, передача не начнется в полдень, то он будет расстреливать по пять заложников за каждую минуту опоздания. Кто-то спросил, что будет с заложниками, если его требования выполнят. Киссур сказал, что он не такая сволочь, чтобы делать восемь тысяч иномирцев заложниками, хотя иномирцы сделали всю его планету заложницей в своей будущей войне с Герой. Его спросили тогда, зачем он захватил космодром, и он сказал, что это единственный способ вскрыть все секретные хранилища космодрома. Он сказал, что никак нельзя выбрать момент, когда на космодроме не было бы пассажиров, и что он не знает другого способа удержать невоенных людей от паники, как заставить их лечь на пузо и застрелить десяток-другой для примера. Его спросили, что он будет делать с пассажирами, и он ответил, что после того, как передача будет показана, заложников освободят.

— А персонал?

— Он сказал, что покамест вынужден задержать тех служащих, чья деятельность необходима для функционирования порта.

— Как на ваших глазах обращались с пассажирами?

— Грубо. Я видел, как террорист ударил прикладом человека только за то, что тот встал без позволения. Другой раз сидящий на полу парень вытянул ноги, террористу показалось, что ему ставят подножку, и он ударил этого парня коленом в висок.

— О чем еще говорил Киссур?

— Он сказал, что приехал в космопорт защищать своего друга Бемиша. Потом он получил точные сведения, что в одном из садящихся кораблей военные везут газ, который они применят против демонстрантов. Он стал убеждать заместителя Бемиша, кадрового разведчика Джайлса, не применять газа. Тот ответил: «Замолчи, вейская обезьяна». Киссур застрелил Джайлса.

— Вы видели этот газ?

— Да. В одном из севших последним кораблей половина груза состояла из контейнеров с бетафеноном — опаснейшим нервно-паралитическим токсином. Контейнеры были помечены как военный груз в соответствии со стандартными правилами военно-космических сил Федерации. Нас заставили разгрузить эти контейнеры, а боевики стояли рядом и смеялись. У меня есть биохимическое образование, и я знаю, что с бетафеноном категорически запрещено работать без костюмов полной защиты. Я чуть не умер от страха.

— Вам известно, что Министерство обороны Федерации отрицает, что контейнеры с бетафеноном принадлежали ему?

— Да, ваша честь.

— По вашему мнению, была у Киссура возможность погрузить эти контейнеры перед тем, как показать их вам?

— Исключено. Когда мы стояли у транспортера, на табло еще горело послепосадочное предупреждение, а экипаж как раз выволакивали наружу.

— Что было дальше?

— Нас провели по довольно большому количеству складов. Там не всегда лежали грузы, соответствующие указанным в таможенных документах. То есть их там практически не было. Автомобили назывались медицинским оборудованием, компьютеры назывались тушенкой. Я видел целые ящики ламасских кружев, которые экспортировались как стекло.

— Как вы считаете, с чем это связано?

— Как нам сказали, товары, подлежащие обложению пошлинами, указывались в документах как товары, не подлежащие обложению. Большая часть экспортно-импортных фирм существовала менее двух месяцев. Я не знаю, каковы таможенные злоупотребления в других частях Галактики, но увиденное там просто поразило меня. Там воровали не контейнерами, а грузовыми отсеками.

— Что было дальше?

— В конце концов нас привели на часть летного поля, которая почти не использовалась для гражданских полетов. Шахты несколько отличались от гражданских. Нам были показаны документы, из которых следовало, что шахты предназначались для посадки военных кораблей. У них была несколько другая техника отделки: например, напыление на опорных конструкциях позволяло челноку стартовать с ускорением, в пять-шесть раз превышающим величину, характерную для гражданских кораблей. Там также...

— Технические особенности военных шахт не являются предметом наших слушаний. Вы видели только шахты?

— Нет, там было несколько складских терминалов, также отличающихся от гражданских. В частности, их стены экранировали излучение. Привели господина Бемиша, и он открыл эти склады.

— Как обращались с Бемишем?

— Его тащили на поводке.

— Как он выглядел?

— Жутко. Костюм разорванный, рубашка в крови, и во-от такой фингал под правым глазом. Однако у Киссура фингал был не меньше, и, насколько мне известно, все, что Бемиш получил, он получил в драке. Со связанными руками его никто не бил.

— Что находилось в складах?

— В складском терминале 17-А лежали какие-то импортные тряпки, хотя по документам он был пуст. 17-В тоже был пуст по документам. В нем находились контейнеры с медицинской маркировкой. Из контейнеров на наших глазах извлекли военное оборудование, позднее идентифицированное как боеголовки типа «кассиопея», находящиеся в состоянии неполной боевой готовности.

— Почему понадобилось присутствие Теренса Бемиша?

— Склады управлялись компьютером, которому нужно было предъявить для опознания радужную оболочку глаза. В памяти компьютера имелись только две сетчатки: президента компании и его заместителя, Теренса Бемиша и Ричарда Джайлса.

— Стало быть, без соучастия вышеназванных лиц боеголовки не могли попасть в склад?

— Нет, ваша честь.

✕✕✕

Бемиш лежал на кожаном диване в собственном кабинете, и руки его были крепко стянуты за спиной. Если скосить глаза, то можно было увидеть из окна кабинета кусочек летного поля и выгнувшийся асфальтовой радугой пандус. По летному полю бродили крестьяне. По пандусу полз жукообразный пассажирский автобус.

Скрипнула дверь: в кабинет вошел Киссур. В черной бронеткани он напоминал скорее боевого робота, чем человека, и когда он наклонился над Бемишем, ему показалось, что над ним завис башенный кран. Бемиш демонстративно отвернулся к стене, ойкнув от вывернутой руки.

— Привет телезвездам, — сказал Киссур. — Тебя через час покажут по всем новостям. Вместе со складом 17-В.

— Как туда попали эти проклятые боеголовки? — спросил Бемиш.

— Это вопрос к тебе.

— Не паясничай! Я их отправил туда по указке Шаваша...

— ...а Шаваш думал, что импортирует автомобили, — докончил Киссур. — Шаваш тоже, знаешь, иногда зарывается... У меня же нет собственных подставных контор, вот и пришлось воспользоваться конторой господина министра.

Бемиш повернулся и снова ойкнул.

— Чего ты добиваешься, Киссур? — спросил Бемиш. — Ты забыл, что это ты орал от радости, когда тебе сказали, что здесь будут строить военную базу? А меня чуть не убили за то, что я отказывался это делать!

Киссур улыбался, и непонятный блеск в его глазах был как пятнышко лазерного целеуказателя. Грязный воротничок рубашки резал Бемишу горло, под мышками было потно и противно, и президент Ассалахской компании чувствовал себя точь-в-точь как связанная утка, которую закалывают на алтаре, чтобы погрузить в кровь кончик меча и пробудить сталь. Интересно, этот свой веерник Киссур тоже макал в утку?

— Ну хорошо. Ты умыл Шаваша. Ты снял, что он вор. Ты снял, что я вор. Ты вляпал в незабываемое дерьмо наших военных, хотя убей меня бог, если я понимаю, как ты раздобыл эти чертовы боеголовки. Чего ты хочешь?

— Как чего? Национализации этого космодрома. Национализации всей дряни, которую тут понастроили чужестранцы. Смены правительства, которое ворует так, как Шаваш. По-моему, если на нашей земле без нашего ведома иностранцы размещают запрещенные во всей Галактике виды вооружения, так это достаточный повод, чтобы отобрать у богачей сохранное и вернуть его народу.

Бемиш дернулся.

— Идиот! У тебя ничего не выйдет!

— Почему?

— Почему?! Ты еще спрашиваешь, почему? Да ты посмотри, кого ты набрал в союзники?! Ты загубишь свою шею и свою страну! Ты назови хоть одного чиновника на своей стороне, хоть одного человека, который знает, что такое бюджет и что такое платежный баланс! Твои союзники — идиоты, которые считают иномирцев бесами! Ведь Ашиник может рассуждать об искоренении протекционизма и равных правилах игры для всех ровно до той секунды, пока он не пришел к власти! А когда он придет к власти, то либо он будет делать то, что хочет его партия, либо его сожрут с потрохами. Ты думаешь, с такими союзниками можно устроить что-нибудь, кроме театрального бенефиса? Ты думаешь, с тобой кто-нибудь будет разговаривать? А заложники? А убитые?

Верхняя губа Киссура поползла вверх, обнажая белые, похожие на клыки резцы.

— Я отпущу заложников, — сказал Киссур.

— Пассажиров? А персонал? Черт возьми, если ты отпустишь персонал, здесь все просто взлетит на воздух! Или ты вейского сектанта посадишь за терминал управления ВиС?

— Я отпущу всех заложников-иномирцев, — повторил Киссур, — тот персонал, который останется, — это подданные империи. Уверяю тебя, что все журналисты-иномирцы будут говорить, что я отпустил заложников, потому что они только иномирцев считают заложниками. А что до чиновников империи, то им все равно: заложники, не заложники — этого мы издавна не считали грехом.

Бемиш вздрогнул и даже зажмурил глаза. Действительно. Если Киссур говорит правду, это конец. То, что «Партия Народной Свободы» имела в своей власти пять тысяч чужестранцев и тут же их отпустила, будет выгодно контрастировать с воровством и боеголовками, найденными в результате ее отчаянного акта. Да уж, все слухи, распространявшиеся правительством насчет партии — например, что она иномирцев считает бесами, от этакого благородного поведения выглядели враньем... Умно. Умно и... непохоже на Киссура.

И тут в проеме кабинета обрисовался еще один человек. Он был тоже с оружием и в черной форме, но даже жесткая бронеткань не могла скрыть его хрупкой изящной фигуры, и длинные его пальцы нервно мяли веерник, словно дверь, к которой он не мог подобрать ключа.

— Вот мы и опять встретились, хозяин.

Бемиш повернул голову.

— Это мне тебя, Ашиник, благодарить, — спросил он, — за стратегию и тактику связей с общественностью?

Молодой человек усмехнулся. Лицо, обрамленное черными

кудрями, казалось неестественно бледным, и огромные синие глаза бегали из стороны в сторону так, как никогда не бегают глаза победителей и всегда бегают глаза проигравших.

— Наверно, хозяин, проклинаете тот день, когда не позволили Киссуру застрелить меня?

— Да, — сказал Бемиш. — Потому что тогда Инис была бы жива.

— Не трожь это имя, убийца! — взвился Ашиник.

— Что ты несешь?

Палец Ашиника лег на курок, как тонущий вцепляется в спасательный круг. Бемиш с некоторым облегчением заметил, что, по крайней мере, Ашиник забыл снять веерник с предохранителя.

— Ты бы и меня тогда убил, если б я не сбежал!

— Вздор! Ее убили по приказу Ядана! Чтобы поссорить тебя со мной! Точно так же, как по приказу Ядана убили его предшественника! Зачем мне было ее убивать?

— Из ревности.

— Из какой, дурак! Я ее тебе отдал! А она — она в тот день просила взять ее обратно!

— Отдал? Взять? — прошептал белый как мел Ашиник. — Или вейские женщины товар, который отдают и берут?

— Вы долго будете браниться? — полюбопытствовал Киссур.

Ашиник замолчал. Кадык его нервно ходил вверх-вниз.

— Ашиник еще не сказал самого главного, — саркастически заметил Бемиш, — а именно на каком дереве он собирается повесить убийцу неверной наложницы, каковое убийство, кстати, по старинным законам, за которые он столь ратует, вовсе не является наказуемым преступлением.

Ашиник резко вздернул голову. Он уже вполне овладел собой, и глаза его стали стеклянными и спокойными.

— Господин Бемиш, — сказал Ашиник, — мы, революционное обновленное правительство Империи Великого Света, не собираемся вас задерживать. Мы отпускаем вас и передаем с вами наши требования, требования восставшего народа. Они просты и равно отвечают интересам императора и интересам народа. Только продажные чиновники и алчные чужеземцы могут противиться им. Мы требуем отставки нынешнего правительства и суда над запятнавшими себя коррупцией чиновниками. Мы требуем, чтобы во главе империи, как и десять лет назад, встал Киссур Белый Кречет. Мы требуем, чтобы чужеземная идея выборов была вычеркнута из указов, как не соответствующая духу народа Веи. Так как наша партия выиграла ваши вшивые выборы, вряд ли это требование можно назвать требованием меньшинства народа! Мы требуем безусловной национализации всех предприятий, принадлежащих чужеземцам, и проверки правильности действий других частных собственников. Мы не против предпринимателей, мы против плохих и алчных предпринимателей, которые сосут кровь народа, не заботясь о его благе! Плохих предпринимателей мы будем искоренять, хороших — поддерживать!

— Под плохими предпринимателями, — не выдержал Бемиш, — вы разумеете тех, кто дает взятки не вам, а под хорошими — тех, кто дает взятки вам?

— Молчать! — заорал Ашиник. — Не вам сегодня говорить о взятках, господин Бемиш! После того, как по вашим складам прошлись с телекамерой!

▪ Глава четырнадцатая, ▪
или Премьер-министр
в роли международного террориста

После этого разговора Бемиша впихнули в его собственный лимузин, и Ханадар с Ашиданом довезли его до последнего поста, располагавшегося напротив старой деревни. Деревня как вымерла. Над полем висела пыль, поднятая стайкой пролетевших военных скайеров.

Метров за двести от поста торчал спешно врытый шлагбаум, за ним — антенны, похожие на невиданно вымахавшие в длину лопухи, и целое стойбище военных джипов. А еще чуть подальше, в километре, — собственная усадьба Бемиша, подарок главы террористов и бывшего первого министра империи...

Двести метров. Двести метров от бывшего космодрома, захваченного террористами, до нормального мира, населенного продажными чиновниками и глупыми иномирцами. Двести метров для бывшего миллиардера Теренса Бемиша, несущего на шее портфель с требованием национализации Ассалаха и ключ от наручников, которые по-прежнему стягивали сзади его руки. Двести метров — по лицу Бемиша бегали солнечные зайчики и красные пятнышки лазерных прицелов.

Бемиш ступил за шлагбаум. Красные пятнышки погасли, и к нему кинулись люди в военной форме. Впрочем, были и гражданские: в первом подбежавшем человеке Бемиш узнал посла Федерации, Майкла Северина.

Через две секунды военный флайер с Теренсом Бемишем взлетел по направлению к усадьбе, и напротив Бемиша под стеклянным колпаком сидели двое, удивительно напомнившие Теренсу боевиков Киссура: в черных костюмах из бронеткани, с ребристым обручем под гермошлемом и длинной строчкой кодированных нашивок на рукаве, сообщавшей о ее владельце кучу подробностей, начиная от группы крови и кончая воинским званием. Впрочем, Бемиш этих нашивок читать не умел. Одного из своих спутников Теренс Бемиш узнал: это был тот самый Мохаммед Шагир, который когда-то приезжал на Вею в компании с покойным Джайлсом. Другой спутник представился как полковник Михаил Чен.

— Как туда попали боеголовки? — спросил Бемиша Мохаммед Шагир.

— Это надо спросить Шаваша, — огрызнулся Бемиш, — это его указание про его груз.

— Спросим, — процедил Шагир.

— Мы знаем, как туда попали боеголовки, — сказал полковник Чен, — они попали туда с базы Норд вест. Это база на спутнике планеты Агая. На одном из космодромов Агаи работал старый приятель Киссура, анархист, он приезжал сюда шесть месяцев назад, а Киссур приезжал на Агаю в позапрошлом месяце. Через неделю после его приезда случилось следующее: этот анархист, Лоре, и пятеро его приятелей свалились в пропасть на крутом вираже. Несчастный случай. И в тот же день другой несчастный случай, за полтора световых года от Агаи: механик базы, Денни Хилл, улетевший за три дня до того в отпуск на Землю, утонул ни с того ни с сего на людном пляже. Так что тут все ясно, откуда Киссур взял боеголовки. А вот как он всучил их вам, господин Бемиш...

— Сами хороши, — огрызнулся Бемиш, — если у вас боеголовки воруют, как крупу из кладовой. Вы знаете их требования?

— Знаем. Они уже сообщили их по транссвязи. По вашему мнению, Киссур Белый Кречет действительно способен убить заложников, если мы не пустим в эфир репортажи?

— Убить? — рассердился Бемиш. — Да он съесть их способен, маринованными или жареными! Вы знаете, что он девять лет назад повесил три тысячи горожан, поднявших в столице восстание? Он во время гражданской войны развесил триста человек на левом берегу Орха, а триста — на правом! А лагерь Ханалая забыли?

Тут машина остановилась во дворе усадьбы, и Бемиш первым спрыгнул на песок.

— А где, кстати, журналисты? — спросил он.

— Журналистов нам еще не хватало, — фыркнул полковник.

— И напрасно, — сказал Бемиш, — Киссур устроил для журналистов представление, а вы их метлой гоняете. Журналист же говорит то, что видит, а что не видит — как ему сказать? Вот увидите — они Киссура похвалят, а нас приложат.

— Киссура похвалят? — разъярился полковник Чен. — Похвалят мерзавца, который захватил в заложники восемь тысяч человек?

Со ступеней усадьбы к Бемишу бросился Шаваш. Маленький чиновник был бледен как мел, но, как всегда, тщательно причесан и завит. Из-под светло-зеленой шелковой куртки, расшитой золотыми нитями, виднелась темно-зеленая безрукавка, безупречно подобранная по фактуре и цвету, и на высоких каблуках Шаваша Теренс разглядел кокетливые золотые подковки.

— Что он?! — вскричал Шаваш. — Он что-нибудь сказал про меня, Теренс?

— В точности то же, — ответил Бемиш, — что он сказал, когда вы предложили ему поменяться женами.

Шаваш схватился за голову.

— Теренс Бемиш утверждает, — сказал полковник Шагир, — что груз фирмы «Аскон» был помещен в ангар 17-В по вашему указанию. Это так?

Шаваш поднял безумные глаза.

— Да какая разница! — закричал он с досадой.

— По вашему или нет?

— О Господи, ну, наверно, да, — закричал со злобой чиновник, — подумаешь, дело, дали мне двести тысяч за звонок, я позвонил, не мой это груз!

— Это понятно, что не ваш, — с нескрываемым презрением промолвил полковник, глядя на маленького чиновника.

— А вы тоже хороши! — заорал Шаваш. — Если у вас боеголовки со складов воруют, как шоколадки из супермаркета, так нечего на меня кивать!

Через десять минут на первом этаже усадьбы, в прелестной гостиной, затянутой голубым и палевым шелком, началось заседание чрезвычайного комитета по разрешению ассалахского кризиса. В заседании принимали участие: шестеро членов правительства, включая министра обороны и министра внутренних дел, Теренс Бемиш, как президент компании, на территории которой разразилось безобразие, посол Земли, три военных советника с Земли же и двое коллег покойника Джайлса. Возглавлял антикризисный комитет господин Шаваш, что было весьма необычно: маленький чиновник обычно предпочитал быть в тени при любой грозе, а тут не вытерпел и сидел во главе стола — краше в гроб крадут.

— Вообще-то это удивительный союз, — сказал посол Северин, — между Киссуром и еретиками до крайности мало общего. Киссур не участвовал в выборах; еретики в них победили. Киссур — бывший первый министр империи, человек с убеждениями государственника, если не фашиста. Он ненавидит все, что силу государства ослабляет. Секты и еретические учения — естественный объект его ненависти. Сектанты, будем здесь говорить без оглядок на либеральную прессу, — даже те, что учились в Хевишеме, — тут посол бросил быстрый укоризненный взгляд на Бемиша, — считают иномирцев бесами. Киссур так не считает. Требование о национализации иностранных компаний, бесспорно, принадлежит еретикам. Как ни экстравагантны взгляды Киссура, присутствующий здесь господин Бемиш — порукой тому, что Киссур способен очень хорошо относиться к иностранному хапуге... Мне кажется, что достаточно протянуть немного времени, и эта коалиция распадется сама собой — у сторон нет ничего общего...

— Да неужели вы не видите, что у них общего! — с отчаянием вскричал Шаваш. — Они хотят, чтобы моя голова была отдельно от моего тела!

Все несколько остолбенели от такой трусости. Полковник Шагир, наклонившись к Бемишу, прошептал на ухо: «Если это так, то еще немного, и я присоединюсь к коалиции...»

— Вы хотите сказать, господин Шаваш, — ледяным тоном осведомился посол, — что единственной целью бойни, учиненной на космодроме, захвата восьми тысяч человек, дискредитации наших вооруженных сил и требования смены правительства империи является стремление вас повесить?

— Господа, хватит препираться, — сказал Бемиш. — Вам

надо определить свое отношение к требованиям Киссура. И я позволю себе заметить, что, поскольку эти требования касаются внутренних дел Веи, меня как-то изумляет, что наш антикризисный комитет наполовину состоит из граждан Федерации.

— А что наши граждане сидят в заложниках, вы забыли? — спросил полковник Чен.

— И в заложниках мы — меньшинство, — ответил Бемиш. — Восемьдесят процентов наших пассажиров — вейцы, а персонал компании состоит из вейцев на девяносто три процента. Вот и считайте, сколько граждан Федерации сейчас на космодроме.

— Я могу вам сказать, почему здесь сидят иномирцы, Теренс, — вмешался Шаваш, — потому что наше правительство приняло решение просить Федерацию Девятнадцати оказать нам военную помощь для подавления мятежа и освобождения заложников.

— Стало быть, требований их вы не принимаете? — справился Бемиш.

— Об этом не может быть и речи! — заявил министр полиции Шаинна.

— А я бы согласился, — сказал Бемиш.

Все на мгновение замерли.

— Вот как, — криво улыбаясь, проговорил министр, — вы не забыли, что в числе требований — безвозмездная национализация принадлежащих иностранцам компаний? У вас есть в запасе еще один космодром с доходом в полтора миллиарда ишевиков в год, господин президент?

Бемиш помолчал.

— Я предпочитаю получить космодром через два года, — ответил Бемиш, — после полного краха политики Киссура, чем быть убийцей восьми тысяч человек.

— Вам хорошо, — сказал министр полиции, — вы теряете космодром, Теренс, а некоторые потеряют голову.

— Вы не понимаете, Теренс, — закричал Шаваш, — это же псих, маньяк! Этот человек разотрет вас в лепешку! Вы думаете, что случится со страной, когда они тут станут отделять хороших предпринимателей от плохих?! Мы должны его уничтожить! Ввести войска Федерации и размазать, как масло по сковородке!

— Как президент Ассалахской компании, — сказал Бемиш, — я против ввода войск. И хочу напомнить присутствующим, что если они станут решать внутренние проблемы империи с помощью войск Федерации, то...

— Не учи нас жить, иномирец! — заорал разъяренный Шаинна.

— Буду учить! — заорал не тише его Бемиш. — Вам плевать, что там Киссур требует про национализацию промышленности! Вы две тысячи лет жили при национализированной промышленности! Вам не плевать, что Киссур требует вас повесить за продажность, лично вас, Шаинна, да и Шаваша! А вот тут с Киссуром будут многие согласны...

Шаваш поднялся.

— В качестве официального представителя империи по разрешению ассалахского кризиса, облеченного всей полнотой власти, я требую вмешательства войск Федерации Девятнадцати.

Бемиш встал.

— Я отказываюсь принимать участие в этой мерзости, господа.

И вышел.

Где-то вдалеке уже зачинался рассвет. Остро пахли кусты росовяника, и в деревне мычали во сне вернувшиеся с поздней пахоты быки.

Бемиш, кутаясь в плащ и вздрагивая от холода, прошел в выстроенную над искусственным водопадом беседку. На подстриженных лужайках усадьбы белым и розовым цвела парчовая ножка, и вместе с цветами к небу поднимался дым от расставленных вдоль дорожки курильниц. Слуга, мягко ступая, тут же пронес в беседку корзинку со спиртным и спросил, что подавать на ужин гостям и что делать с «парчовыми куртками»:

уже орали «куртки», пришлось им выдать двадцать мешков из кладовых...

Бемиш цыкнул на раба так, что тот убрался не помня ног. Однако корзинка оказалась весьма кстати. Бемиш извлек из нее деревянную, оплетенную лыком бутыль с пальмовой водкой, выдрал затычку и стал пить прямо из горлышка, запрокинув голову.

Остановился, лишь выпив с четверть.

Далеко-далеко, сквозь плетеную стену беседки, был виден космодром: он не блестел в ночи, как обычно. Тускло светились главные здания, и там, где еще вчера сверкали ориентировочные огни, над посадочными шахтами расползались мрак и туман. Одиноким, выскочившим из тьмы рогом блестел монорельс, да на шоссе через каждые сто метров копошились заставы и кучки вооруженных людей.

Где-то вдалеке, у первых постов на подступах к усадьбе, скандалила целая свора корреспондентов: вейские чиновники настаивали на том, чтобы их не пускать... Впрочем, Бемишу ничуть не хотелось к журналистам. Он представлял, какие вопросы ему зададут. Публично на эти вопросы отвечать не стоило.

Скрипнула дверца беседки. Бемиш повернул голову и увидел посла Федерации. Тот побродил безумными глазами вокруг себя и тут же уцепился за бутыль с водкой.

— Я уже из нее пил, — предупредил Бемиш.

Посол только махнул рукой.

— Вы правильно сделали, что ушли, — сказал Северин, выцедив остатки водки и тяжело рухнув на скамейку. — Все участники этой истории будут сидеть в дерьме по самые уши.

— Что, решили вызвать войска?

— К утру десант будет здесь. Одиннадцатая федеральная дивизия. Асы. Как только Киссур отпустит заложников, его возьмут голыми руками.

— К утру?! Так быстро?

— Их перебрасывали к месту новой службы.

— Поближе к Гере, да?

Посол, осклабившись, кивнул.

— Вы понимаете, что это — решение Шаваша, который боится только одного — что Киссур повесит его на самой высокой катальпе? Он с ума сошел от страха за свою шкуру.

— Это уж точно, — сказал посол, — первый раз в жизни вижу, чтобы господин Шаваш публично высказался за то или иное решение, да еще и взял ответственность на себя. Представляете — он поставил под приглашением войск свою подпись! Все министры, какие были, любезно уступили ему эту честь...

Бемиш хмыкнул.

— Знаете, почему чиновники согласились на ввод войск? Они понимают, что этот шаг сделает Шаваша политическим покойником... Однако вы вели себя храбро. Неужели вам не жалко своей компании?

Бемиш помолчал. Потом с усмешкой сказал:

— Моя компания — банкрот. Мои акции стоят дешевле, чем брюква на базаре. Мне плевать, сколько получат кредиторы: по сенту за денар или по десять сентов.

✕✕✕

Дивизия вышла на орбиту вокруг Веи, когда над Ассалахом только-только занимался рассвет. В Час Овцы они сели на космодром в Салгаре, и уже через четыре часа военные флайеры высадили большую часть десантников в рисовых полях между усадьбой Бемиша и деревней. Развернулись в широкий полукруг тусклые, похожие на гигантских жуков танки, эфир заполонили непонятные писки кодированных сигналов, солдаты уже ставили прочные палатки защитного цвета, и с борта флайера ротам принялись раздавать хлеб и сгущенку.

Тогда же наконец состоялась первая пресс-конференция. «Желтые куртки», обыскав десяток журналистов, загнали их в автобус и привезли в усадьбу, где прессу уже ожидали чинно сидящие в ряд Шаваш, Бемиш и посол Северин.

Шаваш довел до сведения прессы ультиматум Киссура и

довольно долго распинался о том, что правительство империи не допустит национализации промышленности. Он также сказал, что в качестве главы Антикризисного комитета попросил военной помощи Федерации и что в настоящий момент близ Ассалаха высаживается 11-я космическая десантная дивизия.

— Это — штурм? — спросил один из журналистов.

— Ни в коем случае, — беззастенчиво солгал Шаваш, — мы не вправе рисковать жизнями заложников. Речь идет о том, чтобы блокировать космодром и вести с террористами переговоры на равных.

В полдень, после долгих препирательств и очередной угрозы Киссура расстреливать по пять человек за минуту опоздания, сразу по двум государственным каналам пошла передача, смонтированная журналистами-заложниками. Шаваш бился в истерике, обещая посадить всех, кто пустит ее в эфир. Говорили, что решение пойти навстречу Киссуру принял лично министр полиции Шаинна, который рассчитывал, что такая передача уберет с политической арены и Шаваша, и самого Киссура; говорили также, что государь никого не принимает, а плачет у беседки.

Журналисты постарались на славу. Они не скрывали, что ведут свой репортаж под дулами автоматов. Они не скрывали, что те, кто держит их под прицелом, готовы без колебания жертвовать жизнями других. Они не скрывали, что это происходит оттого, что террористы также без колебаний готовы жертвовать своей жизнью.

Разоблачения их были ужасающи. Телекамеры бесстрастно смотрели в глубь укрепленных стартовых шахт, в то время как Киссур, за экраном, монотонно комментировал, что подобного рода швартовые узлы строятся только для военных ракет. Боеголовки «кассиопея» посверкивали тусклыми боками. Подтверждались не только старые обвинения сектантов в двойном предназначении космодрома, — подтверждались самые фантастические, порой распускаемые слухи о тайном нарушении

Федерацией столь торжественно подписанных договоров об ограничении вооружений.

Записанные как помощь жертвам катастроф роскошные автомобили (на импорт) и оформленные как бронзовый лом старинные ламасские вазы (на экспорт) свидетельствовали о невиданном масштабе злоупотреблений на космодроме. Сам захват космодрома представал жестокой и подлежащей всемерному осуждению, но, несомненно, отчаянием вызванной попыткой вскрыть масштабы воровства, коррупции и предательства в нынешней администрации. Среди граждан Федерации нашлось несколько аудиторов и финансистов, которые скрепя сердце подтвердили некоторые финансовые выкладки Ашиника о махинациях на космодроме.

Вскоре по окончании передачи началась пресс-конференция «Партии Народной Свободы». Киссур и его сообщники сидели в кабинете президента компании. Киссур сказал, что сразу после пресс-конференции заложников начнут освобождать.

— Вы не опасаетесь, — спросил один из журналистов, — что тогда вас тут же уничтожат?

— Я пришел сюда умереть, — ответил Киссур, — как же я могу опасаться того, зачем я здесь?

После этого слово взял Ашиник.

Он сказал, что отдельные продажные чиновники Веи пытались навязать императору свою политику. Когда император отказался следовать их указаниям, они вынудили его объявить выборы, надеясь добиться обманом народа того, что они не добились от императора. Когда же партия бюрократов постыдно проиграла на выборах, они отказались признавать их результаты.

Ашиник подчеркнул, что он является одним из руководителей победившей на выборах партии и что его требования — это требования народа. Он заявил, что его партия требует полной смены правительства и отдачи под суд наиболее скомпрометировавших себя чиновников. Он заявил, что народ желает видеть первым министром Киссура, и перечислил состав его кабинета. Сам Ашиник входил в кабинет министром финансов. Ашиник сказал, что его правительство готово взаимодействовать с Федерацией Девятнадцати и будет уважать все свои международные обязательства, за исключением тех, которые продиктованы взяточниками и прямо нарушают суверенитет государства. Пример: компания БОАР.

— И речи быть не может о том, — сказала Ашиник, — чтобы под предлогом уплаты внешних долгов создавались компании, избавленные от уплаты налогов и практически превращенные в независимые государства. Министр финансов Шаваш сначала получил миллионы, заводя страну в долговой тупик, а теперь хочет получить миллиарды, выводя ее из этого тупика.

Ашиник также заявил, что в исключительных случаях, связанных с национальной безопасностью и крайним злоупотреблением интересами страны, возможна национализация проданных иностранцам компаний. Пример: Ассалахский космодром.

— Президент Ассалахского космодрома утверждает, — сказал один из журналистов, — что вы хотите национализировать всю промышленность Веи, изгнать иностранцев и отменить частную собственность на средства производства. Это так?

— Это чудовищная ложь, — заявил Ашиник. — Не знаю, откуда Теренс Бемиш это выдумал.

✕✕✕

Почти одновременно с пресс-конференцией террористов по ту сторону фронта, в усадьбе Бемиша, состоялась пресс-конференция Антикризисного комитета. На вопросы отвечали Шаваш, Бемиш и посол Земли.

Бемиша спросили, что он может сказать о требованиях террористов, и Бемиш заявил:

— Речь идет не только об изгнании иностранных предпринимателей. Получив власть в свои руки, эти люди приступят к национализации промышленности.

— Откуда вы это знаете? — спросил один из журналистов.

— Мне было это официально заявлено их главарями при последней встрече.

— Мы тоже получали такую информацию, — сказал журналист. — Но десять минут назад один из лидеров мятежников Ашиник заявил, что он никогда не говорил такой глупости. Как вы можете объяснить, господин Бемиш, что в ходе предвыборной борьбы «Партии Народной Свободы» постоянно приписывались чудовищные мнения и программы, которые она никогда не разделяла?

Бемиш даже раскрыл рот от такой наглости террористов. «Ой я влип!» — мелькнуло в голове.

— Заложников она тоже не захватывала, — взорвался Северин, — а? Вообще святые люди!

— Это правда, что заключенный при строительстве Ассалаха секретный военный договор предусматривал создание на космодроме военной базы, включая доставку и хранение боеголовок типа «кассиопея»?

— Чудовищная ложь, — сказал посол.

— Как вы тогда объясните найденные на складах боеголовки?

— В настоящее время мы выясняем, каким путем террористы сумели похитить данные боеголовки с одной из наших военно-космических баз и переправить их на склад.

— Вы хотите сказать, что с наших баз украли двенадцать боеголовок так, что никто и не заметил, и что вор не нашел ничего лучшего, как спрятать их на складе, который могли открыть только два человека в Галактике?

— Мы выясняем, как это произошло.

— Скажите, пожалуйста, не подтверждает ли факт вызова войск Федерации существование секретного военного договора?

— Нет.

✕✕✕

Киссур сдержал слово. Сразу после окончания пресс-конференции журналисты стали снимать отправляющиеся в путь автобусы и монорельсовые поезда. Заложники плакали, но вели себя необыкновенно смирно. Боевики орали, что будут стрелять в любого, кто полезет в автобус поперек очереди, и поперек очереди никто не лез.

С одним из автобусов уехали пять сотрудников «Леннфельд и Тревис» и слегка поцарапанный, кусающий губы Рональд Тревис. Журналисты подкараулили его на выходе из автобуса, он закрыл лицо руками, шмыгнул во флайер и улетел в Равадан, откуда спустя два часа отбыл на Землю, где и стал абсолютно недоступен. Пресса, желающая расспросить короля внебиржевого рынка об участии его фирмы в финансировании самой скандальной стройки столетия, осталась ни с чем и была вынуждена вариться в собственном соку комментариев. Излишней благосклонностью эти комментарии не отличались.

К вечеру от перрона отошел последний поезд с заложниками-пассажирами. На космодроме оставалось около восьмидесяти человек из персонала, чье присутствие было необходимо для функционирования систем жизнеобеспечения космодрома, пятьсот вооруженных боевиков и несколько тысяч вейских крестьян-сектантов.

✕✕✕

Силы 11-й десантной дивизии заканчивали высадку. Большегрузные флайеры с ревом приземлялись на поля прямо за усадьбой президента Ассалаха, и из брюха их выползали плавающие танки и выскакивали крепкие парни в защитной форме из бронеткани.

Бемиш сошел вниз, туда, где два вчерашних безопасника приветствовали маленького, крепкого, как шарикоподшипник, полковника Рогова — командира соединения.

— Надеюсь, — сказал полковник Бемишу, — что вы поможете нам консультациями. Насколько я понимаю, вы строили этот космодром и должны знать, как проникнуть в здания.

— Да, — кивнул Бемиш, — я уже об этом думал. У нас есть место, где вентиляционные ходы монорельсовой станции практически соприкасаются с чередой подземных пустот, в которые можно без особого труда проникнуть километрах в трех отсюда. Мы были вынуждены при строительстве укреплять их.

— Это звучит неплохо, — сказал полковник.

— К сожалению, — продолжал Бемиш, — моим ближайшим помощником являлся человек по имени Ашиник, который сейчас стоит во главе террористов, и он прекрасно помнит эту историю с пустотами.

Один из контрразведчиков громко выругался.

— А газы? — спросил полковник.

— Вынужден вас разочаровать. Возможность газовой атаки, а точнее, взрыва или повреждения каких-либо выделяющих токсины ракетных элементов была предусмотрена при строительстве. Система слежения автоматически включает тревогу, изолирует помещения и начинает очистку воздуха.

Полковник покусал губы.

— Я не военный, — сказал Бемиш, — но думаю, что если вы хотите выбить террористов из космодрома, то у вас нет другого выхода, как въехать туда на танках и стрелять во все, что стреляет или сдается.

— Похоже, что вы думаете правильно, — сказал полковник.

— Какие при этом будут потери? — спросил посол.

— Ну, не думаю, что эта ваша «Партия Народной Свободы» будет хорошо драться. В конце концов, это просто гражданское население...

Бемиш внезапно разозлился самоуверенности военного.

— Это сектанты не умеют драться. А аломов я на вашем месте не торопился бы причислять к гражданскому населению...

— Аломов?!

Бемиш в удивлении взглянул на него.

— Аломов Киссура. Это горный народ, из которого... постойте, вам что, не сказали, как был захвачен Ассалах?

— Нет, — сказал командир, — подробностей я не знаю. В приказе говорилось, что речь идет о бунте сектантов-вейцев, которые победили на выборах.

— Ну, в общем, так оно и есть, — пожал плечами посол, — основная масса людей на космодроме — сектанты.

— Значит, космодром захвачен аломами, а не коренными жителями империи, — с каким-то неестественным спокойствием уточнил полковник.

— Вам-то какая разница? — с досадой закричал посол.

Бемиш вздрогнул:

— Простите, полковник, откуда вы знаете о различиях между вейцами и аломами?

— Да, — сказал полковник Рогов, — какая разница? Мы выполняем приказ.

Когда Бемиш, кончив разъяснять полковнику обстоятельства на космодроме, вышел в сад, было уже совсем темно.

Бемиш никогда не сталкивался с армией Федерации, хотя и завел за последние месяцы знакомство с ее спецслужбами, и полковник Рогов Бемишу понравился: он полагал, что военные много глупее. Одно обстоятельство поразило его. В Галактике десятки населенных планет. Вея — на задворках цивилизованного мира. Откуда полковник федеральных войск знает о вражде между вейцами и не раз покорявшими их горцами? Давно ли в военных академиях пооткрывали курсы галактической этнографии? Даже ему, Бемишу, потребовалось немало времени, чтобы осознать, как глубока пропасть между теми, кого сторонние наблюдатели считают единой расой, между «народом империи» и «варварами с гор».

Бемиш стоял и смотрел на ночь, шевелящуюся людьми. Где-то жалобно, как кошка, которой наступили на хвост, взвизгнул мотор, и треск цикад мешался с шорохом далеких силовых установок. Все. Завтра эта дивизия всей своей силой навалится на стройку — ту стройку, которой он посвятил два года жизни и в которую он вложил душу. Они искрошат танками подъездные пути, разворотят в пыль здания и терминалы, и сумасшедшие сектанты выйдут навстречу танкам с заклинаниями и молитвами, убежденные, что вся эта техника — суть дьявольский морок и что вожди их сейчас, поднявшись на воздух, превратят боевые машины бесов в листки бумаги и гранатометы — в бобовые зернышки...

Завтра Киссур умрет. Потому что, даже если его не размажет по полу прямым попаданием термического снаряда, не настигнет луч веерника, не накроет взрывная волна, — он все равно покончит с собой. Потому что всегда Киссур жил так, словно он давно уже умер. Никогда Киссур не попадется живым в руки десантников, вызванных Шавашем.

И тут совсем рядом, слева от Бемиша, кто-то сказал по-аломски:

— Дай закурить.

Бемиш в ошеломлении обернулся.

Один из солдат Федерации, сидевших у костра, молча перебросил другому пачку сигарет.

Бемиш подбежал к солдату. Тот щелкал зажигалкой, но при виде человека в штатском поспешно встал и вытянулся.

— Что ты только что сказал? — спросил Бемиш.

— Попросил покурить, сэр, — теперь солдат говорил на Стандарте. Со странным, но хорошо знакомым акцентом.

Бемиша пронзила ужасная догадка.

— Ты — алом? — резко спросил он по-аломски.

Солдат молчал.

— Ты — алом?

— Солдатам Федерации запрещено разговаривать на чужих языках, сэр, — ответил рядовой.

— К черту запрещено! Как тебя зовут?

— Хайна, сэр.

Хайна, «волк», — одно из самых распространенных имен среди воинских родов страны гор.

— Чьим вассалом был твой отец?

— Рода Сарваков, сэр.

Рода Сарваков! А Сарваки были вассалами Белых Кречетов, рода, к которому принадлежал Киссур!

— И много в дивизии аломов? — спросил Бемиш, стараясь унять дрожь в голосе.

— Не могу знать, сэр. Мы солдаты Федерации и давали клятву служить Федерации. Аломы не нарушают клятв.

Бемиш помолчал. Десять солдат, сидевших вокруг костра, глядели на него с любопытством. Почти у всех были белокурые или рыжеватые волосы, широкие глаза и словно взлетающие кверху уголки бровей...

— Сколько вы получаете по контракту? — вдруг спросил Бемиш.

— Триста денаров в год, сэр, — сказал Хайна.

Триста денаров в год! Минимальное пособие по безработице для гражданина Федерации составляло тысячу сто двенадцать денаров!

Бемиш повернулся и пошел разыскивать полковника. Теперь он знал, откуда тому было известно о разнице между варварами с гор и коренными жителями империи.

✖✖✖

Бемиш нашел Рогова в гостиной. Полковник и несколько его офицеров внимательно смотрели запись дневного репортажа. Полковника интересовало не содержание репортажа, а расположение ангаров, складов и шахт. Офицеры смотрели репортаж третий раз, выключив звук, и по их лицам трудно было заключить, что они думали, просмотрев репортаж первый раз.

— Полковник! Сколько в дивизии аломов?

Полковник и офицеры, как один, обернулись. Среди офицеров аломов было только трое. Или нет — двое. Третий был, пожалуй, полукровка, что-то вроде помеси датчанина с вьетнамцем...

— Никто не ведет такого учета, — спокойно сказал полковник — так, как будто давно уже ждал этого вопроса, — но думаю, процентов восемьдесят — восемьдесят пять.

— Восемьдесят?! Откуда?

Полковник усмехнулся. Двое белокурых офицеров с характерным изломом чуть приподнятых бровей переглянулись друг с другом и вышли из гостиной.

— Господин Бемиш, вы когда-нибудь служили в армии?

— Нет.

— А почему?

— Потому что... — Бемиш осекся. Во второй день их знакомства Киссур спросил его, почему он не служил в армии, и Бемиш помнил, что он тогда ответил.

А полковник улыбнулся, словно догадываясь о том, что тогда ответил Бемиш, и сказал:

— Большая часть полноправного населения Федерации разделяет ваше отношение к армии, господин Бемиш. А ассигнования на вооруженные силы составляют около пяти процентов от ассигнований на здравоохранение.

— И вы набираете в войска аломов!

— Мы набираем по контракту любых людей, которые согласятся служить в армии.

Тут Бемиш оглянулся и заметил, что в гостиную вошли двое человек, привлеченные спором: посол Земли, господин Северин, и глава Антикризисного комитета, господин Шаваш.

— Но триста денаров! Это вчетверо меньше пособия по безработице!

— Пособие по безработице выдается гражданам Федерации. Аломы ими не являются. Вы прекрасно знаете, что в своих горах они обречены на куда большую бедность. Века им внушали, что война — единственное занятие, достойное мужчины. Что дело мужчины — убивать. Что смерть — это путь к славе. Они счастливы попасть в войска Федерации. Те, кто проходит наши конкурсные комиссии, рассматривают это как билет в рай. Они знают, что после десяти лет службы получат права гражданства. Кстати, получив их, они не оставляют службу. Они так же счастливы держать в руках оружие, как другие счастливы, держа в руках деньги или женщину... Где вы еще найдете таких воинов? Если гражданин Федерации родился в семье из среднего класса, он окончит колледж и будет делать деньги, если он родился на помойке, он будет получать пособие и жрать галлюциногены...

— Но триста денаров!

— А сколько мы можем им платить? Военные ассигнования составляют полпроцента от ВВП!

Посол в ошеломлении слушал их разговор. Судя по всему, он тоже не имел понятия, кто именно охраняет космические границы его великой родины. Вероятно, эта тема была щекотливой и непопулярной. Военное командование не спешило заявлять, что его войска состоят на восемьдесят процентов из варваров-иностранцев и что крепким, здоровым парням с отменными мускулами и неглупыми головами платят втрое меньше, чем пропитанному наркотиками потомственному безработному.

— Итак, ваши солдаты счастливы? — с некоторой иронией спросил Бемиш.

— Очень, господин бизнесмен! Они росли вне рекламы, прав человека, кредитных карточек и шлюх. Их учили, что бой — это дорога к богу! Когда истекает срок их контракта, они продлевают его снова и снова!

— А куда им еще идти? — спросил Бемиш. — В инвестиционную компанию? Вы же их не учите ничему, кроме как убивать. Они чужие в нашем мире...

— Они любят армию! И они получают в ней в двадцать раз больше, чем в своих горах!

— Полагаю, что они любят армию в первый год, полковник. Они любят армию, когда они приходят из горной хижины, где у их отца было две овцы и где они спали на глиняном полу по десять человек в комнате, в казарму, где у них своя койка, где их сытно кормят и где стоит «трехмерка», которую они видят первый раз в жизни. Но проходит полгода или год, и они смотрят «трехмерку» и учат наш язык, и они начинают понимать, что страна, которая наняла их в свои войска, платит своим солдатам в четыре раза меньше, чем своим безработным. Они начинают понимать, что триста денаров — этого хватит, чтобы купить ферму в горах, но этого недостаточно, чтобы каждый вечер позволить себе банку пива в баре в полукилометре от части... И они начинают сравнивать свою отдельную койку не с глиняной хижиной, а с коттеджами, мимо которых они едут на учения. И они начинают думать, что это несправедливо, что люди храбрые и сильные сидят в казармах за триста денаров в год, а слабаки и слюнтяи сидят в советах директоров компаний. Так?

Полковник молчал.

— Вы знаете, как погибла предыдущая династия Веи?

— Да. Аломы завоевали империю.

— Ваши подчиненные неверно информировали вас, полковник. Люди империи были богаты и ленивы. Они не любили воевать, и власти вербовали войска исключительно из любивших войну варваров. Аломы не завоевали империю. Они служили в ее войсках и стали ее хозяевами, когда других войск не осталось.

— Как вам не совестно, Бемиш, — всполошился посол, — об этом и речи нет! Здесь совершенно другая технология, в конце концов, это всего лишь десантники!

Сбоку от Бемиша раздался не то писк, не то стон. Иномирец оглянулся: Шаваш, председатель Антикризисного комитета, чиновник, который пригласил войска Федерации в Ассалах, чтобы расправиться со своими недругами, закрыв руками лицо, медленно сползал по дверному косяку на пол. Послышался треск разрываемой ткани — это шелковая куртка Шаваша зацепилась за бронзовое навершие, куртка разорвалась, и чиновник окончательно свалился вниз, потеряв сознание.

✕✕✕

Бемиш переступил через своего партнера по большинству самых скандальных сделок империи и вышел наружу. Над садом горели фонари и звезды, и все так же ритмично, как и час назад, где-то взревывал двигатель бронетранспортера, что-то не так было в двигателе, и все так же копошилась в темноте армия. Теперь, однако, было непонятно, чья эта армия. Ведь добрая половина этих людей — вассалы Белых Кречетов, а вассальная клятва стоит не меньше воинской присяги! Да еще вдобавок никто не скажет, что Белые Кречеты отправляли их в бой за триста денаров, а сами сидели и богатели, считая, что война — дело тех, кто не умеет делать деньги на бирже. Что-что, а у аломов, когда войско шло в бой, Белые Кречеты шли впереди войска.

Кто-то шевельнулся сзади. Бемиш скосил глаза и увидел полковника Рогова. Они, не сговариваясь, медленно пошли по дорожке. Звезды сверкали над миром, как капли росы, и от белых кустов росовяника к небу подымался одуряющий запах.

— Как вы думаете, на чьей стороне будут воевать ваши солдаты? — спросил Бемиш.

— Я хотел то же самое спросить у вас, — ответил полковник.

Они шли некоторое время молча. Лицо полковника в лунном свете казалось усталым и отрешенным.

— Я много слыхал о Киссуре, — сказал полковник.

— От солдат?

— Да. То есть из их песен. Они не всегда балдеют от наших групп. Они часто поют свое.

— О Киссуре?

— О Киссуре. О его отце, о его деде, прадеде и так далее, вплоть до самого первого члена рода, который, если не ошибаюсь, взял в жены лесную русалку.

— Ошибаетесь. Он ее изнасиловал, а не взял в жены. Из-за этого ему пришлось выдержать некоторое препирательство со всякой лесной и полевой нечистью.

— А, да-да. Что-то такое пели. Кстати, это песни другого их кумира — Ханадара.

— Эта усадьба — подарок Киссура, — сказал Бемиш.

Тут садовая дорожка кончилась, и они вышли к пруду. На поляне перед прудом стоял небольшой жертвенник Бужве, за которым цвели рододендроны, и Бемиш заметил, что в чашку перед жертвенником накрошен сухпаек. Если аломы ели в присутствии бога, они всегда с ним делились.

Шестеро или семеро парней сидели на земле под красными и синими рододендронами, и по кругу шла белая пластиковая фляжка с местным вином. Высокорослые, крепкие, белокурые, в черной бронеткани с перекрещивающимися на груди ремнями разгрузки, с посверкивающей резьбой воротников, предназначенных для крепления шлемов, — они казались скорее клонами, чем единоплеменниками. Бемиш молча сел рядом с солдатами, и полковник последовал его примеру.

— Вам правда запрещают говорить по-аломски? — вдруг резко спросил Бемиш соседа.

Тот вскочил, застигнутый врасплох.

— Нет... Почему же... — промямлил он на родном языке.

Полковник лег на землю и закрыл глаза.

Солдат потупился, а потом встал и растворился в сумраке за кустами.

— Первый человек, который ответил мне по-аломски, — сказал Бемиш.

— Он не знал по-нашему, — вполголоса промолвил полковник.

Смысл сказанного просочился в мозги Бемиша не сразу.

— Не знал по-нашему? Вы хотите сказать, что это был не ваш солдат, а лазутчик Киссура?

Полковник промолчал. В знак согласия.

— И вы не задержали его? — все так же вполголоса продолжал Бемиш.

— Молчите, господин Бемиш. Я сегодня не намерен произносить перед ними речей.

Десантники вокруг костра сидели молча, словно и не слышали разговора. Один из них, кажется, младший офицер, из тех двоих, что ушли давеча из гостиной, протянул фляжку Бемишу.

— Выпейте с нами, — сказал он на Стандарте.

✗✗✗

Бемиш не спал до Часа Черного Буквы. Он наблюдал, как из лагеря, как с тонущего корабля, тихо сбегали крысы. Он видел, как взлетел флайер с послом Федерации — отчего-то тот засобирался в столицу. Потом улетела пара чиновников. Потом — ребятишки из спецслужб. Последним, как ни странно, в столицу убрался Шаваш. С ним отбыли трое чиновников, чьи имена значились в списке подлежащих повешению, и с отбытием Шаваша возле космодрома остались только федеральные войска.

Посты были выставлены в безукоризненном порядке, но все чаще и чаще к утру Бемиш слышал у палаток аломскую речь. Люди в боевой броне со встроенным вооружением пели песни, сложенные их предками, и у одного из костров Бемиш заметил бойцов, сгрудившихся возле своего товарища, гадавшего на печени петуха, как это всегда было в обычае у аломов перед боем. Неощипанный петух горел тут же, на вертеле над костром.

Бемиш вернулся в усадьбу к утру. Он повалился на кровать, не раздеваясь, и почти мгновенно заснул.

Когда Бемиш проснулся, было уже светло: из раскрытого окна выдувало кисейную занавеску, и солнце билось и прыгало на поверхности мраморного столика.

Бемиш повернулся, чувствуя спросонья, что в костюме его чего-то не хватает. Чего? Пиджака? Трусов, простите? Бемиш повернулся еще раз, сминая пустую кобуру, и вскочил. Все было на месте. Не хватало пистолета.

Бемиш выскочил в коридор и побежал к двери во внутренний дворик. Дверь распахнулась, и Бемиш с облегчением увидел за ней вчерашнего офицера в форме Федерации. Офицер расставил ноги пошире, повел веерником и заявил:

— Извините, господин Бемиш, вас не велели выпускать.

— Кто не велел?

— Я, — сказал голос откуда-то сзади.

Бемиш оглянулся.

В дверях, ведущих во внутренние покои, стоял Киссур. За ним маячили два или три бойца.

Бемиш молча, не раздумывая ни секунды, прыгнул на Киссура. Но на этот раз ему повезло еще меньше, чем в предыдущий. Киссур зажал его ногу в замок, Бемиш попытался извернуться в воздухе, и в ту же секунду десантник, бывший сзади, обрушил на голову президента Ассалаха приклад. Бемиш еще успел услышать, как Киссур заорал на солдата, потом стены и пол вокруг превратились в тысячи огненных бабочек и полетели ему навстречу, и Бемиш потерял сознание.

Очнулся он нескоро — он сидел в тяжелом флайере, и флайер, видимо, только что взлетел с площадки у усадьбы. Руки Бемиша были прикованы к переборке за креслом пилота, и с обеих сторон сидели десантники в боевой броне. Бемиш подумал, что бежать ему вряд ли удастся. Тут флайер тряхнуло, Бемиш уронил голову на плечо одного из аломов и опять потерял сознание.

В следующий раз он очнулся уже на космодроме — в хорошо знакомом ему собственном кабинете. Запястья его были по-прежнему скованы наручниками, и лежал он, весьма заботливо кем-то уложенный, на черном кожаном диване, располагавшемся позади его собственного рабочего стола. Если чуть повернуть голову, можно было даже зацепить глазом высокую спинку его собственного кресла — кресла, в которое два дня назад нагло сел Ашиник. Но сейчас в кресле никого не было, а Киссур, лихо управлявшийся с его собственным, Бемишевым, компьютером, сидел чуть сбоку, там, где обычно устраивались вызываемые на ковер подчиненные. Киссур не спал третью ночь, но по виду его догадаться об этом было невозможно; его волосы были ровно причесаны и собраны в пучок, на черной форме не было ни пылинки, и в глубоком вырезе черной майки чуть ниже шеи, вокруг татуировки с изображением белого кречета, шла глубокая, свежей хной нанесенная полоса, в знак того, что обладатель татуировки встал на дорогу, с которой не намерен возвращаться. Бемиш вспомнил, что аломы всегда с большей тщательностью одевались на войну, чем на пир. Отправиться на смерть в грязной рубашке было даже более позорно, чем быть убитым ударом в спину.

— Ну что, — сказал Киссур, — кто был прав? Ты или я? Я не проиграл в войне с непобедимыми войсками Федерации, а?

— Ты знал, — произнес Бемиш. Язык с трудом слушался его и ворочался во рту опухшей сарделькой. — Ты знал, сколько аломов служит в армии Федерации.

— Разумеется.

— Ты идиот, Киссур. Ты справился с одним подразделением и думаешь, что победил Федерацию?

— Как, вы мне собираетесь присылать новые войска? Благодарю, очень любезно со стороны иномирцев.

— Кретин! Сколько вас в войсках — двадцать тысяч, тридцать? Ты думаешь, десять тысяч хотя бы и прекрасно обученных головорезов смогут победить двадцать миллиардов Федерации? Всю нашу технику? Да вас сотрут одной кнопкой!

— Как? — переспросил Киссур. — Вы собираетесь сбросить на нас ядерную бомбу? Или мезонную?

Бемиш прикусил губу. Действительно. Использовать десантные части против Киссура было либо опасно, если в них служили аломы, либо бесполезно — если составить ударную группу из неаломов. Группа встретилась бы по крайней мере с равным мастерством Федерацией же тренированных десантников. Удар с орбиты мог уничтожить Киссура в мгновение ока, но применять ядерное оружие против горстки варваров на дикой планете означало расписаться в чудовищной военной слабости Федерации, не говоря уже о том, что такое применение нарушило бы все писаные и неписаные права человека.

— Ты свободен, — сказал Киссур. — Можешь отправляться в столицу. Скажи, что наши условия изменились. Мы требуем, чтобы в Ассалах прилетели представители Федерации, с которыми мы будем разговаривать о будущих отношениях Федерации Девятнадцати и Империи Великого Света. Одним из членов делегации должен быть ваш госсекретарь или президент.

Бемиш внезапно себе представил, как старый Ядан ведет переговоры с президентом бесов, и идея эта была настолько комична, что он не смог подавить смешок.

— Я хочу попросить тебя об одной вещи, Киссур, — неожиданно произнес Бемиш.

— Все, что попросишь, — твое, — отозвался алом.

— Не убивай Шаваша... Он... Хотя бы потому, что это из-за него, в конце концов, ты получил войска!

На лице Киссура обозначилось странное, почти смеющееся выражение. «Он уже убил маленького негодяя... — подумал

Бемиш, — убил или искалечил собственными руками...» Но в эту секунду что-то шевельнулось сбоку от его головы. Теренс повернул голову и увидел, к своему изумлению, маленького чиновника. Шаваш был в шелковой куртке с богатым шитьем, его лукавое, чуть полноватое лицо было довольным и свежим, и платиновый комм на его запястье был усыпан десятком крупных бриллиантов.

— Я взял на себя смелость послушать ваш разговор у двери, — улыбаясь, промолвил чиновник, — и твоя просьба очень тронула меня, Теренс. Приятно слышать, что мы все же остались друзьями.

— Ты? Ты в этом кабинете?

Шаваш шагнул вперед и положил руку на плечо Киссура. В своем богатом костюме он выглядел рядом с ним, как яхта миллиардера рядом с черной громадой военного крейсера.

— А почему бы мне не быть в этом кабинете? Это вообще мое кресло! Ты ведь не забыл, что я был президентом Ассалахской компании? Как ты думаешь, могу ли я в связи с банкротством компании потребовать вернуть мне эту государственную должность? .

— Неужели ты думаешь, Теренс, — поинтересовался Киссур, — что Шаваш не знал, сколько аломов служит в ваших войсках? Однако и пришлось ему попотеть, прежде чем он добился их присылки! Никогда не думал, что может существовать страна, которая так не хочет посылать куда-то своих солдат!

Бемиш опустил голову. Он уже понимал, как их крупно провели. Так вот почему осторожный чиновник впервые в своей жизни решительно настаивал на непопулярной мере! И подумать только, что другие вейцы согласились на нее, чтобы скомпрометировать Шаваша! И все-таки что-то...

— Значит, — сказал Бемиш, — ссора между тобой и Киссуром была чистым притворством?

— Увы, Теренс, увы! Чистым притворством! Очковтирательством!

— Но Ядан, ты и Ядан, ты и Ашиник — это несовместимо, Шаваш! Фанатики ненавидят тебя!

Киссур повернулся и вышел из кабинета. Маленький чиновник молча поманил Бемиша пальцем, и тот, преодолевая боль, сполз с дивана. Шаваш подошел к окну и одним нажатием кнопки увел вверх штору. Бемиш вытянул голову из-за его плеча и стал смотреть.

Из окон кабинета открывался прекрасный вид на один из летных квадратов, усеянный черными тушками боевых скайеров и группками десантников. Но не это более всего привлекло взгляд президента компании. На середину квадрата по рельсам подогнали огромный грузовой кран «РВ-37», использующийся для коррекции установки ракет и загрузки контейнеров весом до 700 тонн. Но на этот раз груз крана был намного меньше предельно допустимого веса. На вздернутой в небеса стреле качалось двенадцать... нет, тринадцать тел, и в одном из крайних Бемиш узнал своего бывшего зама — молодого Ашиника. Над краном уже кружились, попискивая, два палевых стервятника.

— Сектанты и бунтовщики, — сказал спокойно Шаваш, — нарушали покой империи, болтали всякие глупости, мутили разум людей. Не было никакой возможности выловить их разом, — они прятались, выступали поодиночке, грозили местью за смерть собратьев. Нынче мы собрали сектантов в одно место и уничтожили эту нечисть раз и навсегда. Теперь мы можем вести переговоры с Федерацией Девятнадцати как равное государство, не страдающее от сумасшедших шаек. Тот простой народ, который верил сектантам, — он будет верить Киссуру. Те чиновники, которые ужаснулись сектантам, — они будут доверять мне.

Шаваш повернулся от окна. В локонах маленького чиновника горело и плавилось закатное солнце, полуоткрытые губы были сведены усмешкой, и в золотых глазах министра финансов Бемиш увидел то же безумное сияние, что и в глазах варвара, собравшегося на смерть.

— За что? — вдруг спросил Бемиш. — За что ты ненавидишь нас, Шаваш? Не меня, а Федерацию?

Глаза Шаваша взблеснули.

— За что? А ты сам не догадываешься, Теренс? За то, что вы такие чистенькие. За ваши сверкающие машины. За блестящие фантики, за рекламные щиты, за то, что, когда вы приезжаете в самый грязный город, вы строите себе гостиницу, где нет грязи и нищеты. Народ нищих ненавидит богатых; ты этого не знал?

— Не знал, что ты нищий, — пробормотал Бемиш. — Я думал, ты достаточно наворовал у собственного народа.

Шаваш засмеялся.

— Я не всегда был богат — это ты забыл? Ты знаешь, как я учился грамоте? Я стоял у указных столбов и сличал слова глашатая с буквами. Мой отец был самый нищий в деревне шаман; я воровал на улицах и пил из луж. Мне повезло: я встретил Нана и попал не в шайку, а в Лицей Белого Бужвы, что, впрочем, для иномирца одно и то же. А когда я стал чиновником — я каждый день ожидал ареста, пыток и ссылки. Ты когда-нибудь ожидал ареста, Теренс? Даже если бы тебя арестовали за езду в пьяном виде, не думаю, что тебя посадили бы по этому случаю в земляную яму.

— Не оспариваю, — согласился Бемиш, — земляные ямы — это преимущество вашей цивилизации.

— Это действительно преимущество, Теренс, — без земляных ям жизнь невкусная. Как мясо без соли.

Шаваш резко взмахнул рукой, и бриллианты на опоясывающем его запястье комме перемигнулись с камнями на его усыпанных пальцами перстнях.

— Когда ты передашь наши требования о переговорах, Теренс, не забудь подчеркнуть, что они должны идти на самом высшем уровне. Со стороны Федерации их должен возглавлять президент, со стороны империи возглавлять их буду я.

— Вы оба сумасшедшие, — тоскливо пробормотал Бемиш, — будь проклят тот день, когда я подумал, что ты, Шаваш, нормальный чиновник, только потому, что ты берешь много взяток.

×××

В сопровождении Киссура Бемиш прошел по терминалам космопорта. Состояние их было несколько лучше, чем он ожидал: даже в барах кое-где оставались целые бутылки. Пол был свежевымыт, а на табло главного зала высвечивалась еще не перемененная надпись: «Да здравствует «Партия Народной Свободы».

Ущерба в зданиях было на несколько миллионов, но Бемиша, к его собственному удивлению, это почти не волновало. В конце концов, вчера утром он был уверен, что по терминалам будут бить прямой наводкой из мезонной пушки, так чего теперь косить глазом на развороченный дисплей у стойки «SpaceXtra»? Ашиник, Ашиник! Думал ли ты, требуя Киссура в первые министры, что через двадцать четыре часа Киссур повесит тебя на башенном кране!

— А где рядовые сектанты?

Киссур провел рукой по горлу. Бемиш понял, отчего свежевымыт пол.

— Сколько их было?

— Да не больше сотни, — спокойно соврал Киссур.

— Вранье! Не меньше двух тысяч!

Киссур пожал плечами.

— Я могу видеть полковника Рогова? — спросил Бемиш.

Они поднялись по недвижному эскалатору на второй уровень и зашли в диспетчерскую.

Полковник лежал на столе. Кто-то подложил ему под голову белую подушку, сложил на груди руки и надел на голову погребальный венок из белых цветов, как это в обычае у аломов, когда хоронят воина.

— Его убили? — спросил Бемиш.

— Он был настоящий воин и не нуждался в чужой руке, чтобы пустить в себя пулю, — ответил Киссур.

Бемиш приподнял венок и увидел под крупными лепестками белосвечника едва заметную круглую дырочку у виска.

— Я должен был поступить так же? — спросил Бемиш.

— Ты бизнесмен. Тебя это не касается.

Бемиш молча опустил венок и вышел из комнаты.

Киссур задержался, чтобы поправить не так легшие цветы.

— Я рад, что у Федерации еще остались воины, — сказал Киссур.

※※※

Впоследствии так никогда и не удалось установить, сколько сектантов в тот день было уничтожено по приказу Киссура и Шаваша. Достоверно было известно, что ни один сектант, бывший на космодроме в ночь с девятого на десятое, живым его не покинул.

Шаваш и Киссур всегда утверждали, что речь идет о ста — ста пятидесяти трупах. Им было выгодно преуменьшать количество «оголтелых сумасшедших». Реальное число было по крайней мере на порядок больше. По подсчетам Бемиша, около трех тысяч сектантов столпились у космодрома в самом начале событий. Все они были впущены на летное поле и в пассажирские терминалы. Мало кто из этих крестьян, побывав впервые в жизни в дивном здании из стекла и железа, где лестницы ездили сами собой, а по потолку бегали надписи, где даже сходить покакать нельзя было в углу, — мало кто из них на второй день засобирался домой, тем более что на дорогах стояли кордоны «желтых курток». Было ясно, зачем Киссур выпустил пассажиров-заложников: чтобы не было свидетелей и чтобы не попались под горячую руку.

Впоследствии Бемиш вытянул из собственных служащих некоторые подробности резни. Все началось только после прихода десантников, когда аломов стало не меньше двух тысяч и на каждых трех безоружных крестьян пришлось по два закованных в броню супермена. Убивали ножами, а то и голыми руками, огнестрельного оружия, а тем более лазеров не использовали. Боялись не шума, лазер вообще бьет без шума, боялись порчи оборудования, а главное, того, что луч шибанет по полу и оставит след, который потом не упрячешь. Перепутав, убили человек десять из персонала, в том числе главного теплотехника космодрома (а только его и оставили из теплотехников), отчего чуть не влипли в аварию. Хорошо, какой-то сержант-десантник разобрался в системе.

Потом устроили великую чистку: мыли пол, отскребали кишки со стен, проверяли нещадно, не дай бог, чьи-то мозги залетели в баре за ящик с солеными орешками.

Трупы оттаскивали на летное поле, вскрывали термобетон и уж там жарили по ним современным оружием: нейтронными пушками и аннигиляторами; ни черта ни оставалось от трупов, земля спекалась на двести метров в стеклянную оладью... Потом кранами поставили плиты обратно, и — порядок. Персоналу пригрозили вырезать всю семью до пятого колена, включая детей в чреве матери, если будут болтать лишнее. Сто пятьдесят человек — и все. Можете пересчитать, все покойники в наличии, вон кучкой лежат у грузового терминала...

Что касается войск, то, как выяснилось, аломов было в дивизии две тысячи шестьсот три человека, и еще восемьдесят шесть уроженцев Федерации, шестнадцать из них — офицеры. Самое занимательное было то, что не все уроженцы Федерации ушли, — дали им ночью такую возможность; полковник и еще два офицера застрелились, а шестнадцать иномирцев, забубенных голов, поперлись с товарищами к Киссуру Белому Кречету. Несмотря на запрет говорить иначе как на Стандарте, они где-то даже и аломского наклевались.

■ Глава пятнадцатая, ■
*в которой спасители Страны Великого Света
проворачивают самую крупную инсайдерскую сделку
в истории Галактики*

Итак, после краткой экскурсии по принадлежащему ему зданию, где у стеклянных стаканов лифтов и стальных пандусов гомонили по-аломски люди, одетые в броню и бронеткань десанта Федерации, и где в диспетчерской несла дежурство группка невыспавшихся и, кажется, уже потерявших способность пугаться служащих, Бемиша привели к стоящей у служебного входа машине — и любезно отпустили на все четыре стороны.

Бемиш молча сел в машину и завел двигатель. Ворота с поля раскрылись одни за другими, — Бемиш поехал по той же дороге, по которой его везли вчера, — по старому двухрядному шоссе, уходящему в сторону от основного хайвея.

Вокруг все так же блестели на солнце рисовые поля, вдали огромным стальным рогом блестел монорельс, и оливковые деревья вдоль старого тракта стояли с поломанными сучьями — сектанты и солдаты оборвали плоды. Оливки всегда сажали вдоль дорог, потому что пыль, оседающая на плодах, заставляла их созревать раньше.

Над усадьбой его развевалось парадное знамя империи, и чуть ниже — боевой значок рода Белых Кречетов. Бемиш поехал дальше.

Солдат у Киссура было по-прежнему мало, и, судя по тому, что видел Бемиш, они были сосредоточены в основном на космодроме. Редкие посты стояли вдоль дороги, да у поворота к усадьбе Бемиш заметил тускло-серый танк.

Оцепление из «желтых курток» и войск империи, за которой маялись журналисты, стояло километрах в полутора от усадьбы. Дорогу перегораживала цепь солдат и какого-то странного вида пушечка, не то купленная по случаю в музее, не то использовавшаяся для разгона облаков. Бемиш притормозил метрах в трех от пушечки и стал ждать, пока к нему подбежит целая свора полицейских и журналистов.

Как ни странно, на этот раз журналистов было больше: камеры пялились на него со всех сторон. Дело объяснялось просто. Большая часть тех чиновников, которая требовала держать прессу подальше и тем самым настраивала ее в пользу Киссура, который держал прессу поближе, — большая часть этих чиновников теперь сидела в Ассалахе.

— С вами все в порядке, господин? — заботливо спросил один из «парчовых курток». Другой щелкнул предохранителем. Веерник в его руках взблеснул на солнце, отражая перевернутые рисовые поля и облака.

— Да, — сказал Бемиш, выбираясь из машины.

Через пять минут полицейский флайер с желтой полосой на боку — символом Ведомства Справедливости и Спокойствия — уносил его в столицу.

✖✖✖

Флайер сел близ государева дворца, у той самой гостиницы Семи Зернышек, куда некогда прибывали на почет и казнь самые высокопоставленные чиновники провинций и где зарезали, почти год назад, главу секты, намеревавшегося помириться с иномирцами.

К Бемишу кинулась целая стая журналистов. Первым среди них был тот тип в клетчатой безрукавке, который когда-то написал, что президент Ассалахской компании не знает вейского и потому понял буквально метафорическое выражение «бесы».

— Это правда, что войска Федерации перешли на сторону Киссура?

— Правда, — ответил Бемиш.

— Почему?

— Потому что в этих войсках служили аломы, — ответил Бемиш, — рядовые были аломы, сержанты были аломы, только несколько офицеров были уроженцы Федерации. Поэтому солдаты Федерации оказались на стороне того человека, роду которого их предки присягали на верность, а не на стороне тех людей, которые платили им по триста денаров в год.

— Около десяти членов Антикризисного комитета попали в руки Киссура. Киссур требовал ареста и казни этих людей. Что с ними случилось? Это правда, что Шаваш мертв?

— Шаваш вполне жив, — ответил Бемиш. — Его ссора с Киссуром была чистой воды притворством. Он-то и вызвал войска Федерации, чтобы снабдить Киссура солдатами.

Был даже слышен общий вздох — никто еще ничего не знал, и Бемиш был первым, кто публично растолковал случившееся.

— А сектанты? — закричал кто-то из корреспондентов. — Они и с ними заодно?

— Нет, — сказал Бемиш, — вражда между господином Шавашем и сектантами была неподдельной и могла кончиться только гибелью одной из сторон. Как только солдаты Федерации перешли на сторону Киссура, их употребили для уничтожения сектантов. Я своими глазами видел руководителей секты, повешенных на грузовом кране.

Поразительно было, что в этот момент никто не спросил, что же стало с остальными сектантами. Как-то все решили, что «уничтожением секты» и была казнь дюжины главарей.

— Но что же Киссур хочет?! — закричал кто-то. — Они требовали смены продажного правительства, а теперь половина продажного правительства сама сидит в Ассалахе! Дальше что?

— Киссур больше не предъявляет никаких требований к правительству империи, — пояснил Бемиш, — Киссур хочет переговоров между Федерацией и империей по поводу взаимоотношений двух государств. На самом высоком уровне.

После этого краткого, но ошеломительного интервью Бемиш проследовал внутрь гостиницы, где его уже ждали.

В Зале Дальних Даров, где некогда наместники провинций официально вручали подарки управителям дворцовых ведомств, за длинным, имеющим форму виноградной кисти столом на золоченых ножках, выполненных в виде копытец барана, сидело человек двадцать. Некоторые были Бемишу знакомы. Теренс узнал посла Федерации Северина, бывшего первого министра Яника да еще парочку высокопоставленных вейцев.

Остальные были граждане Федерации: помимо старых знакомых, полковников Шагира и Чена, Бемишу бросились в глаза два человека в мундирах Космофлота и с адмиральскими нашивками. У одного из них погоны были украшены двумя золотыми полосками. Если Бемиш правильно помнил про эти полоски, это означало, что на орбите Веи висят корабли, способные не только уничтожить всю жизнь на планете, но и при надобности загасить обогревающее ее солнце, как курильщик гасит надоевшую сигарету.

— Командующий Пятым Флотом адмирал Джозеф аль-Саад, — представили Бемишу того, что с золотыми полосками.

— Начальник Штаба Флота контр-адмирал Паркс, — представили второго.

Еше один сухопарый военный имел на погонах крылышки космического десанта. Похоже было, что он на всякий случай прилетел сюда без солдат.

Рассказ Бемиша о его пребывании в гнезде террористов был выслушан в гробовом молчании.

— На территории космодрома действительно не осталось ни одного сектанта? — переспросил посол Северин.

— Ни одного живого сектанта, — заверил Бемиш.

— Но это совершенно меняет дело, — сказал один из сенаторов Федерации, — мы бы действительно не могли вести переговоры с сектантами. Что же касается Шаваша, это совсем другое дело. Это нормальный человек...

— Нормальный человек?! — заорал Бемиш. — Как, по-вашему, может нормальный человек собрать три тысячи народу только затем, чтобы вырезать всех?

— Во всяком случае, нельзя отрицать, что это потенциально оздоровило обстановку в стране. Желание Шаваша избавиться от дестабилизирующих элементов...

— Да плевал он на то, что они дестабилизирующие элементы! Шаваш бы заключил союз с дестабилизирующими элементами, с чертом, с дьяволом, с Герой, с богом — с кем угодно. Просто он имел несчастье лично поссориться с их духовным пастырем, — вот он их и вырезал!

— Что же вы предлагаете делать? — это спросил адмирал аль-Саад.

— На космодроме больше нет заложников. Там только террористы и изменившие присяге солдаты. Мы имеем право уничтожить их любыми доступными великой державе средствами, — сказал Бемиш.

— Вы имеете в виду — ядерный удар с орбиты? — уточнил Северин.

— Я имею в виду сделать то, что сделал бы на нашем месте

Киссур. Он бы секунды не подумал вступать в переговоры с врагом. Будь там хоть три тысячи заложников — не подумал бы! Мы не можем быть слабей своего противника.

Аль-Саад тихонько пихнул своего начальника штаба локтем и уточнил, кем приходится космодрому Бемиш. Получив ответ, что это точно хозяин предлагаемого к уничтожению имущества, с удовлетворением воззрился на президента компании.

— Мое мнение твердое, — продолжал Бемиш, — мы не должны вступать в переговоры с Шавашем. Это человек, который вообще не знает, что такое порядочность, и с крыльями оно или с хвостом. На людей он смотрит так — «один попугай сдохнет, другого купим». Он вас надует, потому что он станет вас обманывать в таких вещах, которые вы будете считать незыблемыми. Вам даже не придет в голову их проверить, — вы же не проверяете каждый день гравитационную постоянную.

— К сожалению, — проговорил адмирал аль-Саад, — сейчас близ планеты сосредоточено шесть крупных десантных соединений. Все они были подняты по тревоге еще до того, как 11-я дивизия перешла на сторону Киссура. Среди кораблей Пятого Флота четыре несут десант, и из десяти тысяч наших десантников восемь с половиной тысяч — аломы. В свете произошедшего сегодня ночью я не совсем понимаю, кто командует моими десантниками. Во всяком случае, пока Федерация согласна на переговоры с Киссуром, ими командую я. А если солдаты узнают, что получен приказ применить против Киссура ядерное оружие...

— Что тогда?

— Управление собственной безопасности Штаба Флота полагает, — сказал адмирал Паркс — что в таком случае наши собственные десантники могут пойти на серии терактов, аналогичных совершенному Киссуром. На Земле. На Ваине. На Тенноксе. На других крупнейших планетах Федерации.

В зале наступила мертвая тишина.

— Словом, у нас просто нет другого выхода, как согласиться на переговоры с господином Шавашем? — подытожил Бемиш.

— Да. На самом высоком уровне. Как заказывали.

✕✕✕

Делегация действительно вышла представительной: от Федерации Девятнадцати ее возглавлял госсекретарь Федерации Хаим Ходски, третье лицо после Президента. Г-н Ходски появился на орбите Веи в сопровождении двух тяжелых крейсеров, которые принадлежали Пятнадцатому Флоту и имели то преимущество, что десантников на них не было вовсе.

Некоторое время торговались, где быть переговорам. Шаваш потребовал было, чтобы они шли в Ассалахе, — садитесь, мол, прямо на поле, и мы вас встретим. Но Бемиш — а как-то так получилось, что воинственно настроенный финансист безусловно оказался одной из самых весомых фигур, особенно ценимых теми военными, которые настаивали на немедленном прекращении переговоров, — Бемиш заявил, что, как руководитель Ассалахской компании, он не может гарантировать безопасности посадки с чисто технической точки зрения. Шутка ли — квалифицированных диспетчеров почти нет, а те, кто остался в заложниках, три дня в штаны ходят от страха.

Шаваш сообщил, что в столицу он не явится.

— Боитесь, что будете арестованы?

Шаваш живо возразил, что он ничего не боится, а не доверяет весьма многим, и прежде всего господину Бемишу, который кое-чему научился на Вее.

— От кого же я научился, — вспылил Бемиш прямо в улыбающееся с экрана лицо, — от вас с Киссуром?

— Господин госсекретарь, пусть эта шавка покинет комнату, — потребовал Шаваш, — он вообще не чиновник Федерации!

Бемиш молча развернулся и вышел из зала, не дожидаясь, пока ему укажут на дверь.

✕✕✕

За стеной, в соседнем зале, в окружении всякой штабной сошки стоял адмирал аль-Саад и молча рассматривал лепной потолок.

Потолок был украшен свисающими кистями винограда, и каждая кисть была выточена из темно-синего нефрита, а листва между гроздьями была малахитовой, и в свете расставленных по углам светильников, имитирующих живой огонь свечей, казалось, что листва колеблется и дышит и что грозди винограда набухают сахаром и соком.

— Красивый зал, — сказал алмирал. — А что там над дверью написано?

— Над дверью написано название, — ответил Бемиш, — Зала Ста Семи Виноградных Кистей. Это довольно историческое место. Здесь по приказанию императора Аттаха оттяпали голову самому верному его полководцу.

— А почему? — полюбопытствовал адмирал.

— Народ утверждает, что всему виной свадьба щекотунчиков. Этим местным бесам надо было справлять свадьбу, и они дали взятку дворцовому чиновнику, чтобы тот разрешил им использовать Залу Ста Семи Кистей. Всю ночь бесы веселились в зале, а после этого в ней всегда принимались неверные решения. Вот поэтому и казнили полководца.

Адмирал посмотрел на финансиста мутными очами, а потом спросил:

— Они договорились о встрече?

— Нет. Шаваш боится приезжать в столицу.

— Что он хочет, непонятно?

— Черт его знает, что он хочет, — с досадой сказал Бемиш. — Не может же он хотеть территориальных уступок, а, адмирал? А если он хочет, чтобы иномирцы убрались с Веи, так об этом даже просить не надо. Ноги моей здесь не будет после таких фокусов!

— Если они не договорятся, где встретиться, переговоры сорвутся, — заметил адмирал.

Тут кто-то осторожно тронул Бемиша за плечо. Тот обернулся: за ним стоял министр церемоний, господин Ахотой.

— С вами хотят поговорить, — сказал Ахотой, — пожалуйста, следуйте за мной.

Ахотой провел Бемиша коридорами, в которых испуганные бронзовые боги жмурились от света дневных ламп. Они вышли в сад, на дорожки, посыпанные желтоватым песком; в саду заливались соловьи и одуряюще пах росовяник; розовые кусты и пионы в безветренной ночи стояли неподвижно, как часовые на параде, воздев к звездам красные и лиловые цветы на кончиках тысячи веток и веточек; и через пять минут министр раскрыл перед иномирцем двери маленького флигеля с крышей в форме крыльев ласточки.

Внутри флигеля сидел худощавый человек с белым, как будто прозрачным лицом и серовато-голубыми глазами, над которыми взлетали уголки бровей. Несмотря на то что человек был в пиджаке и брюках, Бемиш почти сразу узнал императора. Узнал — и поразился. Было даже удивительно, что в течение трех дней кризиса, когда имя императора поминутно слетало с языка сектантов, Киссура, правительственных чиновников и даже иномирцев, никто, сколько помнил Бемиш, от самого императора ничего не слышал. Да с ним и не советовались. Или — советовались? Или Киссур звонил императору?

А рядом с императором стоял еще один человек — бывший первый министр империи, Нан, он же — Дэвид Стрейтон.

— Да поклонитесь же, — зашипел сзади министр церемоний.

Бемиш поспешно сотворил нечто среднее между поклоном и коленопреклонением и успел, выпрямляясь, заметить ехидную усмешку на лице Нана.

— Добрый день, господин Бемиш, — голос императора Варназда, как всегда, был немного тих и чем-то походил на плач ребенка, — я рад видеть вас в добром здравии. Скажите, что хочет от Федерации, — император запнулся, — мой министр финансов Шаваш?

— Министр? Его еще не объявили вне закона?

Губы императора капризно опустились. Ну правильно. У Шаваша столько друзей, что даже сейчас император, пожалуй, не решится хотя бы уволить его с занимаемого поста. Черт побери, человек шантажирует всю Галактику, а его государство даже не осмеливается дать ему пинка под зад! Хорошенькое дело! Значит, требования иномирцам будет предъявлять все-таки законный чиновник империи?

— Мне было бы трудно объявить вне закона Киссура, — прошептал император. — Что они хотят?

— Не знаю. Они скажут это только при встрече с делегацией.

— Вот и Нан то же говорит, — промолвил император, поворачивая голову к безмолвно стоящей у резной колонны фигуре, — а ведь он сел в Ассалахе.

Это для Бемиша было новостью. Он знал, что бывший первый министр летит на Вею, но — сесть на захваченном террористами космодроме?

— Когда начнутся переговоры?

— Неизвестно. Наша делегация вовсе не собирается ехать в Ассалах, а Шаваш до смерти боится ехать в столицу страны, законным чиновником которой он является, государь.

Сарказм в голосе Бемиша был слишком неприкрыт, и губы императора капризно дрогнули.

— Переговоры могут пройти на территории моего дворца, — сказал государь Варназд. — Я клянусь, что обе стороны будут там в безопасности. Я не думаю, что войска или службы безопасности иномирцев осмелятся попрать наши традиции и чинить насилие в моем дворце. Не думаю также, что господин Шаваш осмелится отказаться явиться во дворец своего государя, когда государь гарантирует ему безопасность.

И государь наклонил голову, давая понять, что встреча закончена. Бемиш уже поклонился, чтобы идти, когда вдруг император тихо сказал:

— А что Киссур? Он хорошо себя чувствует? Он выглядел таким бледным — на экране...

— Киссур себя чувствует как щука в воде, — заверил Бемиш, — в отличие от трех тысяч убитых им вчера человек.

И вышел.

✕✕✕

Разумеется, Шаваш не посмел отказаться от гарантий, данных государем. В самом деле, отказ чиновника империи, защищающего интересы государя, приехать во дворец выглядел бы по крайней мере как публичное прошение об отставке.

Флайер с Шавашем и десятком его охранников приземлился на территории государева дворца рано утром. Дворцовая стража с непроницаемыми лицами проводила прибывших в Павильон Радужного Дождя, где собрались делегаты Федерации.

Стол для заседаний стоял на первом этаже, в Зале Белых Облаков. Иномирцы, рассевшиеся вокруг стола, молча изучали свои блокноты и невольно поглядывали на красивые, чистого серебра кувшины, украшенные изображениями танцующих пав и павлинов, в которых дворцовая прислуга принесла особое дворцовое вино, настоянное на листьях ореха пополам с сосновыми иглами.

Госсекретарь Ходски, видимо, хотел пить: он то и дело окунал свои губы в стакан с вином, нюхал не очень подходящий к переговорам запах и ставил стакан обратно.

Бемиш вдруг сообразил, что переговоры на территории дворца дают Шавашу явное преимущество. Здесь все дышало традицией и империей: вышколенная прислуга поставила на стол дивные кувшины с вином, но и не подумала принести минеральной воды в пластиковой бутылке. И хотя все здесь присутствующие были людьми состоятельными, и один даже чуть не лишился четыре года назад поста за непозволительно большие траты на отделку нового здания Совета Безопасности Федерации, — глубоко чуждое им имперское великолепие этого зала, чешуйчатые рисунки на стенах и серебряные балки, круглые, как солнце, не могли не действовать на делегацию, хотя бы подсознательно. Шаваш же бывал в этом павильоне десятки раз. Он был у себя дома.

Далеко за стеной дворца, в Храме Исии-Ратуфы, ударили в бронзовое блюдо, и вслед за жрецами Исии запел и закричал чиновник, возвещая наступление нового утра, двери распахнулись, и в зал заседаний вошел Шаваш. Он был при галстуке и в костюме и безукоризненно выбрит, однако с его появлением в зале на присутствующих словно повеяло чем-то совсем чужим. Бемиш принюхался и понял, в чем дело: от Шаваша пахло не одеколоном, а дорогим местным благовонием. Бемиш невольно подумал, что это еще больше выбьет членов делегации из колеи, а между тем, когда Шаваш будет давать интервью, он будет выглядеть истым человеком Галактики — благовоние не загонишь в чип.

Произошло некое замешательство, после чего госсекретарь Ходски молча встал, приветствуя Шаваша. Тот отвесил ему поклон и занял место посередине стола, напротив Ходски. Бемиш заметил, что нос Ходски настороженно дернулся от незнакомого запаха.

— Мы, — сказал госсекретарь, — выполнили условия террористов и прилетели на Вею. Теперь мы хотели бы услышать ваши требования.

— Мы хотим, — ответил Шаваш, — чтобы вы приняли Империю Великого Света в Федерацию Девятнадцати.

Бемишу показалось, что он ослышался.

— Наше условие прекращения конфликта и освобождения оставшихся заложников, — повторил Шаваш, — принятие империи на правах федерального государства в Федерацию Девятнадцати.

Прошло несколько секунд изумленного молчания. Потом госсекретарь холодно улыбнулся.

— Для этого, — сказал Хаим Ходски, — вовсе не надо было объявлять нам войну!

— Напротив, — возразил Шаваш, — если бы не угроза войны, вы бы даже не стали рассматривать наше предложение. Вы бы живо сосчитали, во сколько обойдется развертывание на

Вее всех программ социального обеспечения и улучшения инфраструктуры — всего, что положено члену Федерации, — и вежливо бы сказали, что моральные соображения заставляют вас отказаться от того, что может быть воспринято как аннексия суверенного государства.

Шаваш улыбался. Бемиш похолодел. Действительно, если Страна Великого Света станет членом Федерации, это решит многие, если не все ее проблемы... Но... Это какая прорва денег! Бемиш представил себе, как босоногому нищему со столичных улиц выдают минимальное пособие по безработице.

— Но... — запнулся госсекретарь, — это беспрецедентно...

— Вовсе нет, — отозвался Шаваш, — в I веке до Рождества Христова латиняне объявили войну Риму с целью заставить Рим дать им латинское гражданство. А во время мексиканской войны в 1848 году радикальная партия Мексики настаивала на аннексии страны Соединенными Штатами. Мне печально, что я, уроженец империи, лучше знаю вашу историю, чем вы, господа.

Бемиш усмехнулся. Это была действительно типичная манера вейского чиновника — ссылаться на прошлое. А Шаваш, улыбаясь, продолжал:

— Представьте себе, что вы отвергли наше предложение и продолжаете войну. В силу известных обстоятельств вы не можете использовать мобильные тактические части. Они ненадежны. В них слишком много уроженцев наших гор. Это значит, что вам придется уничтожить нас стратегическим оружием. Какой чудовищный удар по репутации Федерации Девятнадцати! Вы одновременно продемонстрируете невиданную жестокость, уничтожая совершенно бессильную страну, и невиданную слабость — в самом деле, на каком уровне стоит боеспособность государства, в котором половина отрядов быстрого реагирования состоит из уроженцев планеты потенциального противника! Ваш престиж разлетится вдребезги, Гера и другие ваши враги получат нравственное преимущество; те члены Федерации, которые давно требуют самостоятельности, поспешат выйти из союза, заявив о своем несогласии с политикой центра.

Шаваш помолчал, отпил немного вина и продолжил:

— А теперь представим, что вы соглашаетесь на наше предложение и Федерация Девятнадцати превращается в Федерацию Двадцати. Какой триумф демократии и свободы! Империя, целая планета, добровольно отказывается от независимости и суверенитета ради гражданских прав в составе Федерации! Федерация не нуждается в оружии — она побеждает примером!

— С ума сойти, — пробормотал госсекретарь.

— Нынешний век — век автономий. Быть может, Стране Великого Света суждено повернуть этот процесс. Вадда стремится к независимости. Разве мнение ее народа не переменится после того, как она увидит наш пример? Во всяком случае, ее политикам будет уже не так просто внушить своему народу, что истинное счастье народа наступит тогда, когда эти политики перестанут подчиняться приказам метрополии.

Глаза госсекретаря зажглись. Он прилетел в империю, прервав переговоры на Вадде, переговоры о том, каков будет развод с Федерацией — с битьем посуды или битьем половины посуды, — и теперь, от слов Шаваша, в зрачках его заплясали веселые чертики.

А Шаваш меж тем продолжал:

— Каков положительный итог победоносной войны? Подчинить чужую страну в настоящем и обезопасить себя от нее в будущем. Каков отрицательный итог победоносной войны? Озлобление побежденных, жажда мести, настороженность соседей. Мы предлагаем вам все положительные итоги войны без единого ее отрицательного итога! Наше предложение устраняет множество проблем. Например — проблема земель, окружающих империю. Ясно, что начинающаяся их разработка очень скоро бы привела к конфликтам между суверенной империей и Федерацией. Если мы будем составлять одно государство, все предпосылки конфликта исчезнут. Оставив наши действия безнаказанными, вы распишетесь в своей слабости.

Объявив нам войну, вы предстанете слабыми и жестокими одновременно. Победа и поражение будут для вас одинаковой катастрофой: вы окажетесь в международной изоляции. Вы покажете себя демагогами, а не демократами, государством, которое требует от развивающихся планет уважения к правам человека, а когда развивающиеся планеты просят помочь соблюсти права человека, устраивает орбитальную бомбардировку, сообразив, что, пожалуй, соблюдение прав человека — это слишком дорого.

Шаваш искренне улыбнулся и развел руками, и Бемиш заметил, что на этот раз никаких колец и драгоценных перстней на его пальцах нет, — маленький чиновник хорошо знал, когда следует надевать перстни, а когда — галстук.

— Если вы откажетесь от нашего предложения, — продолжал Шаваш, — даже победоносная война приведет вас к катастрофе. Если вы его примете, вы по-прежнему останетесь средоточием свободы и демократии. В случае войны вы окажетесь без тактической армии, но с репутацией милитаристского государства. В случае мира вы получите обратно самых надежных в Галактике солдат — и репутацию миролюбивого государства!

— А император? — спросил госсекретарь.

— Что ж император, — возразил чиновник, — и в некоторых частях Федерации есть короли и императоры: в Аравии, в Бельгии. Император будет символом нации и получит цивильный лист, а в стране будет премьер-министр и всеобщие выборы.

— А Федерацию будут обвинять в том, что она навязала вам демократию, да? — осведомился госсекретарь.

Шаваш пожал плечами.

— Вряд ли, — сказал он, — в сложившихся обстоятельствах можно утверждать, что Федерация навязывает нам демократию.

Кто-то хмыкнул.

— К тому же, — прибавил чиновник, — мы уже заткнули глотки самым оголтелым крикунам, чтобы вы не волновались.

— В качестве предварительной меры по установлению демократии, — заметил адмирал аль-Саад.

Шаваш сделал вид, что не слышит, и продолжал:

— Речь идет не о Вее, а о Федерации. О том, что она выбирает: международную изоляцию и распад или приобретение стратегического плацдарма и расцвет. Учтите, что через двадцать лет на войну с Герой вам придется потратить в .сорок раз против того, что вам сейчас придется вложить в экономику и инфраструктуру нового члена Федерации!

— Мы обдумаем ваше предложение, — сказал госсекретарь.

✕✕✕

Из зала Бемиш выходил вместе с командующим Пятым Флотом аль-Саадом.

— И что вы обо всем этом думаете? — полюбопытствовал Теренс.

— Знаете, — ответил адмирал, — есть такой анекдот: «Идет по лесу человек, а навстречу ему — старуха с веерником. «Ты, милок, никак собрался меня изнасиловать!» — «Никак нет, матушка!» — «А придется, милок!»

Бемиш захохотал.

Через пять минут Бемиш, усталый и голодный, поднялся в небольшой, выстроенный треугольником покой, где столы, предназначенные для делегации, были уставлены закусками и едой. Всюду стояла охрана, да десяток журналистов, ожидавших окончания переговоров, охотились на одиночных членов делегации.

Поднявшись, Бемиш обнаружил, что бойкие журналисты и свита уже расхватали еду: остались лишь наиболее экзотические блюда. Бемиш пристроился к длинной тарелке с тушеной собакой, и аль-Саад, после некоторого .колебания, последовал его примеру.

Правую стену зала украшал широкий экран. Экран сначала показал демонстрацию вейцев у стен дворца, а потом передал выступление посла Геры. Герянин сказал, что он благодарит

Киссура и самоотверженных жителей империи, разоблачивших происки военщины Федерации, и еще раз подтвердил обещание Геры прийти на помощь обманываемому и угнетенному народу Веи в случае, если Федерация посмеет обратить против него свое оружие.

Потом в зал вышел Шаваш в сопровождении двух или трех холуев.

Шаваш, вероятно, не хотел приближаться к президенту Ассалаха, но он тоже явно хотел есть, а из всего съестного на столах имелась, как уже отмечалось выше, та самая тушеная собака, рядом с которой расположился Бемиш.

Шаваш подошел к собаке и начал резать ее ножом. Бемиш демонстративно отвернулся.

Ведущий новостей зачитал обращение президента Геры к Империи Великого Света с обещанием помощи. Президент Геры, впрочем, обещал помочь не одной империи. Он советовал всем угнетенным народам вместе стать на защиту обманутых вейцев и выступить единым фронтом против «продажной демократии Федерации».

Экран показывал плохо. По нему все время гуляла размытая сетка из сине-зеленых полос. Это означало, что где-то совсем рядом работает мощный двухканальный узел транссвязи. Госсекретарь, вероятно, напрямую говорил с Президентом Федерации. Бемиш жадно вглядывался в зеленые полосы на экране, как будто по ним можно было разгадать, о чем разговор.

Пришли дворцовые слуги, сменили на столах скатерти и уставили их свежей переменой блюд, однако Бемиш был уже сыт. Примерно через час сине-зеленая рябь прекратилась, и почти сразу же в зале появился посол Северин. Северин подошел к Шавашу и попросил его пройти наверх.

— Вы будете говорить с Президентом Федерации, — сказал он тихо.

Шаваш пошел наверх, и Бемиш с адмиралом, не сговариваясь, двинулись вслед за ним. В комнате наверху было довольно много народу — человек десять дипломатов и еще столько же техников, и Бемиша с адмиралом никто не остановил, когда они вошли в комнату вслед за Шавашем.

Лицо президента Керри на стене занимало весь экран. На высоком, с редким венчиком волос лбу застыли капли пота, и глаза президента казались слегка расфокусированными. Впрочем, это можно было отнести на счет особенностей транссвязи — ведь президент видел перед собой не живого собеседника, а его портрет семиминутной давности.

— Я здесь, господин президент, — сказал маленький чиновник и поклонился.

С того момента, как Шаваш выпрямился, и до того, как губы президента задвигались на экране, прошло ровно пять с половиной минут, и за это время никто из присутствующих в зале не пошевелился и не издал ни звука.

— Я обсудил ваше предложение с главами государств — членов Федерации Девятнадцати, — сказал президент. — Мы пришли к выводу, что оно поставит Федерацию в очень непростую, почти критическую экономическую ситуацию, и все же оно... гм... взаимовыгодно и почетно. Федерация согласна на ваше предложение, с одним условием.

Президент Керри запнулся, и Бемиш решил уже было, что связь прервалась, но президент только улыбнулся и продолжил:

— Ваши личные действия, господин Шаваш, неортодоксальны, если не сказать чудовищны, а ваша репутация давно стала притчей во языцех даже на вашей собственной планете. Вероятно, что на волне вашего успеха народ именно вас выберет главой нового члена Федерации. Нам будет неприятно видеть вас в Совете Глав Государств. Наше условие таково: мы принимаем Вею в состав Федерации, если вы не выставляете своей кандидатуры на будущих выборах. Если вы действительно заботитесь о благе своей страны, вам будет несложно пойти на такой шаг.

Шаваш некоторое время совершенно бесстрастно смотрел на экран. Бемиш вдруг со злорадством вспомнил, как маленький чиновник когда-то пожалел, что Федерация не завоевала Вею и что он, Шаваш, не может стать рабом императора Федерации и пробиться в Сейм.

— Я согласен, — наконец сказал министр финансов.

XXX

Через полчаса Бемиш сидел в саду, с портативным компьютером в руках, погруженный в вычисления. В позапрошлом году общий объем прямых и портфельных инвестиций в экономику империи составил четыре миллиарда денаров. В прошлом, благодаря примеру Бемиша, — шестнадцать миллиардов. Накануне выборов этот поток еще увеличился, после выборов иссох едва ли не до нуля.

Общая сумма пособий, льгот, инвестиционных гарантий, которые полагались новому члену Федерации, составляли, по самым скромным подсчетам Бемиша, шесть тысяч четыре миллиарда денаров. Шесть триллионов.

Кто-то подошел и стал рядом. Бемиш оглянулся — это были Шаваш и Нан. Маленький чиновник был на полголовы ниже своего спутника, но, когда он характерным жестом встряхнул золотистые волосы и поправил упавшую на лоб прядь, Бемиш впервые осознал, что Шаваш полностью копирует не только жесты своего бывшего патрона, но даже и его мягкую интонацию и вежливый кивок в конце каждой фразы. Они были даже одеты очень похоже, не считая, конечно, того, что на Шаваше были туфли с трехсантиметровыми каблуками.

— Ну что же вы дуетесь, Теренс? — спросил Шаваш. — Вы представляете, сколько будут стоить завтра акции Ассалаха?

— То и дуюсь, — усмехнулся Бемиш, — вы могли бы мне хоть намекнуть. Признайтесь, сколько вы заработали на этой афере?

— Ну, это еще не ясно, — проговорил маленький чиновник. — Однако у меня есть для вас подарок, господин Бемиш. Во время кризиса я взял на себя смелость купить облигации Ассалаха на общую сумму в триста шестьдесят миллионов.

В среднем они достались мне по восемь сентов за денар. Я хочу подарить вам половину купленного пакета.

Шаваш помолчал.

— Кроме того, как вы помните, я имел право инвестировать по своему усмотрению средства «Вейского специального». В ходе кризиса фонд скупал все, что можно было скупить.

Бемиш ошеломленно поднял глаза. Разумеется, он сразу сообразил, что Шаваш просто не мог совершать сделки иначе чем через фонд. «Вейский специальный» гарантировал абсолютную анонимность проводок. Скорее всего, у Шаваша просто не было других способов покупать быстро, много и незаметно.

Бемиш понял, что лукавый чиновник провернул самую потрясающую инсайдерскую сделку в истории рынка ценных бумаг: он уронил фондовый индекс на самое дно и скупил все, зная, что его ультиматум предоставит Вее статус федерального фондового рынка и тем самым удесятерит вложенные Шавашем деньги. И внезапно Бемиш понял причины столь легкого согласия Шаваша с требованием президента Керри: не выставлять свою кандидатуру на выборах.

— Для чего вы затеяли всю эту историю? — спросил Бемиш. — Чтобы получить за десять дней две тысячи процентов годовых? Вы спасали страну или проворачивали инсайдерскую сделку?

— Где же тут инсайдерская торговля? — удивился Шаваш. — Я же не знал, что ваше правительство ответит на мое предложение.

— И все-таки ради вашей прибыли вы отказались от звания премьер-министра Страны Великого Света.

И тут Шаваш медленно, торжествующе улыбнулся.

— Кроме меня, — сказал он, — есть множество людей, гораздо более достойных этого звания. В свое время господина Нана отрешили от должности первого министра под тем предлогом, что он — уроженец другого государства. Был даже принят закон, запрещающий назначать в правительство чужестранцев. Теперь мы все — граждане одного и того же государства. Закон более не действителен. И согласитесь, это принесет большую пользу, если в Совете Глав Государств империю будет представлять иномирец.

Бемиш был совершенно ошеломлен. Он переводил взгляд с маленького чиновника на бывшего премьера и обратно.

— Все считали, что вы предали Нана, Шаваш.

— Никогда не разделяйте общего мнения, Теренс. Если бы вы лучше думали обо мне, вы бы сегодня были на пару миллиардов богаче.

И с этими словами, церемонно поклонившись иномирцу, маленький чиновник повернулся и пошел по дорожке, обратно к резным шпилям и репчатым луковкам главных дворцовых павильонов.

■ Оглавление ■

Часть первая

ЧИНОВНИК

Глава первая,
*в которой Киссур Белый Кречет попадает в аварию,
а министр финансов рассуждает о причинах прорухи
в государственной казне*
7

Глава вторая,
*в которой рассказывается о печальной истории
Ассалахского космодрома, а бывший первый министр
империи находит себе нового друга*
26

Глава третья,
*в которой Киссур обличает перед императором
чужестранного взяточника, а Теренс Бемиш получает
в подарок роскошную усадьбу*
66

Глава четвертая,
*в которой Киссур рассказывает инвестиционным
банкирам о способах дрессировки разбойничьего коня,
а Теренс Бемиш знакомится с очередными
претендентами на акции Ассалаха*
105

Глава пятая,
*в которой Теренса Бемиша уговаривают отказаться
от участия в конкурсе и в которой Шаваш
напоминает присутствующим, что не знает
финансового термина «диктатура»*
136

Глава шестая,
в которой компания «Венко» представляется
своим настоящим именем, а господин Шаваш
высказывает несколько неожиданных мыслей
о недостатках демократии

159

Глава седьмая,
в которой все трудности инвесторов
разрешаются наилучшим образом

184

Часть вторая

СЕКТАНТ

Глава восьмая,
в которой Теренс Бемиш платит налоги
прошлогодней листвой, а на стройке выкапывают
камень с древним предсказанием

199

Глава девятая,
в которой начальник над бесами заключает
союз с праведными людьми

223

Глава десятая,
в которой Теренс Бемиш знакомится с жизнью имперских
окраин, а господин Шаваш предлагает оригинальный
план реструктуризации государственного долга

260

Глава одиннадцатая,
в которой заместитель Теренса Бемиша отправляется
в Иниссу на собрание сектантов, а Киссур Белый Кречет
шарит по Галактике в поисках бесхозных боеголовок

296

Часть третья

ТЕРРОРИСТ

Глава двенадцатая,
*в которой император Страны Великого Света
выражает недоумение тем, что он узнает
об истинном предназначении ассалахской стройки
из оппозиционных газет*

337

Глава тринадцатая,
*в которой повествуется о непредсказуемых
результатах народного волеизъявления*

359

*Из показаний сенатской комиссии Френсиса Ф. Карра,
служащего аудиторской фирмы «Куперс, Лир энд Гамбахер»,
бывшего в числе сорока отобранных заложников,
данных на сенатских слушаниях по поводу захвата
космодрома полтора месяца спустя*

383

Глава четырнадцатая,
*или Премьер-министр
в роли международного террориста*

391

Глава пятнадцатая,
*в которой спасители Страны Великого Света
проворачивают самую крупную инсайдерскую сделку
в истории Галактики*

422

Литературно-художественное издание

Юлия Латынина

ИНСАЙДЕР

Издано в авторской редакции
Ответственный редактор *С. Рубис*
Художественный редактор *Н. Никонова*
Технический редактор *Н. Носова*
Компьютерная верстка *О. Шувалова*
Корректор *Е. Сырцова*

ООО «Издательство «Эксмо»
127299, Москва, ул. Клары Цеткин, д. 18/5. Тел. 411-68-86, 956-39-21.
Home page: **www.eksmo.ru** E-mail: **info@eksmo.ru**

Подписано в печать 23.04.2007.
Формат 84х108 $^1/_{32}$. Гарнитура «Гарамонд». Печать офсетная.
Бумага тип. Усл. печ. л. 23,52.
Тираж 5 000 экз. Заказ № 5266.

Отпечатано с предоставленных диапозитивов
в ОАО "Тульская типография". 300600, г. Тула, пр. Ленина, 109 .